梅莉史翠普
電影俱樂部

The Meryl Streep Movie Club

Mia March

米雅・馬區——著　艾明瑄——譯

媽媽咪呀！能提供生命經驗的梅姨帶來了浪漫的一堂課。

這是一本令人振奮又溫馨的讀物，正好趕上去海邊度假閱讀的季節。

——《柯克斯書評》

馬區的初試啼聲之作是意義深遠的女性小說，也是獻給電影愛好者和影迷的大禮。主要角色都不完美，但容易引發共鳴，讓人不禁想為她們的生活和愛情加油。

——《浪漫時代書評》（*Romantic Times Book Reviews*）

適合配一碗爆米花、準備一堆手帕來享用。

——《出版人週刊》

馬區的第一本小說是個感人的故事，敘述了自我發現的過程，以及家族的力量。

——《書單》雜誌

媽媽咪呀！能提供生命經驗的梅姨帶來了浪漫的一堂課。

——《今日美國》

馬區的處女作中，三個表姊妹的生活都一團混亂，但她們回到在緬因州長大的旅館之後，卻在梅姨的電影作品中得到了安撫與慰藉。三個女人在彌補自己頭痛的問題時，電影發揮了神奇的魔力，也構成這本情感豐富的溫馨之作。

——《女人日誌》（*Woman's Day*）

馬區的處女作浪漫而真誠。這個夏天，從西岸的加州到東岸的緬因州，好多海灘包裡都會掏出這本書。

——《報書者網站》（*BookReporter.com*）

這本小說出色而有創意。作者米雅．馬區寫出一個發人省思的故事，故事中的角色讓人共鳴，而且被作者放在恰當而討喜的場景中。故事有趣而易讀，讓人忍不住討論；一定會成為讀書會裡最受歡迎的書！

——貝絲．霍夫曼，《紐約時報》暢銷作家

只要曾經深受電影感動，就會為這些勇敢的女人歡呼。她們在螢幕上尋找「從此幸福快樂」的祕訣，卻發現電影最大的力量是連結我們和我們的夢、連結彼此。

——BJ讀書會焦點書評

史翠普的影迷都知道她的電影超越性別，她能扮演任何角色，演出她自己的特色。不論是在讀書會、編織俱樂部還是拼布俱樂部，女人聚在一起從事同樣的活動，就能藉此互相分享希望、夢想、悲劇和苦惱。運氣好的話，這本書會促成更多梅莉史翠普的讀書會。

——《韋伯斯特科克伍德時報》（*Webster Kirkwood Times*）

電影俱樂部的成員和讀書會書迷特別認出米雅．馬區《梅莉史翠普電影俱樂部》裡的對話。伊莎貝、珠兒、凱特和羅莉這四個親戚在緬因州一個老舊的旅館重逢的時候，她們都在生命中的十字路口。其中一人面對了死亡，一人在找孩子的生父，另外一人在處理不忠和優柔寡斷的問題。她們觀賞《麥迪遜之橋》、《陰陽界生死戀》、《遠離非洲》和《愛，找麻煩》的時候，將電影的主題、主角的決定和她們的生命做了對照。她們的討論讓她們的關係更加明朗，也讓她們對生命有新的體悟。

——*The Gazette*

讀者迴響

這是關於愛情、家族、電影——還有梅莉史翠普的偉大故事。

——Amy Leemon

這本小說有幾個不同的敘事觀點（總共四個），敘事觀點這麼多時，通常效果不好，但本書似乎連接流暢，讓小說更添風采。羅莉是旅館老闆，女兒凱特幫著她經營旅館。她的兩個外甥女珠兒和伊莎貝在雙親過世後就在旅館長大，出社會後並不常來探望。她們被召回家和羅莉見面，但羅莉似乎是個沒什麼感情、冷酷的女人。唯一能看到羅莉流露一點情感的時候，是她看電影時，尤其是她最愛的女演員梅莉史翠普演的電影。很意外我竟然這麼喜歡這本小說，而且在四個女人不同的故事中為她們加油打氣。

——Corey A. Doyle

這本書行文流暢，作者把角色塑造得像身邊的朋友一樣。這樣的書讓人愛不釋手，而且讀完時會很沮喪，因為很難再找到這樣一本好書。

——JFRN

我把羅莉罹癌的事寫出來，因為我身邊的人不久前也因癌症而過世。那是六個月前的事了，所以雖然有時很難讀下去，但我感同身受。癌症並不是故事中最重要的焦點，但故事描寫了家庭在成員罹癌時會經歷的事。她們一同參與的梅莉史翠普電影之夜，讓這個家庭重新團結起來，去面對她們個別的遭遇所帶來的影響，迎接即將蛻變的未來。看完全書之後，我對梅莉史翠普的電影做了點功課。我應該租一片來，辦個我自己的電影之夜。最後，別在肚子餓的時候看這本書，因為凱特是名烘焙師傅，書裡常常講到她做的美食。

——R. Neil Scott

我愛梅莉史翠普，所以這本書非看不可！裡面的女性太令人喜愛了，你一定會在她們身上看到你親人、朋友的影子。我只想蓋在海灘大毛巾下，沉浸在書裡——只可惜近期去不了海邊！不過沒關係，因為我覺得已好像置身在緬因州的一家旅館裡。希望梅莉史翠普會看這本書——相信她會覺得這本小說是對她的最大恭維！我等不及看完小說，再重溫電影舊夢了！

——Therese Dressler

我是梅莉史翠普的死忠影迷，怎麼抗拒得了這種書名呢！真高興我看了。書寫得很好，讀起來輕鬆，我覺得這是完美的夏日海邊讀物。我不是指這本書沒有深度，恰恰相反。書裡談及一些嚴肅的議題：重症、婚姻、生涯、家族等，不過這本書並沒有陷入議題中而無法進展。我喜歡本書的背景設在緬因州。文筆很好，而且非常流暢。角色塑造得很好，好像我自己也認識這些女人，和她們有共鳴，共鳴或多或少，不過都覺得很真實。我也很愛書中梅莉史翠普的電影和故事交織的方式。……雖是嚴肅小說，但易讀有深度。極度推薦！

——Annie B

我的最愛——梅莉史翠普！

作者的話

關於《梅莉史翠普電影俱樂部》（以超過十八種語言出版）：《梅莉史翠普電影俱樂部》的靈感不只來自我對電影和梅莉史翠普的熱愛，更是起因於多年前一個有點波折的感恩節。那個感恩節，我母親和外祖母有點衝突——她們為了馬鈴薯泥裡要不要放洋蔥而起了爭執，翻出二十年前她們說過或沒說過的話。最後我們三人坐下來看了《麥迪遜之橋》。看完影片後，我們討論了梅莉史翠普那個角色的選擇，而我們的討論改變了一切。突然之間，我們在對話了，而且是敞開心胸的真正對話，坦白了我們自己的一些心事。我母親和外祖母原來在生對方的氣，最後互相擁抱，平安度過一個感恩節！快轉到幾年之後，我自己經歷了一段不順的日子，看了一連串梅莉史翠普的電影後，那時才有了寫這本小說的靈感。

如果說到我最愛的梅莉史翠普電影——我喜歡的好多，但最愛的是《遠離非洲》。我之所以喜愛梅莉史翠普（愛到把我的小說獻給十部她的傑出電影），是因為她的戲路非常優秀——從令人心碎的嚴肅，到迷人的快活。說實在，我就是愛她那張臉。我覺得她高雅極了！

也許他當初了悟到（而我當時卻不明白），
地球之所以是圓的，
是因為這樣我們就看不到遠方的路。

——凱倫·布麗森（電影《遠離非洲》的原著作者，其自傳角色由梅莉史翠普飾演）

梅莉史翠普電影俱樂部

《麥迪遜之橋》
《穿著*Prada*的惡魔》
《媽媽咪呀》
《心火》
《陰陽界生死戀》
《克拉瑪對克拉瑪》
《來自邊緣的明信片》
《愛，找麻煩》
《遠離非洲》
《美味關係》

序曲　羅莉·威勒

十五年前
元旦　凌晨兩點半
緬因州布絲灣海港的三船長客棧

電視正在重播《絲克伍事件》，銀幕上是羅莉最愛的女演員梅莉史翠普。打從十來歲頭一回看過這部電影，羅莉就有樣學樣，跟著她留了頭及肩的打薄鬈髮。羅莉覺得另一位主角雪兒火爆得好帶勁——**火爆**，正是羅莉的姊姊常用來形容她的詞，不過羅莉不敢苟同。她覺得自己是內省型的人，如果信了天主教的話，應該每天都會跟神父告解兩次吧。

當晚電話響過一次以後，羅莉做了她這輩子永遠忘不了，也永遠無法原諒自己的事。頭一通電話是凌晨兩點後不久響的。她的姊姊愛麗在除夕夜喝得醉茫茫，對著話筒開懷笑說她的老公正在布絲灣度假酒店的豪華大廳大跳其舞，模樣挺像《黑色追緝令》裡頭的約翰屈伏塔呢。他們才剛各自喝了四、五杯香檳，請問羅莉或她老公能否過去接他們？才五分鐘車程呢。

五分鐘開到那裡。五分鐘把他們送回家安頓好。再五分鐘開回客棧裡的家。羅莉這就可以偷偷擁有十五分鐘的甜蜜與歡愉，所以她便把丈夫泰德叫醒。他迷迷糊糊嘟噥著罵起醉鬼來，但還是往睡衣套上了羽絨衣，出門去載納許夫婦。

羅莉先前已經快速巡了一遍女孩兒們。由於除夕夜羅莉和泰德只提供玩具喇叭和免費香檳給三船長客棧的房客，所以愛熱鬧的納許夫婦便把兩個女兒交給他們照顧，便一同出門狂歡去了。羅莉從客棧三樓下到二樓，輕悄悄地打開通往工具間的門，那裡頭擺了吸塵器和清潔用具。十六歲的伊莎貝．納許每回來訪，都習慣把她的床墊、枕頭和毛毯拖到工具間，這次也不例外；此時她睡得香沉，美麗的臉龐寧靜安詳，實在無法想像那張粉紅色的嘴巴竟然會迸出一連串髒話和吼叫。伊莎貝的母親規定她最晚十二點半得到家，然而她卻是一個小時前也就是一點半才偷偷進門，氣得她母親當著眾人的面跟她演出火爆場面，然後大家才各自散去。羅莉把鴨絨被拉上伊莎貝的肩頭，這才發現她的頸項新種了一顆草莓。看她父親怎麼修理她吧。

羅莉回到樓上後，探看了她另一個外甥女十三歲的珠兒．納許——當晚她跟羅莉的女兒同房。這房間就在羅莉和泰德的臥室對面，小得連一張床都快擺不下了，泰德卻勉強塞進了兩張小床給她們睡。沒辦法，新年假期三船長客棧的房間全給訂滿了。《簡愛》一書攤開來，在珠兒的胸膛上一起一伏，一盞紅色手電筒照著她的下巴。羅莉關上手電筒，把它和書一起擱上床頭櫃，然後輕輕撥開珠兒臉上一綹紅褐色的濃密頭髮。珠兒從來不惹麻煩。

房間另一頭躺著羅莉十歲的女兒凱特．威勒。她爸爸剛才下樓時，凱特醒了來，而且不到一分鐘就穿戴好外套帽子和手套，嚷著要跟他一起出門。「拜託嘛，爸爸，讓我也去好嗎？明天又不用上學。」不過天已晚了，外頭好冷，路上又一堆醉鬼，所以泰德還是要她乖乖回床去。

凱特又睡著了，紫色的手套還戴著，懷裡摟著破舊的迪士尼驢子布偶。羅莉輕手輕腳走過去，感謝老天女兒是面對牆壁。如果羅莉走進門時看到那張跟她父親一樣善良的臉，她的心一定會抽痛起來——這段日子她老有這種感覺。她小心翼翼脫下女兒的手套，凱特翻了翻身，不過沒醒。羅莉的胃因為罪惡感緊緊一抽，她咬了咬嘴唇，悄悄退出門。

她還有約莫十分鐘的時間。她衝回自己的臥室，關好房門躺在床上，把電視遙控器和電話擱在肚皮上。雖然她很愛《絲克伍事件》，但這片子她已經看了至少十遍，而且幾個月前才又重溫了一次。她按著鈕亂轉台，正巧看到了《當哈利碰上莎莉》，於是便把音量調大好蓋住自己的聲音，然後才撥起電話。他們講話時，她的心和往日一般怦怦跳動，提醒著自己曾經編織過的美夢。她的聲音輕柔，但在話筒上還是足以蓋過螢幕上比利克里斯托的談話。他正在跟梅格萊恩分析她的種種問題。

羅莉已經忘了時間，三、四十分鐘過後，一名接線生插撥進來，說是有通緊急電話。羅莉猛地跳起，她當然要接。是布絲灣海港警局。

他們深表遺憾。

羅莉永遠記得當晚那個畫面：她抖著手丟下話筒，驚駭的眼睛呆呆瞪著比利克里斯托的臉孔，久久無法動彈。都這麼多年過去了，她還是無法觀賞比利克里斯托主演的電影，不管看到他或者聽到他的聲音她都受不了。她的摯友珍珠說，感謝老天羅莉當時轉了台沒在看《絲克伍事件》，要不然她這輩子都甭想再看梅莉史翠普了。

1 伊莎貝・納許・麥可尼

伊莎貝打算以三種方式來挽救婚姻：她要親手調製正統的義大利三起司水餃，讓兩人可以共同追憶美好的過去，而且也要切記絕對不再提起愛德華和她關係結凍的原因。她好愛他，從十六歲起就愛戀著他，這點不會改變。她站在廚房的流理台前面，食譜潦草的墨水字跡凌亂難辨，那旁邊擱著她一步步耐性揉出來的麵團，灰灰的一坨。搞成這個樣，該沒問題吧？

伊莎貝從流理台上的架子拿下一本食譜，是吉婭達・德・勞倫蒂斯寫的《義大利家常美食》。她翻到麵團篇，她揉的這團跟吉婭達的成品完全不像。那就從頭再來一次吧，她還有五天時間可以練到完美。禮拜二是她的結婚十週年紀念日，伊莎貝決定要複製當年在羅馬度蜜月的最後一晚，當時才二十一歲的她和愛德華瘋狂熱戀，他們無意間走到了一家好美的小餐廳，可以在戶外用餐，打烊時間又晚，就在璀薇噴泉附近的轉角處。他們才剛在噴泉投了錢幣，各自許了願。他們選了張小圓桌坐下，美麗的八月夜晚微風輕吹，天上掛著新月，不知從哪兒傳來輕柔的義大利歌劇詠歎調。愛德華說他許的願是生命永遠如此美好，而她就是他的生命。她許的願如他所許。他們共享一大盤三起司水餃，但願生生世世都是夫妻。愛德華告訴她，他愛她甚於一切，他的愛永遠不滅，然後便站起身來，捧著她的臉不住深情地吻著。餐廳老闆看得好感動，他把他們請進內裡，說是要給他們起司水餃的獨家食譜。老舊的廚房裡站著他年邁的母親——鷹鉤鼻，穿了一件儉樸的長洋裝，厚重黑濃的髮髻挽在腦後，看來像是女巫。她正攪動著爐子上黑色的鍋。不過她的笑容溫暖，她吻了他們的兩頰，然後用義大利文寫下食譜，再由她的兒子譯成英文寫在下面。他還補了一句：**我母親說這份食譜有神奇的力量，可以讓婚姻永遠美滿幸福。**

多年來，伊莎貝一直把這張寶貴的紙摺好珍藏在隨身攜帶的皮夾裡，還曾打算每年的結婚紀念日都要做水餃慶祝呢，然而每次卻都因為各種不同的原因作罷。兩人不是上餐館吃大餐，就是遠遊度假。何況那盤他們共享的蜜月水餃這麼多年來一直都發揮了神奇的力量，她根本不需要再尋求外力保證自己的婚姻美滿。她什麼都有了。只是，最近一切都變了調。

他們的婚姻變成了一場冷戰，因為伊莎貝開始需要她不該要、也不該談的東西。這股欲望力量強大，不只嚇到她，也讓她興奮莫名，點燃了她這輩子從未體驗過的熱情。她因此常常哭泣，在淋浴時，在超市購物時，在車裡，以及深夜躺在床上時——因為這是非份之想。

她丟開凹凸不平的麵團，拿著量杯挖進麵粉袋時，突然聽到前門傳來窸窣的聲響。她朝後側了身，瞥瞥走廊。有封信給塞進了門隙。奇怪。伊莎貝抓著圍裙擦乾手，一邊走向玄關，她的鞋跟在晶亮的大理石地板上發出清脆的聲響。

信封上沒寫地址，信紙是素白紙張，上面打了字，但沒有署名：

> 你的丈夫有外遇。我不確定你是否知道，或者你是否想要知道。寫這封信是因為你曾經對我好過，這在我們的鎮上是難得的經驗。換作是我我會希望有人告訴我——我的直覺告訴我，你應該也一樣。海明威街五十六號，一輛黑色賓士每晚六點左右都停在該住所的後門。——很遺憾！

伊莎貝猛抽口氣，信掉落地板。她撿起信，再讀一遍。真是愛德華嗎？他有外遇？她搖搖頭，膝蓋軟趴趴的，她跌坐在玄關的軟墊長椅上。一定是搞錯了。絕無可能。

對——搞錯了。她如此定案。**很遺憾**有人把信送錯了屋子。想來應該是要投遞給隔壁鄰居莎夏·芬頓吧。芬頓家的白色殖民風格房屋，以及紅色前門和黑色百葉窗還有鳳仙花夾道的石板小徑，跟麥可尼家的外觀一模一樣。莎夏的先生調情向來明目張膽：在鄰里間輪流主辦的交誼餐會或者小朋友的生日宴上，都是如此。

伊莎貝突然同情起莎夏來，她對人一向客氣，今早還曾跟伊莎貝揮手打過招呼，只是笑容有點勉強，當時她是跟在她一臉凝肅的先生後頭送他上車。顯然她是受了氣。

果真是一輛黑色賓士嗎？跟愛德華的車一樣？

她猛吸一口氣，衝到客廳拉起前窗厚重的簾幔。她踮起腳跟伸長脖子探看，總算可以越過白色的精工鑄鐵圍籬瞧見芬頓家的車道。現在那裡只停著莎夏的銀色ＢＭＷ，不過伊莎貝很確定達倫．芬頓的賓士是黑色的。她瞥瞥腕錶，才剛過六點。達倫的車不在車道上，也許就是因為車子已經跑到了海明威街。

她走進廚房，把信紙連同信封都擱在流理台上，然後壓上一個番茄當紙鎮，不過她其實還真希望這封匿名信能夠隨風飄去，遠遠飛上天空消失不見。然而這封信也有可能會因為這樣飄落在另一個女人的家門前——另一個心底明白自己婚姻出了問題的女人，而且是早就出了大問題，早在夫妻間的冷戰開打以前。伊莎貝就是處在這種關係裡。

不過不會是外遇吧？愛德華不可能。

伊莎貝眨回快泛出來的眼淚，量了三杯麵粉，倒上厚實的木頭砧板。她在麵粉堆上壓了個洞，打了四顆蛋進去，小心翼翼地攪拌起蛋汁，再慢慢把蛋汁混進麵粉裡。等她開始用手掌根揉起麵粉時，麵團卻又凹凹凸凸起來，沒有半點黏性和彈性。

是她處理的過程出了問題。

果真能藉著追憶美好的過去打造美好的未來嗎？她想藉由這個方法挽救婚姻也許很可笑吧。但伊莎貝認為，如果她可以重現那個夜晚，在羅馬的最後一晚，也許他的內心深處會發出神奇的回應——當時她和愛德華之間有好神奇的心連心感覺。義大利鄉村軟酪和香甜的番茄大蒜醬混合起來，也許可以營造出在義大利月光下用餐的情調，喚回愛德華對她曾有的愛戀，讓他想起兩人曾經擁有的一切。她打算套上蜜月時穿的那件頗具舊時風情且能帶出甜美氣質的白色棉紗洋裝，並在美麗的月夜下在後院擺設出歡慶的豐美筵席。這就可以重現當晚的浪漫氛圍吧——就算如今他們是在美國東岸而不是義大利。這就可以把他們帶回起點，帶到婚姻生活的前九年——事事順心如意，關係和諧甜蜜。

這一年來，一切都變了調。不過她已經琢磨出對應的方法，絕口不再提起切斷他倆連結的痛點。它如同榔頭一樣砸碎了他們曾經擁有的美好，因為伊莎貝的心願正是愛德華的禁忌。

伊莎貝掐著番茄，又讀了一遍紙條。

一輛黑色賓士每晚六點左右都停在該住所的後門。

沒錯，愛德華開的是黑色賓士。然而達倫．芬頓以及對街的卡邁可一家還有整個社區的大半家庭開的也都是這樣的車啊。

她聽到有輛車開上芬頓家的車道。伊莎貝衝回窗邊。達倫．芬頓正從他鐵灰色的賓士爬出來。不是黑色的。她緩緩走向客廳另一頭的窗子，雞皮疙瘩竄上她的脊背。她覷眼透過薄紗窗簾看著哈維希爾家的車道。**拜託你們有台黑色賓士吧**，她想著，然後才醒悟到自己是在默默祈求維多利亞．哈維希爾的先生背叛妻子。然而哈維希爾夫婦的兩輛車都停在車道上——其中一輛是暗藍色的賓士。

伊莎貝僵著身子站在掀蓋鋼琴旁邊，不敢呼吸，不敢移動。

寫這封信是因為你曾經對我好過，這在我們的鎮上是難得的經驗……

伊莎貝對人通常都很好，莎夏．芬頓則是時好時壞。那麼維多利亞．哈維希爾呢？惡毒應該是恰當的形容詞。

那張紙條的對象果真是自己嗎？她走回廚房，鞋跟喀喀的聲音響在耳際。她和愛德華都在努力改變現狀。他倆都答應了對方要試。

「對不起，伊莎貝女士，這坨麵團長相不對。」

瑪麗安是伊莎貝的管家，她正把一堆貨品放進廚櫃裡，她瞪眼看著麵團，聲音慈和。不管伊莎貝跟瑪麗安說了多少次叫她伊莎貝就好，瑪麗安還是搖搖頭，面帶著微笑說：「不行，女士。」

「我可以留下來幫你揉好，」瑪麗安說：「你跟愛德華先生只要等著吃就行了。」

瑪麗安每個禮拜固定來兩次。他們在這棟位於康乃狄克州衛斯港的大房子住了五年，瑪麗安一直受雇於他們，每個禮拜來打掃兩次，有時候幫忙做做餐點。這棟房子只給兩個人住，感覺太空盪了。瑪麗安有時會頑皮地笑說，樓上四個房間總有一間可以拿來當作育嬰室吧。落地門，大拱窗，「就跟童話故事一樣。」

從早到晚不管什麼時候，伊莎貝總會隨興上樓走到童話間裡頭——又是一間從來沒有客人過夜的客房；然後開始想像起幽雅的白色雪橇搖籃、淡黃色的床褥、一具叮咚發出柔和聲響的機動玩具，還有好幾隻她打算請一位藝術家沿著天花板飾條圖繪出來的可愛小鴨子。

還有個小小孩，名叫愛麗森．麥可尼（跟伊莎貝的母親同名，可以暱稱為愛麗），要不就叫馬可斯．麥可尼吧（跟愛德華的父親同名）。

然而這只是美麗的空想。他們之間定了約，每當伊莎貝提起小孩的話題，愛德華就要再次提醒她這個盟約。

他說得沒錯。而她也一直遵守著，只是心碎神傷。所以那封信一定是搞錯了。沒有外遇。他們的盟約不容許外遇存在。

然而這會兒她再仔細一想，這其實只是兩人私下訂的約啊，隨時都可以破戒。

她努力擠出笑容看著管家。「謝謝你了，瑪麗安，不過我是在學做麵團——我打算親手調製，慶祝下禮拜的結婚週年。已經十年了。」

「你跟愛德華先生好恩愛喔，」瑪麗安說：「希望他可以趕在八點以前回來慶祝。這位先生老是加班加到好晚，真辛苦。」

海明威街56號——一輛黑色賓士每晚六點左右都停在該住所的後門。

伊莎貝伸手探進手提包，摸出她的汽車鑰匙。

伊莎貝在傷痛兒總會的布絲灣分會遇見愛德華．麥可尼時，她才十六歲，而且脾氣拗得很。當時他是她的少年帶領人，五年前他的父母空難過世後，他開始於每個禮拜三放學後到分會擔任志工。伊莎貝的阿姨羅莉是在車禍發生的兩天後，帶著她和她的妹妹以及表妹來到分會的。伊莎貝先是和一名成年輔導員會談一堂課，然後再跟著愛德華上一堂。頭一天她就對他印象深刻：她在他眼裡看到了強烈的同理心，那雙深邃的棕眼是如此多情，有那麼一忽忽，她完全忘了自己身在何處，忘了自己是在這個人間地獄，永世不得超生。她的母親，她的父親，都不在了，他們已從她的生命消失，就在除夕夜她熟睡的時候。

她不想談自己的父母。也不想談到最後那一夜她和母親之間的火爆場面。她不想討論她的妹妹珠兒，因為她只會哭個不停。她也不想聊聊她搬進羅莉阿姨那棟發了霉的老客棧後有什麼感覺，因為她得跟失去父親的小表妹凱特一同擠在一間房裡；而凱特失去了父親，就是因為他開車出門去接伊莎貝和珠兒的父母——兩人除夕夜大鬧狂歡喝得醉茫茫。她說她只想聽愛德華描述他得知自己父母罹難那一剎那的感覺，所以他就談起了驚嚇的本質，說他起先是驚嚇過度麻痺到沒有感覺，要等到許久以後，才能真正面對自己父母已經不在的事實。驚嚇慢慢地於整整六個月之後消退了，接著他就開始不停地哭了好幾個月，不管人在哪裡都哭。在學校裡，夜裡在毯子裡，在教堂裡。撫養他長大的同父異母哥哥覺得教堂應該可以安定他的心神，這也沒錯，他是得到了安慰。然後有一天，愛德華說，就在生活的某個片刻裡，你突然覺得自己已經放下了。從此便漸入佳境。失落成了你的一部分，而不是你的全部。

她是在第二個禮拜三愛上愛德華．麥可尼的。珠兒也是，不過她的情況比較像是迷戀一個兄長型人物。有那麼一陣子，一直處不好的納許姊妹，開始聚焦在這一點，而不是兩人共有的哀傷。她們會把滿腔怒火發在對方身上。「他喜歡你的唯一原因就是你很浪蕩啦。」珠兒會放聲怒吼。「才不呢，他喜歡我是因為我就是我，」伊莎貝則是不甘示弱地吼回去：「這你就永遠都做不到啦——只會鞠躬哈腰的乖寶寶！」早年她們盡是這樣彼此飆罵，而每當伊莎貝跟愛德華反覆述說兩姊妹之間互不相讓的謾罵時，他都是同樣的回應：「你也曉得吧，伊兒，如果珠兒數落你的話有百分之九十九都不是真的，你數落她的話應該也一樣。這點你得好好想想。」之後她是會反省，但到頭來她和妹妹還是會陷入爭吵的模式裡。珠兒會冒出一句話，點到伊莎貝的死穴讓她全身大抖起來，搞得珠兒慌忙竄逃去找羅莉阿姨求救。

然後不到一天的時間，兩個女孩的戰爭又會開打。珠兒堅持說十三歲已經大到可以交男朋友了——十六歲的男友；而且她會把胸罩塞得好大，還擦起桃香味的晶亮唇膏。如此這般搞到後來，羅莉阿姨只好把珠兒轉交給一個叫莎拉的十四歲女輔導員帶領，結果珠兒對她也是一樣崇拜。然而伊莎貝和珠兒之間原有的鴻溝還是加大了，而且完全沒有改善的可能。雖然伊莎貝領悟到跟妹妹和平相處並不難，只要停止**反射式的回應**就行了，然而想歸想，做歸做，處在爭吵模式的她每一次還是會啟動慣常的回應機制打回去，而且砲火猛烈。

接著就是奔找愛德華的戲碼。那年寒冬他們已經難解難分。在布絲灣海港的碼頭上散著漫漫長步，在那冰凍的天地裡兩人都裹著厚重的外衣。他們會坐著瞪看遠處停泊的船隻，愛德華有力的手臂環住她，她的背抵住他厚軟的 L.L. Bean 海軍藍羽絨衣，他戴著手套的手為她暖臉。他們會在海港走上一里又一里的路，拿著外帶杯啜飲著熱騰騰的巧克力。走得離客棧愈遠，伊莎貝的哀傷愈淡。有一晚，是晚春時節，愛德華和她躺在客棧後院的橡樹底下，兩人手拉著手抬眼凝看無垠的夜空。閃亮的星子點燃了伊莎貝對未來的希望。

「我們應該來立個約，」愛德華說，眼睛還是盯著星星。「你跟我，永遠不分開。只有我們兩個。」她捏捏他的手。「只有我們兩個。永遠在一起。」

「而且絕對不能有小孩。我不希望小孩跟我們一樣，變成哀傷的孤兒，失去所有的依靠。」

她扭頭面對他，好佩服他的透析力。才十六歲，卻是如此聰慧。「不要小孩。」

「約就這麼立了，」他說：「不要小孩。只有你跟我，永遠在一起。」

他們緊緊牽著手，抬眼凝看星星，直到伊莎貝的阿姨羅莉呼喚著要她進屋準備睡覺。

有好多好多年，她根本忘了曾經立過那個約。

如今他們都已經三十一歲了。結婚十年。住在衛斯港。這裡是康乃狄克州一座美麗的小鎮，住戶許多都是年輕、有小孩的夫婦。伊莎貝抓著汽車鑰匙的手又捏得更緊了，她看著那團不均勻的麵團，回想起一年前的自己：她開始想瞧瞧嬰兒推車裡一張張小小的臉蛋，有時走著走著，心裡會有小小的騷動讓她停下腳，夜間也會因此從睡夢中醒來。她開始思考，也許當初他們一心只想防堵風險是個錯誤的決定。她一直到二十八、九歲時，都還安於現狀很滿足。沒有任何母愛齧咬著她的心。她的改變是因為愛德華開始和她漸行漸遠，不再和她談心，而且下班的時間也愈來愈晚，有時他跟她起了個話頭談起公司的事，卻又馬上會說：「嗳，算了，講了你也不懂。」她這才開始意識到自己心裡一股一直無法真切點出的欲望。然後有一天，約莫一年多前吧，她到醫院去輔導一個家庭——她是那裡的全職傷痛輔導志工。一名年輕寡婦帶著她七個月大的兒子，以及一大群溫暖貼心的家族成員團團圍坐著，然後便有人問起伊莎貝能不能抱一下那個嬰孩。

她懷裡那團甜美柔軟的重量讓她的心緊緊一抽。她當時馬上明白自己是多麼渴想生個孩子，多想當個母親。她體悟到年少時那個答應立約的受難兒和現在已經完全無關了。她懷裡這個小女嬰失去了父親，但她還是可以被愛，還是可以擁有美好的生命。

伊莎貝想要小孩。然而她必須百分之百確定自己的感覺。她夜夜冥想著這個需求，直到她沒有絲毫懷疑——她但願自己那一刻就能懷胎。

幾個月前，她於入睡時想像著他們的孩子可能會長什麼樣子——孩子或許會遺傳到愛德華的栗色頭髮以及羅馬鼻，也有可能遺傳到她淡褐綠的眼睛還有心形臉呢。她於夜半醒來，在溫暖怡人的黑暗中開了口：「愛德華，你還醒著嗎？」他咕噥一聲，於是她便吸口氣說，她近來老想著兩人應該有個小孩。他沒出聲，伊莎貝以為他終究還是睡著了沒聽到，沒想到他卻發出聲來：「我們立過約了，伊兒。」隔天早上，他再次提醒她兩人當年立約的原因。這回的語氣還算柔和。然而之後就沒那麼柔和了。

「可是如果我改變主意了怎麼辦？」她問。

「那我們就陷入僵局了對吧？」這是他的回應。

她試著要跟他說，他們其實不需要再遵守多年前訂的規則了，因為那約是處在悲痛、恐懼的心境時定下的。當時他們無法信任這個世界。

他冷眼看她，憤怒的眼，然後說：「我不想要小孩，伊莎貝。沒有討論空間。我們立了約。」之後便大步走開，還重重地把門摔上。經過幾個月重複性的談話之後，他們都撤開了——但不只是撤開這個話題，而是撤開彼此的連結。她待在醫院的時間更多了，幫助新近失去親人的人們撫平傷痛。空閒時間——其實不多——她會站在育嬰室窗外看著一個個小嬰兒，抽緊著心闔上眼睛，讓自己感覺到身體的每一吋每一分都迫切想要小孩。她痛恨他的立場可以如此堅定，也因此變得安靜了；慢慢地，他離她更遠了，不只是晚餐很晚才回家吃，或者週六早上加班。他甚至會避開她待的房間，而且不再與她同房。早晨她會發現他睡在客廳的沙發，或是他書房那張窄小的鴛鴦椅上。僅有幾次他坐下來與她共進早餐時，兩人隔著三呎長的桌子默默咀嚼，他讓她感覺到披天覆地蓋來的孤寂。

「愛德華，我們得好好談談。我們得解決問題。」她說了又說，在早餐桌上，在電子郵件裡，在電話上。夜半無聲時，她會醒來，這才發現枕邊人不在，她會走下樓，看到他在看紅襪隊比賽的錄影帶，或者只是呆呆坐著，手捧著頭。她會突然暫停，心裡好慌。面對這個她認識了大半輩子的男人，她突然不知道該怎麼進入他的世界。

所以幾個月前，伊莎貝便不再搭乘電梯到三樓的育嬰室看孩子了。就寢時，她不再懷抱育嬰的夢想，小小的羅馬鼻和淡褐綠的眼睛——她和愛德華的五官綜合體——是逝去的夢。她曾立過約。她結婚立下的誓言，是以那個約為前提，而她也一直遵守規則。愛德華曾經救了她，而現在她得拯救**他們倆**，拯救他們的婚姻——九年的婚姻一直是心連心，幸福美滿。多年來，他下班時走進門來，都會一把抱起她，熱情吻她一如蜜月時。他們會上床做愛，在床上看著老電影，共享他們最愛的外送中國餐點。他會仔細聽她述說醫院裡的故事，悲慘的故事，然後抱著她讓她好過點。而當他們假日當乖寶寶遠赴緬因州去看她的家人時，如果伊莎貝跟妹妹吵架很想逃離客棧時，她和愛德華會和往日一般，在海港繞行，手牽著手漫步聊天，然後一切又回歸於美好。

你和我永遠在一起，只有我們倆。

愛德華．麥可尼是她的一切，因此這幾個月來，她是全力以赴挽救婚姻。一場苦戰。

起先，他還有反應。她的笑容真摯，毫不勉強。她凝看著他，眼裡滿滿是愛而非怨懟。她會走到他背後，為他按摩他厚實的肩膀，深深吸入長久來她深愛著的男性體香，於是他便會轉過頭，深深地，熱情地吻起她來，然後領著她走上樓。然而之後，她會注意到某些細節，幽微難察的細節——在他的表情裡，在他的身體語言裡。傷害已經造成，也許早在她提出孩子的話題之前便發生了，他們之間少了個什麼——而那，也許是微笑、做愛或者時間都難以挽回了。

所以她便默默等著，也還試著。她試得好努力，甚至他們做愛時，她都會迸出眼淚，然後愛德華便會搖搖頭，爬開她的身子，走掉。而且好幾個小時都不再回來。

「你可以撒謊，但不可能對自己撒謊。」她的阿姨羅莉老愛這麼說。

所以她就試得更努力了。上個月，她才跟愛德華保證說，她已經重新接受多年前立的約了。沒錯，結婚十年她今年已經三十一歲了，而且沒錯，她曾改變心意想要小孩。沒錯，她心底確實深信她會是個稱職、有愛心的母親。但她已經決意把婚姻擺在第一。她會考慮他提出的種種建議，比如養兩條狗，大狗——羅德西亞獵犬或者大灰狗。而且他們也可以去旅行，重遊義大利，或者去印度，去她一直強烈想看的美國大西部，也可以到非洲加入狩獵團，兩人或許能夠掙脫所有綑綁，回歸自在的生活——在只有他倆的世界裡。

只有他們兩人。雖然他們的婚姻已經起了質變，雖然兩人之間好像少了什麼，也許永遠回不來了，但她愛她的愛德華，他們一定可以攜手度過難關的。有時候，在夜半人靜時，她會想起去年聖誕到客棧度假時，妹妹咕噥的話：「天啊伊莎貝，少了愛德華你還知道自己是誰嗎？」原因是她和愛德華當時又陷入他們慣有的小小爭執，而她又是照慣例屈從於愛德華的意思。其實伊莎貝在失去父母之前，在她碰到他以前，是個完全不同的人。而現在她卻開始起了從未有過的欲望，希望生命能有戲劇性的巨大改變。她屈從於愛德華，也許只是因為擔心失去他吧。保有他是她的底線。不會有孩子了。不會有小腳丫踩在地板上的啪答啪答聲了。在她內心最最深層的底處，伊莎貝告訴自己，單是想要小孩的欲望便夠了——幾乎夠了。這其實就代表了某種意義。她因此覺得擁有一些些的自我了。

汽車鑰匙刺進了手掌心。伊莎貝想著，原本還以為兩人已經回到舊時軌道了呢，至少在入口處吧，雖然早上他才跟她說了，明早他不能跟她同去緬因。愛德華從沒找過藉口不去緬因，不去造訪他的兄嫂，或者她的阿姨羅莉。雖然有過種種過節，他還是很喜歡羅莉，他打從一開始就對她很有好感。不過這回她開口提到羅莉幾天前打來一通很奇怪的電話，說是有件大事要宣布，但電話上不好談，她希望伊莎貝和她的妹妹珠兒還有表妹凱特，週五晚上可以一起在客棧共進晚餐。愛德華馬上接口說他無法同去。得陪客戶應酬，還得開會，總之週末沒空就對了。

「明天我走不開，伊莎貝，」早上他是這麼說的。「回去看看家人吧。已經好久不見了，對吧？週末就住哪兒好了，或者乾脆待到下禮拜吧。」

她這才意識到，打從去年聖誕以後她就沒看到羅莉、珠兒和凱特了。現在是八月。她們四人每年碰兩次面，聖誕節和感恩節，這好像是她們能夠容忍的上限了。

週末就住哪兒……或者乾脆待到下禮拜吧……他還記得下禮拜二是結婚十週年嗎？

「你剛說羅莉的大事是什麼啊？」他問時也沒抬眼看她，手指按在iphone的QWERTY鍵盤上。

他已經不再聽她講話了。打從接到阿姨的電話以後，她就坐立不安。把三個女孩叫過去實在非比尋常——該說兩個，因為凱特原本就住在客棧。伊莎貝猜測，應該是阿姨想把三船長客棧賣掉。由於三個女孩都在那裡長大——嗯，伊莎貝晚了些，是從十六歲以後——也許羅莉覺得應該要面對面宣布這件大事比較好，而她可是全世界神經最大條的人呢。羅莉宣布時，心情應該就像是在宣布那年夏天的紫丁香開得特別香吧。之後四人就會各自散開，羅莉會隱身到客廳跟旅館客人共享週五電影夜，珠兒會跟她的兒子查理一起在後院玩好幾個小時的樂高，因為她可不想看到半個鎮上的熟人。而凱特則會想避開……伊莎貝。

伊莎貝衷心希望阿姨是想賣掉那個地方。因為對她們四個來說，客棧並沒有留下任何共同的美好回憶。

請聽我說話好嗎，再次關心我看著我吧，她希望愛德華能接收到她傳送的訊息，但他的注意力還是集中在iPhone上頭。「羅莉不肯講，」她告訴他。「不過我敢打賭，她是打算宣布賣掉客棧。」

他心不在焉地點個頭，又瞥瞥錶，然後便抓起公事包站起來。

就這樣嗎？沒有評語？他對客棧毫無眷戀之情嗎？他們曾在哪兒共度多少夜晚，一起躺在好幾畝大的後院，窩在有百年歷史的橡樹之間，抬眼看著星空。他們只是不要孩子，但卻曾一起編織過許多更好的夢想。

沒有評語。一句回應都沒有。

此刻伊莎貝看著從她的手提包突出來的匿名信。她又讀了一遍，然後才塞回信封裡。

你的丈夫有外遇……

她想知道真相嗎？有的妻子會睜隻眼閉隻眼，原因有的複雜有的簡單。然而這有**可能**只是一場誤會。搞半天她會發現其實是去年的賓士車款，而且只是個**長得像**愛德華的男人偷溜進人家後門。然而她也有可能會發現真相，知道愛德華的確對她不忠，但那之後又該怎麼辦呢？他會求她原諒嗎？他們可以共度難關嗎？他會發誓這只是一夜情，說他只愛她嗎？

然而近來他好像不愛她了。好漫長的「近來」。也許他根本連個謊都不想編吧。

她大可以揉皺了紙條，假裝根本沒收到。紙條的**對象**另有其人。伊莎貝闔上眼睛，讓自己滑坐到椅子上，因為兩腿已經開始打抖了。無論後續怎麼做，她總是得**查清楚**才行。

現在已經是六點二十五分了。

伊莎貝再看一眼木頭菜板上的麵團。她把信塞回皮包，然後開了三分鐘的車子抵達海明威街。五十六號是最後一棟，堂皇的廊柱，希臘復古型的豪宅，她覺得以前應該來過。沒錯，兩年前在這兒開過會，社區的人聚在這裡討論鎮上即將舉行的公民投票。

是誰住在這兒呢？她自問著。她把車子停在隔了幾戶人家的地方，一邊回憶著主人的長相。她疾步走向房子的後面，心臟猛跳，呼吸急促不勻。有個車棚呢，從街的那一頭看不到。**真希望他的黑色賓士不在那裡。**

然而它就在那裡。

她無法呼吸。

噢愛德華，你這狗雜種。

憤怒如同利刃劃破了她的腸胃，之後卻只剩下了哀傷，這是打從多年前的那個早上她醒來時得知父母都已離世後，再也不曾感受到的悲哀。她倚身靠著屋側尋求撐持，慶幸著茂密的長青樹掩護了她。也掩護了愛德華和他的賓士不被鄰人發現吧。不過還是有人看到了，當然。

一片破舊的木板用不同的漆色漆上了「奇諾威」三個字，就掛在這家住戶的玻璃拉門上。噢，是了。強勢的凱洛琳．奇諾威和她的老公，她不記得他的名字了。總之是一對三十幾歲的夫妻，有個小孩，三、四歲的女兒吧。他們雇了個十九歲的愛爾蘭家庭教師，豐胸細腰，笑容明燦溫暖。

真是老梗了。愛德華上的是火辣辣的愛爾蘭家教。

她閉上眼睛，淚水撲簌流下，刺痛了眼睛。該回家去嗎？在想出對策以前先不動聲色？還是現在就打電話給凱洛琳．奇諾威，告訴她她請來的家教正在跟伊莎貝的老公睡覺，搞不好也跟她的老公睡？或者她該長驅直入，直搗黃龍？

她兩腿軟趴趴的如同橡膠。伊莎貝踩上門廊前的台階，走到玻璃拉門，把門子推開。門打開了。她停下腳豎耳傾聽。壓低了的聲音，是從樓上傳來的。她屏住呼吸，走上鋪著白色地毯的樓梯，她頹然靠向扶欄，心臟怦跳的聲音大到她都納悶起怎麼還沒有人從臥室衝出來。

等她爬到樓梯口時，愛德華．麥可尼正走出一扇門，身上只套了件沒扣鈕釦的襯衫。

他愣開了嘴，瞪眼看她，整張臉都泛白了，她覺得他有可能昏倒。他踉蹌倒退幾步，一手緊扶門框。「怎麼會——」

「寶貝？怎麼了啊？」傳來一個女人的聲音。

但不是愛爾蘭口音。

凱洛琳．奇諾威裸身走出同一個房間，她瞧見伊莎貝站在走廊上，臉色刷地煞白。她好像僵住了沒法動，然後才趕忙衝回房裡，裹了條床單出來。整張臉現在變成紅色了。

「伊莎貝，我——」凱洛琳開口道，表情像是……同情居多。

愛德華抬起手，直勾勾地看著伊莎貝。他的眼睛閃著淚光。「伊兒，我……噢老天，我好抱歉，伊莎貝。」

伊莎貝站在那裡，無法呼吸無法動彈，無法過濾資訊，無法思考。

「你——」伊莎貝想把話逼出口。**你搞外遇。而且對象是凱洛琳．奇諾威？一個母親！**

她瞪眼看了看這兩個人，然後便奔下白毯樓梯，衝出前門。

2 珠兒·納許

珠兒一直希望，如果這輩子非得再見到寶琳·奧特曼不可的話，這人最好是肥了四十磅，而且長了滿臉成人青春痘。沒這好狗運。她依然是金髮飄飄身材曼妙，而且還是一臉粗俗的美，寶琳這會兒就站在布克兄弟書店旅遊區，翻閱著手中一本祕魯旅遊指南。珠兒原本正要把《小氣鬼遊巴黎》歸架（不知是誰把書丟在咖啡桌上），這會兒立刻衝上了緬因人文風情書架區的走道，並輕聲告訴一名店員她得回辦公室一下下。

門在她後頭關上以後，她鬆下了一口好像已經憋了七年的氣。

上回看到寶琳時，珠兒芳齡二十一，懷胎八月，在她的家鄉布絲灣海港的布克兄弟書店當店員。寶琳拿了本《法學院考試大全》走到櫃檯——珠兒幾年前擊敗了她，榮獲高中應屆畢業生致詞的榮耀——她一瞧見珠兒便大聲驚呼：「我的天啊，珠小姐！你懷孕啦？好大的肚子。看來你沒辦法回哥大念書囉。」

沒辦法了吧，珠兒想著，很想躲到才剛進貨的新書紙箱後頭。沒辦法升大四了，不過她可一點也不懷念上學期在紐約時的孤單和失落感。其實去年十一月就懷孕了，不過她是春季班開學時才發現的。一旦知道，一切都不重要了，重要的只有生下小孩，並找到孩子的爸。

寶琳逡眼看了珠兒沒戴戒指的左手，喜孜孜的好得意。「真不敢相信你這種人會把自己搞到懷孕哩。原以為你會找到一家雜誌社還是出版社實習呢，然後平步青雲榮登《紐約客》雜誌的編輯大位哪。」她的後頭有個顧客在等，所以寶琳就把書塞進袋子裡：「老天，好難相信高智商的女人也會犯下最最白痴的大錯呢。」然後她和她平坦的小腹以及運動褲臀上橫著的「耶魯」字樣便跟著她亮閃閃的人字拖一起出了店門。

珠兒又得逃離崗位十分鐘了——在那些時日裡，好心的老闆不知給了多少她需要的十分鐘。她坐在馬桶蓋上，閉上眼睛，想把所有的怨氣逼出來。她可沒犯什麼白痴錯誤，雖然其他人好像都很不以為然。

而現在，時隔七年了，她還是得躲在隱密的空間裡療傷，不過波特蘭的布克兄弟書店至少有個空間寬敞許多的辦公室——位在布絲灣海港的本店小多了。而且珠兒也因種種原因不再去海港了，主要當然是因為這個小鎮有太多太多的寶琳．奧特曼。她們都還記得珠兒是榮譽畢業生，原本懷抱著偉大夢想，立志要在紐約的出版界闖出名號，結果她卻因為兩夜情把自己的肚子搞大了，害得她這七年來都得獨力撫養小孩，並窩在一家小本經營的書店賺錢餬口。

不過至少她現在當上了經理。她賺的錢差不多夠付開銷，每個月也能省下點錢以備不時之需。而且老天眷顧，查理的大學教育基金已經存得差不多了。

而且她有查理。沒錯，重點就在這裡。孩子是寶。寶琳和她的價值判斷都可以沖下馬桶滾去死。大可不必悲嘆美夢沒成真。這就是她的人生，而且過得很好——不只是好，是**真美好**，有個好棒的孩子，好棒的朋友，以及一份她珍惜的工作。珠兒抓起她紅褐色的長鬈髮，挽了個鬆鬆的髻在頸後，然後插了支筆固定住，之後便坐到了她小辦公間的書桌前，在便利貼上註明今天查理露營後要請朋友回家玩，得買些點心招待。他最愛的起司棒和綠葡萄，也許外加灑了糖粉的迷你杯子蛋糕吧。她想像著查理和他的朋友坐在查理房間的星月地毯上，不由得微笑起來。他們會一起拼裝樂高機器人，一邊剝著起司條，咂聲讚嘆杯子蛋糕好香甜。

「噢，珠兒，原來你在這兒啊。」雅斯柏．布克走出他的辦公室時說道，他那間就在隔壁，不過還更小，因為他一個禮拜只來兩次。雅斯柏身材高大，穿著招牌吊帶褲看來很帥氣，才三十幾歲就是兩家布克書店的老闆（他和雙胞胎弟弟亨利是合夥人，布絲灣本店由亨利負責）。她欠了他很大的人情。欠他們兩個。雅斯柏當年雇請她到波特蘭分店當店員，因為她迫切需要逃離布絲灣海港，逃離所有人的白眼，逃離「天哪，你本來不是前途一片光明嗎，」就當她是銀行搶犯，要送去坐牢一樣。另外就是要逃離她阿姨的……不以為然——不知這樣措辭可對。多年來她都心存感恩，因為書店樓上的兩房公寓，老闆還補助房租津貼給她，而且書店所在的通衢大街又是這麼熱鬧有趣。這裡是波特蘭的舊港區，書店四周有很多風味獨具的特色小店，以及各色各樣美味的小餐廳和咖啡館。她就是在這間公寓把孩子帶大的，一切順利是因為書店提供的薪資福利不錯，而且鄰居一位善心的老奶奶又願意幫忙照顧孩子。不過頭號大恩人當然是雅斯柏，他一路把她從店員升到副理，然後又是經理。她喜歡布克兄弟書店，喜歡書的香味，喜歡幫顧客挑選禮物，或者幫他們買東西犒賞自己。她也喜歡製作標示卡，掛在她推薦的書目的層架上。她喜歡磨光的木頭地板以及五顏六色的小地毯還有鬆軟的沙發。顧客可以往上一坐便讀掉半本書——雖然有一半機率他們會把書歸架不買。

「嗨，雅斯柏，又在研究財務報表了嗎？」這幾個月來，雅斯柏不只一次提到營收每況愈下他很憂心，所以珠兒就研擬出好幾種方案刺激買氣。她邀請了緬因當地的作家舉辦朗讀會，還為暢銷書舉辦簽名會。三個讀書會。一臺咖啡機和三張咖啡桌。兒童讀物區還有說故事時間。生意是改善了。不多，但不無小補。

雅斯柏定睛看了她一會兒，然後坐到夾在牆壁和她那張書桌中間的椅子上。「珠兒，我已經憋好久，現在非講不可了。亨利和我決定要慎重處理波特蘭店。我們打算關店。」

珠兒差點跳起來。「什麼？關掉這家店？」

「幾個月以後，我們就沒辦法再負擔房租和業務開銷了。我們得面對現實放手了。布絲灣的總店也許可以擴大營業，那兒營收不錯，因為房子是我們自己的，而且鎮上又只有一家書店跟我們競爭。亨利把它當成寶，當然，他自己坐鎮在船裡指揮營運，成績斐然。他肯定會請你過去當經理的，你也曉得。我們不會輕易讓你走的。」

噢，不行。不，不，不。關掉波特蘭的布克兄弟書店——通衢大街的景點之一？關掉她珍愛的店？改當布絲灣總店的經理嗎？明晚得一路開車到布絲灣參加家族聚會就已經夠討厭了。羅莉阿姨幾天前打了通電話，說是有要事宣布，而且她也通知了伊莎貝。只要一想到明晚的場面她就快抓狂了：她得面對有錢的姊妹和好跩的愛德華，還有眼觀八方的表妹凱特跟沉默的羅莉阿姨——阿姨她會自顧自地搞東搞西把大家全當成空氣，寧可和房客一道看電影，也不肯和幾個外甥女多聊聊。更何況，現在得知自己工作不保了，她們會怎麼反應呢？「念了三年長春藤名校，到現在你還在整理書啊，珠兒？」這句話「跩德華」（這是她給他的尊稱）去年聖誕說了不只一次。「搞到現在你總該可以找家地方雜誌社當編輯了吧，比方《波特蘭月刊》或者《美東季刊》吧。」說得倒簡單。從整理書籍到找著編輯工作可是輕輕鬆鬆的一小步對吧？編輯夢她早就放棄了，因為一份安定的工作和固定薪水，以及有租金補貼的公寓，是她生存的必要條件。何況她又不是店員。她可是名正言順的經理。「噢，對不起。**經理**。」跩德華最愛蔑著笑容講話。

她真不敢相信自己十三歲的時候，可以花好幾個小時只想著愛德華的臉、他睫毛的長度、他鼻子的弧度，還有那雙深棕色的眼睛——這一切有時候還是會引發起一連串回憶，讓她想起自己曾是個暴怒、哀痛的小女孩，車禍之前原本對生命懷抱了種種夢想。但那之後，她的生命整個翻轉，而伊莎貝和表妹凱特也逃不過這種命運。後來珠兒上了哥倫比亞大學，一度又找回自己的夢。遠離羅莉阿姨，遠離那間遊客好像都覺得「很有正港漁村風味與特色的」老式客棧之後，她找到了自己。只是有一天在中央公園的一張石板凳上，約會的對象爽約，她的生命從此又再度改向。

要她再回到小鎮工作嗎？她在那兒不知吃了多少白眼，搞得她連陌生人的眼光都害怕。「可是雅斯柏，布絲灣海港從波特蘭搭車過去要一個半小時哪，我不可能每天來回通車。總之，我是不可能回去的。我會在這兒找到新工作，也許圖書館——」

他捏捏她的肩膀。「小甜心，這話我真不知怎麼開口說，可是……如果店面收了的話，兩房公寓也得放手。公寓和書店的租約是綁在一起的。」

珠兒癱坐在椅子上。噢，拜託。

雅斯柏再次捏捏她的肩膀。「你會找到出路的，珠寶寶。新工作，新的家。因為你的求生能力一級棒。」

那她現在怎麼覺得自己好像兩腿發軟，游不遠了？

珠兒站在小廚房的流理台前。她在這個空間餵了查理第一口花生醬，和他在餐桌上玩過一遍又一遍的大富翁，而且夜半無法入睡時，也常在這兒坐上好幾個鐘頭，手捧一杯茶，桌上擱著唯一一本有她父母照片的相簿。她遊目環顧老舊的廚櫃以及黑白相間的破舊塑膠地板，心裡明白這間公寓實在沒什麼，根本比不上她姊姊伊莎貝那棟可以登上《建築文摘》雜誌的康乃狄克豪宅。不過這裡屬於她，她為牆壁漆上了漂亮的淡黃色，買了幾塊色彩繽紛的廉價編織地毯為地板增色，而她添購的椅套、小抱枕，以及窗簾也營造出不錯的效果。如今這間位在通衢大街的小小公寓已成了她和查理溫馨的家。

不要哭，她命令自己。她背對著查理和他新交的朋友帕克——查理穿的蝙蝠俠披風是她表妹凱特送他的七歲生日禮物。他倆圍坐在餐桌旁，桌上擺著夏令營老師發派的作業。兩個男孩的外表真是南轅北轍——查理長著柔細的暗色頭髮以及綠眼睛（絕非來自她的遺傳），而帕克呢，則是蓬亂的金色鬈髮以及天使般的藍眼睛。珠兒從冰箱抓了兩條起司棒，又拿了兩只蝙蝠俠塑膠杯倒上蘋果汁，然後把點心送

上桌。先前她特意到麵包店買了迷你杯子蛋糕，也順便挑了塊花生醬夾心派給自己加油打氣。杯子蛋糕

稍後再端出來吧，算是個小驚喜。

「你猜怎麼著？」查理把椅子拉到帕克旁邊耳語道。「作業我根本交不出來，因為我沒有爸爸。」

珠兒抽了一口氣。這是在搞什麼啊？

「你怎麼會沒有爸爸呢？」帕克問。

查理聳聳瘦薄的肩膀。「就是沒有啊。」

帕克也聳個肩。「我還以為大家都有爸爸。」

查理搖搖頭。「我就沒有。」

兩個男孩一起扭頭看著珠兒。

每回只要查理問起他的父親到底在哪裡，珠兒就逃不了那種恐懼與驚惶的感覺。怎麼答都不對。有時候，特別是她在學校舉辦的活動裡看到別人家的父母在一起，或者聽到別的小孩在查理面前提到自己的爸爸時，她就止不住心底那股悲涼——查理還是嬰兒的時候，這種感覺常常讓她無法入睡，但也正好因此可以定時在夜間餵食牛奶。她會開始天馬行空地想像，當初在那個寒冷的十一月天，約翰的確現身赴約了，他們也因此有了機會一起討論懷孕的事，並如夫妻般共同決定要生下小孩。之後他們便結了婚，很神奇地在紐約找到一間舒適的公寓，於是她便把哥大的最後一年念完了，還成為《紐約客》的編輯；而他則……放下休學一年周遊美國的計畫（這是兩人初見面時他的說詞），專心等著當爸爸。於是三人便永遠過著幸福快樂的日子。一個完整的家庭。在這場想像的劇碼裡，查理是有父親的。

在實際生活裡，他並沒有。

她深吸一口氣，跪在他倆椅子的中間。「這個作業是要幹嘛呢？」她問道，覷眼瞧著攤開的文件夾。

「是夏令營最後一天的慶祝會要用的，到時候所有人的爸媽都可以去參加喔，」查理說：「我們在做

一棵好大好大的人工樹，有十個人高，而且大家都要把自己的家族樹掛在上頭呢。你知道家族樹是什麼嗎，媽咪？」他從文件夾裡抽出一張綠色的紙。

「我曉得，查理。」她說，她看到紙上畫了一棵枝枒眾多的大樹。橢圓框是要寫下名字的。曾祖父母。祖父母。父母。你。兄弟姊妹。**填上姓名，並在下面的空白寫下三個詞來形容你的父母還有祖父母**。

噢查理，她想著，心都要碎了。其中一邊的名字她可以輕輕鬆鬆地寫下：納許這邊。雖然可能得標明D來表示死亡（deceased），因為查理的外公外婆和舅公都過世了。問題出在另外一邊，從最底下的父親一欄，她就不知道該怎麼填寫。她知道查理父親的名字，當然——感謝老天，她至少還擁有這項資訊。而三個貼切的形容詞呢？她最多也只能寫上高大、黝黑以及綠眼睛。因為所有她原以為可以用來描述他的形容詞都已經得不到印證了——總之，是兩次約會的總和印象。約翰．史密斯留下的只有一張她永遠忘不了的面孔——一張她每天都在查理臉上看到的面孔。

「媽咪，我們可以到另一個房間講話嗎？」查理問，他的臉半是皺縮半是僵硬，因為他很不想在朋友面前嚎啕大哭。

「帕克，我們馬上就回來，好嗎？」珠兒說：「起司棒跟蘋果汁都是給你的喔。」

他們走進查理的小房間——最近才裝潢成哈利波特風。查理推開桌上的魔術棒，淚眼盈眶。「媽咪，怎麼大家都有爸爸，就我沒有呢？」

她坐上他的床把他拉進懷裡，兩隻手臂緊緊環著他。這個話題他們已經談過很多次了，不過只要他還想再聽一次，她就會重複說給他聽。「你有爸爸啊，查理，不過他有他自己的生活。他不曉得我肚子有了你，而且我還沒來得及跟他講，他就搬走了。雖然媽媽到處問過，可是一直沒有找到他。」她摟了摟查理，把下巴埋進他柔細的頭髮裡。「如果他知道有你的話，查理，如果他曉得的話，他會跟我們住一起的。他會好愛你。媽媽的心裡很清楚。」

「可是家族樹我要怎麼填呢？」查理問。

珠兒的心在胸腔裡揪成一團。她知道這一天遲早要來的，總有一天這種說詞會應付不了。她得開始行動，開始展開偵查。查理有權利知道自己父親的身分——單單名字以及兩次約會得來的稀少資訊，是絕對不夠的。「小乖乖，聽我說。媽咪會開始蒐集爸爸的資訊幫你填家族樹，好嗎？還有爸爸的爸爸媽媽跟爺爺奶奶，媽媽也會幫你查清楚。」

查理的臉蛋馬上亮起來，他跟所有小孩一樣容易被說服。「好。」

都過了這麼多年，她根本不知道從何查起，更何況當初她要找他時都是徒勞無功。不過她非著手調查不可。也許伊莎貝和愛德華可以牽線，介紹哪個律師或者私家偵探幫忙。伊莎貝隨時都需要愛德華陪伴在側，所以珠兒覺得明晚羅莉發表重大聲明時，她一定會在客棧裡見到愛德華。

也許羅莉阿姨是想賣掉客棧吧？這麼想著，珠兒的心情是五味雜陳。她生命中最哀傷的時光是在三船長客棧度過的，雖然美好的時刻偶爾也是有的。羅莉叮嚀了要她把查理也帶去。當然，八月的布絲灣海港正是孩子的天堂。然而對珠兒來說，客棧代表的是她失去父母的地方——而且，以某種角度來看，也失去了姊姊。更何況，多年前二十一歲的她因為懷孕而恐慌時，有多少老同學返鄉過暑假都是以異樣的眼光看她。布絲灣海港完全沒有家的感覺。

沒錯，珠兒對明晚的家族聚會毫無興趣。她目前需要的是規畫未來，她需要找個私密的時間和空間仔細思考。這一點三船長客棧根本不符條件。布絲灣海港雖然是美麗靜謐的小鎮，但完全不合需求。不過至少她可以前去探望書店的亨利。他看到查理一定會很高興的。

貼心的兒子跑回客廳找朋友前，摟著她吻了一下，讓她備感窩心。孩子皺著的眉頭是那麼容易就舒展開來。

3 凱特·威勒

凱特手持裝著奶油淇淋的擠花袋，沿著她為當晚家庭聚餐烤製的德國巧克力蛋糕的邊沿，細心擠出六個名字的起首字母——L代表羅莉，I代表伊莎貝，E代表愛德華，J代表珠兒，C代表查理，而K則代表凱特。德國巧克力蛋糕的內餡是黏稠的焦糖和香甜的椰子粉以及香脆的胡桃——這是她小外甥查理的最愛。她已經好久沒看到這個七歲小可愛了。也很久沒看到他的母親珠兒，以及她的姊姊伊莎貝——凱特的兩個表姊。不過她們三人其實不親，從來沒有親過。然而早在凱特正式以烘焙糕餅營生以前，每年在客棧舉辦的家庭聚餐就都可以看到她精心焙製的字母蛋糕了。這算是她……努力的方式吧，她想著。

凱特瞥瞥掛鐘，脫下沾滿了麵粉以及糖霜的圍裙，順手扔進柳條籃裡。這會兒離她家人預定抵達的時間，只剩不到一個鐘頭了。

你還好嗎？奧立維二十分鐘前傳了簡訊給她。我知道你很擔心今晚。有空就打電話給我。小奧

他說得沒錯。她是很擔心，因為母親特意把兩個外甥女召回客棧。許久以前的某一年，伊莎貝沒有回來過聖誕，原因她說是沒收到邀請函，羅莉當下雷霆大發：「看在老天份上，拜託喔！」然後就明白指示，從今以後每年的聖誕節和感恩節全家都要一起過，麻煩各位別再找藉口了，而且她也絕不會再發函邀請。總之就是大家要有共識。所以啦，之後每逢感恩節和聖誕節，伊莎貝和愛德華就會開著他們的黑色賓士老遠從康乃狄克過來，珠兒和查理則會駕著珠兒老舊的森林綠速霸陸休旅車過來；而凱特呢，

則是踩著樓梯下來，因為她就住在客棧，一直住著從沒離開過。

可是羅莉．威勒從來沒有在過節以外的日子把凱特的表姊叫回家。當早，她正打著蛋在幫房客們做早餐，她的母親便不經心地丟來一句：「噢，凱特，順道做個字母蛋糕今晚吃吧。女孩兒們要來吃晚餐。我打過電話要她們回家等我宣布一件事。」

炸彈轟頂。宣布一件事？羅莉．威勒，打著暗灰色的長髮辮，身穿褐色薄紗裙，腳踩龜裂的L.L. Bean人字拖——她向來寡言寡語，就算有話要說也是直說，她說自己不會像某些人一樣喜歡轟轟烈烈地做秀。她最討厭小題大作了。

她打算賣掉客棧……她要嫁人了……她打算搬到大溪地……凱特努力思考，她的母親到底是發了什麼奇想，才會把「女孩兒們」叫回家——因為「女孩兒們」恨死了布絲灣海港，而且也不太喜歡彼此，或者凱特。凱特從早餐室的沙發椅墊中間挖出了太陽眼鏡和地圖，從一張休閒椅背披著的毛巾底下摸出一台iPhone，然後把所有雜物全扔進「失物籃」，並將青鳥房打掃乾淨，好迎接今天會入住的房客。她手裡操持家務，心裡一邊嘀咕著，母親到底葫蘆裡是在賣什麼藥啊。凱特覺得羅莉不可能賣掉三船長客棧，沒道理嘛。跟個突然迸出來的未婚夫奔到賭城結婚也是天方夜譚，因為打從凱特的父親十五年前過世以後，老媽根本連個男友的影子都沒有。更別提搬到大溪地或者加拿大了。羅莉．威勒從來沒離開過緬因州的布絲灣海港，連蜜月都是在這兒過的。

凱特想從她母親老邁的幫手珍珠口裡探出一點內幕——珍珠一個禮拜來這兒好幾次，折折床單被套，澆澆植物什麼的。凱特開口說，她兩個表姊今晚要回來吃晚餐不是很奇怪嗎？現在又不是感恩節，也不是聖誕節。只是八月一個普通的禮拜五啊。

不過她從珍珠口裡只挖出了：「這樣挺好的嘛，小親親。搞不好你們三個女孩兒今晚可以一起過週五電影夜呢。羅莉說是要放《麥迪遜之橋》。梅莉史翠普跟克林伊斯威特。」

凱特終於深深吐出她屏了一整天的氣。如果羅莉沒取消每週固定在客棧放的電影，她的宣言應該不至於驚天動地。不過話說回來，陰沉安靜的老媽這輩子的最愛，便是和房客和珍珠坐在客廳看電影了。凱特的母親打死也不可能取消她電影俱樂部的節目。

烤箱計時器叮叮響起，凱特檢查了一下她為電影夜所做的奶油杯子蛋糕。已經烤好了，堪稱天堂美味。她從烤箱拉出托盤擱在窗前的風乾架上，然後眺望起遠處的港灣。海港的紅牌旅館都蓋在鎮中心，三船長客棧雖然遠離核心，但房間永遠客滿。這棟知更鳥蛋殼藍的維多利亞式建築是蓋在港丘路上，得沿著兩條曲折的街道從海港走上來，客棧的最大優勢便是高處丘頂，避開了身處鬧區的嘈雜，但又可以清楚看到港口的賞鯨船以及壯觀的風帆，還有夏日的熱鬧和長長的碼頭，以及設計多元化的防波堤和數不盡的特色商店與餐廳。客棧的裝潢是漁船風，擺設了船用駕駛盤還有浮標和漁網，雖然比不上當地某些旅館摩登，不過房客好像都很愛。他們說這才是道地的新英格蘭風啊，而且還有個貨真價實的緬因本地老闆娘呢，她不太愛笑，也不懂得閒話家常把場子炒熱，不過她開設的房間都好溫馨，而她提供的早餐則是不可思議。凱特的父母當初是從凱特母親的家族繼承了這家客棧（三兄弟都當過船長，並於十九世紀初期合資蓋了這棟建築），之後便代代相傳，後人都在這家客棧長大成人。

廚房拉門上的鈴鐺響起來。她的朋友兼客戶麗琪．海曼走進來，她手上的兩克拉鑽戒閃閃發亮。「嗯，色香味俱全喲！」麗琪說。凱特的作品任誰看了都要嘖嘖稱奇，讚嘆著那上頭裝飾著的造型小小鳥，還有貝殼樹枝，以及拼出人名的小花朵。麗琪細細看著上頭的字母。「真等不及要聽你娘今晚的宣言了。到時候可要打電話告訴我喔，再晚也無所謂。噢，對了，」她說，逡眼看著凱特。「你剪頭髮了耶！短髮好看多了。瀏海看起來很酷。」

凱特笑起來。「謝謝誇獎。我需要改變。」這話還真沒錯。她請設計師把原本垂到胸罩肩帶處的淡金色頭髮剪掉三吋，所以現在頭髮連肩膀都碰不到了。而且這輩子她還是頭一回剪瀏海，多出了個裝飾讓她覺得……不一樣。她最近迫切需要這種感覺。而且她也需要讓自己看來成熟些——雖然二十五其實也是個老大不小的年齡了。

麗琪把她特大號的皮包擱到椅子上。「我實在等不及要看繪圖了。」

凱特領著她走到另一扇窗戶下的小書桌，這兒面對的是後院，只見羅莉和珍珠坐在野餐桌旁，好像是在打撲克牌吧，還拿了凱特烤的方塊酥當籌碼用。凱特實在忍俊不住，一時都忘了幾個小時以後客棧又要籠罩在凱特小時候的氛圍裡了——怒氣滿屋，令人窒息。房客成天穿行於各個走道以及廳堂之間，搞不懂她們四個怎麼有辦法一起擠在這間屋子沒發瘋。

自從納許姊妹搬進來以後，羅莉便把寬敞的閣樓改裝成女孩房，讓她們三個一起睡——而這裡原先則是羅莉夫婦的臥室，開向綠意盎然的浪漫陽台。羅莉自己則是搬到走廊對面凱特的小房間裡獨自睡。對當年十歲的凱特來說，和十三歲的珠兒以及十六歲的伊莎貝共用一間房真是大開眼界。珠兒和伊莎貝這對姊妹是典型的好女孩vs壞女孩，凱特夾在中間算是生還了。不很好，但也沒太壞，大致就是守住中線——凡事皆然。大膽行事的伊莎貝和聰慧的珠兒，兩個都個性強烈喜愛爭執，凱特夾在中間變得很安靜，常常近距離觀察她們，但卻無法理解所見所聞。甚至無法理解自己的感覺。只除了她胃裡尖銳的疼痛不斷提醒著她，如果不是伊莎貝和珠兒的爸媽搞鬼的話，她的爸爸應該還活著——他善良老實，而且滴酒不沾，從來不會在家族聚會裡舞得人來瘋，也絕不伸手跟人索討「幾文錢」，說是發薪日再還。有那麼極少數的幾次，凱特實在是被她倆搞得氣不過（所有的生機都被她們扼殺了），她會忍不住大聲嘶吼，連善良的珠兒也罵在裡頭，說她好恨，說是一輩子都不想看到她們，說她快吐了，說她沒有父親全是她們爸媽的錯，還說三個人一輩子都給卡死在一起。

珠兒於是便會靜靜說道：「至少你還有媽媽！」然後就哭著跑掉。不過伊莎貝的反應還更恐怖，她會站在那裡，毫無預警地瞪眼看著凱特，眼裡淨是羞慚和哀傷，搞得凱特更加難受。

經過十五年的相互迴避，現在她的兩位表姊就要回來聆聽任何可能都有的炸彈宣言了。

凱特把她為麗琪的結婚蛋糕製作的繪圖和電腦圖像遞給她看。麗琪預定明年五月結婚，打算邀請一百二十名賓客觀禮，她之所以委託凱特為她烘焙結婚蛋糕，是因為兩人打從上中學認識以來，凱特烘製的蛋糕已不知陪著她們共度了多少悲傷與快樂的日子了。不過，麗琪硬是不肯把這蛋糕當成賀禮收下。這點凱特心存感激，因為只要再多接幾次這樣的生意，她就可以正式開店了：凱特糕餅店。不過目前這只是印在杏色糕餅盒上的字樣而已，實體店面還沒有成形。

「哇，在看圖樣以前，也許我該先嘗嘗那玩意兒，」麗琪的眼睛緊盯著一整托盤的檸檬杯子蛋糕。「就算撐破腰線我也顧不得了。賞我一個吧。」

凱特呵呵笑了起來。她好喜歡麗琪，衷心希望自己可以跟她一樣找到真愛。凱特在熱氣還沒完全散掉的杯子蛋糕撒上糖粉，麗琪猛吸了一口香味瞥瞥最上面的那張繪圖。她大聲嘆道：「嗐，光看到這張我就可以定案了。超完美的。」

凱特早就知道麗琪會選這張。這是以海貝的形狀搭成五層的蛋糕，底層環繞著精緻的枝枒以及滿天星來裝飾。美麗的蛋糕用在綠峰島夏日別墅舉行的婚禮宴會是再完美也不過。「我會拿給我的婚禮籌備人參考，」麗琪說道，一邊把繪圖塞進大提袋。「好啦，這會兒就請告訴我你跟奧立維之間進展如何吧。」麗琪很喜歡奧立維，也好愛他們之間的「故事」，老愛叨念著他們該早早完婚——大家都是這麼盼著的。

然而只要一談起她和奧立維的關係，凱特就一片茫然。他們的「故事」製造的陰影實在太大，因為那其中伴隨了太多如雷貫耳的「感言」了。有時候她覺得「故事」好像淹沒了他們對彼此的感覺。

他們都出生在二十五年前，只差兩個月。凱特．威勒和奧立維．泰特從小一起長大，兩戶人家只隔了一小片長青樹林。小時候他們常常坐在林子裡講悄悄話，就算下雪也不管。打從學步期他們就難捨難分，兩家的父母都看得很樂。「我們還真等不及要在你們的婚禮上跳舞哩！」大人全都這麼說，聽得凱特和奧立維眼珠子直滾，趕緊逃開。凱特永遠忘不了奧立維開始變成她的一切的那一刻。那是個寒冷的新年早晨，她才十歲，母親告訴她和兩個表姊說，剛才出了場車禍，表姊的父母還有凱特的爸爸都走了。凱特聽了直甩頭，然後便開始嘶嚎起來。她裸著腳跑上雪地，穿過那方樹林時樹枝刮破了她的手和腳。她狠命猛敲著奧立維的家門，直到他的母親請她進門才罷休。奧立維給了她一雙他的馬靴還有夾克跟連指手套，然後便拉著她一起跑到林子裡。他在冰寒的雪天裡抱著她搖啊搖，跟著她一起哭，嘴裡不斷說著：「凱特，凱特，別難過。」

之後日復一日月復一月漫長的時間裡，每回她被兩個表姊的怒氣和母親的哀傷逼得走投無路時，她都會尋求奧立維的安慰。只要她還擁有他就沒問題了。一切都沒問題了。奧立維就等於「沒問題。」

她還清楚記得，在她十歲那個除夕夜裡，父親對她所說的最後幾句話裡，有一句就跟奧立維有關。當晚他送她上床時，他問她有沒有許下新年新願望，她回答說她只有一個希望：能多一個知心的女孩當朋友。凱特唯一的朋友就是奧立維，而且凱特跟媽媽的關係又不像她跟爸爸一樣親。她好希望能有個手帕交——班上許多同學都有。父親點點頭，說她這個願望許得好，但他也點出奧立維是個忠心耿耿的朋友。他告訴她說，如果你只有一個朋友，而那人又是死忠個性的話，你就什麼都不缺了。

奧立維是個忠誠的人沒錯。五歲時如此——這個年齡的男生都不可理喻。十歲時如此——這個年齡的男生都愛欺負女生。二十五歲時如此——這個年紀的男人滿腦子性愛，只想睡遍所有女人，然後才會心甘情願地跟著其實從小就已經注定要結婚的女孩結婚。

「我們是在……約會沒錯，」凱特告訴麗琪。「算是在一起了吧，不過我還沒個底。奧立維是……我最好的朋友。我覺得還是保持這樣的關係就好。」有時候，凱特對奧立維的感覺又大不同，然而只要她一想到兩人應該在一起時，有種奇怪的感覺又會籠罩下來，很熟悉的感覺，但她卻又無法具體說清楚。

「我曉得你對奧立維的態度一直在搖擺，」麗琪說：「不過他可是真金打造的好男人，凱特。不要因為害怕就放手。」

「我沒在怕，」凱特說得肯定。「奧立維和我已經認識一輩子了。我怎麼可能怕他呢？」

果真如此嗎？她還記得十三歲時有過一次特別的經驗，兩人的關係因此再次產生重大質變——但這一次卻是把他們拉遠了。原本他還是往常那個長手長腳的奧立維，沙黃色頭髮，深藍色的眼睛還有酒窩，然而才一眨眼間，她卻開始盯著他直看。不一樣的人了。光是想著，就像是在跟他接吻一樣。她對他的這種全新感覺是她唯一沒有跟他透露的祕密。新鮮的感覺讓她驚惶，但也狂喜不已。事情是發生在禮拜五晚上：在一個男女同樂的派對上，大家玩起轉瓶子的遊戲，然後輪到他了，結果轉著轉著，瓶口竟然對準了她停下來。她還記得自己全身熱血竄流，她知道自己一定是滿臉通紅。在那神奇的時刻，她最大的願望就是吻他。

然而在那同時，那股熟悉、奇怪的感覺又攫住她了。她脫口而出：「我不能吻你，奧立維。我們是……呃，**最好的朋友**啊。」

先前他一直盯著她看。等著看她怎麼反應吧，她省悟到。而且就因為她非常了解奧立維．泰特（她讀他的心思就像在讀自己一樣），她看到失望的神色閃過他的臉。她才剛當著全校所有的八年級生告訴他，他們**只是朋友**。她說了她不想吻他。於是薇若妮卡．米勒（紅色長髮，搭上美麗的綠眼睛）便接口說：「那我就替她吻囉！」說著便一把抓住奧立維的臉湊上去。薇若妮卡擁有凱特欣羨的許多特質，包括勇氣十足，而且已經需要穿上A罩杯的胸罩了——她是奧立維從中學念到大學的眾多女友的頭一個。總之，凱特從此以後就無須擔心跟奧立維接吻的問題了。這個話題就此打住。

直到六個月以前。

那是二月間一個冷冽的雪天早上，他們沿著湯森大街走向奧立維的小屋時，他突然停在人行道上，看著她說：「我好愛你。」凱特笑著回說：「我也覺得你好可愛。」這是她母親打哈哈的慣用語。不過奧立維的神色馬上嚴肅起來，他說：「你別轉移焦點，凱特。我是真心誠意在說，我愛你。我愛你，凱特。」他都快扯破喉嚨了，旁邊所有的人都側頭看著他們。兩名少女咕咕笑了起來還拍手。然後他便抬起戴著手套的手，捧著她的臉說：「我愛你。我一直以來都愛著你。」

凱特的反應呢？那股奇怪的感覺從她的腳趾蔓延開來，一路往上伸展到她的神經末梢。她退開身來，看著自己的腳，擠不出半句話。

「我曉得，我還記得。你沒辦法吻我。『我們是……呃，最好的朋友。』」他說，暗藍色的眼睛滿盈著柔情，還有個別的什麼──那是她從不曾在他眼裡見過的表情。「我是真心誠意的，凱特。我一直都愛著你。你難道真是打從心底覺得，我們不能在一起嗎？」

「我也不清楚。」她說。有時候她覺得很清楚。但有時候她又想著，外面的世界有個她還沒見過的男人才是真命天子，因為她從沒離開過布絲灣海港。然而有時候她又想著，如果她和奧立維．泰特做愛的話，也許她會爆掉。

麗琪老說她搞不懂最後這句是什麼意思。爆掉？什麼啊？不過凱特的兩個表姊也許可以體會。如果世上真有人懂得的話，應該就是伊莎貝和珠兒了。不過她沒法跟她們談；她從來都沒有辦法。

跟老媽談更是不必了。羅莉．威勒打從十五年前守寡以後，露過的笑容一隻手就數得出來。她失去了姊姊，得獨自把三個爭吵不休沉浸在哀傷裡的女孩拉拔長大。羅莉幾乎都不談心裡的事：她和凱特的父親婚姻生活美滿，在他走前，她是個快樂的小婦人；之後呢，她沉默寡言。女孩兒們有各色各樣的問題都得自己解決，而且她們也沒有互相尋求撐持。

奇怪的是，凱特一直待著沒走。她留在布絲灣海港，留在客棧裡，離開的事連想都沒辦法想。原因之一是，母親需要她。而且如果真的走了，凱特擔心自己永遠都不會回來。其實她在這裡過得挺好。雖然不喜歡打掃三船長客棧，不過幫房客烘烤蛋糕倒是挺開心的：打掃和烘烤就夠她住在美麗的閣樓裡了。閣樓夏天旺季時，一晚可以收到將近兩百塊，不過老媽是絕對不會收她房租的。而且再過幾個月，最多半年吧，她就有錢可以買下烘烤設備並且承租一家店面了。**凱特糕餅店**。就算只能在一條僻靜的小巷開家小店，畢竟也是自己的店啊。她的資金是來自婚禮蛋糕的生意，以及鎮上的客戶——跟她訂購鬆餅和司康的美食小店以及咖啡屋。另外，她也是鎮民首選的蛋糕烘焙師。上禮拜六早上，有個四歲小孩的母親就急衝衝地打電話跟她訂購「兔倆好」蛋糕，下午四點交貨，進帳一百元。一個蛋糕一百元！她不只交了這個差，接著的一個禮拜，又來了五通電話要為孩子的生日訂蛋糕呢。

「凱特，如果你放掉了他，他就會娶別人了，」麗琪說道，她的鑽戒在午後陽光的照射下熠熠發亮。「你多年來維護的友誼啊，一旦他娶了老婆，就會變質的。你會失去他。你怕的就是這個。所以你一定要好好把握住機會啊。」

「麗琪，我……」凱特無助地擺了擺手。只要講到她跟奧立維的關係，她就很茫然。害怕嗎？還是對他沒性趣？她怎麼就是搞不清自己真正的感覺呢？「總之，我是把握機會了啊。我們在約會呢。」

麗琪冷笑兩聲。「你們已經約會六個月了，可他還沒見過你裸體。這不叫約會，小姐。這叫**友誼**。」

麗琪站起身來，拎起了她的大袋子背好。「我只是希望你能跟我一樣快樂，小甜甜。再來個杯子蛋糕送我上路吧？」

凱特笑起來，拿起一塊蛋糕灑上糖粉，然後跟麗琪吻別。凱特看看掛鐘，這才驚覺伊莎貝和珠兒再過二十分鐘就要到了。老媽的神祕宣言也快揭曉了。

凱特深吸一口氣，藉著杯子蛋糕的香氣讓自己堅強起來。蛋糕永遠都能發揮這種神奇的解救力量，就算「前途未卜」時也一樣。凱特最怕未知數了。

4 伊莎貝

伊莎貝坐在三船長客棧的客廳裡，眼睛直直瞪著前方陰森的畫像，那上頭是她的曾曾祖父以及他的兩個弟弟。他們三人都是船長，客棧便是他們於十九世紀初期合資興建的。她十分鐘前抵達客棧，在廚房裡找到羅莉阿姨，只見她正把熱騰騰的義大利蝴蝶麵從濾鍋轉移到一只大碗公裡頭。羅莉碰碰伊莎貝的手臂算是打招呼——這叫羅莉版的擁抱。伊莎貝提議要幫忙做晚餐或者擺放餐具，她都婉拒了。她要伊莎貝自便——到客廳、後院或者露臺上閒坐吧。好吧，就這樣。沒問**你好嗎**？沒問**愛德華在哪裡**？沒說**見到你好高興**。

一如往常的冷淡。羅莉幾乎沒有正眼瞧她一下。

這樣也好，因為伊莎貝的眼圈已經哭紅了。昨晚得知匿名信竟然真是寫給她的，而且句句屬實讓她心碎；她開車回家，抽出兩個旅行箱，塞滿了衣物和化妝品，然後一路開了好幾個小時沒停下。途經羅德島和麻州以及新漢普夏時，她的喉嚨裡都哽著沒有釋放的悲苦，最後實在憋不住了才在路邊停下，抖著肩膀抽泣起來。後來她已經開到緬因的南方，應該是歐康葵或者肯邦港吧，她找到一家汽車旅館，躺在床上縮成一團放聲大哭——沒有人跟櫃檯抱怨，她還真驚訝。

昨晚以及今天一整天，愛德華打來了二十幾通電話，她全都沒接，只是聽著iPhone不斷響著。他至少還關心到會一直撥打電話，她的心裡竟然有種奇怪的舒坦。是想求她原諒吧。

她想錯了，因為半小時前她終於接了他的電話——離她抓姦在房已有二十四小時左右了。此時她開在二十七號公路上，剛過了威斯卡西，離布絲灣海港只有十五分鐘車程。熟悉的地標、小藍莓攤子、錢德勒農莊——好幾畝的山丘地淨是一隻隻長毛的蓋樂威牛，牠們黑白相間的橢圓形身體襯托在一大片森林的綠上頭，非常醒目。她孤寂的心因此得了些許撫慰，於是她便把車停在白色的圍籬前面，接了他的電話。

她聽著他的聲音，聽他要講什麼，然後就是一片寂靜。她的耳朵彷彿塞了紗布，整張嘴好乾，然後她又開始哭起來——原本以為已經哭乾了所有的眼淚呢。她努力想聚焦在圍籬後頭的牛群上頭，一隻橘色的穀倉貓正急急追著一片微風吹起的落葉，兩隻鵝踩著腳走過了貓。電話落進她的懷裡，她聽到愛德華在說：「伊莎貝？你還在聽嗎？」然後她便按下結束鍵，靜靜坐著不動，只是瞪著眼前的兩隻鵝，還有貓和牛，覺得好……震驚……然後有人突然敲起她的車窗，問她是不是迷了路需要指引，因為看到她的車牌寫的是康乃狄克。

她打開車窗，買了一磅小藍莓，算是給撫慰人心的農莊一點回饋吧。眼前的中年女子腳踩著綠色長筒靴，工作服上印著錢德勒農莊的標記，她掏出一束野花給伊莎貝，口裡說著：「送給你，希望你可以快活一整天。」緬因人都是這樣。心地善良。

「請問你是哪裡人？」在客棧的大廳裡，伊莎貝對面坐著的年輕女子開口在問她。是個房客。曬成了深棕色，一副珍珠白鑲框的大號太陽眼鏡架在頭上，腿上擱了本《時人》雜誌。這人應該是剛剛才坐下來的吧。伊莎貝心事重重，連她走進大廳都沒注意到。伊莎貝很羨慕女人輕鬆自在的神態，而且還有心情閱讀八卦雜誌。她的隔離霜散放出可可奶油的香氣。

「我不是這兒的房客，」伊莎貝說，更加使勁地看著油畫了。「我是說，我不是這裡人，不過是有點淵源，但我現在不住這裡了。我只是來找人。」**顯然我根本搞不清自己是誰**，伊莎貝想著。

「可你不才說了你不是這裡的房客嗎？」女人問道，雀斑鼻有點困惑地皺起來。「我是紐約人。城市鄉巴佬。明天就得走了，可是我好希望可以永遠待下來。」

伊莎貝點點頭。她不擅長閒聊，但她又無處可逃。露臺上站著一對夫妻，正啜著酒品嘗。羅莉在廚房忙。凱特呢，則是無所不在。

想當然爾，此刻凱特已經現身在她面前，捧著一托盤的起司、餅乾和水果。她放下盤子，朝伊莎貝微微一笑。「別客氣喲。」她對著伊莎貝和房客說。

房客問起凱特燈塔的事，她說「從布絲灣海港不是可以看到七座嗎，但我只看得到五座。我非得七座全瞧見才甘心離開的」——伊莎貝瞪看一片片厚厚的古達以及布雷乳酪，瞪看著裝飾了許多小花的托盤上的一片片原味和堅果餅乾。不要哭。盯著乳酪刀看好了，盯看油畫吧。定睛仔細瞧瞧曾曾叔公吧，**他的鬍子好細長。拜託不要在這間印花布大廳崩潰吧。**

「你還好嗎，伊莎貝？」凱特問道，睜大了眼看她。

她擠出一個算是微笑的表情。「我還好。看到你很高興，凱特。」她定睛看著凱特，高高瘦瘦，而且好美，臉上完全沒化妝。她剛剪了頭髮，伊莎貝想著，不過難說，因為去年十二月以後就沒見過她了。凱特慣穿低腰牛仔褲和麻質繡花背心裝；而她現在也正是這副裝扮。搭配上她的新髮型，及肩的金色直髮，以及額頭的瀏海——看來成熟了些，顯得比較世故。

「愛德華也一起來了嗎？」凱特問道，一邊逡眼往窗外搜找愛德華遠行時慣愛開的黑色賓士。不過車子不在那兒，當然。只有伊莎貝的銀色豐田 Prius。

「他有事不能來。」伊莎貝說。她別開眼去，因為愛德華的影像又突襲而來——全身赤裸，只穿了件沒扣上的襯衫。他怎麼敢？他怎麼敢啊？她想了又想，彷彿可以逼出一個答案。

我們來立個約吧，伊莎貝……

之後他卻自食其言，毀了兩人定下的**終生**盟約。

而且對象竟然是個母親。伊莎貝朝思夜想就是盼個孩子。他們之所以貌合神離，愛德華之所以保持距離，就是因為小孩。完全沒道理。

凱特點點頭，然後那名房客又連珠砲地問了好些問題，還領著凱特到走廊的矮櫃想聽解說，因為那裡擺置了許多地圖與簡介。伊莎貝注意到凱特扭頭看著自己，好像想說個什麼，想陪她坐坐吧，但伊莎貝馬上扭頭看著窗外。她和凱特向來無話可說。兩人差了六歲，後來同住一間房時凱特是十歲，伊莎貝十六，但凱特好沉默，而且會冷不防突然現身，這個細瘦、蒼白，老是光著腳丫的小女孩真是嚇壞了伊莎貝——她更不願意開口了。

凱特回來時捧著托盤，上面放了壺檸檬片冰茶，另有兩只玻璃杯。她為伊莎貝倒了一杯，自己一杯，然後便坐到和伊莎貝那張座椅呈垂直角度的鴛鴦椅上。「珠兒比你早到一點，不過她帶查理去布克兄弟書店了，得請亨利幫忙照看他幾個鐘頭。」凱特湊向伊莎貝說：「顯然老媽是跟珠兒說了，她發表宣言時查理最好不在現場。」

宣言。伊莎貝都忘了有這回事了。「不在現場？怎地查理得避開呢？她打算宣布什麼啊？」

凱特拿起杯子，撥撥檸檬片。「我一點概念也沒。剛才我已經連問了三次，可她打死也不肯透露，一個勁兒要我擺設開胃菜。」

「你看她是打算賣掉客棧嗎？」

「幹嘛賣呢？」

伊莎貝可以想出好幾個理由。不過她看得出來，自己觸怒了凱特，而且她腦袋裡頭又好空，也沒這力氣討論下去了。「我得用一下洗手間。馬上回來。」

她只是需要一個可以上鎖的空間逃離一下，喘口氣。一樓的洗手間有人，所以伊莎貝就往樓上走去。她正要踏進二樓那間窄仄的化妝間時，發現避靜室的門半開著，於是她便順腳走了進去。避靜室和伊莎貝記憶中的圖像完全一樣。一張老舊的鴛鴦椅、一塊褪色的編織圓毯，以及擱了盞老檯燈的小茶几，還有擺滿書籍和雜誌的小書架。伊莎貝霎時回想起十六歲時的自己，回想起自己除夕夜和母親大吵一架後衝進這個房間，怒不可遏地推著巨大笨重的吸塵器抵住那扇沒有鎖的門。

避靜室。當初她在客棧度過的兩年裡，大部分時間她都躲進這裡來。車禍過後，三個女孩被迫擠在客棧唯一的大房間，所以羅莉就把二樓的工具間改裝成避靜室，並在門上掛了個可以活動的告示牌——正反面分別寫著：「請勿打擾」以及「請君入內」。客棧人多嘈雜，如果哪個女孩需要自己的空間獨處時，就可以到避靜室躲一躲。

她看著牆上那面圓形鏡。好驚訝自己整個人生都已經翻轉過來了，但外貌仍然沒變——及肩的淡金色挑染長髮垂墜出完美的層次感，她化的淡妝，她慣常的精心服裝搭配，以及高跟鞋——只除了她淡棕色的眼睛……唯有悲傷一詞才能形容。不過眼睛的紅圈圈已經比剛才鼓足勇氣準備下車前，在後照鏡裡瞥到的狀況要好一點了。

伊莎貝再次鼓起勇氣，踩著樓梯下去。這會兒她的妹妹珠兒和凱特都在大廳了，凱特手拿一片餅乾，珠兒捧著杯冰茶好像陷入了深思。

「所以愛德華是有事不能來囉？」凱特問著，伸手再拿一片餅乾顯然只是因為手不知該怎麼擺。伊莎貝注意到凱特的臉頰突然紅起來，彷彿想起了自己十分鐘前才問過同樣的問題。

伊莎貝本想說他得出差，但決定還是點個頭就好，一邊伸手拿了塊吉達乳酪。她的妹妹穿著她招牌的牛仔褲以及白色扣領襯衫和酒紅色Dansko包頭鞋，查理製作的七巧板胸針是她身上唯一的首飾。此時她坐在沙發上，甩個頭鬆開頸背垮掉的髻，然後一把抓起她波浪大捲的棕髮往頭頂挽了個髻固定住。

「嗨，珠兒。」伊莎貝說，心想妹妹搞不好連她走進廳裡都不知道呢。

珠兒放下手裡的玻璃杯，站起來。「我沒瞧見你，抱歉。」她敷衍地給了伊莎貝一個擁抱，然後又坐回去。「愛德華是在外頭跟哪個房客聊紅襪隊的賽事嗎？」珠兒帶了些許笑意問道。

伊莎貝猛捏一下指間的乳酪塊。「他有事不能來。」

先前半小時都不肯理人的羅莉這會兒出現在大廳的門口。「晚餐準備好了。」

救星，伊莎貝想著。至少暫時可以混過去。

「你好美，羅莉阿姨，」珠兒說，這話說得不錯。羅莉一改她慣常的打扮——棉質背心以及薄紗裙和人字拖。現在她穿的是桃色棉質洋裝以及平底軟鞋。她慣常編成髮辮的灰金色長髮，這會兒則是在腦後挽成俐落的髻。而且她還擦了口紅呢。羅莉向來都不擦的。

「哇，發生了什麼大事啊？」大夥兒尾隨著羅莉穿過走廊走進寬敞高闊的廚房時，凱特問道。羅莉先前回絕了所有人幫忙，而現在只見桌上擺出了一席盛宴——生菜沙拉、青醬時蔬義大利蝴蝶麵、一大盤乳酪、一長條美麗的葡萄牙土司、白酒，以及伊莎貝帶來的大束鮮花。

「噢，我忘了帕瑪森乳酪了。」羅莉說著便走向冰箱，假裝沒聽到凱特的提問。然後她又說忘了拿沙拉醬。接著是奶油。她從椅子站起來又坐下，前前後後起碼搞了十次。神祕宣言到底是什麼呢？顯然搞得她心神不寧。而且她不希望讓小孩聽到。

此刻大家都在長方形的大木桌旁坐定了，餐巾紙也放上了大腿，大碗承裝的蝴蝶麵在眾人面前傳遞著，凱特和珠兒以及伊莎貝起碼花了五分鐘你看我我看你，滿臉疑惑只能聳聳肩搖搖頭。最後凱特忍不住問道：「好啦，媽，你到底是要宣布什麼呢？」

「吃完晚餐再說吧。」羅莉說，然後啜了啜酒。

伊莎貝瞥瞥阿姨。羅莉的盤子是空的，她向來習慣等所有人的盤子都添滿食物以後才挾菜。然而這一次，雖然所有盤子都滿了，羅莉卻只拿了一小片麵包，外加為自己倒了四分之一杯的酒。

晚餐的氣氛跟剛才大廳的座談會一樣沉悶。羅莉碰到冷場時，通常會破冰一下，丟出一兩個枯燥的故事：比方鎮上又辦了場公投或者哪個房客如何如何，然而此刻她卻保持沉默。珠兒挪了挪她盤中的一朵青醬蝴蝶麵。凱特朝她母親憂心地投了好幾瞥。伊莎貝則是努力推開腦中不斷浮現的愛德華的影像。久遠前她住在客棧時，愛德華是她生命的重心和倚靠，如今重回舊地，她要如何能夠不想他？

「愛德華還好嗎？」珠兒啜了口酒，問道。

「很好啊，」伊莎貝說，叉子戳向一顆聖女小番茄。她很想站起來發表宣言：**各位知道嗎？他很不好呢。這位先生正在外遇中，而且給我當場逮到。本小姐目前正處於前途茫茫的狀態中。真不知道沒了愛德華，我要怎麼活——珠兒，給你說中啦**。大家聽了會怎麼反應呢，她想著。在座的人沒有一個喜歡愛德華。曾經喜歡過，當然。然而搞到後來，好像只有伊莎貝還沒發現他早就變了個人。然而或許是她變了個人也不一定。

沒有人再催問羅莉她打算宣布什麼了。其實從小她們就看出來羅莉是全世界最會悶住心事的人，如果她還沒準備好要開口，再催也沒用。此刻，所有的叉子都支在盤子上了——整整又過了十分鐘，而這之間其實大家都沒怎麼在吃——於是羅莉便站起來，有點焦躁似的，然後又坐下來。

「媽，」凱特說：「你還好嗎？」

「不好，」羅莉答道，低頭瞥瞥自己的餐盤。她眼睛闔上了一會，然後又睜開來。她輪流看著每個人。「我有話要說。很難開口。我……幾天前得知，我得了胰臟癌。」

凱特猛一驚，打翻了她的酒杯。「什麼？你說什麼？」

羅莉把杯子扶正，伸手蓋住了凱特的手。「我知道會嚇到你們，所以才一直說不出口。」她深吸一口氣。「前景不看好。」

伊莎貝的喉嚨灼燙起來，針刺般的淚水在眼睛後方湧動。這不是真的。

「我會全力抗癌，當然。不過病情很嚴重。化療是可以壓下症狀，延緩惡化，但是——」她瞥瞥凱特，然後看著對面的伊莎貝和珠兒。「狡猾的狗雜種搶在醫生診斷出病因以前，就攻到第四期了。沒有第五期。」

伊莎貝覺得胃裡一陣空。她想站起來，走向羅莉，走向凱特。凱特此時兩手捧著臉不知是否在哭。羅莉站起來，說她馬上回來，然後便走向廚房。

「簡直沒法相信！」伊莎貝輕聲對著凱特和珠兒說道。她們倆坐著不動，蒼白的臉滿是驚惶。

羅莉捧著德國巧克力字母蛋糕過來，把它放在桌子的正中央。「早先我在廚房看到這塊蛋糕擱在架子上等著涼，看著看著我就哭起來——你們也知道我是有淚不輕彈的人。所以我就更加篤定，今晚找你們過來是對的。我不想電話上跟你們講，」羅莉對著伊莎貝和珠兒說。「凱特啊，我是覺得我們四個聚在一起時再告訴你會比較好。大夥兒雖然每年都碰個兩次面，其實我們從來沒有真的聚在一起，對吧？」一起。伊莎貝拿起餐巾擦擦眼睛下方。她瞥瞥羅莉阿姨，她才五十二歲，看來好有自己的風格，好堅強，這麼多年來她都沒有變。她藍色的眼睛發亮，兩頰紅如玫瑰。看起來真健康。

伊莎貝和珠兒對著羅莉猛發問，但她舉起了一隻手示意，兩人於是安靜下來。

「伊莎貝和珠兒，」羅莉說道，一邊切著蛋糕：「也許你們倆可以再待久一點，在這兒過週末，或者待一整個禮拜更好。禮拜一我就要開始做化療了，這裡需要人手。客棧的房間都訂到了勞動節那個週末，秋天也差不多訂滿了。」

「我可以待一個禮拜，而且如果阿姨需要的話，再久一點也行。」伊莎貝說道。大家都很驚訝，不約而同轉頭盯著她。

珠兒和凱特一樣，朝她的姊姊瞪大眼睛，然後扭頭對著羅莉說：「我也一樣。」

羅莉點點頭。「很好，謝謝你們。不過我才剛想到，我因為聽到噩耗心情大壞，恍神間把這個週末，連同下禮拜還有勞動節週末的預約，一併都接下了，所以這會兒你們當中有一個會沒有房間睡。依我看，珠兒和查理可以睡在凱特的老房間，至於伊莎貝呢，如果你不嫌棄的話，也許我們可以搬張小床到避靜室。」

「要不就讓伊莎貝和珠兒跟我擠一間好了，查理可以單獨睡在我的老房間，」凱特說，之後馬上把嘴閉得死緊，好像連她自己也不敢相信她願意和人共享自己的聖殿。

「確定你不在意嗎？」珠兒問道。「查理老是睡得不沉，如果你願意讓他單獨睡的話，那是最好。」

「我不介意，」凱特說：「那你呢，這樣安排行嗎，伊莎貝？」

所有的眼光都轉過去，眾人全等著聽她說：**不行，我無法接受**。不過她卻點點頭，雖然不太確定是否可行，但不用單獨和自己的思慮關在一起，她覺得應該是好的。

「很好，那就定案了，」羅莉說：「噢對了，今晚九點珍珠和兩名房客會加入週五電影夜。這個月的主打明星是梅莉史翠普。你們三個也來吧？我們要看《麥迪遜之橋》——我的最愛。我現在很需要逃遁到別的時空。」

桌邊每個人都嚴肅地點著頭，此起彼落的細語著：「當然我們都會留下來，當然我們今晚都會去看電影。你說什麼都可以。」

伊莎貝斜覷著眼，看見珠兒的手幾幾乎就要搭上自己的手了，不過伊莎貝沒有及時反應，所以珠兒又打了退堂鼓。伊莎貝閉起眼睛，回想起珠兒上一回伸手想要碰觸她的經驗。多年前的那一天和今天真的很像：羅莉把三個女孩安放在大廳的紅色舊沙發上，告訴她們剛才出了車禍，她們的父母走了，凱特的父親也走了。然後，伊莎貝便握住了妹妹伸出的手，她們兩手交疊，沉默無語眼淚直流，然後凱特便開始嘶嚎起來，衝出門外。羅莉是她們當時唯一的依靠。

而現在也許連她都要走了。

伊莎貝捧著疊在一起的三只大碗，站在凱特後頭——她正搖晃著爐子上大型的爆米花鍋。羅莉對超市賣的大包微波爐加熱爆米花全無好感，所以週五電影夜一定得用上熱騰騰的好油，以及農夫市場買來的玉米粒才行。搖搖鍋子，撒上一大把鹽，就可以入口了。

伊莎貝特別注重細節，她在羅莉的大型食品間裡找到最適合爆米花用的油——凱特說是菜籽油。她幫凱特為檸檬杯子蛋糕撒上糖霜，珠兒則已帶著查理到凱特三樓的老房間去，順便為房客拎了幾張椅墊特厚的摺椅下來。伊莎貝專心於手中的工作，確定每個黃橙澄的杯子蛋糕都均勻灑上了凱特特製的檸檬糖霜，並找到三個大瓷碗來裝爆米花，還有就是把摺椅整整齊齊地擺置在大廳裡。這是她止住自己兩條膝蓋打抖的方法。

她的先生。有了別的女人。

她的阿姨。罹患癌症。

伊莎貝。人在這裡。

凱特開始大力搖晃大鍋，伊莎貝覺得她隨時都有可能把鍋子摔向牆壁，然後放聲嚎哭。伊莎貝可以從凱特瘦窄肩膀那細微的抖動，判斷出她正在哭。伊莎貝瞥一眼珠兒——她正走進廚房，眼睛也是淚光閃閃。

「讓我來吧，」伊莎貝說道，接過了鍋子的把手。凱特退開來，淚水流下兩頰。伊莎貝搖起大鍋，淚水盈眶。羅莉阿姨一向就跟牛一樣壯。她很少感冒，然而現在……

「她還可以活好多年，」珠兒說，她的聲音低得幾乎聽不到。「她好強韌。」

「她很強韌，」伊莎貝同意道，轉過身來。「她一向健康，現在也是。」

「天殺的你們兩個又怎麼知道我媽媽怎樣啦？」凱特說：「你們最後一次來這兒是西元幾年哪？你，還有你，是去年聖誕節吧？現在都已經八月了。」

伊莎貝大驚失色，看著妹妹珠兒。凱特捧著臉，跌跪在瓦斯爐前面。她在抽泣。

伊莎貝和珠兒也彎了腰跪在她旁邊。

「凱特，我們當然關心她，」伊莎貝說，一邊把凱特的金髮撥開臉來，勾到耳後。「你的母親是我們所有的倚靠。」

凱特猛個站起來，踩著大步踏出後門。

「噢，老天，」珠兒說：「我們該怎麼辦呢？追出去嗎？還是隨她去？」

伊莎貝從廚房的窗口探眼望出去，想知道凱特人在哪兒——到底她是坐在後院的休閒椅上，還是遠處的大石頭。不過她看不到她。伊莎貝其實也想跑掉，但她還是待下來了。「不曉得。我剛實在不該亂講話。我一碰到凱特，好像就會說錯話。」

「羅莉的確是我們所有的倚靠，」珠兒說：「我知道你是真心那麼講的，伊莎貝。凱特也心知肚明。她只是亂了套。我們會一起度過難關的。羅莉不會有事的。」

伊莎貝呼出一口她都不曉得自己屏了很久的氣。她點點頭，一句話也說不出來。

此時後門打開了。凱特走進來，眼圈紅紅的。「抱歉。我剛……心情好亂。」

「我們曉得，」伊莎貝說，伸出手碰碰凱特的手臂。凱特至少沒有閃開。

凱特低頭瞪著地板好一會兒。「查理安置好了嗎？」她問珠兒。「如果小房間太熱的話，我可以擺個風扇進去。」

「他很好，」珠兒說，兩手捲著耳邊的長髮打辮子。「剛才我還沒出他房間，他就已經睡著了。亨利今天帶他到海邊的泥灘揀蛤仔，所以——」

「女孩兒們，大家都入座囉，」珍珠喊道，灰白的頭探進廚房的推門。「我來拿杯子蛋糕。」她走進來，拿起圓托盤，停了腳瞥瞥她們三人。顯然羅莉的事她已經知道了。「看電影可以讓你們逃遁一兩個鐘頭喔，電影的神奇就在這裡。一起來吧，寶貝們。」

伊莎貝往三個大碗倒了熱騰騰的爆米花，一碗遞給凱特，一碗給珠兒，一碗自己享用。「看完電影以後，我們再聊吧，」她跟凱特說：「好嗎？」

凱特沒辦法正眼直視伊莎貝，不過她勉強點了點頭，領路走向大廳去。羅莉已經在那兒了，一副天下太平完全沒事的模樣。她正把一張影碟放進影碟機裡。

「大家準備好了要看梅莉和克林伊斯威特了嗎？」羅莉問道。「天底下再沒比他們更棒的演員了。」

沒有人質問羅莉為什麼在這個特別的晚上還要看電影，就算演員是天王天后也一樣，畢竟她可是才跟自己的女兒和姪女宣稱她得了癌症，而且預後不看好啊。打從小時候，大家就聽過關於羅莉的故事。說她十八歲那年，一個朋友游泳出了事死掉，她就一個人跑去看《越戰獵鹿人》，只因為先前她在報上讀到一篇關於梅莉史翠普和她的未婚夫的文章——梅莉的本名叫瑪麗．露意絲，和羅莉一樣[1]，而她的未婚夫則是個年紀輕輕就死於癌症的名演員。羅莉守寡的頭一年，因為得開始獨力撫養女兒和成了孤兒的姪女而痛苦難當時，靠的就是沉浸在梅莉最最濫情的電影裡頭撐過去；後來她總算可以接受喜劇的洗禮時，她租的是《陰陽界生死戀》，一路看著不止是笑甚且還大笑出聲呢——這可是打從那悲劇性的除夕夜之後的頭一次。

「電影夜」在三船長客棧是行之幾十年的老傳統了。九〇年代初期曾有個房客詢問羅莉是否有放影機，因為她才剛看完一本小說叫做《蘇菲的選擇》，想租改編的電影來欣賞。羅莉看過這片子，感動極了，她說這是少數幾部（梅莉的唯一一部）她很肯定自己永遠不忍再看的電影。她把放影機借給了女人，之後又買了台高檔許多的擺在面對海港且又寬敞溫馨的大廳，另外她還買了台三十二吋的電視取代原本老舊的十九吋。大廳的櫃子裡積存了她最愛的各色影片，而且她和珍珠也將週五晚定為「電影夜」。起先她們是輪流挑選電影播放，後來則決定要辦主題系列。四〇年代的老電影。勞勃狄尼洛的電影。美食專題。外國影片月。浪漫喜劇月。西西史派克月。上禮拜是約翰屈伏塔。

梅莉史翠普專題九個月前才舉辦過，那段期間伊莎貝偶爾會在放假時特意參加電影夜，去年聖誕放的《美味關係》她簡直愛死了。不過通常電影放完後，大家很快就做鳥獸散，很少留下來討論，而且珍珠往往在影片進行半個鐘頭內就睡著了。

然而週五電影夜在三船長客棧畢竟是老傳統了，大廳的後牆掛的全是羅莉鍾愛的明星的照片。黑白光面照，鑲上古董框。梅莉史翠普有三張分處不同年齡的照片。另外還有克林伊斯威特、艾爾帕西諾，以及西西史派克——她也是羅莉鍾愛的女星。湯米李瓊斯、雪兒、布萊德彼特、蘇珊莎蘭登、凱特溫絲蕾、基努李維——羅莉覺得他好性感。蕾秋麥克亞當斯（Rachel McAdams）以及艾瑪史東（Emma Stone）——羅莉覺得這兩名年輕女演員「潛力無窮」。

伊莎貝現在懂得為什麼阿姨又把這個月的主題定為梅莉史翠普了。羅莉常說，梅莉史翠普的電影就跟雞湯一樣滋補，是最好的朋友兼心理諮商師，也像撫慰人心的濃烈好酒。

要是她的電影也能治療癌症就好了，伊莎貝想著。她和妹妹一起坐在軟墊鴛鴦椅上，並將爆米花擱上前方的矮椅凳。羅莉和珍珠坐在大沙發，冰茶、酒、杯子蛋糕和爆米花全放在充當咖啡桌的老舊大木箱上——據說這箱子來歷不小，是在大西洋海底發現的寶。凱特窩在羅莉腳旁那個印花的懶骨頭上，她拿起草莓口味的Twizzlers長條Q糖，打起結來綁著玩——伊莎貝還記得，這是小時候她看電影時最愛吃的零食。而三十出頭的房客嘉莉——不是先前那個嘰呱不休的女人——則坐在高椅背的厚墊椅子上，腿上的盤子擺著杯子蛋糕和爆米花。她說她的先生寧可在樓上看棒球。

閒聊間凱特猛地站起來跑出去，羅莉立刻放下遙控器追上去。伊莎貝朝珠兒掃了一眼；妹妹的眼睛

1 羅莉（Lolly）是露意絲（Louise）的暱稱。

和自己的一樣，淚光閃閃。幾分鐘後，羅莉和凱特回來了，凱特表情凝重，不過她還是坐下來，又開始紮起軟長的Q糖了。

羅莉關上燈，按了DVD放影機遙控器的播放鍵。機器是羅莉多年前換了大尺寸電視時，一起添購的設備。起先依莎貝只想逃進自己的房間，然後才想到由於客棧客滿，她得和凱特共用臥室。外加珠兒，當然。在大廳這裡，至少她有整整兩個小時可以坐在黑暗裡，沒有人會盤問她愛德華為什麼缺席。其實，目前根本不會有人揣想她家出了什麼事。因為阿姨得了癌症。

銀幕上的人物正在走動著，但伊莎貝實在提不起興致。然而等她察覺到她看到的是兩名母親過世了的成年子女時，她就止不住眼淚了。是一對兄妹，四十出頭吧，他們在愛荷華一座農莊裡檢視亡母的遺物。兩人讀了母親生前寫給他們的信之後，才驚覺她的生命裡曾經有過別的男人。

剎那間，畫面切換到梅莉史翠普遙遠的過去。她是從義大利遠嫁到愛荷華州的家庭主婦，銀幕上是她美麗的臉龐和棕色長髮。她的先生和兩個十幾歲的孩子要去參加麥迪遜郡博覽會，會離家四天，她正操著義大利口音在跟他們道別。然後克林伊斯威特出現了，他是攝影師，正在尋找當地一座聞名的棚頂橋。這橋外人不好找，梅莉很樂於當嚮導。

然後，從梅莉角色的種種細微手勢，以及一些最最簡單的問題，觀眾看出她已經深深愛上男人了，因為他讓她意識到自己尚未發揮的潛質，讓她看到自己有可能走出一條不同的路。後來克林開口要她離開丈夫小孩，和他一起雲遊四海，希望她不要放棄這段一生只有一次機會的真愛。她頭一個反應是點頭答應。

然後卻又拒絕了，因為她不能毀掉自己的丈夫和小孩，或者毀了她和克林之間的愛——跟著他走只有這種下場。

試煉發生在克林預定離開的那一天。他的卡車停在紅燈前面，而梅莉和她的丈夫則開著老舊的小貨車等在後頭。梅莉天人交戰，一手緊抓著車門的把手——如果她想跟克林遠走高飛的話，只剩這個機會了。她必須立刻下定決心，只要換了卡車，她就可以改寫自己的生命。她非打開車門跟上去不可。伊莎貝屏息看著梅莉史翠普，看著她的臉在扭曲，看著她的手放在把手上。**她不會走的**，伊莎貝想著。**她不會**。結果她也真的沒走——伊莎貝這才重重呼出了一口氣。

片尾打出字幕時，珍珠起身開始收拾空盤子。「好棒的電影！我好像已經看過三次了，可每回都像是第一次呢——雖然我都知道結局了。」

「梅莉史翠普是一流的演員，」房客嘉莉說：「我覺得她在《麥迪遜之橋》裡頭是她最漂亮的時候。」

「氣質美女。」凱特同意道，伊莎貝和珠兒也點點頭。

羅莉起身按下退出鍵，然後把DVD放回匣子裡。「這部片子是我的最愛。我也看了三次呢，珍珠，而且每回我都從影像和對話裡又體會到更深一層的意思。」羅莉瞥瞥女兒，然後看著伊莎貝和珠兒。「真高興你們兩個能過來。今天忙翻了，我得休息去了。希望明早大家都能精神抖擻迎接新的一天囉——六點半廚房吃早餐。」

羅莉和珍珠開始走向門口，珠兒說：「都不講一下電影嗎？法蘭契斯卡做的決定，駭得我連動都沒法兒動呢。」

「她的決定駭到你？你是說，她決定守著家人駭到你？」伊莎貝問道，此時羅莉已經坐在她旁邊了。大家都在跟珍珠說再見，因為她的丈夫已經開了車等在門外要接她。

珠兒伸手拿了個杯子蛋糕，咬一口。「她背叛了自己。」

伊莎貝瞪眼看著她妹妹。「她背叛了自己？如果她走掉呢，那不是背叛了她的丈夫和小孩嗎？也背叛了她的結婚誓言吧？她禁不住誘惑給別的男人迷住，已經夠糟了。」

「她會給迷住，是天經地義的事啦，」凱特說，她從懶骨頭站起來，拉了拉腿，然後改坐到沙發。「她是因為克林才找回某一部分的自己。而且各位注意到沒，她會邀他吃晚飯完全是因為他說了一句關鍵話喔：『我完全了解你的感覺。』這話任誰聽了都受用。我們都需要知心的人。」

「話是沒錯，不過沒有其他條件配合的話，知心又怎樣呢？」羅莉望著窗外說道。伊莎貝納悶起她的心底事，然而羅莉沒再多言了。

伊莎貝往後靠上椅墊。愛德華顯然不覺得她是知心的人。也許她不了解他，或是因為她變了吧。何況，他又何嘗了解她呢？

所以大家才會說「婚姻需要經營」吧。維繫婚姻確實不容易。不能讓浪漫牽著走，不能不負責任。梅莉的角色會愛上雲遊四海的攝影師，完全是因為他說他熟知她的故鄉芭里，說他曾去過那裡。因為芭里就是她，它是她內心深處永遠的倚靠。

伊莎貝覺得眼淚又要奪眶而出了。凱洛琳．奇諾威和愛德華．麥可尼在心靈深處可以相通嗎？怎麼可能？和他靈犀相通的應該是伊莎貝啊。伊莎貝和他一樣，也失去了父母。伊莎貝和他一樣，也曾連著好幾個月哭著入睡。是伊莎貝和他相知相守了十五年——從他們十六歲時開始。

凱洛琳怎麼可能勝出呢？怎麼可能？

「如果時機對了，」凱特說：「碰到知心的人就該好好把握機會。各位還記得吧，克林問梅莉結婚幾年時，她根本答不出來。她還扳起指頭數呢，但就是想不起來。原因就在她已經結婚太多年了，根本喪失自我啦。而這會兒，克林闖了進來，提醒她她曾經有過自我。提醒她她曾經活過。克林看出來她曾經是什麼樣的女人。」

伊莎貝覺得自己在發抖。愛德華在凱洛琳面前到底有什麼感覺呢？覺得自己是個新人嗎？是個不知道自己過去的人？也許他就是想擺脫舊事。

伊莎貝搖搖頭。「各位知道還有誰看到過去的她嗎？她的先生。他在義大利當兵的時候認識了她。他當時愛上了她。所以他也知道她曾經是什麼樣的女人。」

「然而現在——」

伊莎貝打斷珠兒的話。「她在老公和小孩遠行的時候，和另一個男人睡了四天。她不忠，她違反了誓言。之後她跟外遇對象說再見，是因為知道這條路走不下去。然後她就裝作沒做壞事一樣繼續原來的生活——拜託，她等於離家兩次了吧。」

珠兒瞪著她看。「哇塞，我們看的是同一部電影嗎？梅莉嫁給愛荷華農夫的時候，就等於是放棄了自己。當初她嫁給他跟著到美國來時，是滿懷希望的。她可沒想到瞧見的竟然是愛荷華的一座農場。還記得她說了什麼吧：『這跟我小時候的夢想完全不同。』和克林共處的四天裡，她又找到了自己。可到頭來她卻還是放棄了自己的幸福，只因為她想做對的事情——可那其實是錯的事情，依我看。」

「我懂你的意思，」凱特說，一邊剝下杯子蛋糕上的黏紙。「其實我並不想看到她丟下家人，跟著克林跑掉。不過我也不希望她背叛自己。」

伊莎貝瞪了凱特一眼。「背叛**她自己**？那背叛她**丈夫**又怎麼說呢？」

「我同意，」嘉莉說：「她嫁給他時，就應該知道前景如何。種瓜得瓜就是這個意思。各位知道今天是誰不想到鎮上遊玩嗎？各位知道是誰待在樓上用他的 **iPad** 在看紅襪隊的賽事嗎？她選擇了那種人生，而我則是選擇了我現在的人生。」

「其實她並不確定前景如何，」珠兒說道：「還記得她說她對美國抱著很大的憧憬嗎？她需要冒險。結果她卻得了個愛荷華的農莊。」

「我覺得我們其實都知道，她做了決定後前景會如何，」羅莉說，再次瞥眼看著窗外。「請問當初她遇見她先生時，他能有多瀟灑呢？請問他的個性能有多率性，多愛冒險呢？我覺得對她來說，他只是象徵了冒險而已。他來自異國，對當時的她來說，這就夠了。」

凱特意味深長地看著母親。「而且正如梅莉所說：『抉擇改變人生。』」凱特呼出一口氣。「只要犯了個錯就……」

「我倒不覺得她真的犯了錯，」嘉莉說：「她生了她好愛的小孩，不是嗎？而且農莊真美。不過她的感情生活一直很空虛。她的確是付出了滿高的代價。」

這話大家都點頭稱是。伊莎貝看向窗外，望著港口的燈。她的感情生活這幾個月來都很空虛，如果真要說的話。

「我最喜歡的畫面是，」珠兒說：「克林和梅莉做愛之後一起躺在地板上的壁爐前面時，她哭了起來，她說真希望他能帶她去他旅遊過的某個地方，某個在世界另一頭的地方——」

凱特點點頭。「於是他就帶她去了她的故鄉。義大利某個小鎮。他曾因愛慕那裡的美景去過。」

「我覺得梅莉就是在那個時間點毫無保留地愛上他，」珠兒說：「他帶她回到過去，他讓她再次感受到埋在心底的自己——沒有人看到過，連她的丈夫和小孩都沒見過。」

「而她則是讓人生已無所求的他再次起了渴慕的心——渴求她。」羅莉說。

伊莎貝瞪看羅莉。凱洛琳摧毀了伊莎貝十六年的感情關係，摧毀了那些年所代表的意義。她讓他起了渴慕的心嗎？那是什麼樣的渴求呢？

也許只是喜新厭舊吧。刺激的感覺。新鮮火辣的做愛方式。

「總之，他們的關係不可能長久，」伊莎貝說，雖然心底不是那麼有把握。「也許可以，不過百分之九十九不會成功，原因梅莉已經講了。她說她會開始憎恨他，恨他奪走了她珍愛的一切。至於他那句經典台詞：『人一生只有一次能夠這樣肯定自己的感情。』其實梅莉的解讀不同，因為她也很肯定自己對家人的感情，希望他們幸福。」

她心想，愛德華和凱洛琳的婚外情不知會持續多久。幾個禮拜吧，因為現在他不需要晚上六點偷溜出去了。照愛德華今天電話上所說，凱洛琳的丈夫幾個月前就跟別的女人跑了。伊莎貝老覺得，婚外情之所以持久，就是因為「偷」的感覺很刺激，充滿戲劇性，其中根本沒有真愛。然而梅莉和克林的婚外情講的卻是**真情**。

「我比較在意她留下來的其中一個原因，」嘉莉說：「她擔心拋家棄子對女兒會有負面影響——她剛滿十六歲，才要起步探索愛情和男女關係的意義。如果她發現母親其實一直活在安靜的煎熬裡怎麼辦？但結果，女兒卻是待在不幸福的婚姻裡長達二十年。所以為孩子犧牲，也許**不是**明智之舉。」

「我倒是挺喜歡她寫給孩子的那封信，」羅莉說：「『該做的事務必放膽去做，人生就是要快樂。』這是她的經驗談。我覺得梅莉的角色留下來的話，有好有壞（快樂與悲慘兼具），而她如果選擇離開，應該也是一樣。不管走哪條路，她都是陷在泥淖裡。總之，她選擇留下就證明了她高貴的品格。」

愛德華也是這種感覺嗎？陷在泥淖裡？深愛另一個女人，但卻被妻子綑綁，被他倆立下的誓言綑綁？

「我覺得她應該選擇離開，」凱特說，她的聲音安靜下來，也悲傷了些。「人生苦短，大家不都這麼說嗎？而且現在我更能體會箇中滋味了。」

「人生苦短，所以不該傷害你口中說你愛的人。」伊莎貝反擊道。凱特瞥瞥她，有點驚訝；伊莎貝想要道歉，但凱特已經別開頭。伊莎貝有點不知所措。

「其實並沒有正確答案。」珠兒說。

抉擇改變人生，這句話在伊莎貝的腦裡反覆播放著。

沒錯，伊莎貝心裡明白。她選擇了要改變。是她想讓心中那股小小的「想生小孩」的火苗開花結果。是她選擇了要跟丈夫分享這個欲求，而沒有鎖在心裡頭。她選擇了要違背盟約。

「我覺得梅莉的決定完全正確，」羅莉說，她站起來，揀拾四散在桌上的爆米花和杯子蛋糕紙。「她當然不能把自己的快樂建立在丈夫和小孩的痛苦上啊。如果只顧著追求自己幸福，請問她的小孩怎麼辦？他們的後半生都會活在陰影裡。」

「這種說法我無法苟同，」珠兒說，一邊起身幫忙收拾空杯子。「**不快樂的母親**也會讓小孩活在陰影裡。她的女兒就是明證，對吧？我可沒說她應該拋夫棄子跟克林遠走高飛。不過如果背叛自己，讓自己活在絕望裡……」

她根本就不應該外遇啊，伊莎貝很想放聲大吼。如果她不任由自己愛上克林的話……然而伊莎貝可以體會她為什麼會愛上他。她的眼淚撲簌流下，全身打起抖來。

「伊莎貝，你怎麼了？」羅莉說。

「我抓到愛德華和另一個女人在一起……」

珠兒猛喘一聲。「愛德華？」

「怎麼可能啊，伊莎貝，」凱特說，一手放在伊莎貝的肩頭上。

「不，不會吧，」羅莉說：「我不信。」

伊莎貝跟她們講述起昨天的故事。講到那封匿名信。講到那坨笨到不行的麵團還有他們的結婚紀念日。她說起自己如何踏上那一階階白色的樓梯，還有愛德華臉上的表情。「等我今天終於接了他的電話時，他跟我說這段情並不只是性愛關係，不只是外遇而已。他說他已經愛上那個女人，而且他是等了好幾個月才跟她表白——」伊莎貝說不下去了。

「噢，伊兒，別難過，」珠兒說：「剛才我真不應該一直為電影裡的外遇說情。」

伊莎貝看著妹妹。「問題是，外遇果真情有可原嗎？就因為他說他起了愛意，就沒事了嗎？他背叛我，背叛結婚誓言就都說得過去了嗎？他可以因為掉進愛河，就什麼都不管了嗎？」

我很需要你知道我愛她，伊莎貝。我們之間不只是性關係，不只是一時的激情。我不會那樣待你。好體貼啊。他是以展開另一段真情來回報她。

人一生只有一次可以這樣肯定自己的感情……

顯然不只一次囉。愛德華對她的感情曾經那麼肯定。而現在他則是很肯定自己對強勢的凱洛琳．奇諾威的感情。目前，至少。

伊莎貝兩手環抱兩腿，豎起的膝蓋頂著胸部。她不再是那個十六歲時著迷於愛德華的小女孩了。她不再是那個恐懼的小女孩，也不再憎惡自己了。但她不太確定自己現在到底是誰了。她不打算回到康乃狄克的家——要回去也是因為得收拾自己的衣物打包帶走，還有就是跟他「瓜分」那棟豪宅裡的物品。難道她還真想拿走那條溫暖貼心的鴨絨被嗎——它是她和愛德華舊日在緬因的共同記憶。難道她真想拿走那些他們度蜜月以及度假時共同挑選的畫作嗎？現在她該怎麼辦呢？就先陪阿姨待在客棧裡做她隨時的助手吧，她告訴自己。現在的她迫切需要抓住一份腳踏實地的工作，全心投入。

羅莉捧起她的手。「真高興大家都聚在一起了。」

伊莎貝放聲哭起來。羅莉的手握得更緊了。有那麼一會兒，她覺得握著她手的是母親——天底下再沒有比這更大的安慰了。

5 珠兒

電影夜用過的盤子都洗淨了，大廳也清掉了所有爆米花的痕跡。上Google快速查詢了一些胰臟癌的相關資料後，珠兒、伊莎貝和凱特既是放心又有點驚心。今晚還是別再費心多想了吧。珠兒坐在凱特房間的陽台上，瞪眼看著海港，看著船上的燈光，以及隱約可見的紅白相間的燈塔。珍珠說得沒錯，電影確實可以讓我們在兩個小時內忘記現存的世界，進入另一個時空。看了《麥迪遜之橋》後，珠兒感觸很深，覺得好想再聊幾個小時。不過此刻她腦裡想的，並不是梅莉史翠普在她農莊的廚房裡和克林伊斯威特聽著義大利歌劇跳舞的畫面，而是狗雜種愛德華。

珠兒十三歲的時候，只花了幾個月就大夢初醒。她原先把愛德華當成夢中情人，為他做了《美少女》雜誌刊登的許多愛情測驗，但愛德華還是被比她美麗、性感且更世故的姊姊搶走了。幸哉！因為她後來發現他其實是一場惡夢＋蠢蛋。「愛德華說」已經變成十六歲的伊莎貝的最新口頭禪，她開口閉口都是他。**愛德華說詛咒人是野蠻的行為。愛德華說加糖的麥片如Lucky Charms會毀掉你的牙齒也順帶減低你進長春藤名校的機率。愛德華說要體貼別人，因為每個人處理傷痛的方式都不一樣。**

最後這句話是愛德華．麥可尼這輩子唯一說對了的話。他談論傷痛是一等一的高手，他會說得你飽受安慰，整個人都被裹在好貼心的繭裡頭，差一點就要忘了當初你怎地會跑到傷痛兒防治中心去。所以，沒錯，珠兒是可以了解伊莎貝怎麼會被他迷得團團轉；珠兒也有過類似經驗——不過只持續了幾個禮拜，原因是「愛德華說」開始成了瘟疫，而伊莎貝則是完全變了個人。

「她變不回去了！」羅莉針對珠兒的疑惑如此答道。那時候珠兒老跟著阿姨在客棧裡轉來轉去，羅莉撣灰塵或者抹抹擦擦的時候她都在旁邊，口裡直唸著「姊姊怎麼了？」姊姊原來不是很聒噪又自私，而且老愛蹺課，會偷偷吸菸吸大麻，還一個勁地招惹男生嗎？

「可是她怎麼突然變成了乖寶寶哪……就跟我一樣，」珠兒說：「她會說**請**跟**謝謝**耶！」

「這樣不好嗎？」羅莉問道，檸檬磨光油的味道刺得珠兒鼻癢癢。

「她現在成了好奇怪的機器人，」珠兒解釋道，倒也不是希望原先那個壞姊姊再回來，而是不太確定自己喜歡現在這個新版本。她著魔了——魔咒便是「愛德華說」。

一直要到很久以後，多年以後，珠兒才領悟到伊莎貝不是被愛德華控制住，而是被她的傷痛綑綁了——愛德華正是處理傷痛的高手。

「她現在每天上學，吃得健康又會說**請**字，這總比以前的她好吧，」羅莉說。「不要太強求她啦，給她時間，讓她慢慢走出一條適合她的路。她又沒傷到人。這點你要記得。她會找到自己的——每個人都會找到自己。」

這席話珠兒很久以後都還記得。**每個人都會找到自己**。果真找得到嗎？阿姨在丈夫和姊姊姊夫過世以後整個人變得好安靜，除非有人發話絕不開口，她找到自己了嗎？不過羅莉的好處是，跟她講話，她的回應會很多。重點是，你得主動找她聊天，問她一些問題，才有可能聽到她開金口的。她不會主動問你學校的功課如何，也不會問你有誰邀了你去參加學校舞會，或者你怎麼看來有點傷心。有一回，珠兒忍不住大叫說：「我坐在這兒大半天都快哭了，你卻一點也不關心！」羅莉答說：「我很關心的，珠兒。不過我的方式是，給你哭的空間。」

那時候的珠兒其實不太確定自己是否需要空間。雖說她其實並沒有多少空間，因為她得跟逼得人喘不過氣的姊姊，還有老瞪著她倆看的安靜表妹擠在一個大房間睡覺。無論何時或在何處，如果珠兒感覺到有人在看自己，準是因為凱特在附近盤桓了。

如果她們三個在哪個房間待著，不管任何房間，沒一會兒，一定會有一、兩個人先行離開。這也難怪。

珠兒抬眼凝看夜空，但只瞧見了幾顆星星。她選了一顆專心看，希望星星不要變成飛機。她需要那顆星星讓自己定心。伊莎貝透露的消息叫人震驚。搞了半天愛德華是渾球——但其實他本來就是渾球，一直都是。有一回，幾年前的感恩節吧，愛德華說了句話傷到珠兒——她好恨自己的敏感；他說珠兒不該拿美國乳酪夾在查理的烤土司裡，他說瑞士乳酪或切達才真的有益健康，難道她一點也不在乎她是把什麼玩意兒塞進正在成長的腦袋跟身體嗎？她聽了以後就跟伊莎貝耳語說：「我的天，當初沒給愛德華蠢住，算是我擋掉一顆子彈。」

伊莎貝一聽愣了一下，珠兒馬上覺得好後悔——至少該找別的對象吐苦水吧。不過伊莎貝馬上回擊過來：「說的好像你是萬人迷哩。請教閣下你唯一一次的浪漫史到底為期多久啊？兩天對吧？不懂的事你就別講吧。」

等到最後剩下的火雞餡料和南瓜派都給囫圇吃光時，伊莎貝和珠兒已經是連看都不看對方一眼了。她們彬彬有禮地互相閃避，直到下一回家族聚餐時才見面——亦即聖誕節。在這兩個節期之間，她們會做些表面文章寄幾張生日卡。另外就是，每年查理的生日派對伊莎貝和愛德華都會現身——每年都要花十個鐘頭開車來回一趟，不管派對舉行地點是小小體育館，或者運動場，或是她那間位於書店樓上的小公寓。伊莎貝一定準時現身，拖來好大一個包裝好的禮物，比如紅色的扭扭車，或者印地安納瓊斯樂高城市拼裝組，總之就是珠兒永遠不可能買得起的天價玩具。查理每次都會興奮得猛力拍手繞圈跑，而珠兒累積的怨氣也會煙消雲散。然而，五分鐘十分鐘之後，伊莎貝或愛德華之中總有一個又會破壞氣氛，說什麼波特蘭的公立學校有多爛，或者珠兒的薪水只夠餬口等等，然後神奇的魔力便會噗一聲——沒了。

珠兒老希望她和姊姊的關係可以調整到自己和凱特之間的相處方式。彬彬有禮。不要互相攻擊。她和凱特對談的模式大致就是像公司聚餐時不相熟的同事。沒有深度，但也不會互傷感情。

「珠兒？幫我拉床好嗎？好像卡住了。」

珠兒溜身進房，看到凱特正在跟有輪子的雙層低矮床奮戰，她想把下層的床抽出來。她又是拉又是踢的，然後頹然落坐在上層的床面。

珠兒在她身旁坐下。「姨媽應該可以安全過關。她有這能耐的。」

凱特往後一仰，重重呼出一口氣。「咱們把床抽出來，好吧？」

珠兒覷眼看著表妹，真希望她們能更親，希望自己知道該如何和她溝通。不過她對羅莉的診斷結果也是心懷恐懼，而這個共通點也許就是她們目前最好的交流方式了。

兩人又拉又扯搞了幾分鐘，下層床終於就範，彈了出來。珠兒把床推到陽台旁邊，這一來只要她趴在床上然後把枕頭擠到邊邊的話，就可以舒舒服服地看著天上的星星和海港了。沒幾下，她們便鋪好了床，並攤開了輕軟的夏被。雖然已是八月下旬，天氣卻還沒有熱到得開電風扇忍受噪音，不過凱特還是把古董棕的風扇擱置在角落裡，以防萬一。珠兒瞥瞥她近期要睡的床，柔軟褪色的枕頭套，以及老舊的海星棉被，看來好窩心，她可以想像自己倒下去兩秒鐘以後就呼呼睡著了。

此時浴室門打開，蒸汽四散，伊莎貝穿著粉紅色的背心和灰色瑜珈緊身褲走出來，挑染幾許金色的棕色長髮濕濕地披在肩上。

「你還好嗎，伊莎貝？」珠兒問道。好笨的問題，她馬上想到。伊莎貝當然不好啊。

伊莎貝低頭凝看雙腳，看著自己亮粉紅的趾甲。「不好。」

珠兒瞥瞥凱特。顯然，她們兩個都沒有預期到她會如此誠實——雖然先前在大廳裡已經聽過她的告白。

「別難過，伊莎貝。」凱特盤腿坐在床上，然後豎起膝蓋兩手環住。顯然凱特是想說個別的什麼，但一時卻是語塞。

珠兒坐上她的床。「你覺得之後會是怎麼發展呢？他可以把她拋在腦後，然後你們兩個再找個方法繼續走下去嗎？」

伊莎貝走向陽台，靜靜站在那裡，瞪眼看著窗外。珠兒的眼光落在伊莎貝的戒指上。她訂婚戒上的小玩意早已被兩克拉的圓鑽取代，另外一只則是鑲鑽的結婚金戒。

「你們走得下去嗎？」凱特問。「我是說，要怎麼把外遇拋在腦後呢？」

「拋不掉的，所以《麥迪遜之橋》裡梅莉史翠普的角色才會選擇留下，」伊莎貝說，眼睛仍然看著外頭的夜色。「她知道她的丈夫和小孩永遠都放不下自己的拋夫棄子。不過我看愛德華其實根本不在乎我放不放得下他的這段情。」她眼淚直流，珠兒和凱特再次對望一下，然後站起身來走向陽台。她們站在伊莎貝身邊，凱特捧著她的手緊緊握著，珠兒則是釋出一口她已經屏了半小時的氣。

「好詭異喔你知道，不過你發現愛德華外遇的過程，倒是讓我想起當初羅莉告訴我們出了車禍時我的反應，」珠兒說：「如果事情的發生遠超過預期，遠超過想像，你會大受驚嚇久久無法回神。」

但也許伊莎貝並未大受驚嚇吧。珠兒知道某些妻子喜歡自欺欺人，有時候她們明明知道婚姻出了問題，但卻不肯面對。然而話說回來，其實她並不清楚伊莎貝的婚姻到底是怎麼回事。

「我一路開車過來時，就是這種情況，」伊莎貝說：「大受驚嚇無法回神，所以我才有辦法像機器人一樣開車沒問題。而等我回神之後，整個過程又是那麼清楚：匿名信，看到愛德華走出那個女人的臥室，他的表情——還有近來我們之間的狀況。其實也不是最近才開始的，我想……整個過程清楚得我都要崩潰了，只能就近找家汽車旅館休息，我哭了一整晚，還有隔天的大半天，然後才有辦法開到這裡來。」

「一波未平一波又起，真是難為你了，」凱特說：「緊接著，你又得承受我媽媽的神祕宣言。」

伊莎貝兩手捧著臉。「我真不知道該為哪件事焦慮。每回一想到愛德華，羅莉的臉就會浮上來。然後又回到愛德華身上，再轉回羅莉。」她深吸一口氣然後呼出來，一邊把散在肩頭的長髮編起辮子然後解開來。「總之，他也沒求我原諒，只說了他深愛這個女人。我很確定他是打算講明了要跟我離婚，不過我沒等他開口，就掛了電話。」

凱特坐回她的床上。「難以置信。珠兒說得沒錯，我還真是嚇到了。你和愛德華打從我十歲時就在一起了。」

「就在我們搬進客棧之後一個禮拜開始的。」珠兒說。

「而現在羅莉阿姨……我知道羅莉和我從來沒有很親。不過凱特，你的母親對我來說——」伊莎貝深吸一口氣：「真的很重要。」

「對我也是，」珠兒說：「而且她長得真像老媽，對吧，伊兒？」

伊莎貝沒搭腔。或許不該在這個時間點提起她們的母親吧。珠兒老覺得伊莎貝之所以逃離客棧生活，逃離羅莉、珠兒和凱特，有個原因就是她在母親活著的最後一夜，當著眾人對母親說了重話。珠兒知道伊莎貝一直無法原諒自己。那個火爆場面就是發生在客棧裡，在一樓的大廳。珠兒感受得到這個空間裡的沉重。悲哀、傷痛、失落。十多年來迴旋不去。

凱特走到書桌，坐上椅子。她往後靠著，抬眼凝看天花板。「很難相信發生了這麼多事。」她們一時之間無話，唯一的聲音是來自草坪的蟋蟀與蟬，以及外頭的一些人，他們正漫步著從海港回來。

「那麼明天我們就擬出一套輪班表吧，把羅莉的工作分攤下來，」伊莎貝說，她轉過身，往老虎窗下的床鋪走去。「化療以後，她應該會很虛弱很累，沒辦法做什麼家事了。」

珠兒點點頭。「真難想像看完電影以後，羅莉會那麼多話。說起來，她原本是一看完就要走人的呢。這輩子我好像從沒聽過她那樣侃侃而談。」

「我也嚇了一跳，」凱特說：「我是說，我媽其實是滿固執的人，不過看了電影，聽大家東談西談，以各種不同角度切入劇情，然後又引出新的話題，」凱特補充道，看著伊莎貝的眼睛滿是感情。「她好像變得比較開放比較圓融了。希望能持續下去。」

「一定可以持續下去，」伊莎貝說：「梅莉史翠普是她最愛的女星，而且她的電影她其實全看過了——對她應該意義匪淺，代表了她不同的人生階段吧。總之我會有這感覺，是因為她時不時會別開眼睛，看著窗外。」

「她還滿複雜的，對吧？」凱特說。

珠兒微微一笑。「複雜且強悍。」珠兒看著伊莎貝。「接替羅莉的工作你可以嗎？對你會是一大挑戰。」

伊莎貝瞪著她看。「因為我不是職業婦女？」

珠兒的兩頰燒起來。沒錯，她就是這個意思，不過她沒有惡意。在這個節骨眼上不可能有。「我的意思是，我們都沒有經營客棧的經驗，還得侍候房客呢，連凱特都疲於應付。還記得去年聖誕節那一家惡人嗎？鈴按個不斷！**再送一壺茶來。有沒有更輕軟的手巾啊？海水的味道能不能解決哪？魚腥味好重耶，會飄過來的你知道。**」

凱特笑起來。「我能撐過來，全是因為她們愛死了我的糕點。有一個打死不肯脫下高跟鞋的女客——連健行都一樣喔，跟我說我該開家烘焙店，她一定會下大筆訂單採買。實在受不了這些女士，不過她們還真給了我不少信心呢。只是有時候我還真忍不住會想把她們的小鈴鐺搶來沖進馬桶裡。」

珠兒努力想像著伊莎貝．納許．麥可尼跪在馬桶前面，手持一只刷子身旁擺罐刷刷樂。她的姊姊雇了名管家，每個禮拜有兩天負責清理他們一百多坪的房子，外加烹煮三餐，還要將餐點冷凍起來，然後貼上標籤註明內容物還有微波方式。

「我想我應該派得上用場，」伊莎貝說，珠兒看得出姊姊對她們的「歧視」非常感冒。然而不可否認，伊莎貝確實不太習慣服侍別人，而且愛德華也寧可花錢雇人代勞。但話說回來，珠兒也曉得伊莎貝是傷痛療癒中心的資深志工，如果伊莎貝的話語和表情能夠讓一個失去相守三十年丈夫的女人得到撫慰的話，應付幾個度假的房客應該不成問題——討厭鬼及冒失鬼皆然。

「等珠兒和查理非回波特蘭不可的時候，你就睡那個小房間好了，」凱特對伊莎貝說：「要不我也可以跟你換。我其實還滿想念小時候睡過的房間呢——那是在我們的世界天翻地轉之前我溫暖的窩，你知道。」

「兩位，我也有個消息要宣布喔，」珠兒說，一邊從行李箱拉出她的瑜珈褲和T恤。「我至少會待幾個禮拜。波特蘭的布克兄弟書店要關門了，我住的公寓租約又跟書店綁在一起。所以現在我是無業遊民兼無家可歸，而且還有個孩子要養。可悲。」

「你不是無家可歸啊，珠兒，」凱特說道。「這裡就是你的家。」

珠兒站起身來走上陽台。她瞭望著遠處的海港，視線追隨著一艘緩緩游移在暗黑水面上的午夜油輪前行。三船長客棧不是家。珠兒曾在客棧住過五年，就睡在這間臥室，然而這裡從來沒有家的感覺。不過她沒打算跟凱特吐露心事。「我還真是超級巨星對吧？這已經是我第二次夾著尾巴奔逃到這裡來了。看來我真是非得接受亨利的邀約，回這兒的布克兄弟書店上工啦。本人這下子又回到七年前的原點了。」

「原點或許沒錯，」凱特說：「不過你不可能是原來的你了。你在波特蘭住了這麼多年，單獨拉拔小孩長大。而且對查理來說，你真的就是超級巨星。」

珠兒嘆了口氣，凝看夜晚的星空。她永遠忘不了自己二十一歲身懷六甲的時候，獨自站在這裡，煩惱著找不到孩子的父親，而摯愛的父母又早已離開人世，自己的姊姊則是遠在千里之外——然而就算近在身邊，她也不可能會找姊姊求援。

「珠兒，當初你懷孕時，想過要打掉孩子嗎？」伊莎貝問道。

珠兒猛地旋過身來，面對她姊姊。「這話什麼意思啊？是說我不該生下查理，應該放棄他嗎？是說我當時很不負責任，而現在既沒工作又沒個自己的家，所以更是糟對吧？」

伊莎貝的臉紅了好一會兒。「老天，我絕對沒這意思，珠兒。我問是因為……」伊莎貝咬咬嘴唇。

「因為？」珠兒激她道，滿眼怒火。

「算了別講吧，我們也該上床休息了。」

「因為什麼？」珠兒重複道。語氣更強硬了。

伊莎貝低頭看著她的結婚戒指，轉了轉。「因為我老想說我不會知道怎麼當媽媽。我只是想知道當初你發現自己懷孕的時候，有沒有這樣擔心過。」

「噢，」珠兒說，她的怒氣和慣有的羞慚咻一聲消失無蹤。「當然有過啊。那時我才二十一歲，還在念大四呢。原本只是單純地擔心《米德鎮的春天》的期中報告交不出來，但忽個一下子卻變成得為一個小嬰兒負責的母親。而且完全沒有後援。不過，你們知道怎樣嗎？就算在那時候，我都不曾懷疑自己能夠當個好母親。只要愛孩子，把他照顧好，該做的都做就行了。我知道我有能力，不過還是會害怕。」

然而有那麼一段時間，她是靠著幻想撐過去的——等著約翰．史密斯騎著白馬來找她。七年前她頭一次回到布絲灣海港時才剛懷孕，身上永遠帶著鹹餅乾，那時的她會坐在外頭陽台上，想像著自己沐浴在月光下，遠遠地看到約翰走上卵石路，來到她跟前一腳跪在地上向她求婚的景象。然而他從來沒再出現過，當然。他個性獨立，永遠在追尋、在旅行，無論他往哪裡去，根本不可能要她加入，不可能與她同行——不像克林伊斯威特的角色非跟梅莉史翠普飾演的家庭主婦山盟海誓不可，因為《麥迪遜之橋》

是電影，是浪漫電影，不是真實的人生。

不過影片中的那四天倒是挺寫實的。對珠兒而言，那是真實人生。她是在兩天之內就深深愛上了約翰．史密斯。

「我一直在想像自己帶小孩的景象──我已經二十五了，比當初懷孕時的你大四歲呢，珠兒，」凱特說：「可我還沒準備好要擔這種責任。佩服你。」

「我也是。」伊莎貝說。

珠兒看看她們兩個，頗有點感觸。她把手伸進大提袋裡拿出潤膚油，往她乾燥的手肘和膝蓋抹了抹，紫丁香的氣味瀰漫整個房間。然後她便鑽進床上輕軟的被子底下，側身朝外遙看著海港。

「我剛在想，你的日子一定很不好過，」伊莎貝說，她也爬上自己的床了。「我知道，我知道，你大概是在想說我向來都是狗眼看人低。可我只是想告訴你，我現在終於體會到你一直有的孤單感覺。我……感同身受。倒也不是我把單親母親比成……你知道我的意思，對吧？我……抱歉當初我沒有陪在你身邊，珠兒。」

珠兒瞥瞥姊姊──她正瞪著天花板看。她的確曾經飆罵伊莎貝太過勢利眼。「很高興現在你來了。」

伊莎貝笑得有點不自在，她把床頭櫃上的檯燈關掉。「好吧，晚安了。」

「晚安。」凱特說，她關上了大燈。

「我去看看查理睡了沒。」珠兒說，一邊爬下床去。她一踏上昏黃的走廊時，才發現自己剛才一直是大氣不敢出的。

珠兒、查理、羅莉、伊莎貝和凱特團團圍坐在廚房的大圓桌旁邊，清早的陽光灑在房間裡。現在是六點半。昨晚羅莉已經提醒過珠兒和伊莎貝說，餐廳七點到八點半是開放給房客用早餐的，所以大家得在那之前吃早點——而且絕對不能在查理面前提到癌症的事。羅莉和珠兒會共同決定在什麼時間點以什麼方式告訴他。

珠兒咬著培根，幫查理剛烤好的玉米鬆餅塗上奶油。她的心情沉重——兒子的家人本來就少得可憐，而現在他又得面臨姨婆可能過世的痛苦。

「你們猜怎麼著？」查理說，他看著大家，綠色的眼睛閃著笑意。「我媽要幫我找到我爸爸跟爺爺奶奶呢，這樣我就可以填家族樹了！是夏令營規定的作業，禮拜三要交喔。」

所有的眼睛都轉向珠兒。

「媽咪，禮拜三以前你真的可以找到答案嗎？只剩四天耶。」

她的胃開始打結。「嗯，小乖乖，禮拜三以前也許沒辦法查出爸爸那邊的資料，不過大家都可以幫你填好我這邊的家族樹啊，而且我們可以寫信跟你的輔導員解釋說，我們有在努力查資料。」還得告訴他，夏令營的最後一週查理沒辦法去了。這點週末時她已經跟查理談過。

「那我的作業會不及格了吧？」查理問，他拿培根的手停在半空中。

珠兒覺得淚水刺痛了她的眼。

「首先呢，夏令營是不打分數的，」伊莎貝說：「夏令營跟學校不一樣。而且，沒有任何家庭會是完全一樣啊，查理，」她補充道。溫柔的眼光停駐在外甥身上。「對吧？所以填家族樹也沒有標準答案哪。某些家庭有好多好多親人，某些卻只有少少幾個。不過你很幸運喔，因為我們大家全都聚在這個房間裡。」

謝謝你，伊莎貝，珠兒含笑默默凝看坐在對面的姊姊。

「沒錯，」凱特說：「我們都是你的家人。而且我們都好愛你。」

查理笑起來，開始數起人頭。「我有姨婆羅莉和阿姨伊莎貝，跟表阿姨凱特——還有我媽咪。這就可以填上四種不同的親屬欄囉！」有隻狗在吠，查理馬上跳起來。「應該是愛維斯要我跟他玩撿棍子的遊戲吧。我可以出去嗎，媽咪？」

愛維斯是鄰居養的柔順的拉布拉多。珠兒十五年前搬進客棧時，他還是隻小狗。以狗齡來說，他現在算是老頭兒，個性又變得更溫和，而且還是很愛追著棍子跑。

「要確定是愛維斯喔，就怕是昨晚跑進後院的流浪狗，」伊莎貝說：「我出去呼吸點新鮮空氣，結果跑來一隻黑耳朵的白色雜種狗，牠還把下巴擱上我的腳背呢。看起來挺友善的，不過這種事很難講。」

查理跑到門邊，拉開簾子。「是愛維斯沒錯。」

「那就出去吧，小乖，」珠兒說：「不過得待在院子裡，好嗎？還有別忘了，這會兒還早，別吵到人。」

門在他身後關上時，羅莉說：「他長好大囉。」她說的速度極快，所以珠兒明白她不希望大家追問她這句評語的用意，或者她心裡的感覺。羅莉今天看來比較像原來的她。她穿了件黑色棉背心，白色薄紗裙垂墜到腳踝，再配上小蟹點的紅色人字拖。她如同絲緞般灰金的及肩長髮和往常一樣紮成辮子。

「也一天比一天俊俏，」凱特說，顯然是要繼續強調查理已經轉大人。「心地善良又體貼，真是人見人愛。」

「他長得真像他爸爸，」珠兒瞪著她的盤子看。打從查理打開爸爸和家族樹的話題以後，珠兒就一直在撥弄盤裡的炒蛋。「七年前我都找不到約翰．史密斯了，何況現在？」

「試試無妨啊。」羅莉啜了口柳橙汁。「盡可能縮小搜索範圍。如果還是找不著，查理也只好接受現實了。」

這是羅莉慣常的說法，接受，接受，接受，珠兒聽了很感冒。「這不公平吧。就因為我搭上了個想找一夜情對象的男人，查理就得接受現實——永遠不知道父親是誰，永遠不能見到他。」

「當年你跟我談到的約翰．史密斯，」伊莎貝說，也開始撥弄起自己的炒蛋，「根本不是這種人吧。」

這點珠兒不得不承認。很難想像，他的名字普通得如同張三李四，但他卻是她見過最最獨特的男人。他們僅有的兩次約會都是不可思議——一起沉浸在彷彿全世界只剩他們倆的浪漫愛情裡無所不談，笑著鬧著深深看進對方的眼裡，心裡百分之百確定自己已經找到所有情歌裡頭歌頌的真愛。他們是在曼哈頓上西城哥倫比亞大學附近的一家酒吧認識的。當晚她和兩名女性友人同行，而他則是坐在吧檯邊，無意間聽到她提起緬因——他也是緬因人，來自班格爾城，離南邊的波特蘭只有兩小時車程。所以他們就聊開來，而且一直無法停嘴。當時他是才從科比大學休學一年，背著背包環遊美國。他長著暗綠色的眼睛配上深棕色的頭髮，臉孔好美好蒼白，如同精靈。她從沒見過像約翰一樣的美男子。原本他隔天是要啟程到賓州朝拜自由鐘的，不過他說只要她願意和他一起出遊，他可以延緩行程。隔晚在他們第二次約會的時候，還是處女的珠兒不只剝光了自己的衣服，也為他寬衣解帶。

但正如所有老掉牙的故事所敘說的，從此她就沒再看到他了。他們約好了隔天要共享浪漫午餐，見面地點是中央公園貝思達噴泉廣場的水天使雕像旁邊——她負責帶飲料，而他則會準備可口的三明治。當天她穿著紅色厚呢外套和圍巾，坐在石板凳上等他，也照約定帶了兩瓶水，外加從她最愛的糕餅店買來的巧克力脆片餅乾。等著等著，她想著自己終於嘗到愛情的滋味了——這是姊姊伊莎貝不斷講述的她對愛德華的感覺（說來踐德華當年其實並不踐）。珠兒以前對男人從來沒有過這種感覺。約翰是她的第一也是唯一。

到了一點鐘他卻還沒出現，她心想應該是給耽擱了吧：畢竟他不像她，這三年都待在紐約，也許他是地鐵坐過了站，或者在公園裡迷了路。她繼續耐心等著，十一月的風吹得她直咬嘴唇，摩搓著戴了手套的兩手，因為實在太冷了。然後她便開始省悟到他不會出現了。他有一張藥妝店的電話預付卡，可以打電話給人，只是無法接收訊息。現在她沒辦法聯絡到他，但他卻也沒打過來。兩小時後到了三點鐘，她也只能放棄等待了。她走上美麗的階梯時，覺得好像看到他站在梯頂，不過那人不是他。她的心沉到谷底，忍不住哭起來。

說什麼代表畢業生致詞呢，哈。珠兒當年是個二十一歲的傻蛋，他講什麼她都信，也深信一見鍾情的神話。白痴。剛發現懷孕後，她想盡辦法要找到他，還回到兩人初見面的酒吧——整整兩個禮拜每晚都去。那年寒冷的一月天裡，她繞著水天使雕像來回踱步不知多少次，都可以憑著記憶畫出雕像了。但她一直沒有找到他。像他那種周遊全國的美男子想必保有一本記事簿，登錄他在美國各州搭上的所有女子吧。

珠兒．納許。納許姊妹花中的乖寶寶，二十一歲便珠胎暗結，連大四都還沒來得及念，就得選擇退學，因為害喜太厲害根本無法念書，而且由於身心狀況俱慘，她也沒遵照羅莉阿姨的話回校辦理正式的休學手續，所以那個學期的課她全都當掉，再也沒辦法回去完成學業。後來她回到家，回到羅莉身邊——「沒事，過去的就讓它過去吧！」然後又開車到他的家鄉班格爾，到處找人詢問約翰．史密斯的消息；真是名副其實的傻蛋，因為班格爾是個大城而非小鎮。總之她經人指點，雖然都是好意卻白跑了不知多少路，去跟七個約翰．史密斯碰了面。從七十歲的理髮師到年輕的律師，各色人物都有。全都不是他，跟他也沾不上半點邊。她甚至跑到了班格爾中學調出畢業紀念冊來看：他畢業的那年（如果他真的如他所說是二十一歲的話）有兩名約翰．史密斯，兩人都是金髮，都不是他。她甚至還坐在那家中學的辦公室查閱起之前幾年以及之後幾年的所有畢業紀念冊，搞得自己淚水直流，也惹來許多年輕學子的頻頻注目。

她跟亨利．布克講明了自己為什麼返鄉，為什麼需要工作。雖然當時他並不需要幫手，但他還是雇了她當店員。在查理剛出生的頭兩個月，和女友關係緊繃的獨行俠亨利可以說是她的大恩人。不管她需要多少休假，他都批准，而且也願意讓她把查理帶到書店哄著入睡逗著玩，女性顧客看了都好愛，所以那年的夏天和初秋生意都特別好。但她實在討厭布絲灣海港，而且到後來也無法忍受和羅莉同住在三船長客棧的生活了，所以她便帶著孩子跑到波特蘭的分店工作，身上只有大學助學貸款的餘額可供花用。羅莉送上了她的祝福：「你會安全過關的。而且有需要的話，這裡永遠歡迎你。這你應該很清楚。」

是的，這點她心知肚明。羅莉．威勒是兩面人。吝於給予。樂於給予。這就是珠兒在生命中學到的第一課：人類很複雜。

珠兒兩手環住她的咖啡杯。「第三次約會，他放了我鴿子。想來是因為他已經拿到戰利品了。」這話很難反駁，所以大家就又吃起東西來——嚴格說來，是撥弄食物。

「小心喔，在尋找他的過程裡，你很有可能會惹上滿身腥，」羅莉說：「我可不想跟你起口角，但這話我不吐不快：顯然當初你根本搞不清那個男孩的底細，而現在他到底成了什麼樣的人，你也完全沒概念。」

珠兒的胃因為憤怒和羞愧的可怕組合翻攪了起來。羞愧是因為當著大家的面被罵白痴。而且也真是白痴。憤怒是因為羅莉無法了解她。從來不曾了解。珠兒在那兩天裡真是認識了約翰．史密斯。七年前她深深掉入愛河時曾經試圖要解釋給羅莉聽：就是那種愛讓她現在能夠深切了解《麥迪遜之橋》中梅莉史翠普所扮演的角色。然而羅莉說，你不可能在兩天之內愛上人——更別提認識人了。「總之，」羅莉補上一句：「後續發展也證實了我的論點啊。」

如果珠兒跟人說，「當初剛懷孕的時日裡，羅莉阿姨並沒有給我多大的安慰，」這應該是本世紀最最低調的感言了。不過羅莉倒是都有陪著她。在查理將近一歲珠兒搬到波特蘭以前，羅莉一直都有伸出援手。這點以及其他種種她都必須感激阿姨。羅莉不是那種滿懷關愛的母愛型人物，她不懂得親吻擁抱或者同理心。她就是她，這點珠兒久遠前就學到了得接受。然而珠兒並沒有因此就心向阿姨。不過現在一想到會失去羅莉——

她連想都不願意想。

「我會幫你找到他。」伊莎貝說，她伸手覆上珠兒的手。珠兒看著伊莎貝，再次感到驚訝。

「我也會。」凱特說。

珠兒等著羅莉說個什麼，比方預祝她好運什麼的。不過她沒開口。

珠兒戴著黑色的大太陽眼鏡和草帽遮擋，免得給老同學認出來。此時她走在湯森大街，蛇行穿過層層遊客，然後轉到海港巷——這條石子路展示了她在布絲灣海港最愛的各樣特色商店：可愛的月茶商場擺設了五張圓桌，牆面漆上了搶眼的燦黃；一個擺在店家門前的算命攤，手相師雖然沒有通靈本事，倒是頗精於看人；一家經營好幾代的藝品店商品獨特，他們沿著門前台階一路擺置的澆水器全是新奇的燈塔造型；還有就是巷子底的布克兄弟書店了。

珠兒握著紅色的獨木舟把手拉開了書店的大門，一如往常，笑看裡頭的裝潢。布克兄弟書店彷如一間奇幻大廳但又舒適溫馨，裡頭擺設著層層書架和一面面竹編地毯，另有散放著的古董椅和小抱枕邀請客人入座閱讀，而牆上與書架頂層的工藝品則訴說了各色各樣的海上傳奇。有一排書架上方懸掛著一條破舊的紅色獨木舟。另一排上頭，則掛著當地一名藝術家拍攝的一系列布絲灣海港的照片。學校老師上校外課程時，最愛把小朋友帶到亨利的店，聽他解說他是如何找到各色珍藏的。

她笑著對店員點點頭。她和珠兒當初開始在布克兄弟書店工作時一樣，也是大學生。「亨利在辦公室嗎？」

年輕女子搖搖頭。「在外頭船上。但沒出海。」

珠兒穿過暢銷書、自傳、回憶錄以及緬因人文風情區，再走過孩童玩樂區——亨利是拿一艘龍蝦船的外殼來裝潢這塊空間的。一張小臉蛋出現在船艙的圓窗上，珠兒笑了起來。到了店面後頭，她拉開標示著「只准員工進入」的門，再穿過另一扇門，然後便走上碼頭——亨利的船屋便是停靠在這裡。只見亨利正蹲坐在船艙的右舷，手拿一只磨沙機，腳邊擱著不知是什麼的小罐頭。

「嗨，」她說，一邊把太陽眼鏡推到額頭上。「她給你麻煩了嗎？」

他站起來，笑著看她，淡棕色的眼睛像克林伊斯威特一樣瞇起來。「這艘船從來沒給過我麻煩。」

亨利的船從外表看來只是一艘很普通（雖然頗大）的機動船，不過只要下了階梯進去看，就會發現這是個溫馨的居家空間，有兩間臥室，一間客廳，以及全套的廚房和衛浴設備。很多亨利的工藝品和藝術收藏都掛在牆面，或者擺設在不同的檯面上。另外還有一張凡妮莎．蓋爾的照片——她是亨利分合多次的女友。凡妮莎美得妖豔，應該可以稱得上是世界排名第一的不友善人士，這點珠兒個人認為正是亨利喜歡她的原因。她不喜歡表面工夫，而亨利則最討厭假惺惺的人。打從珠兒開始在布克兄弟書店工作以後，他們就是男女朋友，但卻口角不斷，分手與復合的戲碼上演過不知多少次。幾年前珠兒有一次放假返家，帶了查理到船上跟亨利打個招呼，當時凡妮莎也在，沒想到她竟然劈頭就跟珠兒說：「你有個地方怪怪的。」然後便裹著她那套閃閃發光的洋裝，踩著金屬扣馬靴踏著大步揚長而去。凡妮莎和亨利一樣，也比珠兒大十歲，而且老讓她覺得自己是個怪小孩。珠兒很高興這回她不在現場。

「我是來正式接受你的雇請的，」她說。昨天她開車從波特蘭北上以前，已經先打了電話給亨利。正當她打算一一述說自己目前的困境時，他馬上切了她的話頭說：「我都知道了。如果可以的話，下個週末你就可以開始上班。經理的職位，薪水不變。」

她跟他說了她還不確定將來的計畫，因為不知道自己能不能適應布絲灣海港。

「你離開這裡好久了，珠兒，」當時他說：「過去的事都該放下了。如果你要的話，隨時都可以上班，不過這個週末就要告訴我答案——因為下個週末是勞動節假期，人潮會很多，在那之前我得趕緊找到人。可別逼到我非請凡妮莎代班不可喔。」

她笑起來。凡妮莎曾經代過她的班，而且嚇走了三名顧客，他們之後都跟珠兒和亨利強力抱怨過。從那以後，凡妮莎就跟這家書店的工作絕緣了。

「就這麼決定啦，」這會兒他說。「不過你總要跟阿姨多聚聚吧，不如等到下禮拜五，勞動節週末的前一天再來上班好了。你是這裡的主角，賓妮只有週末和假日才會當班。你跟查理會住在客棧裡，對吧？」昨天晚餐後她來這兒接查理時，已經跟亨利提到羅莉宣言的內容。他兩隻手臂環著她摟得好緊，在這美妙的十五秒鐘裡，全世界的煩憂都散了。

「暫時是這樣，」她說：「我會再看著辦。」

「好吧，反正你也曉得，如果客棧擠得你喘不過氣的話，這兒永遠歡迎你。」

老天，她真是好愛亨利．布克。他就像天賜的禮物，是她從未有過的兄長。過去她曾常常想著他，想著他笑起來時，那雙漂流木棕的眼睛和克林伊斯威特一樣會覷瞇起來。想著他濃密的暗色直髮總有一綹鬈髮落上左邊的眉梢。想著他高瘦英挺的身材和虯結的肌肉。想著他是道道地地的緬因人，是屬於海的男人，但卻又像扎扎實實生根於土地的西部牛仔。

多年前初識時，亨利是把她看作飽受驚嚇的二十一歲小女生，當她是遭逢大難的小朋友，完全沒當她是女人，而她也因此不再奢望會跟他發展出浪漫的愛情。總之，當年的她是大腹便便，接著又要忙於照顧新生兒並賺取生活費，而亨利不是出海遠遊，便是被凡妮莎搞得七葷八素團團轉。這個女人老讓珠兒想起和比利鮑伯松頓在一起時的安潔莉娜裘莉，暗色的長髮，妖魅的眼線，以及熱力四射的性感與妖嬈。珠兒．納許呢，則是一身嬰兒的吐奶外加兩腳厚重的包頭鞋——根本沒得比。

「謝謝你昨晚費心幫我照顧查理，」珠兒說：「他好迷這艘船，你帶他去挖蛤仔他好興奮呢。」

「這孩子很討人愛。」亨利說。珠兒明白他這是真心話。她覺得自己的心滿溢著驕傲，有那麼一絲絲**我做對了一件事**的感覺。

「回去陪你的阿姨和家人吧，」他說：「下禮拜五見囉。到時候再討論這裡做過哪些調整，或者哪些程序有了改變。別忘了告訴羅莉，如果需要我幫忙的話，打個電話就好。」

「是，是。」她說，又把太陽眼鏡架回鼻樑，然後朝碼頭走去。她有六天的假期可以和查理共度，並協助羅莉打理客棧。好極了。

「噢，對了，珠兒，」他喚一聲。她轉過身。「不管需要什麼，你知道哪裡可以找到我。」

她點點頭笑笑。她擁有的不多，不過她至少擁有查理和亨利・布克。而且從昨晚和今天的事態發展來看，她好像又要開始有個屬於自己的家了。

6 凱特

星期天近傍晚時，一陣怡人的涼風吹散凱特的頭髮——聞起來還微微有些早先她做生日蛋糕時所用的巧克力和糖霜的味道。此時奧立維正開著他的敞篷車載她去一處「神祕的所在」。他們是朝著半島北邊行進。他守口如瓶，只說一定會讓她驚豔。涼風襲面的感覺很舒服，吹跑了所有煩憂，連思緒都淨空了。她凝神看著灰藍色水面上的遊艇，有人正指著一條千呼萬喚始出來的鯨魚好開心。她整個人都麻了，只想靜靜坐著，專注看著水花四濺，聽著汽車排檔的聲音，就心滿意足了。

這會兒她才注意到，她的指甲底下還沾著藍色糖霜。也難怪了，先前根本沒有時間沖澡或者洗手呢。當時她在廚房幫五歲大的愛力克船長做一個海盜船蛋糕，時不時還會聽到母親叮嚀著伊莎貝有關客棧經營的小撇步。「如果有房客找你，手邊不管什麼事都要放下，得照顧好房客的需求，就算你正在烹調午餐或者講電話也一樣。如果你看到什麼髒亂，不管是客人拖進客棧的泥沙，或者一只髒杯子，都得立刻清洗。」另外，也得接待剛上門的房客，還要回答有關地圖以及如何前往植物園的問題，而且他們還會問到如果行程只剩一天的話，是該前往波特蘭呢，或者到洛克藍以及鄰近的坎頓比較好？母親的聲音一如往常，非常堅定、公事公辦，而且有那麼一忽忽，凱特因為專注於為海盜船蛋糕創造出一座完美的橋，她都忘了天底下還有這麼個叫做「癌症」的名詞。然而沒多久之後，她又給人點醒了——由於現在是羅莉的免費雞尾酒時間（五點到六點），所以後院有兩對夫婦正喝著酒在閒聊：「我姊姊得了卵巢癌，」其中一位太太說起來：「她全力抗癌，不過兩年前還是走了。」然後另外一個聲音便接口說：「我媽也一樣。她是乳癌。」然後：「很遺憾。」接著就是一堆眼淚，然後有一個男人的聲音在說：「來我這兒坐著吧，寶貝。」

凱特僵直著身體無法動彈，眼睛緊緊閉著，兩手還有嘴唇都抖起來。「主啊求求你，千萬別讓我媽媽走掉。」她呢喃著說，兩手開始做出祈禱狀。然後她的母親便走進廚房，說是要拿吉達乳酪，一邊說著太陽露臉以後霧氣都散去了。羅莉離開後，凱特淚水直流。她移開窗戶邊，走向一方隱密的空間，頹然坐下環住了手臂哭起來。她不能沒有母親。

她坐著不動，然後又因為一段回憶笑起來——她和父母並排躺在後院的圍籬旁，凱特夾在中間，三個人一起看著天空的雲敘說形狀。凱特說是像麋鹿，母親說像車子，父親卻說是火雞。羅莉．威勒聽了忍不住哈哈大笑。

回憶又淡褪了，凱特站起來，滿心哀傷但知道必須面對現實。奧立維馬上就要來接她「去一個可以讓你心曠神怡的地方」，這點她心存感激。她得暫時遠離客棧，躲開來。這會兒他到了——他向來就是準時的人。他一如往常，看來清爽俐落。高大強健的身軀裹了條破舊的牛仔褲和暗綠色的T恤，波浪般濃密的沙金色頭髮蓬鬆自然。

此時車子開上了一條偏僻的小路，會是通向哪裡呢？她想不透。她把手伸進皮包裡，掏出她的小記事本和一支筆寫下：我們是要去哪裡？然後把本子湊到他臉前。

他瞥一眼，笑笑。「幫我寫上『你很快就會知道了。』」

凱特很小的時候，和奧立維常常坐在各自臥室的窗台上對話——兩間小孩房隔著兩家屋側的狹小空間對望。他們會把要講的話寫在大紙板上，一頁頁翻給對方看，所以可以說他們在手機發明以前，就懂得用自己的方式打簡訊了。有時候，單單看到他坐在對面，她便心安。如果他的父母或者她的母親把他們叫到屋裡，凱特會突然覺得心裡有個缺口——少了他。奧立維的父母多年前便賣掉那棟房子，搬到北邊的坎頓去了，只是凱特偶爾還是會突然很想再跑回窗台——上禮拜五晚上就是個例子——舉起大紙板寫的「我好害怕」給他看，滿心企盼奧立維舉起「我隨時都會在你身邊」的紙板來安慰自己。

上禮拜五看完電影以後，她和兩個表姊在大家同睡的房裡聊了幾個小時，之後凱特又偷偷溜下床，寫了張字條，並匆匆把車開到奧立維住的小木屋。他看了看她驚惶的臉，心中便已了然應該不只是表姊光臨讓她不知所措。她講起母親。一個個字好像都鯁在喉嚨裡，得慢慢釋放出來：**第四期；轉移；化療**。他緊緊摟著她，一如以往讓她盡情大哭。他們談了一會兒，然而能說的話其實不多；「不曉得」是他針對她所有問題的統一回應。他們一起躺在皮沙發上，他的手臂環住她。幾個小時後她醒來，留下一張字條，便開車回家。她躡手躡腳走進房裡，看到伊莎貝和珠兒沉沉睡在雙人鋪上，不由得驚心。她們回到老家，是因為羅莉；兩個表姊出現在自己房裡是不尋常的景象，更加重了她原先就有的駭懼。她躺上自己的床把棉被拉到下巴時，惶惑的感覺再度來襲，她真希望自己還在奧立維身邊，躲在他溫暖的懷裡。禮拜六晚餐過後她又回去找他，而他們也重複了禮拜五晚上的儀式。她需要的撫慰全有了。些許談話。好喝的湯。強壯的胳臂。有這麼一個人，他熟知自己的母親——還有自己。此情永遠不渝。

此時的她其實並沒有心情承受任何驚詫或者祕密。她很想請奧立維開車調頭回去，帶她到他的屋子，為她放一缸熱水洗澡，讓她呆呆瞪著水中的泡沫或者天花板就好了。然而這些話她說不出口，只有默默的讓車子帶著走。她感到驚惶，而這是打從父親走後她便不曾有過的感覺。母親和表姊給她的驚詫已經夠多了，凱特實在無法再承受更多。

「到了，」奧立維說，他把車子停在一條石子路旁。兩眼望去盡是綠意盎然的樹。「從我這邊的窗口看出去吧。」

凱特這才發現自己一直沉浸在思緒中，渾然不覺周遭的景色變化。他們的左邊是一大片草地，是長滿野花的田野。她可以看到粉紅與紅色的繽燦石竹——她的最愛；還有毛地黃以及長著黑眼睛的小百合和黃色毛茛。她笑起來。原來花兒比熱水澡更有療效。

「來吧。」他牽起她的手，領著她走向田野正中一條破舊的木板凳。

凱特吸入花的芳香，還有暖洋洋的陽光以及大自然的氣息。有那麼一忽忽，她有個衝動想要仰著頭轉圈圈，讓花朵和陽光在她的身上恣意施展魔法。在這兒，觸目所及只有大地和天空。無限的可能。不過她只是靜靜地躺下來，兩隻手臂高舉過頭。她摘下一朵毛茛，孩提時奧立維送給她的第一束花裡頭就有毛茛。她將花湊近了臉。「好美好美喔，奧立維，」他在她身邊躺下時，她開口道。「正合我的需要。感覺好像飛上了燦藍的天空，鑽進一朵棉絨絨的雲裡頭——」

然而這朵燦藍天上棉絨絨的雲卻讓她再次想起了自己的父母。想起多年前的某一天，他們抬頭仰看天上的雲，發現了麋鹿、火雞和汽車，母親聽到火雞形狀般的雲不由得大笑起來。這笑聲凱特已經太久沒有聽到了——總之，沒再聽過同樣的笑聲。

「我就知道你會喜歡。」奧立維說。

她覺得眼淚就要流下了，她無法止住自己想哭。她的母親就要死去。在凱特的記憶裡，母親一直都是個內斂冷淡的人。而自從凱特的父親過世以後，羅莉甚至變本加厲更為寡言了。她在自己和女兒之間砌了一道更厚的牆，在她和所有人之間也是一樣。

多年前母親告訴她父親已經不在人世時，她衝口對母親尖叫的話語，她一輩子也忘不了：「爸怎麼就不答應我跟他一起出門呢！那我就可以跟著他一起升天了！」這些年來，凱特只要想到這句氣話，就羞慚得好想撞牆。怎麼說得出那種話呢。對自己的母親。對一個失去丈夫、失去姊姊和姊夫的女人。凱特十三歲時，罪惡感大到彷彿就要死去，那時奧立維要她去跟母親告白，告訴她自己當初胡言亂語完全是無心的；於是凱特便鼓起勇氣乖乖照做，然而羅莉只是擺擺手要她閉嘴——一如往常。

「凱特，這事不必多想。」然後她就繼續查起帳來，根本不管女兒是如何的沮喪羞愧，如何的無法去除心中那塊好大的石頭。

然而此刻，羅莉．威勒曾經對她的好又一幕幕浮上心頭。父親出車禍的那一晚，凱特不斷地哭泣尖叫，母親緊緊摟著她好幾個鐘頭不放。原本睡前故事都是父親念給凱特聽的，那之後改由母親接手，就算她因為獨力打理客棧以及接管兩個哀痛的姪女而感到疲憊不堪，也還是會硬撐著進行每晚的儀式。有一回凱特在後院發現一隻受傷的知更鳥，羅莉也不辭勞苦開了六十哩路的車，去找當地一位救鳥專家救治。這麼多年來，她都默默地在付出，記帳查帳照應房客，為大家烹煮豐盛的早點。母親是沉穩堅忍的女人。

這次她費心把兩個表姊召回客棧小住，也算是對凱特表示的心意吧。而且她還全力抗癌。其實就算羅莉說聲：「我可不打算進行恐怖的化療跟放射線治療喔。我的時候已經到了，也該走人了。」凱特也不會驚訝的，因為羅莉就是這種人。她願意抗癌，可說是不像她的一貫作風，但又符合她堅忍的個性。凱特的母親就是個這麼複雜的人。總之不管怎麼說，羅莉畢竟是她的依靠。她們雖然不像某些母女那麼親——會一起購物，或者邊削紅蘿蔔一邊分享心事——但兩人總是生意上的伙伴，合力經營客棧這麼多年。然而現在……

奧立維坐直了身，把她拉到胸前緊緊摟著。他沒有開口說一切都會好轉。他沒有要她止住哭泣。他什麼也沒說。凱特依附著他，緊緊揪著他的衣服不放。等到淚水終於止住她又能正常呼吸的時候，她張眼靜靜看著野花，看著草地正中那條老舊的板凳。

「不知是哪個多情種把那玩意兒拖過來，就為了可以好好坐著享受這片野性美，」她指著板凳說。她深吸一口氣站直了身。她伸出了手，奧立維立刻握住，讓她領著他走向椅子。

奧立維點點頭說：「沒錯，就是我。」

她俯頭細看。沒錯，在眾多刻上木頭的名字縮寫當中，奧立維．泰特的「ＯＴ」出現在第二塊板條，凱特．威勒的「KW」則是刻在第三條。沒有圈在心形裡，當然，但字體顯得特別大。這張板凳是從青蛙池旁邊搬過來的，那是他們的戶外聊天專區，可以一邊閒談，一邊看著青蛙與癩蝦蟆在荷葉間跳來蹦去。「天哪，你是哪來的本事把這板凳扛過來的？」

「新公園的設計競標結果是我勝出，他們希望『老東西』都可以處理掉，所以我就問說能不能送給我，因為對我來說別有紀念價值。然後幾個禮拜前我路過這兒，再加上又聽到你母親得病的消息，我就想說，如果帶你來這兒散心，應該幫助很大——可以逃開原來的生活圈，但又有腳踏實地的感覺。你懂我意思嗎？」

是的，她懂。她太了解了。看他這麼多情，她很感動。他是景觀設計師，專精於設計以及建造社區和商用的庭園和步道，可又這麼懂得珍惜大自然的野性美。

「奧立維，」她的手伸向他。「你的好我無法形容。」

「意思是你願意嫁給我嗎？」他問道，一邊從口袋裡掏出一方小盒子。

神奇的感覺從趾尖蔓延開來，但並未如往常一般往上竄。此刻的奧立維站在一大片野花之間，站在他搶救過來的「專屬於」他倆的長椅旁邊，一眼望去盡是無限可能，而且他正在跟她求婚。她衷心希望自己的世界能恢復正常，希望自己的內心能安定下來。他打開盒子，拿出一枚光芒閃耀的圓鑽古董金戒指。他為她套上了戒指。

「我愛你甚於一切。而且我知道你現在因為你母親的病有多恐慌，多擔心。我想成為你的家人，凱瑟琳．威勒。」

可惡這句話說得好適切好貼心，而且又是選在這麼適切的場所。

她猶疑起來，但只維持了一秒鐘。「好。」

然後，在老橡樹和長青樹的庇蔭之下，凱特順從地讓奧立維拉著她躺上野花田。他掀開她的夏裝，首次和她做起愛來。

她不覺得有什麼異常。多年來她一直幻想著和奧立維・泰特做愛的感覺，想像著所有細節，但同時又是如此的……害怕，而現在她和奧立維終於做愛了。陽光灑在她臉上，微風拂過她的髮間，奧立維的眼睛滿是柔情與愛意，正在訴說著**我已經等了你一輩子**。他是如此專注地在看她。

然而她並不覺得有什麼異常。一切如常。**為什麼？**顯然她並沒有迸裂成一百萬個小碎片——如她向來所想。

她站在通往客棧的門邊，轉過身來跟正要把車開走的奧立維揮手道別。先前神奇的感覺又回到她的腳趾頭了。她很清楚，自己當晚不會把這消息透露出去，所以她便將美麗的戒指拔下來，擺進口袋。她掏出手機，發了通簡訊給奧立維：等待恰當時機再告訴羅莉，好嗎？

沒一會兒，他便回了簡訊：沒問題。

她立定門前，深吸一口氣做好備戰狀態，因為她很確定母親只要一眼看到她，便可以偵測出她內心的變化。她和奧立維做愛了。她和奧立維訂婚了。在短短的一瞬間，她的生活起了一百八十度的大翻轉。而且這並不是第一次。

母親得了癌症。

凱特成了待嫁新娘。她就要結婚了。

她猛吸一口氣打開門，空氣中飄來一股爆米花的香味。

「噢，太好啦，你回來了，」凱特關上門時，羅莉說道。「我曉得今天不是禮拜五，不過我明天就要開始做化療，這會兒迫切需要來點輕鬆好笑的什麼讓我不要想太多，所以啦，我這就宣布今晚是即興電影夜。我們要看《穿著*Prada*的惡魔》。觀眾就是我倆和你的兩個表姊跟珍珠，還有咱們的兩位年輕房客泰勒和蘇珊。」雖然母親的眼睛直直盯著她看，但是那裡頭並未透出光來說**你總算點頭答應和奧立維長相廝守了，你的祕密根本藏不住**。凱特從小就好驚訝，怎麼人的內心起了好大的變化，卻可以瞞住大家不被發現呢。

總之，輕鬆好笑和凱特目前的心情並不搭調。電影也不是她此刻的首選。明天就要開始化療了，她緊張得根本坐不住。而且她也好想趕緊飛奔上樓躲進避靜室裡頭，掏出戒指仔細瞧瞧。奧立維跟她求婚，她果真點頭了嗎？沒錯。而且只猶疑了一下下。是因為他用心良苦嗎？是因為那張長椅子嗎？還是野花？或是他的體貼？應該是因為他選在她最脆弱也最惶惑的時刻開口吧。

她還是覺得惶惶然。

不過現在她倒是可以在原先開列的計畫清單裡加上一筆：**我接受奧立維的求婚了**。

「你還好吧？」凱特覷眼看著母親，問道。打從母親宣布得癌以後，她差不多每隔半小時就要這麼問一次，而且每一回她得到的答案都一樣。

「還好，」羅莉說。凱特看得出，母親的心思已經飛到其他千百種事情上頭了——客棧經營。調教伊莎貝。電影夜。化療。「我已經夠煩了，別再雪上添霜好嗎？」

凱特瞪著母親看，然後臉上緊繃的線條慢慢放鬆了。醫生診斷的是母親。得病的是母親。她有權利照著自己的方式處理病情。「好。」凱特說，她捏捏羅莉的手，雖然她有可能不喜歡。

她跟羅莉說她馬上會回來，然後便飛奔上樓，把戒指放進她老舊的珠寶盒底部的祕密空間裡。這盒子一打開，上頭小巧的芭蕾舞伶便會跟著〈月河〉的音樂跳起舞來。盒子是她九歲生日時父親給的禮物，而且還附帶了她生平得到的第一件首飾——一條金項鍊，心型的墜飾上頭刻了她名字的字首K。她再一次審視這枚美麗的戒指，然後才把小抽屜推回去。

下樓回到客廳後，凱特坐在她慣坐的懶骨頭，她身旁的沙發上是母親和珍珠。伊莎貝和珠兒則坐在鴛鴦椅上。兩張硬背椅上坐的是二十幾歲的房客蘇珊和泰勒。打從抵達客棧以後，兩人便是手牽著手好親密。昨天他們登記住宿時，凱特和羅莉開始指導伊莎貝整個流程，蘇珊當時便提及，他們來到海港度假是要慶祝滿月紀念日。兩人沒戴戒指又都如此年輕，所以凱特判斷她指的應該是約會滿一個月吧。

即興電影夜宣布得太倉促，凱特來不及烘烤杯子蛋糕招待大家，不過玉米花倒是挺多，還有一大碗的M&M巧克力可以吃。凱特抓了幾顆在手上，但一看到《穿著*Prada*的惡魔》的開場便愣呆到把糖撒了一地：安海瑟薇蛇行穿越萬頭鑽動的紐約街頭。她心想住在那種地方會是什麼滋味呢？活力充沛的不夜城，霓虹燈閃個不停，四處都是車龍車陣人潮不斷。布絲灣海港夏天時是會擠進大量遊客，帶來一股新鮮、刺激的感覺，然而這裡畢竟只是個荒僻的小鎮。

電視劇《我家也有大明星》中炙手可熱的男主角在這部片子裡扮演安海瑟薇的男朋友。凱特喜歡他倆在一起的感覺；看來是天生一對——她和奧立維在大家眼中好像也是這樣。凱特很佩服安所飾演的角色。大學剛畢業，懷著滿腔理想和夢想搬到紐約，立志要做個舉足輕重的記者，報導攸關眾人的大事。她決心是夠，但卻找不到工作。所以當時裝雜誌界呼風喚雨的總編輯米蘭達・普里斯萊（梅莉史翠普飾演）施捨了一份第二助理的工作給她時，安立刻點頭接下了——雖然她跟這份工作完全不搭調。她長髮凌亂從不上粧，而且打扮毫無個人特色。安在這家大型服裝雜誌社裡感覺非常突兀。她對時尚毫無興趣，也不在乎自己的外表，不過她很在意這份工作可以為她日後的履歷添上一筆光輝的紀錄。機敏的安學習能力超強，不只在短時間內成了時尚達人，也出乎女強人的意料之外，成了她不可或缺的幫手。然而安卻面對了一個難題：是要選擇自己想過的人生，還是保住眼前這份工作呢？

凱特想像著自己在一家時尚高雅的糕餅鋪或者旅館還是餐廳工作，擔任糕餅師傅或者助理吧，原先慣穿的麻背心和笨重的Merrell涼鞋通通丟掉，換上一身時髦的黑，她的公寓高高位在二十幾樓，窗外可以看到帝國大廈、哈德遜河，以及成千上萬盞閃爍的燈。

她看著安海瑟薇從一個彎腰駝背裝扮毫無特色的青澀女生，轉化成一位風華萬千超有自信的優雅女人。她心裡有什麼在攪動。也許凱特應該到紐約一趟，為的就是證明自己在那裡根本住不慣，根本無法呼吸。為的就是把這一堆無謂的幻想徹底清乾淨。

是喔。你怎地突然就有辦法想像自己可以離開布絲灣海港哪。兩個小時前，你才收下訂婚戒指，跟一個你無法完全確定可以白首偕老的男人說你願意。片尾字幕滾動的時候，凱特真希望這部電影能拍續集，這樣她就可以繼續看著安海瑟薇在紐約生活，知道她是否真心想當記者，也可以知道她和男友之間是否會有圓滿的結局。凱特深信他們最終還是會在一起的。

「梅莉真是演活了女強人的角色，」羅莉說：「咄咄逼人的老闆經她一演，觀眾都能認同呢，真是不簡單。」

凱特啜一口酒。「梅莉把米蘭達．普里斯萊的角色人性化了。就算她在最最卑劣，狠命耍弄優越感的時候，你都能理解背後的原因。有一幕戲我很喜歡：她蹎蹎地跟安海瑟薇解釋說，就算只是在量販店買下的藍色毛衣，都是她們雜誌精心討論結果的廉價翻版。」

「我知道時尚是一門蓬勃發展的行業，」伊莎貝說：「不過我的天啊，所有那些來自各方的壓力，還真不是人幹的。」

大家都點著頭附議。

「說到壓力啊，」年輕的房客蘇珊表示：「我可真不喜歡安海瑟薇的男友，他一直不希望她改頭換面。怎地就不肯讓自己的女友轉換跑道，得個機會成長呢。」

「我是絕對不會扮演這種角色的，小珊。」她的男友泰勒說。他把臉埋在她的髮間。

「應該是出自害怕的心理吧，我想，」伊莎貝說：「你跑到外頭闖蕩，開創新局，眼看就要有大作為了，男人落在後頭自然不開心。」她俯眼看著自己的雙腳。凱特想著，也許她是想到了愛德華。

珠兒伸手抓了把爆米花。「不過在她那個行業裡根本就無法享受什麼私生活。你必須在工作和生活之間做個選擇。她和男友才幾歲呢？二十二？二十三吧？也該對將來有個規畫了，不能停步不前。」

「總之，她必須做許多抉擇，」蘇珊說：「比方說，到底是要為老闆賣命還是趕去男友的生日趴——她選的永遠是老闆。可是我哪，就絕不可能把工作擺到泰勒前面。」

也許是因為你根本無須二選一吧，凱特很想這麼說。「你們知道我的看法嗎？我覺得她把老闆和工作擺在第一順位，是因為梅莉的角色可以讓她發揮潛能開創新可能，這是她原先完全沒料到的。她有一面嶄新的自我是因為這個工作才展露出來的。男友根本不管這一塊——他不喜歡新的她。他喜歡她邋遢的模樣。這點說來還挺窩心的。不過安海瑟薇的角色無法領情。而且我覺得這個男人有點嘮叨。」

「我一點也不覺得他嘮叨，」泰勒說：「我覺得他只是想要拉住她不要越了界，希望她看清現實面，而且不要把他當成垃圾一樣瞧不起。」他四下看了看。「抱歉。」

羅莉站起來，開始收拾盤子碗碟，所以大夥兒也跟著起身，免得她太勞累。「總之，我很欣賞她最後的決定：拒絕妥協。她拋下工作，回頭尋找自己原先的夢——當她一直想當的人。」

「可她真的很喜歡她在《*Runway*》雜誌的工作啊，」珠兒說：「而且她又做得那麼好。」

「你是說擅於當別人的貼身女僕兼良心嗎？」蘇珊問道：「這種角色誰希罕啊。」

「不過，我覺得回到她男友身邊好像也不對，」珠兒說：「我很高興她接下她一直想做的工作。我是說，我了解她很清楚自己為了這個工作必須犧牲很多，包括她原先的理念，不過她的生命卻因此翻轉，而且也超越了她男友的境界。這話說得通嗎？」

嗯，當然，凱特想著，珠寶盒裡的戒指閃過她的腦際。然而奧立維並不是故步自封、狹隘不開通的人。如果她想出門旅行的話，他搞不好還會興奮地幫她規畫一趟到泰國或者澳洲或西班牙的旅程。而如果她想到紐澳良上烘焙學校，或到羅馬研習各色夾心捲的作法，他一定也會舉雙手贊成。在某個範圍之內他是會支持她的。

那麼，面臨結婚大事你為什麼縮腳不前呢，凱特？問題到底出在哪裡？是因為她害怕失去奧立維嗎？擔心婚後反而會失去一輩子只有機會碰到一次的真愛嗎，所以她才一直跟他保持距離？或者在她內心的最最深處，她對他的感情其實非關男女？

人對自己內心的感情怎麼會如此沒有把握？她的朋友麗琪一直認為，凱特是讀了太多女性雜誌，被太多無聊的愛情專家左右了她的判斷。她覺得凱特應該要回歸到她十三歲玩轉瓶子遊戲時，瓶口對準她的那一剎那之前——自己內心偷偷愛著奧立維，幻想著要吻他，慶幸著眾人還沒有發現自己的祕密。直到瓶口對準了她。祕密外洩。

「太好啦，影片結尾的時候安海瑟薇有了自主意識，」伊莎貝說：「她不再是梅莉史翠普主導的那個世界裡任人擺布的棋子了。她成了她『理想自我』的成熟版。一個爆發力十足的記者。」

珠兒點點頭。「你們知道看影片時，我大半時間都在想什麼嗎？我在想紐約的確很棒，不過待在《*Runway*》那種地方我可連一分鐘都撐不下去。真不曉得是不是所有雜誌都是以那種方式經營的。當初懷孕或許還真是幫我擋掉了一顆子彈。」

凱特想像著自己甩掉Merrell涼鞋和防泥靴，換上高雅時尚的黑色洋裝，匆匆招來一輛計程車趕到蘇活一家高檔咖啡館，優雅地啜著一杯巧克力馬丁尼。然而才不過一天前，她並未幻想著要搬到紐約，在一家時尚糕餅店工作。她並沒有打算離開布絲灣海港。母親現在是最最需要她的時候。然而只要結了婚，她還能去哪裡呢？家鄉便是奧立維想要安身立命的地方，他要在這裡生養四個孩子——這是他的志業。奧立維不會想要住到紐約的。或者羅馬。或者巴黎。

他會鼓勵她出遊——但這是有限度的。

如果她嫁給他，她就得待在這裡——直到永遠。

7 伊莎貝

他在後院裡。這位房客長相俊美，晚昨才登記住宿——就在電影開演以前。他名叫葛里芬・狄恩。昨晚他跨步進門的時候看來有點疲憊，一個勁兒只想趕緊辦妥入宿手續。他手裡抱著一個熟睡的小女孩，約莫兩、三歲大，身邊跟著的少女戴著耳機沉著臉。少女很不高興，因為她發現父親沒有另外幫她訂房，不過羅莉解釋說鷺鷥房裡有個算是半隔間的凹室，而且擺置了兩張單人床，還有自己的窗戶呢，這話她倒是聽進去了，點點頭乖乖應了聲好。伊莎貝領著他們上樓時，嘴裡像跑火車一樣停不下，她說早餐從七點供應到八點半，另外如果他們有需要的話，不管什麼需要，只要跟她說一聲就好，而且如果他有興趣的話，當晚剛好是客棧的電影夜，他們打算播放《穿著*Prada*的惡魔》。他一臉困惑，好像是在納悶她到底怎麼判定他會有一絲絲欲望想看這部影片，不過他只是簡單說了聲「謝謝」，然後便禮貌地等著她轉身離開才把房門關上。

伊莎貝瞥瞥腕錶。現在是清晨還不到六點鐘，她一大早便起床迎接她身為客棧女主人正式上工的第一天。不過還是有個房客比她早起，這種狀況是否合宜呢？又多了個得請教羅莉的問題。然而早起也是因為她昨晚無法好好入睡——倒也不完全是因為阿姨今天下午要進行首次化療（她和凱特到時候會開車送羅莉過去，客棧得暫時交給珠兒和查理坐鎮了）。睡不好另有個原因是，她夢到了愛德華。詭異的夢，夢裡頭兩人躺在後院的橡樹底下，但都是成年人了，愛德華告訴她說，還好他們曾經有過盟約，因為她會是個超級不合格的母親。她全身冷汗嚇醒了，心裡好痛，於是她便輕輕喚著「珠兒」，希望妹妹還醒著，也好跟她說說話，不過珠兒沒反應，而凱特這幾天又是出奇的安靜，伊莎貝覺得她應該不會想在凌晨兩點三十六分的時候跟人交談。

五點鐘時伊莎貝總算下了床，她坐在陽台上，奮力呼吸，努力說服自己這只是一場夢——雖然夢中的話語婚後愛德華其實說過不只一次。說時他的語氣激憤（為這話題爭執，兩人都是互不相讓），不過她有七成五把握，他其實沒那意思。但她知道，就是因為有兩成五的不確定，她心裡還是認了輸。她迷濛著兩眼遙望海港，凝看著發亮的藍色海水以及大大小小各色船隻，看著漁夫拖著漁網和籠子前行，看著慢跑人和單車騎士，還有一隻長腿蜘蛛沿著鐵欄杆前進，然後客棧的大小瑣事便開始驅跑了夢中的一切。她腦裡一一檢視起兩天來羅莉的指示：如何進行入宿登記，如何使用信用卡機，要記得和旅館協會聯絡刊登廣告事宜，要細心處理帳務，確定每個房間都有足夠的毛巾和盥洗用具。客棧經營的細節遠比她原先以為的要複雜許多，昨晚單是協助羅莉為狄恩一家辦理住宿手續時，她就體悟到這點了——絕非只是表示歡迎，然後領著人進入客房略微介紹就可以了。另外，她本以為狄恩太太隨時都會拎著一兩個行李箱出現在門口，不過等她查閱過羅莉的紀錄後，才發現他們一行人只包括一個大人和兩個小孩。一家人預計住宿一整個禮拜，直到勞動節假期的最後一天星期一才會走。

他站在後院圍籬前方的野生蘋果樹下，兩手插在軍服綠的休閒褲口袋裡，遙看斜坡下的海港。她正要開口說早安時，流浪狗突然蹦過來，窩在她裸露的雙腳上，把牠輕柔小巧的白色下巴擱在她的腳趾上。這個週末牠已經來找過她兩次了。昨天她呆呆望著窗外時，便瞧見狗兒停駐在後院裡，四處張望著好像在找她。珠兒和珍珠當時坐在休閒桌旁打撲克牌，但牠並沒有飛奔過去。不過一等疲憊的伊莎貝捧著冰茶落坐在休閒矮椅時，她立刻就感覺到手臂上貼來毛茸茸的下巴。

「嗨，你好，」她和昨天一樣開口道，拍拍狗狗討喜的頭。這下子牠便馬上跳進她懷裡了。狗兒體型不很大，但也不算小。這會兒她是慣常打扮，穿著縐褶的淡紫色絲質背心和白色長褲，腳踩鑲鑽的平底涼鞋。白長褲、縐褶絲，以及一隻活繃亂跳的狗其實是不搭的。「唉呀。」

「牠叫什麼名字？」

伊莎貝一聽馬上轉過頭。是葛里芬．狄恩。「其實我也不清楚。牠是上個週末認養了我的。牠好像指明了要我呢——天知道原因何在。」

他笑起來。「狗狗對人很敏感的。牠知道你是善心人吧。」

「我覺得應該是因為上禮拜五我餵了牠我姪子的剩菜，」說著她一邊拍拍狗兒的下巴。狗兒擱了隻腳爪在伊莎貝的手臂上。「感覺好像是牠認養了我呢。如果這狗沒人認領的話，我阿姨——昨晚你跟她碰過面，她是客棧的老闆——說是可以收留牠。我們在鎮裡張貼了一些布告，也通知了警察和動物管制中心——」她的嘴又在跑火車了。她抬眼看看葛里芬（不動如山沉穩得很），然後便趕緊低了頭看著狗。

伊莎貝從沒養過狗，從沒養過寵物——媽媽只讓她留著小時候她在遊樂園贏來的一條金魚。她從來不缺玩具，問題是她需要養個什麼滿足自己的母愛。**其實我也很像流浪狗**，她想著，一邊又往狗狗的下巴頰兒摸了摸。

葛里芬．狄恩又笑起來，而且有那麼一會兒，伊莎貝無法把眼光從他臉上移開。他的表情裡透出歷盡滄桑的疲憊，但又是那麼和善。而且他很有魅力。超級有魅力，事實上。三十五、六歲吧，她想著。波浪般的暗色頭髮，暗色眼睛，穿著牛仔褲和一條藍色的亨利衫。而且戴著結婚戒指。

「希望你對房間還算滿意，」她說，想起自己是代理老闆的身分。「如果你或者你的女兒需要什麼，說一聲就好。」

「謝謝。我那十四歲的大女兒後來是跑到走廊對面的小房間睡去了——希望你們不介意。我發現她偷溜出去以後馬上跑到走廊找，這才發現她已經兩腿懸在鴛鴦椅的扶手上睡著了。」

伊莎貝笑起來。「沒關係。那個小房間是我和妹妹跟表妹小時候用來避靜的空間——青春期的時候我們常需要避開眾人獨處一下。我很能體會她的心情。」

「你們都是在這兒長大的嗎?」

她點點頭，話匣子又要打開了——是因為他太有魅力了嗎?不過此時小狗竟然開始嚙咬起羅莉的鬱金香，所以她便趕緊衝過去。「不行，狗狗！不行，不行，不行。」但是小狗不聽話。牠硬生生地扯下了一朵鬱金香，然後叼到伊莎貝跟前，尾巴還不停地搖。

「牠**真**的很喜歡你，」葛里芬笑出聲來。「我待在這裡的一個禮拜，可以幫忙訓練牠。我是獸醫。」他遞了張名片給她。

葛里芬．狄恩，獸醫。緬因州布絲灣海港。

「太好了，」她說：「謝謝。布絲灣海港嗎?那你離家其實不遠。」他的診所就在海港的鬧區，離布克兄弟書店只隔了個轉角。

「我們很需要出門度個假，就算只是離家幾哩遠的地方也好。我們上一回來這兒——」他話沒說完，便走到小狗那裡，蹲下來在牠全身上下仔細摩搓了一遍。伊莎貝這才發現到，他的細邊金戒指是戴在**右**手，而不是左手上頭。「我得去瞧瞧兩個女娃兒在幹嘛。如果我不管的話，阿萊莎一定會睡到中午，而愛咪呢——我那三歲的小寶貝——搞不好已經在牆上畫起圖來了。哈，逗你玩的啦。」他又朝狗兒身上用力搓了兩下。「待會兒我再過來訓練牠。」

他朝她笑了笑，然後便踏步走進屋裡。她好想跟上去，請他把那句話講完。**我們上一回來這兒……**

然而她當然不能跟過去。

海岸綜合醫院聞起來跟所有的醫院一樣。消毒藥水的味道。聞起來像是希望和絕望的混合體。羅莉在腫瘤科有一間專屬病房，羅莉醫療小組的一位住院醫師正等在那裡迎接她們。先前羅莉的醫生下診斷時，已經大致跟她解釋過後續療程，所以她心裡早就有個底了，不過伊莎貝和凱特都沒個譜，所以兩人在開車上路到醫院前先窩到廚房裡談了許久——她們對癌症以及化療的知識都是少之又少，根本搞不清療程有何功效，又是如何進行。凱特一直忍著沒哭，而伊莎貝則是用上了以前擔任傷痛輔導志工時的經驗讓自己穩住，並讓凱特心神平靜下來，所以兩人都能堅強面對羅莉——亦即不致崩潰。一路上，羅莉只是靜靜坐著看著窗外，拒絕交談。

凱特要求住院醫師盡可能詳細解釋，就當她們是十二歲的小孩好了。兩人都很感激他慈和的語氣以及態度——尤其是有個護士在調整點滴為羅莉的化療做準備時。這次治療會花上將近四個鐘頭。羅莉每隔三個禮拜得回診一次，等六個禮拜回診第二次以後，醫療團隊還會重新評估治療計畫。

羅莉坐上綠色躺椅開始打點滴時，護士告訴羅莉如果有任何需要，只要按個鈴就行。住院醫師跟著也欠身告辭，但凱特又追了上去。伊莎貝明白凱特有很多疑惑需要解答——是在母親面前不好開口明說的。

「伊莎貝，麻煩你去幫我買杯洋甘菊茶好嗎？」羅莉問道。凱特帶來的十本雜誌從《時人》到《海岸住宿》什麼類型都有，另有兩本珠兒從布克兄弟書店帶來的小說，全都一起擺在床頭櫃上的水壺旁邊。「我不會有事的。」

「我這就去拿，」伊莎貝說，很高興有個機會可以透透氣。門在她後頭關上時，她深深吸了口氣。凱特在走廊不遠處和剛才那位腫瘤科住院醫師專注地交談，醫師是個很有耐心的年輕人，他的義大利名字發音聽來很可愛，不過伊莎貝一時想不起來怎麼唸。他跟凱特說話的語氣溫和，而且聽來無所不知。他的用字在伊莎貝的腦袋裡碰來撞去，說什麼**減緩惡化**。**無法開刀**。**癌細胞轉移**。**標準的化療用藥是健擇注射劑**。**減輕症狀……**

他正在解釋，化療用藥無法分辨人體內的好、壞細胞，它們會攻擊所有生長快速的細胞，化療病人一開始都會掉頭髮，就是因為髮根的細胞分裂速度極快。伊莎貝想到了羅莉絲緞般的灰金色長髮，還有她長長的睫毛以及彎彎的眉毛。她緊緊閉上了兩眼好一會兒，然後便打斷凱特和醫生的談話，因為她實在是聽不下去了，另外她也是想請問他們想喝什麼飲料。兩人都搖搖頭道了聲謝，然後繼續交談下去。細胞。白血球。血小板。癌症，癌症，癌症，癌症。

電梯停在三樓有人踏步出去時，伊莎貝發現有個箭頭上面寫著「接生室和嬰兒房」，於是她也跟著走出電梯，隨著箭頭指示的方向往前走。然後她便來到了嬰兒室，站在大片玻璃前面朝裡看——打從她站在康乃狄克醫院的嬰兒室外到現在，已經過了好幾個月。

她低頭看著自己的結婚戒指。昨晚翻來覆去搞到凌晨三點還睡不著，在幾近崩潰的情況下，她撥了家裡的號碼打給愛德華，雖然她其實也不曉得該說些什麼。也許可以告訴他羅莉的情況吧。她只是想要聽到他的聲音。他馬上接了電話，然後說：「你等等。」接著便拿起一支分機。於是她就曉得凱洛琳．奇諾威也在床上。她正想掛斷時，他開口說了聲嗨。她愣了半晌，無法言語。

「你還真把人帶回家了。」她唯一說得出口的便是這句話。

「抱歉，伊兒。」她這才發現，他在哭。

他沒說別的什麼。一分一秒滴答著過去，然後伊莎貝才猛地按下了結束鍵，把手機塞回皮包。她坐到外頭的陽台上，整顆心在胸腔裡揪成一團，她得不斷地深深大口吸著氣才能穩住自己。

她逼著自己回憶起某一段傷心的往事——她對他的愛就是在那時候死了一些。她一直很努力地要埋葬那段記憶，然而現在她卻迫切需要把那叫人駭懼的時刻喚回來。幾個月前，她和愛德華又去參加一場律師事務所的晚宴，所有合夥人和他們的妻子都齊聚一堂，轟隆的談話聲，昂貴的蘇格蘭威士忌和雪茄，她只想逃到外面。然後有個資深合夥人突然話鋒一轉對愛德華說：「說來你和貴夫人到底是打算什麼時候養小孩哪，如果你想效法我們大家也生三個的話，可不能再拖下去囉。」

愛德華聽了便湊向那人擺出嚴肅的模樣低聲說：「我們想生四個呢，只可惜伊莎貝的肚子不爭氣。」這個謊言把伊莎貝對他的信任打成碎片。她一語不發馬上起身離桌，大家因此就更同情可憐伊莎貝了。顯然她是要跑到化妝間哀哭，怨嘆自己無法為良人生養四個小孩。

那是她頭一回對愛德華起了類似恨意的感覺。不過他又使出他身為律師的必備口才為自己脫身，又一次拿出十五年前立的誓約對她重炮轟擊。其實立約當時她只是個孩子，因為父母雙亡而悲痛莫名——更糟糕的是，當時她覺得自己罪孽深重，對不起母親。

放他走吧，她告訴自己。**放下一切**。

她低頭凝看自己美麗的鑽戒和婚戒，緩緩扭轉，把它們一一拔下。她好怕自己改變主意又把戒指留在原處——它們其實已經不屬於原處了。該把戒指塞進皮包裡嗎？還是要效法葛里芬．狄恩，改戴在右手上頭？她瞪著自己光禿禿的左手，覺得不見戒指蹤影委實古怪，於是她便把戒指套上右手——看來也不搭調。明天就是他們結婚十週年紀念日了。她強迫自己把眼光定在嬰兒室，看著沉沉睡去的嬰兒一個個裹在藍白相間好眼熟的毯子裡。

她心裡頭有個小小的聲音在勸說，明天再來這兒詢問有關在嬰兒室當志工的可能性吧。她深深吸了口氣給自己打氣，是的，她可以摟抱需要撫慰的嬰孩，可以為新生兒加護病房的小小孩按摩手指或者拿奶瓶餵奶。她在康乃狄克的醫院擔任傷痛撫慰志工已經好多年了，但她從來沒有想過自己可以在嬰兒室服務，彷彿默認了當年她立的誓約限定了她只能遠觀不能近距離接觸。

她捧著阿姨要的茶和一塊藍莓鬆餅回病房時，凱特還在跟住院醫師深談（藍莓是羅莉最愛的口味，但跟凱特烘焙的傑作當然是沒法比）。伊莎貝把頭探進羅莉的房間時，羅莉打個手勢要她進門。

羅莉啜啜茶。「太完美了，謝謝你，伊莎貝。」伊莎貝坐在阿姨對面那張椅子上時，羅莉開口說：「伊莎貝啊，趁我還記得的時候，有件事我得拜託你。」

「沒問題，儘管吩咐吧。」管理客棧大小事物，伊莎貝已經比先前有信心多了。而且她還有本小記事簿，上頭寫滿了待做的事。

「你的母親寫過日記，這你可曉得？」

伊莎貝身體一僵。「不知道。」

「多年前我整理你母親的房間時，發現她寫過兩本日記，是她生命最後一年的紀錄。那時她在社區大學上一個日記寫作課程。剛失去她的時候，我把日記翻來覆去看了好多好多遍，為的就是要聽到她的聲音，感覺到她在陪我。日記講的都是家常瑣事，比如晚餐要做什麼菜啦，或者珠兒給曬傷了之類，也提到你好美，穿著準備參加舞會的紗服看來真像大人呢。讀著讀著，我會覺得她就在我身邊。」

伊莎貝愣愣地看著羅莉好一會兒，很驚訝她會這樣談到自己的姊姊——伊莎貝的母親。而且語氣又是這麼溫柔。羅莉向來不愛追憶往事。

也許她變了，是因為她不知道自己還剩下多少存活的時間。伊莎貝想到這點胃裡便是一陣翻攪。她走到窗邊，好避開和羅莉面對面的不自在。如果阿姨哭起來的話，她一定消受不了。

而且她對日記也有很強烈的排斥感。母親的話語。尤其是來自她生命的最後一年。她們關係最糟的一年。

「你可以幫我找出日記本嗎？」羅莉問。「我知道地下室現在亂成一團，不過日記應該是在她的哪個行李箱裡面——你也曉得她多愛那些老式行李箱吧，老喜歡跑到跳蚤市場瘋狂採買。」

一聽這話，伊莎貝忍不住笑起來。她轉頭看著羅莉。「她最愛上頭貼了行李條的箱子呢。」母親常常拖著新近買下的行李箱回家，伊莎貝的父親每次看了都會滾著眼球取笑：「愛麗啊，這回你是打算把那玩意兒擱在哪裡呢？」而她則會笑著回說：「可你瞧瞧，這箱子可是去過印尼喔！巴里島！還有澳洲哪！」伊莎貝還記得母親闔上眼睛說：「老天，我真想親眼看到袋鼠哪。你呢，伊莎貝？」而伊莎貝

（雖然鬱鬱寡歡而且憤世嫉俗）聽了則是一反常態地拿下塞著的耳機，說道：「沒錯，我也很想呢。袋鼠耶！」於是母親馬上擺出勝利的姿態轉頭看著父親說：「瞧，一想到蹦蹦跳跳的袋鼠，連伊莎貝都好興奮。」這話刺傷了她，說什麼「連伊莎貝」幹嘛啊，不過這也是她活該，誰叫她在家裡老是臭著臉，一天到晚抱怨父母不許她晚歸（這她常常違抗），抱怨家規一大堆（這她其實常常不予理會）。

他們從來沒去過澳洲，也沒見過袋鼠，不過十六歲生日那天，母親送了她一只銀色手鐲，上頭掛了個小小的銀色袋鼠當裝飾。手鐲她戴了好多年，從來沒拿下來，就連婚禮也不例外。「手鐲跟你的禮服很搭，」愛德華在結婚祭壇前輕聲說道，是懷念與尊敬的語氣：「感覺好像她就在旁邊。」

伊莎貝閉上眼睛封存起這兩段回憶。還有另一段她也難忘：兩年前的某一天，她坐在星巴克正要啜飲卡布奇諾時，突然發現手鐲不見了。不見了。她大驚失色，趕緊沿著先前進來的路線回頭找，還要服務生把垃圾桶內容物全部清出來，好讓她仔細翻撿，然而都是徒勞。手鐲不在停車場，也不在她的車裡，或者當天她去過的任何地方。她貼了告示也提出賞金，但是一直沒有人跟她聯絡過。

「我真想再讀一次她的日記，」羅莉說。她啜口茶，然後咬一小口鬆餅。「把姊姊喚回來，再聽一次她的聲音，你懂我的意思吧？」

「我今天就會幫你找到，」她答應著，然而心裡卻是千百種不安。母親除了書寫烤龍蝦等等菜單以及跳蚤市場的大斬獲之外，一定也提到伊莎貝對她的父母是多大的負擔。「你都要毀了我們啦你。」母親在過世前幾個月才這麼跟伊莎貝說過。伊莎貝可不想重溫惡夢。

「我知道你和你媽之間摩擦很多，」羅莉瞥眼看著伊莎貝。「不過讀她的日記對你應該會有好處。不要自以為是，你想的不一定是真實情況。我不曉得自己還能活多久，伊莎貝。幾個禮拜嗎？還是幾個月？這我完全無法掌握。家人間所有的緊張疏離打冷戰，彼此之間形同陌路——以我現在的角度來看實在好蠢。我的感覺是：冷眼覷紅塵，可憐身是眼中人。曾經。不過我已經知道錯了。」

伊莎貝站在窗前，抬頭看著襯托在蔚藍晴空下的樹木。「我不願意想起自己的過去。」「讀她的日記不會把你帶到過去的自己。日記只會告訴你，你母親的為人，還有她的所想所思。日記反映的不是你眼裡的她。也不是你想的『她眼裡的你』。你母親有太多事情你根本就不了解。」

伊莎貝深深吐出一口氣。她不想讀母親的日記，她很清楚自己沒有這個意願，也沒這個能耐。眼前發生太多事情了，也許光是看到母親的筆跡就足以把她推到臨界點。然而此刻姨媽就坐在病床上，手臂上插著一針毒藥，眼裡噙著淚水，所以伊莎貝也只能緊緊握住她的手，再次跟她保證她會找到日記。

伊莎貝拖拉好幾個鐘頭以後，總算勉強打開了短廊邊通往地下室的門——在廚房門口和後頭樓梯之間。她踩著咿呀響的木板樓梯往下走。地下室塞滿了羅莉打算重新上漆或者變賣的老舊家具，另外還有從伊莎貝和珠兒的老公寓搬來的家具——公寓位在她們的父母當初租來的兩戶打通的房子裡。伊莎貝保留了她老舊的梳妝台，因為很有古董美，又附帶了個美麗的橢圓鏡。她請人重新上漆拋光，去除了原本殘敗的模樣。有面牆上釘滿了架子，上頭擺著各樣必需品，從盆栽用土壤到刮漆刀都有，而她父母老舊的床頭板和床腳板也豎在這面牆上。母親的老行李箱則是放在一排矮小的窗戶前頭。

總共有七個箱子，擱在一張老舊的褪色長毛地毯上，層層疊放成兩排。伊莎貝抓了一個箱子，盤腿坐在地毯上，將細緻的木箱蓋打開。裡頭全是衣物。襯衫和毛衣，折疊整齊。多年前羅莉就要伊莎貝和珠兒翻撿出可以穿願意穿的，剩下的也許就捐給慈善團體吧，不過羅莉顯然沒有辦法放掉過去。伊莎貝兩手探到毛衣和襯衫底下，摸索著日記的蹤影。羅莉說了有兩本，都是精裝紅布封面，上頭繡著天使。如果東西在的話，她應該摸得到，不過整個箱子翻動一遍後，除了衣物沒有別的。她鬆了口氣，但也因此覺得有點罪惡感。

她察看了另外兩只箱子，日記也不在裡頭。羅莉說，她最後一次閱讀日記是在伊莎貝的母親剛過世之後——也就是十五年前。也許她根本忘了自己把日記放在哪裡吧。又或許日記是隱身在伊莎貝終將翻找的最後一只箱子裡。莫非定律如是說。

在第三只箱子的底層，她看到母親生前最愛的毛衣，V字領的粉紅色喀什米爾。車禍前幾個禮拜，母親就是穿著這件毛衣朝著伊莎貝大吼大叫的，因為她翹了兩堂課，而且又被珠兒某個朋友的母親當場逮到她跟兩個同時在交往的男生一起裸泳。伊莎貝當時尖聲回吼：「搞得好像那是什麼天大的事哩，大驚小怪！」母親聽了馬上用力抓起她手臂，嚇得她不知如何是好，不過母親只是把她拉進懷裡緊緊摟著——但伊莎貝卻垂著兩臂毫無反應。「天大的事就是媽媽好愛你，伊莎貝。你做的每樣事情我都關心——對我來說，你的現在和將來都是天大的事。」有那麼一會兒，她只有無奈的讓母親摟著，希望她不要再講一些讓自己尷尬到想跑掉的話，但母親還是沒有停口：「真希望我知道該怎麼跟你溝通，讓你關心一下你自己。」伊莎貝扭動著身體想脫身，但母親反而摟得更緊。「不管你要不要我的愛，我都還是愛你。」說著她便陡地放開了她。

我要你的愛，伊莎貝心裡想著，一邊拔腳衝回房裡砰地甩上門，這下可惹惱了珠兒，因為她正在專心準備考試。

伊莎貝拉出毛衣，湊向鼻子聞了聞。毛衣散發出母親慣愛擦的香水的味道，淡淡的，是香奈兒的Coco香水。她還記得十四歲時，她體內開始產生變化，那時她對三個常在一起廝混的野女孩產生了莫大的興趣——她們好酷啊，可以完全不管外人的眼光。當時她當然沒有想到，她們其實毫不自愛，而且也毫不自重——這點母親已說了不知多少遍。她們喜愛耍寶招惹注意，而伊莎貝則是低調過著自己的日子。然後有一天下午，其中一個女孩突然遞給她兩支香菸，說是她母親就要搜她的身，可否拜託伊莎貝幫她保管到隔天呢？伊莎貝點頭答應，就這樣毫無自覺地通過了她們的測驗，算是進入了她們的小圈圈。第二天，她們借了她一條襯衫——緊身性感型的。然後又借她一條好酷的牛仔褲搭配。再下來是及膝的黑色皮靴。到了下一個禮拜，她便塗起眼線戴上好大的耳環圈。「只是青春期的必經階段，隨她去吧！」母親會跟父親這麼說，因為父親對她的新造型表達了強烈不滿。然而這個必經階段卻是到車禍發生後的一個禮拜才終止的。當時愛德華告訴她，她的眼睛好美，只是眼線太濃他看不清楚。她聽了以後馬上清掉濃妝。他的評語是：「好多了。這下可露出了廬山真面目。」沒幾天後她便開始從自己衣櫃裡挑揀衣服來穿，這些都是她母親當初硬要買給她的，說是希望她能打扮得跟正常少女一樣。她的「朋友們」車禍後都很惶恐，不知道該怎麼跟她對話（一如其他很多人），所以乾脆就和她劃清界限一刀兩斷。她們連葬禮都沒去參加。

「抱歉我小時候是那麼不懂事。」伊莎貝對著毛衣輕聲說著。以前她只要回想起這幾段過往，就覺得好難過好沮喪，然而這次她的感覺卻是……還好。彷彿對著母親鍾愛的毛衣道歉（毛衣聞起來仍充滿她的味道），就像是跟母親說道歉一樣。也像是在撫慰自己。

她捧著毛衣站起身來。她實在無法再開啟另一只箱子了——至少今天不行。她會告訴阿姨她已經開始搜找日記了，毛衣便是個明證。也會答應阿姨明天一定繼續。

她朝父母的遺物投下最後一瞥，然後便爬上樓梯把地下室的門關好。她走下短廊踩著通往二樓的樓梯時，突然聽到大門打開，有個人影竄進來。

「我又不是三歲小孩！」一個女孩在大吼。是葛里芬的大女兒。「我已經十四歲了！而且只是出門散個步啊！」

葛里芬把大門在身後關好。「阿萊莎，我不希望你跟不認識的男生出遊。這是家規。何況時間又那麼晚了，」他瞥瞥手錶，「晚上八點二十了咧。」

「如果什麼都不許我做的話，那你逼我到這兒來幹嘛啊？」阿萊莎尖聲叫道，眼淚撲簌流下。她轉過身飛奔上樓，經過伊莎貝身邊時，差點撞上了她。一扇門啪聲關上。

伊莎貝無意插手狄恩一家的家務事，她只是很不巧地置身現場。

她原以為葛里芬會害臊地笑笑說：唉，**青春期真拿她沒辦法！**不過他卻閉上眼睛站著不動——文風不動。伊莎貝覺得他有可能哭出來。

「以前的我跟她很像，」說著她便走下樓，站在樓梯口上。「老實說，以前我跟我父親也說過完全一樣的話，而且他的回話跟你的也一樣呢。」

他朝她看看。「然後你也是尖叫起來，一路哭著跑上樓把門甩上？」

她點點頭。「嗳，沒錯，常常發生。」

「不過之後所有的問題都化解了，對吧？最終應該會沒事的，對吧？」他問道，總算露出了像是微笑的表情。

「算是吧，我想。不過我真希望能回到過去，改變自己對待父母的方式。」

二樓一扇門打開，有個小小的聲音在說：「爸爸？」

「她一定是吵醒了愛咪。」他搖搖頭，往樓上走去。「愛咪晚上只要上了床，難得會醒來，」他越過肩頭說道：「除非阿萊莎重重甩上門。這陣子她老來這一招。」

「爸爸，」愛咪站在樓梯口，手裡緊抓著一隻黃色的絨毛兔。「我好渴喔。可以喝一杯熱巧克力牛奶嗎？」

他轉身看著伊莎貝。「廚房現在還開放嗎？」

「當然。」她等著葛里芬走上樓把愛咪攬進懷裡，抱她下樓，然後便領著路走向廚房。

「我可以坐這裡嗎？」愛咪問道，一手指著凱特的圓形大躺椅，上頭的粉紅大墊子蓬蓬的看來好舒服。

「當然可以。」伊莎貝說，看著小女孩踩著可愛的步伐走過去。她長得好漂亮，頭髮是發亮的暗棕透出一抹紅銅色，眼睛也是一樣的顏色。

伊莎貝熱著巧克力牛奶，一邊問葛里芬想喝點什麼。他搖頭說不用了，只是默默地把愛咪攬進懷裡，然後坐上粉紅色的大椅子開始輕聲說起金髮女孩和三隻熊的故事。他講完故事以後，朝愛咪的額頭吻了吻。

伊莎貝把不會太燙的巧克力牛奶倒進粉紅色的圓點小塑膠杯，遞給了女孩。

愛咪瞪著伊莎貝啜了一口，然後再啜一口。「你好漂亮。」

伊莎貝覺得自己的臉在燒。「謝謝。我覺得你也很漂亮。」

「我好喜歡媽咪幫我梳頭髮。都是睡覺以前。現在換成了莎莎幫我梳。」

葛里芬的妻子過世了嗎？還是離婚了？

「要我幫你梳頭髮嗎，愛咪？」伊莎貝問道。

女孩瞪著伊莎貝，然後搖搖頭，把臉埋進她父親的懷裡。

葛里芬把粉紅色杯子遞還給伊莎貝。「小寶貝，我這就送你上床睇睇睡了喔。晚安。」他對伊莎貝說道，然後便踏步離開。

她等著他再次下樓，也許可以請他喝杯啤酒或葡萄酒或者咖啡吧。不過等她把所有的木頭平面都擦得發亮，又拖著吸塵器清乾淨走廊以及客廳的地毯後，她才發現已經過了一個鐘頭。還是沒有他的蹤影。這輩子她從來沒有這麼這麼地想跟某個人坐在微風輕吹的八月夜裡，彼此什麼都不用說。

8 珠兒

珠兒在布絲灣海港的布克兄弟書店擔綱經理職務的頭三個鐘頭之內，就已經親手賣掉了四本小說、兩本傳記、一本新英格蘭北部的旅遊書，還為顧客代訂了五本書。現金收入加起來是三百元。而在對街聚會的親子閱讀團體在喝完咖啡之後又晃到她的店裡來，總共買了兩百多元的童書。

這是個豐收的早晨，就算以勞動節週末的標準來說，也是不同凡響。而這，也是她人生新旅程一個很好的開始。不管地點是不是布絲灣海港，書店（尤其又是布克兄弟書店），是最能讓珠兒發揮所長的地方。在這個場域裡，她如魚得水，最感自在。她坐在收銀台後頭的主管椅上，凝神列出一張「引進新營收」的計畫清單。她已經跟亨利談過要辦一個每週一次的讀書會，還要闢出兒童說故事的時段，另外她也在策畫一個「快樂咖啡時光」，話題可以廣泛涉及生命與書，在傍晚時分邀請大家進門喝杯咖啡聊聊天，放鬆一天的緊張——然後眾人就可以各自展開購書活動了。

大門上的鈴叮噹響起，珠兒正打算把視線移開計畫清單看清來人時，便聽到一個女人開口說道：

「珠兒．納許？是你嗎？」

噢天哪，大事不妙。

她把筆擱上布克兄弟文具墊上頭，抬眼望進寶琳．奧特曼那雙冷藍的眼珠子裡頭。一個夏天就碰到兩次，而且這回還多了她兩個老友，瑪里什麼的還有嘉莉．費雪。這個三人組帶來了四層威脅：聰明、美麗、受歡迎——外加不懷好意。

「打從上回看到你以後，我老想著不知你的狀況如何哪！」寶琳說道，一邊調整著藏在她夏裝底下那件泳衣的白色肩帶。「記得那時候，你可真是有夠大腹便便的。」

嘉莉的巨型鑽戒在她的手指上閃閃發光。「噢對啦寶琳，聽你說過珠兒懷了孕，只好退學。這麼說來，珠兒你是一直都在這裡上班囉？」

「其實七年來我都住在波特蘭。」珠兒好恨自己，因為被逼得還得跟人解釋自己的生活。「不過我的阿姨生病了，所以我才又搬回這裡幫她打理客棧。」

她們全都點點頭——一副貓哭耗子的模樣。不過瑪里什麼的倒是除外，因為她正站在雜誌架旁邊，忙著翻閱《*Vogue*》。

「這一來，你應該就可以參加十月舉辦的全校同學會囉，」寶琳說：「大家都搞不懂，怎地畢業五年的同學會你沒參加，所以我就很技巧地跟他們解釋了你的……狀況。」她小聲補了這麼一句，彷彿珠兒是得了什麼傳染病。

同學會，哈。珠兒打死也不會去的——就算凱特和伊莎貝都打算共襄盛舉也不必了。勞動節週末假期會把他們班上半數的同學都從外地召回來。「得看我阿姨十月下旬的身體狀況而定了。」

「那當然，」嘉莉說，一邊欣賞著手上的戒指。「對了，你聽說了吧？寶琳現在可是《紐約市》雜誌的副總編囉。她才辦了個好盛大的派對慶祝晉升哪。老天，你真的該去看看她那間公寓。好大的露台，可以看到帝國大廈還有千百萬盞燈火呢。」

「恭喜你了，寶琳。」珠兒說道，胃裡突然竄起一股劇痛。確實是該恭喜。她目前的生活是珠兒長久以來的最大夢想。

三個女人在書架和展示櫃之間穿梭來去之際，寶琳看似漫不經心地把她的男友引進談話裡（此君乃是ＡＢＣ電視台一名資深的製作人），而且她還在漢普頓海濱度假區租到好棒的夏日別墅呢，而且她的爸媽今年夏天才剛買了艘豪華遊艇——他們住的可是布絲灣海港最最昂貴的水岸豪宅喔。「只可惜我在這兒待完週末就得走人。布絲灣實在太棒了。」寶琳和嘉莉抱著一堆書站在收銀台前。「珠兒啊，你有機會在這兒常住，真是幸福。城裡的夏天熱得嚇人。」

「這我還記得。」珠兒叮鈴一聲收錢入帳。寶琳買了本文學暢銷書，一本回憶錄，一本祕魯馬丘比丘的旅遊書，還有一整套精裝的哈利波特——是要送給她「聰慧早熟的八歲小姪女」。嘉莉採買了兩本名人寫的食譜，而瑪里什麼的則是兩手空空，不過單單寶琳和嘉莉的消費總和就是一筆可觀的數字了。謝謝她們啦。

寶琳把她的金卡擺回皮夾，然後提取購物袋。「前陣子我姊夫出差，所以我就到我姊家小住了幾天，我這才發現，珠兒，天哪，你們這些單親媽媽真的好偉大。我們那幾天什麼都得自己來，連個喘氣的時間都沒有！真不曉得你一路是怎麼撐過來的。真是辛苦又辛酸。」

珠兒幾幾乎可以看到寶琳那張擦了亮唇膏的嘴裡掉出不屑和鄙視。

「單親媽媽更可憐的一點就是，」嘉莉補充道：「完全沒有後盾。什麼都得自己扛，連想抱怨都沒個在出差的老公可以打電話過去吼兩聲呢。真是又辛苦又孤單。」

我的天，珠兒好恨這個兩人組。

「珠兒，等你有空的時候，麻煩到辦公室來幫我一個忙。」亨利・布克的聲音從店面的後頭傳來。得救。謝啦，亨利。

三個女人都扭過頭，看著亨利往回走進辦公室。「哇，他長得可真帥，」嘉莉壓低聲音說：「單身嗎？」

瑪里什麼的把雜誌擺回架上，踅到了她朋友後頭——珠兒覺得她長得好像天使，心形臉上長著一雙大大的藍眼，身材又是那麼嬌小。「他是黃金單身漢。」至少進門後她吐出來的頭一句話還滿中聽的，而且說得真是沒錯。

「老天啊瑪里，怪不得你搞到現在還是超級單身，」寶琳說：「他算哪根蔥啊。這人開的是書店耶，拜託。」

「什麼意思啊？」珠兒瞪著寶琳問。她的話真是有夠惡毒。

寶琳滾起眼珠子。「噢，拜託，你會搞不懂我在說什麼嗎？」

「對對，我完全了解你的意思。」**而且我真的好生同情你。謝啦，這下我就知道你是個膚淺到不行的勢利鬼。膚淺的勢利鬼腦子裡在轉什麼，本人根本不屑知道。**

珠兒真希望亨利沒聽到寶琳那句話，不過她明白亨利就算聽到也只會一笑置之。亨利是珠兒碰過的人裡最有自信的。他只做他自己，如果你看不順眼的話，嗯，那就拉倒。

珠兒正打算離開三名女巫，去瞧瞧亨利找她有什麼事的時候，只聽見瑪里把《*Vogue*》重重摔回架上，然後往回走到寶琳身邊，朝她臉上比了中指。「你知道嗎寶琳，你跟你那種吾比眾人高尚的勢利鬼模樣真是有夠噁心。請問你算哪根蔥啊？我受夠了。」

哇，真有你的，瑪里。

寶琳的眼睛瞪得老大，不過她馬上就回復正常神色。「那就請閣下回你的山頂洞去吧。」她扭頭便走，嘉莉愣著下巴亦步亦趨跟在她後頭。「我不跟你說過嗎，嘉莉，這人最近變得怪怪的。噢對了，瑪里．梅瑟思啊，你已經**出局**囉。」寶琳丟下這句話後便一把拉開了門，而嘉莉則碰地撞一下門邊架上擺置的明信片，好讓它們落滿地。

就跟高中女生一樣……

「好幼稚的白痴！」瑪里說道，一邊撿起散落的明信片。珠兒也過去幫忙，蹲下來靠在瑪里旁邊。而珠兒就是在這時候，發現她在哭。

「沒必要跟她們計較。」珠兒說。

「跟她們沒關係。」瑪里細語道，一邊抹抹眼睛下方，臉上的表情是好詭異的綜合體：驚懼、不安以及——快樂。她收好了明信片，把它們放進珠兒的手裡，然後便衝到非小說專區。沒一會兒，她便站在收銀機前頭，一本書緊緊抵著肚子，兩手還摀著書皮，彷彿是不希望有人看到書名。

不過珠兒一眼便認出書的身分。這本書她到哪兒都認得出來：熟悉的外觀，非標準尺寸。

珠兒走到櫃檯後面，打算結帳。然而瑪里並沒有把書遞過來。「瑪里？」珠兒提醒她，盡可能放輕音量。

「我——」瑪里開口道，長度僅及下巴的棕色短髮飄落在臉上。她的下唇再次抖起來。

瑪里需要一點隱私吧，珠兒想著。她把書塞進布克兄弟購物袋。「到那兒坐坐好吧？」她說，伸手指指面對著雜誌架的咖啡小圓桌。珠兒為瑪里倒了杯檸檬水，往她對面的椅子坐下來，然後靜靜等著。

瑪里的手在水杯上抖著。「我才剛發現——」她湊向珠兒耳語著：「發現我——」她四下看看書店，好像是要確定沒有她認識的人在近旁。然後她便啜了一口水。想來有些話真是很難啟齒。

「超級單身」的瑪里咬咬嘴唇，瞪著兩手看。手上確實完全沒戴戒指。珠兒只是等著，想給她一點時間把想說的話說出來。然而她卻現出欲哭無淚的表情，然後就閉上眼睛。

「你選的書很棒，」珠兒細聲說，一邊愛憐地捏捏瑪里的手。她還記得當年從圖書館借出《懷孕知識百科：好孕大作戰》以後，一個禮拜一個禮拜慢慢細讀，就怕讀得太快，錯失了每個當下需要知道的細節。「這書我送你。如果需要我幫忙的話，說一聲就好。就算你只是想找人談談也行。」

珠兒覺得瑪里最需要了解的內容，以及她身為單身孕婦所會面臨的難題，任何書上都不會提供相關資訊。

門鈴噹地響起，幾個人走了進來。

「我得走了，」瑪里倏地起身。「別跟人講，好嗎？大家都還不知道。」

「當然。」

瑪里看著珠兒的眼神，像是正在天人交戰。「那麼，如果我有任何疑問的話，都可以打電話給你囉？」

珠兒把自己的手機號碼寫在布克兄弟書店的名片背面遞給她。「凡是有膽斥罵寶琳．奧特曼的人，都是我的朋友。」她笑起來，而瑪里也回了她一朵顫巍巍的笑容，不過她的神色很快就恢復正常了。

「我是說真的，瑪里，你隨時都可以來電。我很能體會單身孕婦的苦處。」她輕聲補了一句。

「我知道。所以我才會——謝謝你送我這本書。」瑪里低聲說道，然後便快步離去。

珠兒追了過去。她打開門，往街道兩頭張望，但人潮實在太多，根本看不到瑪里。她舉步走向儲藏間，囑咐賓妮幫忙看店，因為她總算得了空可以去找亨利了。和布克先生相處短短幾分鐘是解決她所有問題的良方。

亨利坐在書桌後頭，在麥金塔上瀏覽訂單，電腦旁是一個折起來的白色紙袋，聞起來好香。「總算來了啊你，希望東西還沒涼掉。」他拿起紙袋。「跟我一起到碼頭坐坐吧？」

她笑一笑，跑去告訴賓妮她大概要花二十分鐘左右吃午餐，然後便和亨利一起踏上外頭閃耀的陽光。一如嘉莉所說，他好帥氣。就算只是站在他旁邊走在他身邊，珠兒都可以清楚感覺到他的男人味，感覺到他的高以及他的壯——他結實的身軀裹在泛白的牛仔褲和白襯衫底下，袖子往上捲到手肘處。她喜歡看著他棕色的頭髮在微風中拂過他的頸子，掠過他前額的模樣

她很慶幸自己今天稍微打扮了一下。通常她都是穿牛仔褲搭白襯衫，還有永遠套在腳上的酒紅色Dansko包頭鞋。不過今天她換上了漂亮的棉布洋裝，頗有上班女郎的架勢，但又不失休閒風，很適合

一家書店的經理於夏天旺季時第二忙碌的週末穿著。今早她剛進店門時，亨利就誇了她的打扮。當時他看著她的表情，以及他眼神在她身上駐留不去的模樣，讓她覺得也許亨利・布克已經不再把她當成一個身陷困境的毛頭女孩了。

他們沿著碼頭走去。亨利脫下鞋子捲起褲管，然後把他修長的雙腿浸泡在澄藍的水裡。珠兒也踢掉涼鞋，如法炮製。九月初的陽光曬在她的肩頭如同紓解壓力的香油。亨利拆開兩包油炸黑線鱈萵苣三明治，裡頭抹的是塔塔醬；另外還有香脆可口的薯條，一小杯番茄醬，以及兩瓶「正港布絲灣」檸檬水。

「這是你特意為我買的嗎？」她問。

「老實說，我是買給凡妮莎的，可是她不領情，還啪一聲掛上話筒，要我把吃食拿去餵我的『寶貝爛劍魚』。我可一個字都沒漏講。」

珠兒瞥他一眼。「天堂裡出了麻煩？」

「麻煩永遠不斷，」他無奈地搖著頭說道。「以前我們會比較快和解，可是近來──我是說這一年來，我們幾乎每回碰面都要鬥嘴。感情起了質變，你應該懂的。」

「我其實不太懂……也許懂一些吧。我唯一有過的偉大愛情只維持了兩天，兩天應該是不足以讓任何事情產生變化的吧。也許一開始就沒有扎實的愛在裡頭──對他而言，我是說。」

他瞄她一眼，深邃棕眼的眼角因為陽光瞇皺了起來。「那之後呢？」

「嗯，查理還很小的時候，我根本沒興致約會。搬到波特蘭以後，是有人介紹過幾個對象，有些是你哥哥的朋友。還有幾個是書店顧客，外加一位到店裡維修水電的技師。嗯，還有雅斯柏的律師。總之我的浪漫史約莫就是每兩個半月約會一次，沒一個稱得上是真正的男朋友。」

「也許你只是還沒掉進愛河吧。我還真想知道有那個男人可以讓珠兒・納許動心呢。應該是個很酷的帥哥吧。」

她微微一笑。亨利永遠都讓她覺得自己很特別。對比五分鐘前寶琳．奧特曼給她的待遇，真是天差地遠。「我正在找查理的爸爸。真不曉得會挖出什麼來。」

他咕嚕嚕吞下好大一口檸檬水。「那天我帶查理去挖蚵仔的時候，他提到夏令營的家族樹作業。」她把打從昨晚就憋了的氣緩緩嘆出來。「前幾天我跟他解釋說，我們會在這裡待上一陣子，所以夏令營的課他不會再去上了，他聽了還挺高興，因為這樣他就不用好丟臉地交出大半都是空白的家族樹。不過他倒是挺認真地看待家族樹，還把那張紙貼在床頭板的上方呢。」她說，一顆心在胸腔裡揪得好緊。「昨晚我把他送上床時，他還滿懷希望地問我說，有沒有發現他爸爸什麼消息。」

「有嗎？」

她搖搖頭。「我賣力追查，不過毫無所獲。」

她和查理來到客棧已經一個禮拜，但是她對約翰．史密斯還是一無所知——和七年前她展開調查的時候沒有兩樣。前幾天觀賞《穿著*Prada*的惡魔》時，戀舊的心緊抓著她，久遠前的夢又回來了——紐約的城市風景，她去過的地方的影像。她尤其懷念她初識約翰的那個十一月，以及一月上旬她初初懷孕並重返校園的時候——當時的她一心只想找到他。和大家討論了電影之後，她便上樓回房，並花了一小時上網，看著中央公園的照片和水天使雕像的圖片——這是他們最後一次預定約會的地點。曾經有過的感覺如潮水湧來——她對約翰的情，她對兩人前途懷抱的希望與願景。

之後她便去查看查理睡得是否安穩，並再次提醒自己要謹守尋找他父親的諾言。她責怪自己不該陷入回憶，不該活在過去，活在幻象的世界裡。想當年她為愛跑到緬因州的班格爾，找遍了當地所有的中學，調閱歷屆校友的照片，然而她碰到的幾個約翰．史密斯都不是她心中的男子。這些人不是金髮便是紅髮，而且五官和查理父親美麗的臉龐都差了十萬八千里。他們沒有他深沉的綠色眼睛，和一綹綹的暗髮。她絕對是一眼就能認得出他，然而翻遍了所有的冊頁，也尋不到他的蹤影。昨天伊莎貝說搞不好他青春期是在家自學。凱特則提醒她，寄宿學校也是一個可能。她們聯手給她信心，說她一定心想事成，說她不能因為班格爾中學的畢業紀念冊沒有刊出他的照片，就放棄所有希望。

珠兒放下手中的三明治，胃口已經沒了。「昨晚，查理跟我說了他和他爸爸可以一起做的所有事情。釣魚、挖蚵仔，還有露營。到遊樂場坐雲霄飛車摩天輪，大小孩和小小孩一起瘋狂一下。他一臉好美的做夢表情，說著說著就睡著了。不過沒多久他又睜開眼睛說：『媽咪，如果爸爸已經有了別的家跟小孩，會不會根本不想當我爸爸呢？』」

亨利執起她的手輕輕握著。「然後你就說：『查理小寶貝，你什麼都不用擔心。因為任誰看到你，都會好疼好疼你的。』」

珠兒瞪著亨利，真想投身到他的懷裡，讓他緊緊摟著。「我就是這麼說的。老天，亨利，你將來一定會是個好父親。」

他笑起來。「我嗎？也許吧。在遙遠的未來。」

亨利也會有當爹的一天嗎？太棒了。她可以立刻叫出那個畫面：釣魚挖蚵仔還有撿拾玉黍螺和貝殼，帶著他的兒女到森林裡漫步遊蕩。然而珠兒卻無法想像約翰·史密斯組成家庭生了小孩的模樣。在她的心裡，他永遠是個旅人，背著背包手拿地圖，是天地間永遠的過客。

然而有太多事情都不在她的預料之中。他有可能已經結婚了，而且還有小孩。七年前在紐約的兩夜情生出來的小孩他根本不知道，現在發現了恐怕也不會有興趣吧。

一陣寒慄從她的脊椎直竄頸間。如果她找到了約翰·史密斯，他卻避她唯恐不及呢？也許查理根本不知道父親是誰，就不會受傷了吧？

你有可能因此惹來一身腥……

羅莉阿姨有可能是對的。然而她並不想教查理迴避生命中有可能碰觸到的未知、恐懼與奧祕。她會盡全力找出他的父親，而後續發展則是……生命賜予的功課。也許約翰．史密斯看了她一眼之後，會以慢動作跑向她，甚至會因為自己得了個孩子，一個兒子，而歡欣雀躍。

不是沒有可能。

「也許走到某個點，我還是得放下一切，」她告訴亨利。「正如羅莉阿姨所說，我必須接受現實。接受很重要，就算現實很醜陋。」

「重點是，你還沒走到那個點，珠兒。這會兒你還在找，而且理由充分，因為孩子有需要。如果幫得上忙的話，我一定幫。」他將手心放在她的手背上，朝她露出他和煦的招牌笑容，於是有那麼一下子，她彷彿搭著時光機回到了七年前：凝神看著他講話，但卻漏聽了大半內容。「你說過他上的是科比大學，對吧？我們可以一起開車過去，看看能不能問到他父母的地址。當年的科比搞不好有一百個約翰．史密斯——不過應該只有一、兩個會是來自緬因州的班格爾。」

她解釋說，多年前她打過電話到科比大學，但卻毫無所獲（「我們絕對不可能公開本校學生或者畢業校友的個人資訊——除非他們簽了名授權……很抱歉，但是……」）。「而且我也上了Google鍵入『約翰．史密斯，科比，班格爾』，結果卻跑出了三十二萬九千筆資料。」

「也許有個什麼你不記得的小細節會是關鍵呢——也許可以就此把你推上一個全新的方向也不一定。」亨利咬一口手中的三明治，揮揮手趕走一隻美麗的蜻蜓。

幾個晚上以前，伊莎貝和凱特也說了類似的話。她們認為，也許有個什麼珠兒忽略了的小事是關鍵。伊莎貝說，珠兒一定要把那兩個晚上發生的所有細節全部分享出來，因為珠兒搞不好會透露出什麼讓她們靈光乍現的線索呢。

於是她們便團團圍坐在廚房的大桌子旁邊，聽著窗外如同音樂的蟬鳴，啜飲冰茶並享受鬆餅的美味，而珠兒則一一道出多年前那段戀情的所有細節。兩人初識之夜，她發現有這麼一個俊美的男子正在瞪著她看——是那麼專注、溫柔而又充滿興味的眼神。他們開始聊起了緬因。聊起他在有一次讀書會的場合，握到了史蒂芬．金的手。她還記得他告訴她，她美得讓人震驚——這輩子只有他對她說過這句話。她描述起他的臉容，說他的體格高大強健如同棒球員；伊莎貝把這些話都記錄下來了。然而珠兒一路講著，才發現她已經無法清楚記得約翰的五官了。頭一年半的時間裡，她可以記得他的眼睛是某種層次的綠，如同翡翠，也記得他右大腿上有幾顆胎記，形狀就像北斗七星。然而現在她回想起他時，細節卻都跟查理甜美的臉孔混在一起了。查理的翡翠綠眼睛。查理的胎記。查理和他一樣的暗色直髮落在額頭上。

還是同樣思念約翰，然而他臉部的特徵卻已淡去。珠兒再次被一種失落的空無感攫住。她失去的其實是從沒有真正擁有過的人。

也許他現在已經有個家了。也許他會排斥過去的人闖入他的生活。也許這樣，也許那樣。不過她還是會為查理找到約翰．史密斯的。她久遠前就放棄了自己，也放棄了愛情。然而她絕不會放棄追尋自己兒子的夢想。

賓妮喘吁吁地衝出來。「兩位，我真的很不想打斷你們吃午餐，可是剛才一輛遊覽車放下一堆人來，這會兒店面裡擠了好幾十個人哪。」

她和亨利趕緊收拾好紙袋和瓶子，一起沿著碼頭走向書店的後門。亨利伸出手臂環住她的肩膀——這是她接收過的最好撫慰了。

珠兒當晚八點半一踏進客棧的大門，便聞到爆米花的香味。在書店暈頭轉向忙了一整天，她都忘了今晚是電影夜。

「噢，你來啦，珠兒，」羅莉說道，她手裡捧著插滿鮮花的瓶子。她把花瓶放上大廳的桌子。「我剛還在想，不知你第一天上工回來了沒。怎麼樣？」

「忙死了。一堆遊客擠進來要買廉價小說殺時間。」不過瑪里．梅瑟斯臭著臉要寶琳．奧特曼滾到一邊去死，倒是讓我一整天都飄飄然。這一想，珠兒忍不住笑起來。不過她一想到瑪里現在也許是單獨坐在家裡就高興不起來了。這會兒她也許是孤孤單單地坐在家裡窮擔心，要不就是在讀《懷孕知識百科：好孕大作戰》，但卻沒有人可以討論。她得找人問到瑪里的電話號碼才行。

「跟我到辦公間聊一下，好嗎？」

糟糕。珠兒希望不是有壞消息要宣布。珠兒知道羅莉這幾天一直覺得疲累——做化療的後遺症。當早伊莎貝幫羅莉更換床單時，在她的枕頭上發現了幾綹頭髮。羅莉的藍眼還是清澈明亮，但眼睛下方卻多了不常見的黑眼圈，而且她的臉頰好像有點紅。

珠兒跟著羅莉走進方形的小辦公室。客棧的照片成了牆面最好的擺飾，它們是打從客棧在十九世紀落成後，一百多年來以黑白和彩色拍成的美麗影像。牆上也有他們家族多年來的合照，是納許以及威勒家族好幾代的人。青春的羅莉身材健美。珠兒看著羅莉穿著比基尼的一張照片，她的翹髮尾是一九七〇年代的流行髮型。有句俗話是怎麼說的呢？**度日如年，然而一年年卻是轉瞬即過。**

「羅莉，你還好嗎？醫生跟你講了什麼新的狀況嗎？」

羅莉等珠兒進來後，便把門關上。「別擔心，我沒問題。我只是覺得應該跟你討論一下……今晚的電影夜珍珠想看《媽媽咪呀》，因為故事有趣而且滿勵志的，不過如果你覺得會讓你觸景生情的話，我們可以換一部來放。就看你了。」

珠兒沒看過《媽媽咪呀》，不過她記得聽人熱烈討論過。梅莉史翠普飾演的單親母親和她二十歲的女兒一起住在希臘某個島上一棟漂亮的別墅。女兒才跟年輕的男友訂婚，但因為她一直不曉得生父的身分，所以就趁著這個機會邀請三名可能是生父的人來參加她的婚禮（三個人名是她偷看母親日記得來的資訊）。她希望真相可以因此大白。

珠兒不記得真相有沒有大白。

「謝謝你這麼體貼我的感受，羅莉阿姨，」珠兒說，她往阿姨的頰上親了親。「不過我真的沒問題，搞不好還可以跟那個女兒學點推理技巧什麼的，找出唯一人選的下落呢。」今晚她本打算全用來上網搜找約翰·史密斯，希望能查出一些蛛絲馬跡，不管什麼線索，只要能讓她連結到多年前認識的那個男人就好了，不過看一部可以暫解煩憂的電影倒也是不錯的選擇。

羅莉抓著珠兒的手，彷彿是想保住此刻的溫暖，以及兩人之間的親密感。然而凱特就在這時來找羅莉，她們的談話只好終止。珠兒再看了一眼照片中穿著比基尼留著翹髮尾的阿姨，感嘆著人的一生彷彿是幾生幾世的綜合體，每個階段都是如此不同。

「希望這只是過渡階段！」珠兒對著自己輕聲說。癌症階段。**還記得當年羅莉接受化療的事吧？**多年後羅莉為大家準備豐盛的傳統感恩節大餐時，她會這麼跟伊莎貝說的。**當時我以為我們全撐不過那個難關呢**，伊莎貝會這樣回答吧。然後她們便會相互稱謝感恩——就跟小銀幕或大銀幕上播放的家庭溫馨片一樣。

當晚伊莎貝、凱特和珍珠，以及兩名房客排排坐在大廳裡。羅莉跟大家介紹說，這兩位長輩名叫法蘭西絲·梅衛德和麗娜·海伍德，是姑嫂關係的寡婦。凱特烘焙的杯子蛋糕上以糖霜揮灑出來的華麗線條，她們看了都好愛。

珠兒拿了一塊沾有白色糖霜的巧克力杯子蛋糕，倒了杯冰茶，然後便往鴛鴦椅上的伊莎貝身旁坐下來。這是她倆的老位子——這會兒她才意識到這點。珠兒原本從不覺得她在這家客棧有過老位子。尤其又是她和姊姊共享的老位子。

「準備好要看了嗎？」羅莉問著，一邊把影碟放進ＤＶＤ放影機。她和珍珠一起坐在沙發上，遙控器預備著。

凱特站起來，關掉所有燈光。「看來大家都準備好了。」

「這是哪裡啊，義大利嗎，還是希臘？」影片開始後，珍珠問道。銀幕上是美麗的愛琴海，以及矗立在海灘旁峭壁頂端的亮白別墅。

「希臘，」羅莉說，她抓了一把爆米花，放在攤在她大腿的餐巾紙上。「我迷戀電影這也是原因之一——可以不用離開客廳，就神遊到好多美麗有趣的地方。」

「等等——梅莉還會唱歌啊？」珠兒問道，此時梅莉正在別墅四處走動並大展歌喉。這是一首活力充沛趣味十足的歌，內容大致是感嘆銀元永遠不夠多。「天底下的便宜都給她占盡了，這女人也未免太過多才多藝了吧。」

「經你這一講，我覺得大家都該看看《來自邊緣的明信片》，」羅莉說：「她在那部片子的尾巴唱了首歌，歌喉之美，絕對不輸哪個當紅的鄉村歌手。」

「各位等著聽皮爾斯布洛斯南飆歌吧，」凱特大笑著說：「這部片子我是滿久以前看的，不過我還記得他唱歌好像是整個人都浸在水裡發出的聲音呢。」

電影如羅莉所說，走的是勵志路線。珠兒當初怎麼會錯過這部片子呢？她很清楚答案。光是搭車到電影院就得花筆錢，而且還得找保母看小孩，外加電影票和不可免的爆米花和汽水以及口香糖，所以結論就是得等有線電視播放時窩在家裡自己看。只是珠兒從沒裝過有線。

梅莉史翠普其實並不確定她女兒偷偷邀來婚禮的三個男人裡，哪個才是女兒的父親——這點珠兒真的很驚訝。梅莉雖然跟親朋好友說了其中一個是生父，但卻一直沒透露她其實也搞不清楚是哪個——因為當年皮爾斯布洛斯南提出分手狠狠傷了她以後，她便另外找了個男人來填補空缺。二號情人走了之後，又來了三號。

「一個禮拜跑來三個情人！」老姑嫂之一咕噥道，一邊搖著頭。

珠兒和伊莎貝相視而笑。珠兒比較在意梅莉史翠普和美麗的亞曼達賽芙瑞之間的親密感情——亞曼達飾演的女兒聲音甜美，長著一張天使臉孔，雖然從小沒有父親在身邊，但她快樂自信，而且還找到了個年輕帥氣的意中人共度餘生。雖然這只是電影情節，但珠兒從中得到很大安慰：查理也會充滿快樂與自信地長大成人，並且找到一個年輕漂亮的意中人共度餘生吧。只是珠兒突然想到，他們才二十歲呢，結婚真是嫌早了。

父親的可能人選之一皮爾斯布洛斯南，是珠兒心目中的世界級大帥哥，他在影片裡跟亞曼達賽芙瑞的角色提出大哉問：婚後她對自己的人生規畫是什麼呢？她答說就是待在別墅型的民宿裡幫媽媽經營生意吧。可是難道她不想離開小島，去看看外頭的大千世界嗎？或者發揮自己的天分當個藝術家？

珠兒抬眼瞄瞄凱特，心想不知她曾否動念離開三船長客棧。當然，如果她和奧立維結婚的話（這點珠兒覺得已成定局），他們應該會住在自己的房子裡吧，要不也許他們會進駐閣樓，並且扛下客棧的重擔——至少凱特是會。銀幕上的亞曼達賽芙瑞回答說，她打算留在別墅陪媽媽幫媽媽。珠兒注意到，凱特的表情這時有了些微改變。

凱特一直沒走，或者這就有了答案。也許凱特很想自己開一家烘焙店，也許錢都已經存好了——但是她卻一直不忍離開羅莉離開客棧。何況羅莉現在又得了癌症，她想走就更難了。也許她會覺得一輩子都走不得。

此時皮爾斯布洛斯南正在告訴梅莉史翠普說，她的女兒選擇在島上結婚成家，為的就是怕她孤單，打算永遠陪著她——珠兒注意到，凱特一聽到這話表情就僵住了。凱特咬著下唇，手持叉子撥弄著仍然裹在紙裡的杯子蛋糕。珠兒抬眼瞥瞥羅莉，只見她正因為珍珠附在她耳邊說的什麼呵呵直笑。

「我好愛這首歌喔！」銀幕上的眾人開始合唱〈愛的呼救〉（S.O.S.）的時候，伊莎貝忍不住說道，一邊輕聲跟著唱起來。接著羅莉也加入唱歌陣營，大家都很驚訝，紛紛鼓起掌來——只除了那對老姑嫂，她們很掃興地一直噓她。珠兒原本也在哼唱，然而她的好心情無法持久，因為亞曼達賽芙瑞這會兒在說，搞不清自己的父親是誰實在很「遜」，她原本沒有父親，現在卻一舉有了三個。

「老天在上，知道父親是誰根本就是基本人權嘛。」法蘭西絲．梅衛德捏著嗓子說。

伊莎貝狠狠瞪了她一眼。「我很喜歡她的未婚夫跟她說的知心話。他說『找到她自己』跟找到她的父親是兩碼子事。她得誠實面對自己，才能知道**自己是誰**。」

「一針見血！」羅莉輕聲回道。

法蘭西絲．梅衛德大聲嚼著爆米花，搞不好是故意藉此表示抗議。接著她又刻意嗤哼一聲，因為亞曼達賽芙瑞正在愉悅地宣告說，她不需要知道自己的父親是誰，因為三個男人都是她的父親。結果年輕的戀人於片尾並沒有套上婚戒，而是決定雙雙離開久居的小島，攜手遊歷多元的大千世界。不過籌備婚禮所花費的資源和人力全都沒有浪費掉，因為梅莉和皮爾斯布洛斯南決定要踏上紅毯。他們是一對歷盡滄桑的金童玉女。

「完美的結局，」珠兒說：「她嫁給了初戀的對象。這下子我覺得我的未來好像還有希望。」她笑著說道，但語氣認真。

「跟三個不同的男人瞎搞胡來，」法蘭西絲說著又咬了一口杯子蛋糕。「根本搞不清自己小孩的生父是誰——這部電影是在炫耀這點嗎？老實說，我覺得這種事很駭人。」

「噢，拜託，小蘭。這不過就是一部電影嘛！」另一位說道。

羅莉啜啜冰茶，放下杯子的力道稍嫌重了些——珠兒覺得。「電影也提供了女兒看事情的角度，滿好的。就算不知道父親是誰，她還是活得很好。顯然，梅莉史翠普飾演的角色獨力教養很成功。」

謝謝你，羅莉。

「不過在我們那個年代啊，」法蘭西絲說：「我們只跟自己的老公上床，免得到頭來連孩子的生父是誰都搞不清。世風日下，女人拚死爭著要引起男人注意，都白白奉送了自己的身體。然後就有個沒爹的小可憐呱呱墜地。」

珠兒差點給喝下的冰茶嗆到。

「這個女兒依我看來適應得再好也不過了，」凱特說道，牙關咬得死緊。珠兒覺得，如果法蘭西絲．梅衛德不是七十幾歲的老太太的話，凱特有可能會賞她幾個清脆的巴掌。

「適應得好到她二十歲就訂婚了，因為跟著她那個嘻皮樣不負責任的老媽長大，她很需要找個男人給自己領路。」法蘭西絲反駁道。

「才怪，」羅莉說，語氣頗為禮貌。畢竟，這個女人是房客。「亞曼達賽芙瑞的角色之所以訂婚是因為她掉進愛河了。戀愛中的女人當然想要大肆慶祝一番。」

再謝一次囉，羅莉阿姨，珠兒再度用腦波默默發出訊息。哈哈，她好喜歡這個嶄新的、護著她的羅莉．威勒。然而她卻也為阿姨改變的原因感到惶惶不安。

法蘭西絲．梅衛德哼嗤一聲。「她才二十歲，哪懂什麼叫做愛情。我是三十歲結婚的，晚了點這我承認，不過我深愛麗娜的哥哥保羅——願他在天之靈安息。他是個大好人，養家護家，而且又好有紳士風。他在ＩＢＭ工作四十一年，每次看到我走進房間時，都會起身示意。各位，那才叫做真愛。」

「我是二十一歲時愛上了一個男人，」珠兒說道，她瞪著自己的杯子蛋糕，但已完全沒有食欲。「他也很有紳士風。我碰到他才一個小時，就愛上他了。愛是一種很真實的感覺。」

法蘭西絲聳著她尖尖的鼻管睨眼看她。「親愛的，人是不可能在一個小時裡就掉進愛河的。那叫浪漫，或者情欲。男人只要瞧見新鮮有魅力的女人，都會想上床的，所以他們才會前仆後繼去當火山孝子啊。你說那些給人在賓館逮著和高檔妓女那個那個的政客是怎麼回事？還不就是下頭發癢嗎？那裡頭有愛嗎？所以他們的老婆才都賴著不離婚啊。她們很清楚男人就愛逢場作戲。」

這回珠兒真的給冰茶嗆到了。

伊莎貝站起身，金色的腳環叮噹響著。「你知道我是怎麼想的嗎？我覺得每個人做什麼事以及為什麼做什麼事，都有千百萬種不同的原因。對別人的生活背景還有事發狀況完全不了解就妄下斷語，真的很奇怪。」

「說話這人是個錦衣玉食根本不知民生疾苦的少奶奶。」法蘭西絲對著她的小姑低聲說道。後者顯然在共遊途中經常淪為受害的聽眾。

「對不起噢，我幾個禮拜以前才發現我的老公有外遇，」伊莎貝兩手叉在臀上說道：「我當場逮著他跟女人上床。」

「當著一堆人面前晾曬自家醜事真的好奇怪，」法蘭西絲說著便站起身來。「我們明天就要退房，提早一天跟各位再見。我希望別跟我多收費用。」

「哇，太美妙了，」羅莉說，兩手在胸口交叉。「閣下要走是喜事一樁。」

法蘭西絲如豆的眼睛睜得老大，然後她便抓起她小姑的手臂，拉著她走出房間。「明早七點四十五分的早餐還是得照我的要求供應：水煮蛋配上微焦的大麥土司和一盤水果沙拉。麗娜跟我一樣，不過土司可以再焦一點。」

「請吧！」羅莉滾著眼球說道。兩人拖著腳走出大廳，然後爬上樓。

每個人都瞪大了眼睛驚詫地看著羅莉。

「真有你的，老媽。」凱特說，一邊和羅莉舉掌對拍一下。羅莉對這聲讚美似乎深感滿意。然而凱特的表情很快就變了。珠兒明白她的心底事，因為幾分鐘前自己也是為同樣的原因在煩惱。

羅莉一反常態對房客出言不遜，只差沒說滾蛋，這是因為她很可能已經離人生的終點不遠。

「別理那個老巫婆，珠兒，」珍珠說道——這也不像她。「如果當初你和約翰之間有過特殊的情緣，就算你們只認識一小時，也是不能抹滅的事實。」

珠兒啪地拉下杯沿的檸檬片，看著它噗一聲掉進茶裡。「謝了，珍珠。不過有一點倒真是給她說對了。查理從來沒見過他的父親，對他來說很不公平。是我當初做了一個錯誤的決定。」

「珠兒．珍妮芙．納許，」伊莎貝說：「你可別這麼想。是外在因素導致查理沒見過他父親的。」

珠兒好生詫異，她想起母親在世時，如果希望她全神貫注聽講，就會把珠兒的全名一古腦兒說出來。伊莎貝現在不止如法炮製，而且還挺身為她說話安慰她，她感動得猛捏著伊莎貝的手，細聲說著謝謝。

也許她和約翰的故事最終會跟梅莉與布洛斯南一樣，劃上完美的句點——兩人因為外在因素分開，但終究還是找回彼此。這不是沒有可能。上禮拜珠兒還在報紙的一篇文章裡讀到，有一對情侶因為二次大戰爆發分開，這其間男婚女嫁，但又各自失去伴侶；四十二年之後，他們重逢並且結為夫妻。

「如果我們曾經有過特殊的情緣，」珠兒說：「如果我不只是一個他覺得有魅力有新鮮感的女孩，那他為什麼不告而別？」眼淚燙到了她的眼。「他為什麼要說那麼多讓我感動的話，然後又搞失蹤——彷彿我們之間什麼也沒發生過，彷彿我對他來說一點也不重要。」

因為對她來說，那段情太重要了。在很多方面都很重要。而最最重要的則是有了愛情的結晶查理。

羅莉坐到珠兒旁邊，把她拉進懷裡。「他錯過了一個好棒的女孩。」

珠兒聽了頗為感傷，一時之間有點語塞。「謝謝你這麼說，羅莉阿姨，」她輕聲回了一句。她不記得七年前阿姨說過類似的話。她仰著頭靠在沙發上。「我老以為他會想辦法找到我。以為他會念著我，來找我。其實我是很容易找到的。當年我發現自己懷孕以後，又在學校多待了兩個月。之後雖然休學，但還是在檔案裡留下資料，聲明如果有人想要跟我聯絡，可以到三船長客棧詢問。我還寫下了電子郵件地址、電話號碼等等。我的確是個大白癡，這點那個法蘭西絲・梅衛德說得倒是沒錯。」

「別理那個悍婆娘，」伊莎貝說：「你這輩子還會碰到很多那種人，你得撣撣手把他們趕開。何況，你幹嘛要管八竿子打不著的陌生人怎麼想你啊？」

「說得好，」珠兒表示。「我已經給閒言閒語害慘了，千百個悍婆娘怎麼說我也不管了。」

伊莎貝慎重地點點頭。「這才對嘛。你吃了這麼多苦，我好心疼。好難過約翰傷到了你，也好難過他沒有看著查理長大。」

珠兒看了伊莎貝一眼，明白姊姊講的是真心話。「大家都這麼體貼我支持我，千言萬語也說不盡我的謝。」

「我們會當你隨時的靠山，」凱特說：「人格保證。」

坐在這幾個女人當中，珠兒覺得堅強了許多。她的姊姊，突然感覺真的是個姊姊；她的阿姨，如今好有母性；而她的表妹，則是真誠的朋友。她深深吸了一口氣，新鮮、有洗滌的效果——覺得心中充滿了感恩。而這股感恩的能量也驅使著她向全宇宙發出了祝願：希望今晚的瑪里（手捧著書心裡藏著祕密），不管人在哪裡都能有個可以深談的對象。

9 凱特

週六一大早凱特把頂樓的浴室徹底洗刷乾淨以後（她最不愛的苦工），便脫下黃色的橡皮手套好好地沖了個熱水澡，然後走向廚房去烘焙鬆餅（總共六打，包括小紅莓、藍莓、巧克力片以及玉米口味）還有司康（四打，包括混合莓口味、白巧克力以及覆盆子）——這是海港幾家咖啡店合訂的。洗洗刷刷她不喜歡，不過只要能烘焙幾個小時，她就會神清氣爽像是舒服地小憩過。麵粉篩過指尖的感覺，麵團握在手裡溫暖有彈性的質感，而且味道如此香甜，還有巧克力片以及水果，這種種食材都能提升她的心情，就像電影對她母親產生的效果一樣。也跟伊莎貝和她收留的流浪狗嬉鬧時，對伊莎貝有安撫的作用一樣。而對珠兒來說，就是兒子查理於用餐時坐在她的大腿上時的感覺了——兒子黏著她不放就是她的滿足。

凱特翻了翻自己的外送單，這才發現還得做個生日蛋糕才行（上頭要有鐵軌和火車，壽星是三歲的馬可斯），而且下午兩點就得把貨送到。她從櫃子裡拿出幾個銀製攪拌碗，然後伸了手要拿麵粉袋時，才發現麵粉不夠。做蛋糕是沒問題，但如果把那幾打今早得做好的鬆餅和司康算進去的話，就短缺很多了。近來她是有點心神不寧，這她清楚。母親還有奧立維以及兩個表姊還有週末假日，有太多心事在干擾，上回的購物單她根本忘了列上麵粉。嗯，還有巧克力片。

她從車棚底下牽出單車，刻意繞了遠路到市場，因為得避開奧立維的公司。昨晚跟大家聊過《媽媽咪呀》之後，她打了電話告訴奧立維她無法跟他碰面，因為時間晚了，而且她好累，何況今天她整天都得忙著烘焙。當時他馬上單刀直入，問她是不是刻意迴避，因為她已經一整個禮拜都沒跟他聯絡了——尤其他們才剛商討完終身大事，不是該好好慶祝好好談談嗎，難道她已經忘得精光？當然沒有，她告訴他。**怎麼忘得了**。

她是在躲他沒錯，她想著，只是不願意承認。她好希望好需要有點私密的時間可以仔細爬梳自己真正的感覺。然而這話如果說出口，奧立維只會受傷更重。昨晚電話上他要她拿出紙筆來，說他已經考察過三個頗有潛力的店面，很適合她開店，地址和出租資訊齊全，請她抄下來。凱特當下立刻回嘴說，她還沒準備好開店，然後兩人便因奧立維說她很會拖拉起了口角。

「我自己的事幹嘛要你管啊，」她爆聲道。緊跟著一片死寂，意思是她冒犯到他了。「我是說我自己**開店**的事。我不喜歡壓力，奧立維。」

「我沒給你壓力，凱特。我是在**幫你**。」

她真希望昨晚他也來到客棧，和大家一起看了《媽媽咪呀》，看到那對年輕的戀人最後決定還是不要在婚禮當天結婚。他們仍然生活在一起，但卻願意給彼此獨立的空間成長——以個體也是以伴侶的方式，攜手走在人生路上。

她要的就是這個嗎？給自己更多時間？

《媽媽咪呀》播放的過程裡，她覺得有人一直盯著自己看。是表姊。更糟的是，還有她的母親。如果羅莉．威勒覺得凱特跟亞曼達賽芙瑞一樣，是因為母親需要她才留在布絲灣海港幫忙打理客棧的話，羅莉可從來沒有直截了當打探過她心底的意思。她不可能；這不是她的風格。羅莉通常都相信人講的話。更精確地說，她是覺得行動代表信念。如果凱特從來沒有離開布絲灣海港，那是因為她不想離開。

有時候她真希望母親可以跟那些愛刺探人隱私的三姑六婆一樣，問過自己這個問題，刺探過可能潛在的真相。凱特從小的教養就是要她說出心底話。但有太多事情她都沒有說出口，這點她的母親應該心知肚明。

然而話說回來，母親如今如同活在地獄裡。疲累，常發性的嘔吐感。頭髮掉落。如果凱特有什麼事不吐不快的話，如果她希望母親知道真相的話，她就得直言不諱，而不能寄望母親可以讀出她的腦波、她的心事。

凱特猛轉一下單車，好避開突然衝過路口的一隻灰貓。快要騎到紫羅蘭廣場那家櫥窗上掛著招租廣告的小店面時，她的心猛跳一下。這條僻靜的小巷子裡，只有四個商家：一家補鞋店，一家專精於靈氣觀察及靈療的按摩小店，還有一家律師事務所。巷子兩邊是美麗的樹木以及大盆的各色鳳仙花，而且每家店面都散發出一種古樸溫潤的氣息。四家店門前的遮頂篷因為久遠前的某個規定，式樣及顏色都是統一的，連律師事務所看來都非常可親。她可以想像「凱特糕餅店」置身其間會很搭調。

她跳下單車，把車斜靠在一柱路燈上，然後覷眼望入空蕩蕩的店面。空間不大，只能容納一個櫃檯和糕餅展示窗，不過透過一條華美的紅磚拱廊，她可以看見那後頭的空間夠大——可以設計成一間舒適的廚房。店裡的一面長形牆砌上裸露的紅磚，其他三道水泥牆面則是漆上淡淡的杏色，這點頗投她的喜好，而且地磚的顏色又是那麼溫暖。她想像起「凱特糕餅店」的字樣打在巨大櫥窗上頭的模樣。

奧立維好幾個月前，就跟她提起這家招租的店面。打從六個月前他們開始約會以後，他就一直鼓勵她開店，不斷保證到時候他可以借她不收利息的頭期款，他說她的利潤回收一定很快。然而讓她止步不前的原因並不是頭期款。去年夏天她去上小本經營地區生意的講習課程時，已經算出自己開店需要的金額，她的存款很接近了。她止步不前，但並不確定原因何在。也許是因為經營烘焙店就表示得離開客棧，然而母親目前卻是最需要她幫助的時候。凱特不覺得自己有義務留守客棧；然而現在情況不同了，她不可能在這個時間點離開羅莉。

也許將來哪一天吧，她想著，一邊朝著店面投下最後一瞥。只是目前不行。她跳上腳踏車，騎向雜貨店。購物完畢後，她把麵粉和巧克力片放在單車的籃子裡，然後騎回家，半路上她看見母親的腫瘤科住院醫師羅蘭躺在一艘龍蝦船旁邊的防波堤上。馬太歐．羅蘭，好美的名字。他戴著一副飛行員大墨鏡，不過她還是認出他了。暗色的波浪狀頭髮，有點偏長，尤其對一個醫生來說。絕對是他沒錯。還有別的明證：他那橄欖色的肌膚，以及修長身形的堅韌線條，還有那條捲到膝蓋的醫用長褲。但這是她頭一回看到他裸露的胸膛。她定睛看著，無法移開視線。他躺在防波堤的一端，頭顱枕在背包上，一隻膝蓋撐起，正在讀一本書。

她走到他後頭，讀著那本書的書名。《實用放射科腫瘤手冊》。「度假用的消遣閒書啊？」她笑著問道。

他坐直了身，轉過頭來，把太陽眼鏡推到頭頂。「噢，嗨。凱特．威勒，對吧？」

她好高興他還記得她的名字。

他瞥瞥她的腳踏車，以及竹籃裡的十磅重麵粉。「好大一袋麵粉。」

「我買食材毫無節制，是烘焙人的一大禁忌。我會烤一堆額外的糕餅，因為烘焙過程可以幫我安定心神。總之，我的家人都可以因此大飽口福。昨天我烤了四個派。連我媽媽客棧裡那個老是臭著臉的十幾歲小女生都笑開了臉呢。」

他也笑開了臉。「我這輩子一直是派餅和蛋糕的受惠者。我爸媽在城裡開了家糕餅店，你曉得嗎？就是湯森大街的『義大利烘焙坊』，旁邊是家花店。」

她張大了嘴巴。亞龍佐和法藍契斯卡——當然。她突然想到，她一直不曉得他們的姓，因為他們跟大家都很熟，向來只以名而不以姓相稱。熱情友善的一對夫妻，老是免費送餅乾給小孩。有時候你打開買回家的餅乾盒，還會發現裡頭藏了個好吃到不行的奶油夾心捲。他們最擅長做麵包和義大利特色甜點。城裡的人麵包都只跟他們買，連她的姪子查理都曾經站在他們的櫥窗前頭，對著各色夾心捲猛流口水。

「我不曉得亞龍佐和法藍契斯卡是你爸媽耶。我好愛他們的店。有時候我上那兒灑錢，為的只是要把神奇的糕點帶回家，複製那裡頭的魔幻成分。我從來就做不出一樣棒的奶油泡芙。」

「說來你也是麵包師傅囉？你的專長是什麼？」

「我其實是從三船長客棧的廚房起步的——我就住在那裡。凱特糕餅店，這是我取的店名。我幫客棧的房客做點心，不過我的專長是結婚蛋糕，另外也做各種類型的蛋糕和杯子蛋糕。而且我的鬆餅已經闖出一點名氣了。」

他們一起轉頭去看一隻正從水裡蹦出來的鯨魚。有艘遊艇的乘客全都站在甲板上，大聲歡呼著猛拍手。

「哪天我一定要嘗個味道，」他說：「對了，你母親還好嗎？」

「她說她覺得還好，不過我看得出她動作慢很多。下樓的時候，她得死命抓緊欄杆，以前從來沒有過。而且我還在她的枕頭和淋浴間找到好多落髮。」

他點點頭，滿眼的同情。「全是化療惹的禍。她的精神狀況怎麼樣？」

「其實她的心情還滿好的，兩個姪女和孫外甥都來到客棧小住。還剩下的所有家人團圓在一起對她來說意義重大，遠超過我們的想像。」

「家人的確是帖良藥。那你呢，凱特？你還好嗎？」

「比先前好些了。努力過活，但免不了擔心。」她無奈地聳聳肩。

她知道他會說些叫她好過的話。她想起他們頭一回在醫院碰面是在她母親的化療室外面，當時她忍不住哭起來，他拉起她的手時，她問：「我該怎麼辦？」

「順著你的感覺去反應吧，」他說，看著她的眼神很專注。「你可以哭，你可以發脾氣，你可以壓抑自己的恐懼，你想幹什麼天殺的事都可以。」

那一刻，她感覺到空前的自由，淚水噴湧而出；而他則緊緊捏著她的手，直到她止住了哭。那之後，她常常會沒來由地想起他。

「我可以問你一個問題嗎，羅蘭先生？我想知道我媽媽到底還能活多久，我好像一直問不出個真正的答案。」

他坐起了身，拍拍他旁邊剝落的木板堤岸。「叫我馬太歐就好。請坐吧。」

她脫下涼鞋，環起手臂抱著豎起的膝蓋。馬太歐。「山姆爾醫生說，她也許可以活幾個禮拜，或者幾個月，甚至一年，不可能有確定的答案。化療有可能延長她的壽命，但同時卻也奪取了她的能量。」

他點點頭。「化療就是這麼回事。有好有壞，所以我們不可能有答案，不可能告訴你終點在哪裡，凱特。我們只能盡可能讓你母親活得舒服、有尊嚴。」

「我知道你只能告訴我們你知道的事，確知的事，我是說。不過我真的很希望你能告訴我怎麼處理自己的擔憂，還有恐懼。」

「這點我還真的幫得上忙呢，至少我可以告訴你我的經驗。」

她瞪大眼睛看著他。「是你的家人嗎？」

「Mio padre。我的父親。我就是為了他，才決定專攻腫瘤的。他的攝護腺癌發現得還算早，因為我老催著他去檢查，以防萬一。當初診斷書報告一出來，我真是嚇得六神無主，主要是因為我讀醫，相關知識太過豐富。」

她常站在義大利烘焙坊的櫥窗前面，凝神看著本日招牌甜點，要不就是進門買些麵包當早點或者給母親解解饞——她最喜歡把香味撲鼻的麵包沾上橄欖油。亞龍佐往往都是在跟哪個顧客聊天，興致盎然地講述著有關義大利的小故事。她根本看不出他得了重病。

「他的生命力很強，但我還是每天都在擔心他。我選擇在這兒完成住院醫師的訓練就是為了他——還好布絲灣海港有個很棒的教學醫院。」

「你看起來好沉穩好平靜。我還以為你一點問題也沒有呢。」

他微微一笑。「人的確很會隱藏對吧？表面工夫。職業性的表演。別人的生活到底如何，我們其實根本搞不清楚。」

她點點頭。「這點我近來很有體悟。我對我兩個表姊的看法其實一直有誤——前幾天在醫院裡你見過其中一個，伊莎貝。」

「生命就是這麼好玩——可以看到別人帶給我們的種種驚奇。好的壞的都有。」

「我比較喜歡好的。」

他笑起來。「我也是。」

「請問當初你知道父親被診斷出罹癌的時候，你是怎麼處理自己的情緒呢？」

「我得不斷提醒自己他還在人世。能夠走動，也能工作。我得把意念集中在這一點以及整個療程上，千萬不能把心思耗在負面思考或者恐懼上。我心心念念想著他還陪在我身邊，也充分利用了這點。我們買了紅襪隊的季票。我們一起開車遠遊。我們和我的小姪女一起打造了一輛小型賽車。聽來像是陳腔濫調的警世良言，不過我們真的就是在慶賀活著的快樂——而不是一天到晚擔心死期來到。心存感恩，對你和你的表姊會比較好，而你的母親更會是最大的受惠者。」

凱特深深吸進一口氣，讓他清新和煦的話語浸透她的身體。她好想在這裡坐上一整天。單單就是跟馬太歐講話，細細感受清風掠過髮間的滋味。

他朝後仰時，手臂往後一伸，他們的手碰在一起，有那麼一會兒兩人都沒有動，然後又很有默契地同時抽開了手。

「我得走了，」她說。**免得我情不自禁往你身上撲去狂吻起來——就跟電影裡一樣。**「謝謝你跟我講了這麼多，對我幫助很大。」

「那就好。如果還想找我聊的話，打個電話就行。隨時候教。」

她笑起來，起身走向腳踏車。她回頭看他最後一眼時，發現他正盯著自己瞧。

凱特躺在浴缸裡，把臉埋在奧立維的胸膛上，冒著泡泡的熱水安撫了她全身疲累的肌肉。花了幾個小時烘焙並且外出送貨後，她又幫著伊莎貝清掃客棧的裡裡外外，包括沙土的痕跡以及又濕又髒的足跡（兩人都猜測是某個十四歲房客的傑作）。週末客棧都給訂滿了，這也就表示可憐的伊莎貝得加倍勤奮地打掃房間、走廊以及公共空間了。潮濕的足跡、當早烤土司的碎屑、面紙以及噴灑在這裡和那裡的番茄醬什麼醬之類，全都由羅莉的環保清潔劑和吸塵器包辦。整天都在忙。伊莎貝的表現讓凱特驚訝不已。她的表姊整天不是忙著招呼客人便是清潔打掃，等伊莎貝終於得了個空可以放鬆休息時，她卻又準備了新鮮的檸檬汁捧到後院招待房客。

奧立維於七點準時來接凱特，他開了車接她回到他在湯森大街租來的小木屋。這棟木屋和主屋是由一道石牆和幾棵長青樹隔開的；每回凱特來到這裡，都覺得彷彿是踏入了童話故事裡的小木屋。她很喜歡這裡。

童話屋的院子擺置了一台烤肉機，正等著她最愛的牛排、蘆筍以及馬鈴薯上架。共享晚餐時，他追問起那幾家招租的店面她有何打算；她解釋說，羅莉目前正在接受治療，所以開店的事她想緩一緩，他聽了倒是可以接受，只說了句「好，我了解」，就沒再提了。餐後，他領著她上樓到臥室裡那張超大的雙人床邊，將她的衣服一件件脫下，並為她身上每一吋勞乏的肌膚按摩，之後就以非常適切的節奏和她做愛。

然而在床上時，她卻做了一件讓自己汗顏的事。她想到了馬太歐。想到他暗色的眼睛，以及堅挺如岩石的小腹，還有那條綠色長褲由肚臍往下扯動的畫面。他的臉孔是如此俊美，如此異國風。他讓她想起義大利，想起歐洲，想起她青春時期編織的美夢：她要到烘焙之都羅馬或者巴黎拜師學藝，她要將蛋糕裝在偉士牌的籃子裡騎車四處遊逛。

她努力想把注意力集中在奧立維的臉上，然而一次又一次，掠過她腦際的卻是馬太歐的面容，馬太歐的身體。

「你說我們是不是該告訴你的家人我們的決定了？」奧立維問道，他強壯濡濕的手臂橫過她的胸部。

「我……」就是沒辦法。「我覺得不好在這個時間點把這麼大的事情丟給我媽或者表姊承擔，」她說道。這是真心話。「昨晚媽媽光是看電影就累乏了。她要擔心的事情太多了，奧立維。如果我猛地把我們訂婚的事告訴她，她會覺得有義務為我高興，搞不好還會堅持幫忙籌備婚禮，甚至給我需用的錢——這我實在做不出來。目前大家的焦點應該是把她照顧好，而不是聚焦在我或者我的婚禮上頭。」

奧立維開始為她按摩肩膀，他滑潤的手解開了她肌肉的死結。「我懂你的意思，不過我覺得好消息搞不好會帶給她奇蹟式的療效——讓她快活起來。你能夠定下來，有人照顧，她應該會很欣慰。」

有人照顧。凱特可不希望有人照顧，而且「定下來」這三個字也挺可怕的。她曾經迫切需要奧立維，那種感覺熾烈灼人。然而多年的壓抑卻對她的腦子造成了傷害（她最好的朋友麗琪的未婚夫是個心理治療師，這是他義不容辭提出的分析）。多年前她和奧立維曾經有過機會，但她沒有把握住。而現在他想要和她白首偕老，她卻因過度恐懼而無法接受（總之，這是治療師提供的觀點）。

「你啊，就是不想加入想收你當會員的俱樂部嘛，」麗琪的未婚夫透過麗琪傳過這話給她。「所以呢，你才會跟這人約會又換成那人。每次戀情都打得火熱，但全撐不了幾個月，不是乾柴燒光了，就是烈火太猛爆掉了。因為你很怕面對真實的自己，不敢伸手去拿自己真正想要的。」

「請問我真正想要的是什麼？」

「也許就是你現在擁有的一切啊。也許你從來沒離開布絲灣海港，沒離開客棧，並不是因為擔心你媽媽孤單一人，不是因為你覺得需要盡點孝道，而是因為你愛這個小鎮，你愛這家客棧，你愛你的母親。還有奧立維。然而如果你對他點頭說好，如果你承認自己熱愛這裡的生活，那你就得面對失去所愛的恐懼——你不敢！」

她覺得這一套大半是混飯吃的行話，可歸類為心理師的胡扯，然而裡頭其實也隱含了一針見血的話語，所以凱特只得盡量避開不想。

「凱特，」奧立維說，他抓起一把紫丁香泡沫磨搓起她的乳房，她的肚子，以及她大腿的內側。「除非你告訴你的家人，否則我是不會公開的。可我實在好想馬上就爬上屋頂跟全世界宣告這個喜訊。」

「我知道，」她說，努力定心在自己目前舒暢的感覺，定心在他雙手的節奏。「可是羅莉的狀況大家還需要時間適應，所以我想緩一緩，等到適當的時間再把這個大家會覺得有義務為我高興的消息講出來。」

「你跟麗琪說了我們訂婚沒？」

嘆口氣。「沒有。」她細聲說。

「我在想，也許你沒跟家人和你的好友說，是因為你不太確定自己的感覺，」他說，聲音隱含著憤怒。或者是挫折感吧。「所以上禮拜你才會一直避不見面，凱特。」

她緊盯著泡沫看。「我不太確定我是不是不確定，奧立維。」她搖搖頭。「老天，我在說什麼啊。好可笑：不太確定我是不是不確定。」

他拉起她的手。「我知道目前你家的狀況很不穩定，凱特。你媽媽和你的兩個表姊都面臨了困境，所以我才會決定不要等下去，決定現在就跟你求婚。我為的是要給你精神支持，讓你知道有個人是真心誠意想要做你的後盾。」

這點她很感激。但是——但是，但是，但是。但是到底怎樣呢？但是她其實不需要支柱嗎？她需要完全靠自己走出泥淖嗎？難道她覺得自己需要先周遊列國嘗了鮮，才能在這個地方永遠定居下來嗎？然而目前她的母親面臨人生重大轉折——這就表示客棧的經營凱特必須扛下來。伊莎貝和珠兒遲早都得回到原來的生活。這就表示，客棧和奧立維會是她將來的一切——和過去沒有兩樣。

「凱特，我希望能當你隨時的助力。我希望和你相守一生。但如果你那天是因為一時軟弱才點頭，而其實你的意思是『不確定』，或者『不願意』，就請直說。拜託不要跟我玩遊戲。」他的聲音變得有點冷。

「我……我目前真的也搞不太清楚。」

他捧著她的肩膀把她的臉孔轉向他。「你到底想不想嫁給我，凱特？」

「不知道，」她誠實地說。「能再給我一點時間嗎？讓我好好想想。」

「你也知道我有多麼關心你。我當然會給你時間，可是人對自己的感覺應該不會不清楚，凱特。你只要誠實面對自己，就會知道答案。我覺得你應該曉得，可是你卻搞得我一頭霧水，這點我很難消受。很難。」

「只要再給我一點時間，好嗎？」

他默默踏出浴缸，走出了浴室。她突然感到一陣涼意。

10 伊莎貝

才沒多久以前，伊莎貝還是個住在康乃狄克一棟豪宅的少奶奶，每個禮拜都有雇傭幫忙打掃兩次。而現在伊莎貝則是在客棧的鷺鷥房充當清潔婦，穿著跟凱特借來的老舊牛仔褲，戴著黃色橡皮手套，手持吸塵器以及一籃清潔用品。她先前已經打掃過青鳥房以及貝殼房，特意就是要把葛里芬的住房留到最後才清。由於她對他有那麼一點小暗戀，所以置身此處讓她覺得有點怪。彷彿自己是想窺探什麼。

然而她來到這裡，真的就只是打算清掃房間。沒錯，做家事她其實已經有點生疏了，不過這一個禮拜以來，她覺得自己還滿享受清潔婦的工作：疊好髒盤子放進洗碗機、用力洗刷各種檯面，外加掃地和拖地（拖把散出香香的檸檬味），並為房客收拾殘局打理房間。她很喜歡剝下床套重新鋪床的感覺，還有折疊棉被以及拍打枕頭。把床單和枕頭套以及毛巾放進竹籃，提到廚房旁邊的洗衣間，讓她覺得每天的生活都有個目的。這是她長久以來都沒有過的感覺。與其說她喜歡清掃，倒不如說她是喜歡照料客棧的感覺。這是她原先完全沒有料到的。

總之，她清理的工夫要比烹飪來得高明。比方說昨晚吧，她做的雞肉義大利麵以及凱撒沙拉就沒有半個人續盤，而前晚的千層麵（查理的最愛）命運也是一樣；不過她做的香蒜麵包倒還可以。她本來就不擅於烹飪，不過她倒是很享受做菜的感覺，一步步跟著羅莉的茱莉雅．柴爾德食譜學習門道。她從沒想過每天晚上為自己關愛的人烹煮晚餐是一件多麼美好的事。她和愛德華是標準的外食族，不是上館子解決，便是到他們中意的美食餐廳買外帶；而且其實他們的應酬也不少，客戶或者事務所的同事都有可能請客。要不她便是獨自在家用餐——吃管家打上標籤的冷凍餐，尤其是最近幾個月。她很想改善自己的廚藝，也許可以上個烹飪課吧。她其實一直都有這個打算。

她注意到，葛里芬很愛乾淨。阿萊莎則不然。她的衣物全亂糟糟地塞在沒關好的抽屜裡，想來是她無法決定要穿什麼，所以每個抽屜都半拉開來沒推回去。她腦裡浮現了阿萊莎的面容——甜美的心形臉，暗藍色的眼睛透著怒意。**我了解你的心情，孩子**，她對著揪成一團的衣物喃喃說著。**太了解了**。她有股衝動要全都打理整齊，可是照羅莉所說，如果房客的抽屜或者衣櫃門是開著的，幫忙關上是可以，不過絕不能碰裡頭的東西。伊莎貝推回抽屜前，先左右晃了一下，好讓雜亂的短褲、背心和牛仔褲落進裡層。

她拾掇起床單和枕頭套，丟進柳條洗衣籃，然後又從大籃子裡撈出烘好的床單鋪好兩張女孩的床，並將海星圖案的毯子蓋回去，再拍拍枕頭。

她把葛里芬的床留到最後才鋪。她慢慢地將淡藍色的床單剝開床墊時，一邊想像著他就躺在上面，全身赤裸。她想像著自己躺在他的身邊，或者趴在他的上面，窩在他的底下。

「噢，抱歉打擾到你。我不知道你在這兒打掃呢。我過一會兒再進來吧。」她轉過頭去，看見葛里芬拎著房間鑰匙站在門口。她暗想，不知道自己的臉頰是否看得出燒紅。他凝神看著她，幾幾乎像是讀出了她的心思，所以她的臉又紅起來。「不，你不用走。我只是幫你們鋪床而已，就當我不在吧。」她把床單丟進籃子，順手抓起枕頭——聞起來有他的味道。男人味。清香撲鼻，像是他的洗髮精。

「伊莎貝，其實打從頭一晚登記入宿的時候，我就一直都在注意你了。」

她瞟他一眼，大為驚訝，手裡的枕頭啪地落地。他走過來撿起枕頭，拉出了套子丟進籃子裡。

「不只是因為我覺得你好美。另外就是，我很喜歡跟你聊天，也很享受訓練哈皮的過程。」

葛里芬前幾個下午都在調教伊莎貝的狗兒哈皮（這是巧思的查理取的名字），也傳授了伊莎貝一些訓練狗的基本常識，而阿萊莎則在露台上照看愛咪。伊莎貝看著他的臉他的眼睛，聽著他磁性的聲音，往往便會進入催眠狀態，有時會驚覺自己整整一分鐘都沒聽到他在講什麼。她會被丈夫以外的男人迷住，會對他產生所謂的……遐想，她覺得真是不可思議。過去的她絕對無法想像，她一直以為自己的心自己的生活已經容不下別人了，沒想到她的腦子竟然會浮現葛里芬．狄恩裸體的影像。而現在他就站在眼前，口裡說著他也有類似的綺念。

她實在太訝異，太……飄飄然，而且突然害臊得像個小女生，一句話也說不出來。「呃……今晚是客棧的電影夜。通常是週五晚上才辦的活動，雖說今天是禮拜天，不過我的阿姨，羅莉你知道，你見過她，當然，她有時候興致一來就會來個即興電影夜。我們這回要看的是《心火》。梅莉史翠普和傑克尼克遜。是經典老片，喜劇電影。我是說，對一部講外遇的電影來說，算是夠搞笑了。」噢，老天，她還真說出了那句話嗎？

「我對不搞笑的外遇事件了解得非常透徹。」他說。她的心裡一震，立刻回了神。他有過外遇嗎？所以父女才會爭執不休？憤怒的少女這就有了解釋。在離家不遠的客棧度假也說得通了吧？

「幾點呢？」他問。

「九點整。會供應爆米花。還有凱特親手烘焙的電影夜杯子蛋糕。紅酒和啤酒——如果你有興趣的話。」

別再嘮叨個沒完了，伊莎貝。

「我一定到。」他朝她拋來一抹像是笑意的表情，然後朝凹室走去。他再次出現時，手裡拿著阿萊莎的 iPod 以及愛咪的粉紅色遮陽帽。他又看了看她，然後才舉步離開。

晚餐伊莎貝是參照茱莉雅．柴爾德的食譜烹製洋蔥肉餅以及香蒜馬鈴薯泥，結果大受歡迎，查理尤其愛，他兩樣都續盤了。餐後伊莎貝又踩著樓梯到地下室進行第三回合的搜找行動。前兩天伊莎貝跟羅莉報告說，七個箱子裡都找不到日記，羅莉搖頭說，她很確定有兩本紅色封面的日記她是擺進貼了標籤的某個箱子裡。伊莎貝只好對自己承認，她有可能是翻找的速度太快吧，因為實在不希望發現日記，因為她擔心日記的內容會傷到自己。阿姨確實需要日記，她得倚仗日記讓自己好過些——化療對她的胃造成傷害，讓她疲累不已。伊莎貝如果不賣力尋找的話就太自私了。她下定決心，沒有找到日記，她絕不能走出這間霉味四溢又不通風的房間。

她在某一只箱子裡發現到她舊時的學校成績。伊莎貝翻閱著一張張成績單以及她母親保留下來的一些得到A的考卷以及報告。她還看到一封母親寫給輔導老師的信件副本。上面的日期是十五年前的十月。

> 請聽我說，伊莎貝的心裡藏著一個美麗的天使，充滿了對人的熱情。我覺得目前她是在經歷一場漫長的嚴酷考驗，測試的不只是她自己，也包括別人，但我全心相信，我的女兒只要走出這場試煉，她就會脫胎換骨，轉化成一隻身心強健的蝴蝶。伊莎貝是塊珍寶，將來她一定會發亮發光；等著瞧吧，各位……

這封信伊莎貝讀了兩遍，淚水不斷。過去母親訓起話時，口口聲聲老愛說她對伊莎貝很有信心，她知道她有能力做得更好，但伊莎貝總是不屑地把那堆訓詞歸類為想要她乖乖聽話的謊言。沒想到母親還當過她的最佳代言人呢。伊莎貝把信摺好放進口袋裡，然後便帶著比較輕鬆的心情繼續搜找日記。也許母親在日記裡對她並沒有太多責怪。

然而四十五分鐘過去，還是不見日記蹤影。不過她倒是搜出了一些珍寶：幾條她覺得珠兒一定會愛死了的裙子，還有一頂帽子，一張凱特七歲時為伊莎貝的父母畫的肖像（也就是凱特的阿姨愛麗和姨丈蓋布爾），這幅畫伊莎貝打算放在自己的書桌上。日記不在箱子裡，這點伊莎貝確信不疑。總之，她很高興她的確是費了心思翻找——是為羅莉，也為了自己。

觀賞《心火》是伊莎貝的決定。又是一部講外遇的電影，不過看待外遇的角度倒是別出心裁，情節她看了很有感觸。梅莉史翠普飾演紐約一家雜誌的美食作家，傑克尼克遜則是華盛頓一家報社的專欄作家。他們一見鍾情然後結了婚，雖然兩人其實都對自己的第一次婚姻嗤之以鼻。梅莉放棄了她在紐約的事業搬到華府，結果卻在懷著兩人第二次的愛情結晶時，發現傑克和一名社交名媛有了婚外情，而自己卻是最後才知道的人。

她暗想，不知道葛里芬會不會心有所感，甚至心有戚戚焉。看他兩個小孩年齡差距那麼大，其中必有隱情。她瞥瞥腕錶，快九點了，滂沱大雨打在窗戶上。雨勢這麼大，葛里芬應該不會臨時決定要外出散步吧。

「我喜歡這部電影，」珍珠坐到羅莉的身旁，說道：「很難想像一部討論不忠的電影可以拍得好笑又感傷。」

羅莉把DVD擱進放影機裡。「咱們都要感謝諾拉．艾芙蓉[2]，劇本是她根據自己的小說改編的。據說根本就是她婚姻生活的翻版。她老公正是在……嗯……講水門案的那部電影裡，由達斯汀霍夫曼演

2 諾拉．艾芙蓉（Nora Ephron）是美國著名的作家、導演，並曾寫過多部電影劇本，如《西雅圖夜未眠》和《當哈利碰上莎莉》。

的那個記者吧。片名叫什麼來著的？」

「《大陰謀》，也是真人真事改編的，」凱特說，手捧一盤紅絲絨樣的美艷杯子蛋糕上場。珠兒跟在她後面，端的盤子上擺了兩大碗爆米花。「我跟常人不一樣，每次都是看了電影改編版才去讀原著。今晚看完電影後，我就要開始讀《心火》了。」

珍珠拿了個杯子蛋糕擺上茶几。「書我可以借你看，我是諾拉迷。每回看這部電影的時候，我都要再讚美一次傑克尼克遜。這人是天生的大明星，魅力無法擋──在他皮鬆肉垮以前啦。」

「喔，我都忘了還有冰茶哪，」伊莎貝說，趕緊走到廚房去拿水壺和杯子。她朝樓梯口望了望，希望能看到葛里芬走下樓來。沒他的影子。不過正當她從廚房要回客廳時，葛里芬倒是踏步下樓了，看來好……性感。浪漫小說裡描述的那種高大黝黑的男人。而且頭髮有點亂──更添魅力。

「我該沒遲到吧？」他問。「愛咪醒來了，所以我得花點時間哄她睡。我剛才荒腔走板、哼哼唉唉地連唱了兩次《小美人魚》裡的一首歌，阿萊莎到後來實在聽不下去，就自動接口了。她才唱沒多久，愛咪就睡著了。」

伊莎貝笑起來。她好喜歡唱著歌兒把小小孩哄睡了的感覺。她領著他走向客廳。「真希望你能把那過程錄下影來，爸爸對著寶貝女兒哼著荒腔走板的搖籃曲。好溫馨。」

「我唱歌就跟《媽媽咪呀》裡頭的皮爾斯布洛斯南一樣。那部電影你看過沒？原本我是不看的，可是阿萊莎有個晚上一個人在看，就逼著我陪她看完。不過這種事很少發生。」

伊莎貝笑出聲來。「我是幾天前才剛看的呢。這個月是我們客棧的梅莉史翠普專題月，所有的電影都是梅莉主演的。歡迎加入。」

「太棒了。我已經好一陣子沒看主角不是森林小精靈的電影了。」他說。兩人一起坐上並排的高背椅。

珠兒聽了會心一笑。「我太了解你的意思了。」

在座的眾人彼此打招呼聊天，傳遞爆米花，然後凱特又跑到廚房為自己和葛里芬拿兩瓶啤酒過來。

「該來的人都來了嗎？」羅莉抓著遙控器問道。

「應該都到齊了。」凱特說，她遞了瓶船塢牌啤酒給葛里芬。另有一名房客坐在凱特的老位子懶骨頭上面，這女孩二十幾歲，名叫姬麗安，嘰嘰喳喳話不停口，她是跟她的男友一起入宿的，不過據她說男友目前是在青鳥房用筆記型電腦在玩《魔獸世界》之類的玩意兒。

葛里芬離她好近。也許跟伊莎貝之間只有一吋的距離吧。電影開始後，她每個細胞都感覺到他的存在——他的手臂外側。他的大腿外側。他的側影，線條粗獷好有男子氣。還有他的頭髮。聞得到他身上香皂的味道。象牙牌。

「我好愛棕髮的梅莉，」珠兒說：「真有女人味。我喜歡她的長相。」

「我也是，」凱特說：「她的骨頭生得真是細緻，就算燙了個好好笑的八〇年代髮型，還頂了兩個大墊肩，看來還是迷人。」

梅莉禮服上的兩個墊肩大得確實誇張。此時她是在某人的婚禮上——正跟一個素未謀面的華府記者傑克尼克遜熱辣辣地眉目傳情，然後鏡頭就切到兩人同床共枕的影像了。他們正在享用她為他調理的香蒜雞肉義大利麵當宵夜。兩人吃著吃著，被單裏著裸體，傑克突然說等他們結婚以後，他希望她每個禮拜能做一次雞肉義大利麵給他吃。

伊莎貝的思緒因此給引到了愛德華。久遠前他們十六歲時，兩人認識才幾個禮拜，愛德華就對她說：「等我們結婚以後，我會天天做義大利麵給你吃。」她父母死後的好幾個禮拜甚至幾個月，他們吃了不知多少義大利麵。除了三明治以外，愛德華就只會做義大利麵了。所以他會幫她烹煮出一碗又一碗的麵，醬汁都是親自調配的，然後他們就會坐在一起，唏哩呼嚕嚼著麵，一起展望將來的婚姻生活。愛德華說，以後他們不會有小孩，這就可以免除所有心痛的可能了。嗯，她對梅莉和傑克的未來不太看好。

「天哪，」葛里芬說：「梅莉說她再也不要走入婚姻，因為這種制度根本不可行，她還說她已經徹底絕望了。傑克先生立刻回說『我附議』。所以我想請教各位電影幹嘛還要演下去呢？應該就此打住吧。卡。」

所有的眼睛都盯住葛里芬，包括伊莎貝。

「抱歉，」他說：「忍不住發表高見。」

「我覺得在座的人應該都同意你的看法。」羅莉說。

伊莎貝覺得自己對婚姻的信念早就動搖了。

「不太可能吧，」凱特說：「在所有的二度婚姻裡，竟然有百分之四十都以離婚收場？我還以為第二次決定結盟的時候，大家都會審慎挑選對象，百分比應該低很多才對啊。」

珠兒抓了一把爆米花。「有可能是第二回合他們對婚姻的期望更大。頭一回老是隱忍啊什麼的，所以下一回他們的火氣當然是要爆就爆。而且學過了一次乖，他們會懂得及早脫離苦海。」

不過梅莉和傑克婚後倒是琴瑟和鳴，兩人都是梅開二度。而且他們才剛生了個小寶寶。

小寶寶。眼淚刺到伊莎貝的眼球後方，因為這時梅莉正在告訴她上班的那家雜誌的編輯說：「生孩子給了我重生的滋味，感覺好像是整個人都在往外擴張。」伊莎貝想像著那種感覺。待會兒要問問珠兒。

凱特正在搖頭。「莫名其妙嘛，這會兒每個人都在談論社交名媛泰爾瑪跟某人的老公有染，可是沒人曉得他身分，然後搞半天卻是傑克尼克遜。」

「真難想像他會背著梅莉劈腿，」伊莎貝說：「他們看起來好合拍好快樂。真莫名其妙。」

珠兒舔掉杯子蛋糕上的糖霜。「我真想搞清楚那麼多人劈腿到底是為了哪樁。當然我是可以了解啦，有時候。可眼下這對夫妻，還有我知道的很多對，根本就不該出事嘛。」

凱特點點頭。「瞧，這會兒開的派對正在玩這麼個白痴遊戲，要大家列出最能形容自己個性的詞兒，這廂他正列著清單，那廂他的小三正巧走過，可他怎地沒寫上『劈腿渾球』哪？他怎地一點罪惡感也沒有？」

「也許有些人會在腦子裡自動隔間分類，」伊莎貝說道：「這間不知道那間在幹嘛，好讓自己活得理直氣壯。這一來，跟配偶住在同一個屋頂下，也可以自欺欺人地說一切ＯＫ什麼的。」就像愛德華沒事人樣連著劈腿好幾個月，直到他給當場逮到。「我覺得如果傑克的角色是女人的話，劈腿的女人，那她應該會丟下清單跑到哪個角落痛哭懺悔吧。」

「我的妻子可沒有，」葛里芬說：「前妻。」

所有的眼睛都啪地轉向葛里芬。

「我是說，當初她可沒有罪惡感，」他說：「她覺得很ＯＫ，她覺得自己快樂最重要。她掉進了愛河，其他什麼通通不算數了，包括對婚姻、對家庭的忠誠度。」

噢，所以劈腿的不是他，他是被劈的那一個。她好想丟下電影專心看著他。不過當然不行。

「好笑的是，她——我是說梅莉史翠普，潛意識裡應該已經有底了，因為美髮師開始談論他們圈子裡有人偷情時，她馬上了然於心。」葛里芬說，顯然是想把話題轉回電影上。

珍珠搖搖頭，意思是心有所感。「我覺得這種事屢見不鮮。就拿我姊姊來說吧，願她在天之靈安息——有一天她才一踏進家門，馬上就懂了是怎麼回事，包括她是鄰里間最後一個知道的人。各位覺得這是行之有年的傳統嗎？妻子總是最後知後覺？」

「我就一直給蒙在鼓裡。」伊莎貝喃喃道。

「我也是。」葛里芬喃喃應道。

他們對看一眼，伊莎貝意識到每個人都盯著他們瞧。

「噢，老天，每次看到這裡我就好火大，」羅莉說：「她發現了旅館跟禮物的發票以後，心裡有個底了，就跑去跟他攤牌。她問他說：『你愛她嗎？』可他卻央求先別談。」羅莉透過暗黑的窗戶看出去，伊莎貝納悶起羅莉的心底事：她是在回憶往事嗎？伊莎貝覺得她的姨丈泰德不太可能有過外遇。他好寵羅莉呢——在羅莉可以接受的範圍裡。

「真是的，好像他有多可憐，多麼無法承受壓力哩。」珠兒滾動著眼球。「原本我還挺喜歡他扮演的角色呢，直到我發現他背地裡在搞鬼。」

「嚇人的是，生命會因此轉個大彎。噗呼一下，」凱特猛彈一下手指，「你的生命就此大幅改寫。」

伊莎貝點點頭。「正是這樣沒錯。生命會完全改向。嘿，瞧，這會兒梅莉回到她從小長大的家去療傷呢，就跟我一樣。」嗯，的確有點像。

「不可思議的是，」房客發言道：「她竟然還真在等那個混蛋加三級的打電話來呢，等他來找她。拜託，他都那麼對不起她了耶！你該不會在等你的前夫來求你吧，伊莎貝？」

小姐，這個話題有點侵犯隱私吧，伊莎貝想著。她發現葛里芬正在偷眼瞧她，等著她的回答吧。她可沒在等著愛德華來電或者來找她，不過她的確希望他能有所表示。至少給個合情合理的解釋，但也許沒有任何解釋能夠滿足她吧。

「我的天啊，她爸才剛跟她說了什麼啊？」珠兒鋼砲一樣問道，這就免除了伊莎貝得回答的尷尬。伊莎貝朝她的妹妹投了感激的一瞥。「『你要求一夫一妻制嗎？那就找隻天鵝嫁吧。』諾拉．艾芙蓉的老爸果真說過這種話嗎，還是她亂編的？」

接著伊莎貝和珠兒都不發一語了，因為梅莉正在告訴她父親，她好想念多年前過世的母親，不過她又追加一句說，母親其實「碰到這種節骨眼，也沒有能力幫她。」

伊莎貝想著，不知道自己的母親碰上這個節骨眼會怎麼反應。也許她長大成人後她們之間的關係會有所改變。再換個角度想，如果她的父母沒有早逝，如果她沒遇見愛德華，如果她的生活沒有驟逢劇變，天知道她和母親，或者任何人的關係會是怎樣。她有可能嫁給一個完全不同的男人。又或者她和愛德華會以不同的方式相識相戀然後結婚吧。無從知道答案。

伊莎貝覺得母親碰到這種關頭，應該會是強有力的後盾。對她或對珠兒皆然。

「她還真打算跟他回去不成？」凱特問道，因為銀幕上的傑克尼克遜跑去找女主角了，嘴裡還一直咕噥著：「跟我回去吧，寶貝，我愛你。」

「伊莎貝啊，如果你先生跑來客棧跟你說同樣的話，你會回頭嗎？」房客吹了口泡泡問道。

伊莎貝瞥瞥珠兒，看得出她的妹妹很想狠狠把泡泡戳破在女人的臉上。

愛德華沒打電話給她。沒有來找她。沒有說出伊莎貝內心深處必須承認她真的很想聽到的話，因為她需要知道他還看重自己，還看重他們的婚姻。她不確定自己能否找回對他的信任。但她需要確定他心存歉意，確定他知道自己犯了錯而且想求她回頭——如果誠實面對自己的話，她會這麼說。

「借問紅襪隊員還好嗎[3]？」凱特說道，眼睛直勾勾地瞪著好管閒事的房客說——女人這下好像聽懂了。

「請看——傑克尼克遜信誓旦旦地說他不會再跟小三幽會了。」房客發出類似嗤哼的古怪聲響。「她怎麼會笨到相信這種鬼話啊？希望諾拉．艾芙蓉在她真實的人生裡沒有這麼白目。」

「你又不是她，所以請別亂下斷語了好嗎？」羅莉說。

---

3 原文是How about those Red Sox？美國的紅襪棒球隊員向來以自大、討人厭聞名，所以這句話字面下的意思是「你別再討人嫌了好嗎？」

該名房客又吹了個泡泡。「我的意思是，劈腿者恆劈。有誰擋得了他們呢，尤其他們又隨心所欲地把被劈的女人騙回家。」

「親愛的，我都聽不到對白了。」珍珠說道。伊莎貝真想吻她一下，雖然打從開演以來大家就講個沒停。

伊莎貝心裡忍不住搖了搖頭，因為這會兒梅莉史翠普跟著傑克尼克遜又回到華府了。她夜半睜著眼躺在床上，內心翻騰兩眼瞪著天花板，而他則是睡得死沉，一無煩惱快樂得很。伊莎貝曾經經歷過不知多少這樣的夜晚，而愛德華則是人事不知在一旁呼呼大睡。

「哈，瞧，」房客在說：「她不信任他喔。她雖然又給了自己一次機會，不過她可不笨。感謝老天。」

「各位知道我是卡在哪裡嗎？」葛里芬說：「請問怎麼可能跟人同住，可卻不知道那人心裡頭藏了個天大的跟你沒關係的祕密呢。你會開始納悶起自己是不是火星來的白痴。」

伊莎貝伸出手來，他有點詫異地溜了個眼神瞧她，然後握住她的手，直到她抽開。

房客又嗤了一聲。「大家都是選擇性的看見。」

「嗯，就是這麼回事，」凱特說，眼睛盯著銀幕。「你知道事有蹊蹺，不過警鐘的聲音聽來還太遙遠。」

珠兒嘆口氣。「梅莉剛才說到怎麼處理配偶的外遇，甚合我心：『可以假裝不知道啊，不過實在太難憋了，乾脆另外做個夢吧。』」

另外做個夢。嗯，伊莎貝會是這個選擇。

房客開始鼓掌了。「酷啊！梅莉朝傑克尼克遜那張專門說謊的劈腿臉猛砸了個派餅過去，然後就火速飛回紐約的家了。」

片尾字幕打出來時，伊莎貝揣想著未來的方向。也許羅莉可以順利度過難關。她的癌會進入休眠狀態。也許伊莎貝可以就近照顧並且開始展開內省的生活：如果十六歲時，沒有碰到愛德華並就此讓他主導自己的人生的話，她會選擇什麼樣的路呢？久遠前，她必定有過自己的夢，應該不只是當個隱形人吧。她目前唯一的夢想就是生個孩子。而這就表示她的確另外做了個夢了。想到這裡，她不由得笑了起來。

「跟我一起到海港附近散步好嗎？」葛里芬低聲在說：「雨已經停了。」

「太好了。」她說。

伊莎貝上樓去拿她的皮包，順便確定一下自己的牙縫沒有卡到爆米花。沒一會兒，珠兒和凱特一起帶著詭異的笑容出現在門口時，她其實並不驚訝。

「你打算就穿這樣出門嗎？」珠兒瞟著伊莎貝的電影服：瑜珈緊身褲和皺紗棉長衫以及軟皮平底鞋。伊莎貝覺得這樣打扮很舒服，不過她還是看了一眼角落裡的古董穿衣鏡。「我該換裝嗎？」

凱特搖搖頭。「看來其實還不錯。只要再擦一點亮唇膏，你就可以上路了。」

「或者換一身性感的洋裝，搭配清爽的涼鞋，」珠兒說：「這可是你這輩子頭一次的『第二次』約會喲。」

伊莎貝差點笑翻了，不過她穩住自己說：「這不是約會，小姐。只是**散步**。我其實還沒準備好要跟人約會，就算對方是——」

「帥斃了的獸醫？」珠兒幫她說完。

伊莎貝止不住笑。「他很有魅力。」

「很有。」凱特同意道。

「也許以後我們會發展出比朋友更深的關係，然後就會來個正式約會吧。到時我再稍微打扮一下行吧，小姐？」伊莎貝看著珠兒說。「不過今晚哪，只是單純的散步而已。」

到了樓下，珠兒跟葛里芬保證說，她會注意他兩個女兒的動靜，於是伊莎貝和葛里芬就並肩上路了。兩人一路走著聊著，伊莎貝這才得知他是在波士頓出生長大，後來跟著前妻搬到緬因州的坎頓，因為那是她的故鄉。之後，因為阿萊莎是在他們到布絲灣海港度假時懷下的胎，所以兩人便決定定居這裡。他的前妻喜歡美好精緻的事物，他當獸醫雖然經濟上還過得去，但比起她的銀行家老闆可差遠了——他的豪宅叫價是好幾百萬美元。

「我跟你一樣，給瞞得密不透風，」葛里芬說，此時他們已拐上湯森大街了。雖然是深夜，但這裡的人潮還是很多。「有一次我到外地開會，提早了一天回家，結果卻撞見了我的妻子和她的老闆在做愛。就在我們床上。她花了兩年時間說服我，我們應該再生一個孩子，她說阿萊莎需要有個妹妹。結果愛咪還不到一歲時，我們的家就崩解了。」

伊莎貝搖搖頭。「我真希望能把愛德華跟那個女人在一起的影像趕出腦海。你是花了多久時間走出來的？」

「有一陣子，對我來說很漫長。不過那個影像總算開始淡去了。現在我已經很少想起他們。我前妻和我為了女兒至少還保持友善的關係，不過對她我已經完全沒感覺了，甚至比陌生人還生疏。不過我在女兒面前，一定提醒自己只能說她的好。阿萊莎對她母親還是很不諒解，因為離婚全是她的錯。她口口聲聲說好恨媽媽，不過我曉得其實不然。她那是憤怒，還有受傷的感覺。」

伊莎貝想起自己遙遠的過去，嘆了口氣。「十四歲是難捱的年紀。而你剛說對前妻沒有感覺，我也可以體會。我跟愛德華在一起實在太久了，所以就算我開始對他失去感覺了，我還是壓住堵住，總之就是死命不肯面對。連他以各種方式背叛我時，不管是隱藏的攤開的，或者小事大事，我還是避開不看，拚著老命就是想把他搶回來。」

「直到他切斷所有連結的可能，」葛里芬拉起她的手臂緊緊挽著，她整個身體都在發顫。「一如我的前妻。」

有家咖啡店為了因應週末假日如潮的遊客，打烊時間很晚，所以他們便進門點了外帶的冰咖啡，然後一路沿著海邊走向人行橋。他們站在橋中央，頭上是一彎新月以及疏落的星星——伊莎貝數了起來，總共七顆。七顆幸運的閃亮星星。

葛里芬啜了口咖啡。「剛才我跟阿萊莎說我會出門一下，只是散步走到海港，她問我可有人陪。我說你會加入時，她啪地就把枕頭摀上了臉。」

「對她這個年齡的女孩來說，面對這麼多變化確實很難消受。母親再婚，父親跟別人出遊，雖然只是普通的散步而已。」

「我跟她說只是散個步，她回說：『是喔。只是散個步。』」

他們再次對看一眼，然後他便拉起她的手。雞皮疙瘩一路竄上伊莎貝的背脊。有一群人鬧哄哄地走上橋來，他再次緊緊挽住她的手臂，一起朝橋的另一頭踱步而去。兩人默默看著月色下的遊艇。

「很高興遇到了你，伊莎貝。雖然當初訂房時，我完全沒朝這個方向想。」

「我也很高興遇到了你，葛里芬。」她好想仰起頭，在七顆幸運的星星底下吻著他。她好想問他千百個問題。「噢，對了，記得你說過，你以前來過三船長客棧？」

「嗯，是我們三個一起來的，我、阿萊莎還有愛咪，在我前妻剛離家的時候。我迫切需要逃離——對我們來說，那棟房子突然不再是個家了，你知道。我選擇三船長客棧是因為店名貼近我們的心，而且我覺得孩子應該會喜歡這棟老建築還有前後院。我們待了一整個週末。愛咪當時還太小，懵懂無知很幸福，不過阿萊莎就慘了。她大半時間都窩在避靜房。你的阿姨一直說沒關係，不過我看她大概都忘光了。」

「她心事重重。醫生才診斷出她是第四期的胰臟癌，所以我才會回來這裡。這是我們全都聚在這裡的原因。」

「很遺憾……還好我倒是剛好能幫上一點小忙。幫忙訓練哈皮成為三船長客棧的正式員工。」

伊莎貝噗嗤一笑。兩人對望許久，葛里芬低下頭來吻了她。

有那麼一忽兒，她發現自己全然陶醉其中，清楚意識到他柔軟但又強韌的嘴唇，還有香皂的氣味以及他寬闊的胸膛，他奇特的男人味。然而之後卻是他的陌生兜頭籠罩下來，驚到了她——眼前的男子一個多禮拜前她還從未謀面。她往後退了一步。

「抱歉，」她說：「我不太習慣……我們其實還很陌生。我發現丈夫外遇還不到兩個禮拜，而且我真的是一直給矇在鼓裡。我是說，我曉得我們出了問題，知道我們之間擋著條鴻溝，可是我根本沒想到他竟然——」她猛然閉上嘴，然後嘆口氣。「照說我不該講這個的，是吧？」

「沒什麼照說不該這樣那樣的，沒有什麼守則得遵守啊。而且我懂你意思。百分之百。」

她哭了起來，於是他便一把攬住她抱在胸口，兩人就這樣立在橋尾。一群青少年走過，其中一個男孩叫囂著：「去開個房間嘛。」然後便是一陣嘰咕亂笑和雜沓的腳步聲，她和葛里芬不由得笑起來。

「其實我已經開了一個房間了，」他說：「不過室友是一名十四歲的憤怒少女和一個會打呼的三歲小娃兒。」

「而我的室友呢，則是我妹跟我表妹。」

「也許是件好事呢。」他說，暗色眼睛定在她的臉上。

「嗯。」她低聲應道。然後他們便手牽著手，一起走回客棧。

11 珠兒

我是怎地會搞到這步田地呢？珠兒於勞動節清晨六點鐘坐在她可靠的速霸陸的駕駛盤後頭，喃喃自問著。如今車子已成了瑪里．梅瑟斯於萬不得已時可以用來逃生的工具，她這會兒正坐在乘客椅上蠕來動去，瞪眼瞧著布絲灣花店樓上的窗戶。那裡頭住著瑪里高中時代的舊愛，他是學校棒球隊的大將，珠兒記得他長得極帥，而且每逢暑假都會來幾段輕鬆無負擔的小戀情。他們幾個禮拜前大吵了一架，瑪里當時拉下臉來說要分手，於是齊普（全名為克力斯朵夫，這是珠兒昨晚聽來的資訊）沒幾天後便開始光明正大地和一名新歡出雙入對。他全年都住在布絲灣海港，在大學球隊以及某些社區擔任棒球教練。兩個舊時情人於今年夏初別後重逢，又陷入熱戀，然而齊普仍然不改舊時習性，不喜歡只是一對一的男女關係。

而現在她則是打算告訴他，她已經懷胎十週，是他的孩子。清晨六點好像不是最好的時間點，但什麼時間才適合呢？瑪里昨晚打電話給他，說是有要事相告，他整天都忙，只有出門健身前能撥點空。之後她又打給珠兒，哭哭啼啼地把過程解釋了一遍，請她提出建議。她想知道查理的父親當初是怎麼反應的？而珠兒又是如何措辭告訴他的呢？

於是半夜三更兩人便捧著酒坐在客棧大廳，由珠兒簡要說明當初事件的始末。雖然珠兒並沒有跟孩子父親共享喜訊的經驗，但瑪里還是央求她同去齊普住處，她只要人在那兒就好——之前與之後。珠兒心裡想著，不知當初發現懷孕後找到約翰的話，結果會是怎樣。那時如果她宣告懷孕，而他卻棄她而去呢？她應該會孤身待在紐約，心裡承受著不堪的回絕和不堪的鄙棄吧。此時此刻的她雖然跟瑪里・梅瑟斯不熟，不過充當瑪里的急難後援隊，她是義不容辭。

「好吧，」瑪里說道，將手伸向車門的把手——這已經是五分鐘來的第三次了。「我這就上去。」

「別怕，我會等在這裡。」珠兒說。

一分鐘後瑪里總算踏出車門，走向花店以及陶藝教室之間的那扇門。手握門把時，她再次回頭尋求珠兒鼓勵兼同情的眼神，然後才消失在裡頭。

珠兒完全無法預知齊普會說什麼，會如何反應，不過她真的很羨慕瑪里有機會跟他報喜。至少齊普會知道真相。**拜託你興高采烈吧**，珠兒禱告著，**用力把她摟進懷裡，抱著她轉圈圈慶祝，告訴她你倆是天作之合，現在你們終於可以成為一家人**。她是為瑪里禱告，也為自己。這不必然只是幻想的情節，瑪里現在就可以證明的。

然而不到五分鐘之後，瑪里便滿臉淚水衝了出來，吼著要珠兒立刻開車把她載離現場。

珠兒的羨慕給恐懼取代了。

回到客棧享用伊莎貝好心為她們準備的早餐時，瑪里告訴珠兒，她滿心期待齊普的回應會是浪漫的求婚，但結果他只是不斷喃喃唸著：「什麼？什麼？」意思好像是搞破一個保險套怎麼可能就懷孕呢。他嚇到不行，還說自己需要時間思考，可她人就杵在那裡緊盯著他，媽的要他怎麼思考？所以她就奪門而出了。

天哪。珠兒想到約翰有可能是類似的反應，整個胃不由得就揪攪成一團了。七年前和現在的問題一起發作。

之後查理穿著他的蜘蛛人睡衣，蓬著一頭亂髮出現，並撲進珠兒的懷裡要她抱抱。瑪里的表情霎時有了改變。

「噢，老天！」瑪里說，眼睛閃出訝嘆的光芒。

「沒錯，」珠兒輕聲說：「不管對方怎麼反應，至少你會得著這個。」

瑪里咬咬嘴唇，伸出指頭輕輕碰著肚子，於是珠兒知道她的朋友已經度過難關了。

站在緬因人文風情書架區的那個男子手裡拿著《尋幽訪勝：海岸緬因》。他長得真像約翰．史密斯啊，珠兒一看到他不免大驚，但一秒鐘之後，亦即心臟猛跳一下之後，她便想到這人當然不是他。男子瘦高身材，暗色直髮配上偏白的膚色，確實像他——然而男子看來頂多只有二十出頭。珠兒不由得感嘆起自己真是一直活在過去裡。一名清麗的妙齡女子拿著新進小說區的兩本精裝走到他身邊，珠兒的心霎時一陣刺痛，只好趕緊坐上收銀台後的主管椅，深深吸進一口氣。

她好想念愛情的滋味，想念曾經摟著她的手臂。她想念做愛的感覺。她必須承認約翰．史密斯不可能推開布克兄弟書店的大門跨步進來，他不會出現在三船長客棧前頭的卵石小徑，他不會於七年之後還全力打聽她的下落，告訴她他對她一直戀戀不忘。

他**已**經忘了，在兩晚的纏綿之後。她必須放手了，然而她還是得為查理尋訪他的蹤跡。關鍵就在這裡：她是在為查理追查他的下落，而不是為她自己。瑪里當早的經歷對珠兒來說是致命一擊。這幾個禮拜以來，每晚入睡前她都會編織著重燃愛火的美夢。把希望拉得過高，結果卻透過別人的經驗看到自己夢幻的破滅，真是更加不堪。她已經沒有時間也沒有精力承受幻滅的打擊了。她下定決心，不要被自己的愚痴拖垮。

放手讓他去吧，她這是第七十次諄諄告誡著自己。

她瞥瞥童書區牆上的巨型海盜時鐘：九點四十五分。還有十五分鐘便要打烊了。布克兄弟書店特意為勞動節假期的人潮將營業時間延長，從早上八點開到晚上十點，這就可以照顧到一大早前往海灘且需要一本書作伴的遊客，也考慮到搭遊艇出海回來以及享用過美食美酒後，想要閒步晃進書店逛逛，並買個一兩本或三四本書的人了。昨晚她跟瑪里談到深夜才上床，今早又因為身負重任起了個大早，不過她的精力還是無窮，也許是因為瑪里看到查理後如同……天啟般震懾的表情，強化了也堅定了珠兒原本就因擁有這個寶貝兒子而懷抱的感恩心情吧。今天她根本沒有時間思考書店以外的雜事，整天忙著賣書、幫顧客找書，還要收錢入帳，並重新安排各類展示書籍的排列。店裡整個週末都是人進人出，而現在則是週一晚上，也是今夏及旅遊旺季非正式的收尾[4]，她滿心企盼著打烊後到亨利的船上喝香檳慶祝豐收。

就在鎖上店門以前，珠兒打電話請凱特幫忙察看查理睡得是否安穩。早先凱特和奧立維帶了他去海灘吃過烤蚵大餐兼看煙火，然後他就緊緊抓著龍蝦造型的玩具喇叭睡著了。珠兒很慶幸查理如今可以在好幾個家人的呵護下生活。她和賓妮一起走下船塢往亨利的船屋邁進時，真是壓不住滿心興奮。瞧，這會兒亨利已經伸手遞來了兩杯香檳以及一人一張支票呢，金額之大，足夠她支付查理一整年校後輔導兩小時的開銷了。三人舉杯叮噹一碰，啜起香檳，並沾著亨利特製的莎莎醬搭配養生玉米片開懷大嚼。凡·莫里森低沉的歌聲從一台古董音響冉冉升起助興。

五分鐘後賓妮的男友來接她了，珠兒再次強烈體會到自己多需要這種關愛。有人溫馨接送。有人撐持。有人愛她，為她付出。長年以來她一直是獨力維生，她已經習慣了什麼都獨自處理——絕望與歡樂，滴漏的水龍頭，每晚送孩子上床，以及偶爾會竄出來嚇人的老鼠。她需要有人給她倚靠。有人讓她付出愛情。有人和她做愛。

「這個週末有大半的營業額都是靠你賺來的，珠兒，」亨利說，他倚身靠在廚房的流理台邊。「你推薦書目的方法真是獨到。客人都看得出你是真心誠意，知道你是真心喜愛你推薦的書，知道你對某個題材或者作者的風格有多熱中。」

這個讚美聽得她好樂。「孤單度過週六晚的一大好處就是有時間可以閱讀所有的好書。」

他放下手裡的香檳酒杯，喀聲開了瓶啤酒；這酒比較符合他的風格。她盯著他看，盯著他舉瓶跟她示意要乾，盯著他咕嚕把酒灌下，甩著頭往後一仰時，他那略長的、帶著些許金色的栗褐色頭髮掠過了他的頸間。他的臉是如此俊美。有獨行俠的味道，而且又是那麼……性感。然而當她想像起自己吻著亨利．布克時，他卻幻化成一名暗髮綠眼、略顯蒼白的二十一歲男孩。

如果連亨利．布克都無法驅除她腦中的約翰，她恐怕這輩子都別想得到自由了。她的心仍然甩不開一個不要她的心的男人，一個棄她而去的舊愛。這人每分每秒都停駐在她的兒子裡頭，她有辦法放下他嗎？

亨利擱下酒瓶，直勾勾地盯著她，他那雙瞇起眼角、如同克林伊斯威特的棕色眼睛正熾烈地凝看著她。她坦然地回眼看他。**請幫助我忘記他吧**，她想著，**現在這裡只有我們兩個，這麼多年……無言的相互吸引**。她該不會是瘋了吧？她該不會是誤讀了他的眼神吧。然而他表情裡有個什麼在告訴她，他心裡有個打算，他打算付出某種行動，該不會是一把摟住她熱情擁吻，然後抱她上床吧？

你到底在想什麼呢，亨利．布克？他該不會想就在這裡做愛吧，在這艘船上，而且就是現在？或者對他而言，她只是樸實熟悉的珠兒，多年來一直沒變，他對她根本沒有絲毫興趣？她真希望自己知道答案。她真希望自己有勇氣跳下這張旋轉椅落落大方地走向他，對準他的嘴唇吻上去。

「哈，媽的好戲上場啦。」

珠兒猛然扭過身，只見凡妮莎．蓋爾就在眼前。珠兒感嘆自己一如往常，無視於現實，忘掉了他還

4 美國的勞動節是九月的第一個禮拜一，對美國人來說，這一天象徵了夏季的結束。

有個女友大人。有那麼一會兒，珠兒只是瞪著杵在眼前的凡妮莎，無法動彈。凡妮莎身穿她夏日慣穿的洋裝與新潮的Chuck Taylors帆布鞋，怒眼輪流逼視珠兒以及亨利。

「我們才剛喝了香檳，隆重慶祝這個週末店裡大賺錢呢。」珠兒趕忙開口道。

「是喲，」凡妮莎回道，深色的眼睛噴出怒火。「亨利．布克，你怎地不乾脆大方承認算了，也省得老娘還得捱上好幾年，等著你開金口跟我求婚哩，雖然我其實也不很確定自己真的想要嫁給你。請你打開天窗說明白，好讓咱倆——讓咱們三個都搞清楚真相。你愛的明明就是珠兒，一向都是。」

珠兒愣眼看著凡妮莎，然後轉向亨利。什麼？

凡妮莎爆眼看她。「噢，媽的省省吧，省了你那套『嗄，我嗎？』的戲碼吧，珠兒。當年不知你是十八還是多小年紀而且給搞大了肚子的時候，這套或許還管用，不過現在聽來真的很無聊。相信我吧，你已經過了天真無邪的年紀了！」

珠兒瞪著凡妮莎看，凡妮莎瞪著亨利。

「我不喜歡被逼到角落的感覺，凡妮莎。」他終於開口道。

凡妮莎戳出食指逼上他的胸膛。「而我呢，則是不喜歡被迫跟個單親媽媽競爭，不管她是在城裡，或者外地。我受夠啦，亨利。就當你是自由身了吧。反正我已經開始跟貝克．哈格羅約會了。他可沒跟你老兄一樣，暗戀別人多年都不說。」她一把抓起賓妮留下的香檳杯，朝著亨利旁邊的牆上猛摔過去。

珠兒看著杯子喀啷砸到地上。然後凡妮莎便扭過頭走上樓梯，啪地把門甩上。

「追上去啊！」珠兒說，她實在搞不清到底是怎麼回事。貝克．哈格羅，那位眾人一致誇口喊讚的水電技師，不管他跟凡妮莎關係如何，凡妮莎的確是給氣到亂摔東西了。

「這回沒必要了，」他說：「因為全都給她說中了。」

珠兒屏著氣抬眼看他。

他凝望著她，那雙神似克林伊斯威特的眼睛熾烈地定在她臉上：「我一**直**都是愛著你的，珠兒。」

她全身一僵，身體每個細胞都停止活動了。

他挪向她來站在她的正前方，一手勾起她的下巴看著她，然後吻起她來——嘴貼著嘴，就像查理剛出生時她一逕幻想的場景一樣。他挪開了身，眼睛還是定定看她。「我早就想這麼做了。每分每秒每天都思念著你，已經好久了。都過了這麼多年。」

她知道自己無言以對。其實這就是她要的，這是她長久以來的企盼。然而……一旦有人，而且不是隨便哪個人，而是唯一另一個會讓她魂牽夢縈的男人，明白表示可以提供她所欠缺的一切時，她卻還是無法放棄尋找約翰的企圖，雖然尋得的希望是如此渺茫。她有個瘋狂的念頭，她會找到心上人，然後便可以得到她要的答案：多年來他**也**一**直**在找她——而這就是她七年來可以夜夜好眠的原因。或許她當初根本沒告訴他自己的姓呢。說起來，他們總共也只在一起七、八個小時，而其中又有幾個小時是在啤酒和琴酒以及奎寧水的影響下昏昏度過的。

他現在也可能在找我吧，她想著。

「珠兒？」

「我——」她轉過身，坐進書桌前的皮椅上。「我在——」

「你在等著別人，」他說：「這我清楚。」

她覺得眼淚刺痛了自己的眼。「我是個大白癡對吧？我是這麼努力在找他。為了查理，我一直抱著希望，抱著某種信念。也許這一切都是白費，都是愚癡，可是我卻無能為力，放不下。」**我一直都愛著你的……**

他往後靠在一根柱子上。「誰說這都是白費，都是愚癡呢？珠兒，你心裡還有很多疑問等待解答。目前你也只能跟著自己心裡的需要以及腦中的疑問走。你不是漫無目的，而是想解決問題。也許時機到了，你就可以掙脫綑綁得到自由——這得看後續怎麼發展。」

她大大呼出一口氣，滿心感謝他如此體諒。**我也愛你，亨利**，她很想脫口說出。她真的很想。不過她對自己的感情充滿了恐懼。「你對我一直是這麼體諒。你是我這輩子唯一真正的朋友。你讓我覺得自己還算ＯＫ。」

他笑起來。「那就好。」

她起身拿起她的香檳，啜了一口。「你和凡妮莎多年來就像歡喜冤家，分分合合吵鬧不休。顯然你們之間的確是有很深的感情。」

而**他倆**之間也是。剛才的吻雖然只持續五秒鐘，但她的膝蓋已經化成了泥。

他搖搖頭。「過去我一直把吵架當成熱情的表徵，把慣性當成內心真實的感受。其實凡妮莎和我已經很久沒有過什麼實質的男女關係了。而且老實說，我和她都只是暫時彌補對方內心空缺的工具而已。」

就像約翰．史密斯對你來說也只是暫時的替代品一樣。她知道他心裡是這麼想的。

她站起來，背過身去，心中滿是無奈。這時她注意到一張她和查理的合照，鑲著框擺在他的書桌上——那是兩三年前的耶誕節拍的。那一天的細節她還記得清清楚楚。她一心只想逃離客棧以及她的姊姊和愛德華。亨利成了救援隊，他和查理一起捏塑雪人，然後兩人又打起雪仗。她和查理一起捏塑白雪天使時，他拍了下來——他倆的笑容如查理橘色的鴨絨外套以及雪褲一樣明燦。不管碰到什麼狀況，亨利永遠是她的依靠，他永遠是她求助的第一個對象。

「我們曾經有過許多快樂的時光，我們三個。」亨利說道，此時他已經站在她的背後。

我們三個。他從來沒有忘記查理。向來如此。她轉過身看著他。生命裡如果少了他的話，她該怎麼辦？如今她和家人的感情更形親密，但亨利對她來說，還是如同空氣一樣不可或缺。他是她的依靠。

他看著她；過往許多的情景如同蒙太奇影像一般掠過她的腦際。她懷胎九月時，亨利為她按摩背部。查理還是小嬰兒時，亨利推著搖籃為他唱歌。他幫他換尿布時，尿液四射噴了他滿身。她因約翰．史密斯不在身邊，因為生命的擔子太重，因為未來太不明確而哭泣時，亨利抱著她給她安慰。一直都是亨利。

「做你該做的事吧，珠兒。」亨利說。

我很幸運有你相陪。她很想這麼說，然而她發現自己實在說不出口。

隔早珠兒在廚房裡準備查理上學要帶的點心和便當時，羅莉偷偷塞了一大片凱特拿手的巧克力碎片餅乾到蜘蛛人便當袋裡頭，然後覷眼瞧著她的姪女。「你今早看來春風滿面呢，珠兒，想來是因為回到老家吧，而且又是在你一向喜歡的書店上班，雖然不是同一家店。」

珠兒差點大笑。回到布絲灣海港很開心？好吧，就算她開心也是因為查理開心啊，老天他可真是樂得很呢。他好喜歡跟家人同住，而且客棧還養了條狗，雖然狗狗的主人其實是伊莎貝。他認真地擔起遛狗並幫牠刷毛的責任——伊莎貝可是會付他週薪兩塊美元的。而今天新學校開學，他也是滿心期待興奮得很。另外，他還抱著希望追問，找他父親的過程有沒有最新發展。而這，五分鐘前他其實就已經問過了。

「今早我會到圖書館繼續查資料。」她告訴他，通常聽到這種回答，他可愛的臉孔都會閃過一絲失望，不過這會兒他卻是說：「好啊，也許今天會有收穫呢。」然後便把握住最後幾秒鐘衝到外頭跟哈皮嘻笑玩鬧，之後就得趕去巴士站了。

他在這裡**真的**很開心。周圍都是疼他的阿姨跟姨婆，常常偷塞餅乾給他吃，而且在走廊看到他時，都會忍不住摟他幾下講講話，另外還會為他買紅襪隊的T恤，背後還有他最愛的球員的名字呢。這兒好有家的感覺。

早上醒來就看到這人那人的感覺滿幸福的。不需要每件小事都由自己照管。比方補充浴室的衛生紙。更換爆胎。於凌晨兩點面對流鼻血的問題。昨晚查理大叫說他的鼻血流了滿臉時，珠兒其實還睜著眼沒睡著；她一直在想著亨利，想著他說過的話。**我一直都愛著你，珠兒**。她的亨利。她如此鍾情如此崇拜的對象，對她竟然也一往情深，她心中湧起記憶裡從未體驗過的暖流。

你今早看來春風滿面……

是因為亨利嗎？雖然她還是沒有放棄尋找約翰的希望。

或者是因為她人在這裡很開心呢？這兒是她的家，而亨利則是其中永遠的一員。昨晚她抽出一張又一張面紙幫查理可憐的鼻子止血時，伊莎貝從他的五斗櫃裡翻出一件新睡衣，並抽出幾張濕紙巾擦抹他兩頰和鎖骨上的血跡。凱特則是幫忙換掉查理沾了血的枕頭套。新換的套子上頭印著藍的紅的小小機器人。

這是她和查理頭一次真的感覺到「家」的存在，周圍滿是呵護、關愛他們的家人。住在客棧的這幾個禮拜，夜裡她常忍不住擔心羅莉，日間又面臨大大小小各種雜事，生命卻因此豐盈，與親人的感情也在不知不覺間更加緊密了。

珠兒往紗門走去。查理正在跟哈皮玩我丟你撿的遊戲——破布玩具在空中飛舞。「準備好了嗎，寶貝？」她喚道。

「準備好啦。拜拜，哈皮！」他應道，一邊使勁地把狗狗全身都揉搓一遍。

羅莉和珠兒陪查理走到半個街區以外的巴士站，查理蹦蹦跳上車前，先抱抱姨婆和媽媽，珠兒覺得自己的心滿溢著幸福。回程路上，羅莉告訴珠兒多年前她的心事：每回她把凱特送上黃色的校車，看著自己的寶貝獨自邁向未知的廣大世界時，便忍不住淚流滿面。她們手挽著手走回家時，珠兒注意到姨媽的步伐比往常慢了許多。到家後兩人連喝兩杯提神醒腦的咖啡，羅莉並一再跟珠兒保證她沒事：「請你放心到圖書館查資料吧！」於是珠兒便踩著輕快的腳步到涼爽宜人且靜謐的圖書館去打電腦了。

珠兒覺得新的環境應該會帶來意想不到的收穫——圖書館相對於羅莉的辦公室或凱特的筆記型電腦便是新環境了。如今她已經試過所有可行的方法了，只差沒有雇請私家偵探幫忙。

也許她正是該這麼辦。她一直沒採行這個方法，是因為雇請專業起碼得耗資幾百美元。她曾找過一名私探諮詢過，他表示如果對方的名字太過普通的話，就需要某些資訊如社會安全號碼或者出生年月日來輔佐，否則很難追查到下落。他還說，其實他頂多也只能上網搜尋，所以她只要如法炮製便可省下兩百五十元的「找找看」費用。

她聽到了孩童的歌聲，便跟著快樂的童音走到孩童區。那兒有十個左右牙牙學語的小小孩，窩在媽咪或者保母的懷裡團團圍坐成一圈，跟著一名圖書館員在唱〈小不溜丟的小蜘蛛〉。珠兒笑了起來，想起查理很小的時候，自己曾經比手畫腳對著他唱過這首歌。

她跟圖書館員要了張電腦通行證，然後便上樓到公用電腦室。她走過非小說專區時，意外瞧見了瑪里。她戴著一副墨鏡以及大草帽坐在一張軟墊椅上，一疊書的書脊朝內壓在她身邊。珠兒的心一沉，因為想起自己當初在鎮裡時也曾迫切需要躲藏。再也不會了。

她走過去跟瑪里打聲招呼。她正低著頭在讀《育嬰須知》，一邊還做筆記臚列重點。

「有齊普的消息嗎？」珠兒低聲問。

瑪里搖搖頭。「不過我跟我媽講了，她希望我能待在布絲灣，找個教書的工作維生。她說她可以免費為我當奶媽。我的奶阿嬤。」她微微一笑。「我已經過了最難捱的關卡。」

「你能待下來那是最好——齊普搞不好會回心轉意。雖然也許要等貝比出生以後。」

「但願如此。我知道也許只是我在發癡，一廂情願地幻想著到時候如果他看到小小孩，覺得有個如此瘋狂愛他的女人抱著他的骨肉上門，他應該會感謝老天賜下這麼神奇的禮物，給他一個溫暖的家。他應該不會放我們走的。」

「再看吧，」珠兒說：「時間或許會給你答案，到時候也許他會想通的。」她們約好過幾天要碰個面共進晚餐，珠兒打算告訴她所有新手媽媽的必備用品，以及哪些是全無必要的爛商品（嬰兒濕紙巾烘烤機即是一例），然後她便讓瑪里繼續孤軍苦讀，自己則走向唯一一台空出來的電腦。

她照例進行搜索，半小時以後她才想到那幾個網站其實都是先前已經詳細瀏覽過的。於是她便又胡亂鍵入了這詞那詞，連結來連結去，但仍然毫無所獲。

不過之後她倒是發現了新大陸。曙光終於出現。當她在Google部落格鍵入「科比大學，約翰．史密斯，二〇〇三，二〇〇四，二〇〇五」之後，一篇短文冒了出來，還附帶一張模糊的照片。文章的主題是二〇〇五年科比大學的四人組爵士樂團，團名叫「爵士經驗」。她的約翰．史密斯曾說過他熱愛爵士，只是沒提他待過樂團。不過標題確實點明了約翰．史密斯是左邊數來第二個——留著蓬鬆的暗色直髮，抓著把低音吉他。這人低頭看著吉他，頭髮蓋住了眼睛。

可能是他。年份沒錯。

但下一步該怎麼走呢？跟其他三個男子取得聯絡，並提問道：**呃，各位曾經跟一位長著暗色蓬鬆頭髮的約翰．史密斯一起上過大學，他跟你們在爵士經驗玩過吉他。各位可知道他大四時辦了休學四處雲遊？**

至少現在她有人可以問了——有三個人。總是個開始吧。

「抱歉，十分鐘前你的時間就到了，現在有人在等著用這台電腦。」一名圖書館員跑來說。

珠兒跳起來。「抱歉，我馬上走！」她說，然後便拎起包包衝向樓梯。她終於有個線索可循了。

我會找到他的。沒錯，她很肯定真相終將大白，她會搞清楚事情原由，知道他為什麼爽約——因為那之前兩人共度的兩晚彼此之間相知相惜，他看著她的眼神，他所有的言語和肢體表情都在大聲宣告他對她的深情。而且也許也許，就算希望其實渺茫，她和查理共組的家庭還是有可能增加一名成員。

晚餐過後，珠兒上Google鍵入那個部落格主的名字，最特別的名字。結果只跳出一個西奧多．瑟隆諾基。一個！謝謝你叫這名字，西奧多．瑟隆諾基！她在搜尋引擎上鍵入這個名字以及「白頁」這兩個字，接著便跳出一組地址和電話號碼。他住在伊利諾州。

她的心臟狂跳，她抓起電話馬上撥號。

「約翰．史密斯，約翰．史密斯，」她解釋了打電話的原因後，西奧多．瑟隆諾基說道：「『爵士經驗』的成員嗎？我不記得——噢，等等，沒錯。當初帕克單飛以後，低音吉他手的缺就由他的朋友約翰暫時填補——幾個月吧。但年底我就轉學到波士頓大學了，所以我跟約翰其實也沒混熟。」

他還記得約翰。珠兒閉上眼睛默默說謝，她已經逼近答案了。

「那你有他的地址嗎？就算以前的地址或電話號碼也行，這樣我就可以循線找到他了。」

「抱歉，我什麼資料也沒有。不過我倒是記得他住在海伍德街還是海伍德廣場之類的，因為海伍德是我的中間名，有些朋友還這麼叫我，而且我記得有回他說了他住在海伍德什麼的。只是確切地址我不清楚。」

海伍德什麼的，想來是在班格爾鎮吧。知道這點應該就夠了。

這就可以追查到他的父母吧。然後連上他。

謝謝你，西奧多．瑟隆諾基。謝謝。

掛上電話以後，她在Google地圖上鍵入「緬因州班格爾鎮海伍德」，然後便跳出「海伍德圓環」五個字，應該是個廣場之類吧。當然，他的父母也許已經搬走了，不過她繼續鍵入「緬因州班格爾鎮，海伍德圓環，史密斯」，結果倒是跑出了海伍德圓環二十二號，愛蓮諾與史蒂芬·史密斯。

眼淚潰堤，她一手摀住了嘴，好驚詫。經過這麼長的時間，這麼多努力，她總算有了收穫——幾乎有了。不過下一步要怎麼走呢？打電話給他父母嗎？說她是個老朋友，希望能跟約翰取得聯絡？要是他們不幫忙轉達訊息呢？也許父子失和了呢？要是約翰已經訂婚或結婚的話，他的父母應該不會把他的聯絡資訊告訴一個老朋友吧，或者前女友。她該怎麼措辭才能讓這顆雪球繼續滾下去呢？該說多，還是說少？

哈囉，史密斯太太。我名叫珠兒·納許，七年前你的兒子約翰到紐約遊玩的時候，我認識了他。後來我們就失去了聯絡，但我很希望能再找到他。

聽來合情合理。

得找伊莎貝跟凱特談談，聽聽她們對這段開場白有什麼意見。她現在是第一百次心存感恩，因為她們人在這裡，日日夜夜隨時隨地都可以充任她的軍師及後盾。

12 凱特

她的母親看來好虛弱。第一次化療之後，她的身體不只沒有慢慢復原，甚至好像還常常鬧革命；而下一次化療則排在十天之後。母親常覺得想吐，並且疲累不堪，有時候甚至累乏到連手臂都舉不起來——比如現在。羅莉現在是躺在凱特依她的房間訂來的特製病床，她正在看《美麗家庭》雜誌，但卻連翻個頁都好費力，看得凱特萬分不忍。

凱特坐在病床邊沿，繡著褪色海星的黃色棉被曾經屬於羅莉的姊姊（也就是凱特的阿姨愛麗），午後的陽光打在棉被上，製造出層層光影變化。睹物思人，看到這床棉被，凱特有時會忍不住哽咽。失落的感覺。美麗的女人於她風華最為燦爛的時候離開人世。凱特還記得柔美的姨媽，記得小時候常盼著自己也能像愛麗．納許一樣留著濃密的紅褐色波浪長髮，若隱若現的金燦髮絲帶出華美的感覺。伊莎貝遺傳了金色，珠兒則是紅褐色。小時候碰到週末客棧人多時，羅莉會把凱特送到阿姨和姨丈家請他們代為照顧，愛麗阿姨常常會坐在凳子上慢慢梳著凱特淡金色的長髮，那顏色淡到凱特覺得好沒精神，但阿姨總是喃喃讚嘆她的頭髮好美，聽得凱特笑瞇瞇。阿姨對她真是好，凱特到她家時總是特別開心。去阿姨家的路上，凱特會在幾條街外的一家算命店前停腳，探眼偷偷看進窗子裡。那個算命女人名叫愛絲美達夫人。凱特記得愛麗阿姨說過，雖然她和兩個表姊都不相信愛絲美達夫人真的可以預知未來，不過其實這女人只要懂得閱讀表情，就可以賺進大筆鈔票了，因為每個人其實都是把自己的恐懼和希望掛在臉上四處遊走。某一年冬日，愛絲美達夫人因為生意清淡，便兼差做了裁縫貼補家用，她答應要幫凱特免費算命，不過條件是凱特得幫忙送貨給她的三名顧客。她要凱特坐在她那個小房間，房間垂掛著紅色天鵝絨布幔、大燭臺上亮著瑩黃光芒，她跟凱特講了一堆凱特原本就知道的事情，只除了有句話凱特一直銘記在心：有一天你會讓自己都刮目相看。可是車禍過後幾天，凱特在雜貨鋪意外看見愛絲美達夫人時，卻壓不住滿心怒火，猛衝上去吼著說她是大騙子，說她根本就是胡言亂語，說她早該警告父親不要開車去接她的阿姨跟姨丈，該警告說有個喝得比納許夫婦還凶的駕駛會在離他們家才幾分鐘車程的地方把車撞上凱特父親的速霸陸越野車。才差幾分鐘他們就可以平安到家了。活著回家。

那一天在雜貨鋪裡，愛絲美達夫人一臉驚惶，而且看起來是那麼悲傷，所以凱特叫囂完後便沉默了好一會兒，然後又在拔腿跑掉以前衝口說了聲她很抱歉。她把愛絲美達夫人說的那句原本她很珍惜的話一筆抹煞，說什麼到頭來她會讓自己都刮目相看。屁啦，愛絲美達夫人說的話她已經半個字都不信了。而且本來她就是會對自己刮目相看啊，因為生命裡到處都隱藏著見鬼的炸彈。

凱特別開眼睛，不再凝看那一顆顆讓她想到過往的褪色海星。她專心地將她為母親烘烤的草莓鬆糕切成好入口的小片。凱特對草莓鬆糕並沒有多大好感，不過這是羅莉最愛的甜點。

「嗯，這片真是入口即化。」凱特叉起小片鬆糕送進母親的口裡時，羅莉說。母親嘆了口氣，然後瞪眼看她。這是十五分鐘以來的第三次了。

「媽，拜託，我看你一定是有什麼心事。」

羅莉凝神看她，嘴巴卻是閉得死緊。老半天後她才開口說：「我是在寄望你有話告訴我呢。」

「什麼話？」凱特問道，叉子停在半空中。

「關於鑽戒的事。」

唉，該糟。

「早先我要進廚房以前，無意間先透過門上的小窗口瞧見你站在爐台前，手裡拿著看來像是鑽戒的東西。我可不想看來鬼鬼祟祟，所以就直接推了門進去，你一聽到聲音，就把戒指收進口袋裡。」

「是奧立維送我的。」凱特低聲回道，聲音小到她不太確定母親是否聽得見。**約莫兩個禮拜以前給的，可是我到現在都還沒辦法適應。**

「有附帶問你一個問題嗎？」

凱特點點頭。

「答案是？」

「我說了我願意，可是我……我覺得現在時機不對，不該在這時候宣布，因為你得了病又在接受化療，客棧碰上旺季根本忙不過來。所以我……就先把這事擱了下來。」

羅莉瞪著她好一會兒，眼光凌厲，凱特只得別開了臉。「凱特，你也曉得我最不喜歡多管閒事，包括我女兒的閒事，不過這會兒我覺得我得來個一反常態，說點話了。」

喔——喔。

「能看到你和奧立維走上結婚禮堂相伴一生，是我的願望，我最大的願望。」

凱特轉過臉面對羅莉。「為什麼？**是因為你擔心我嗎？因為你覺得我想婚了？因為你和爸爸早在我五歲的時候就幫我挑好了奧立維當女婿？**」

「是因為你們相愛至深。簡單明瞭到極點。」

愛情有那麼簡單明瞭嗎？凱特很想這麼問。但是她不能。她不能頂撞母親。以前沒有過，現在更是不行。

凱特又切了一片鬆糕，好讓兩手有事可做。「媽，我只是不希望焦點從你身上移開。媽媽身體這樣子，我怎麼可能還有心情去思考頭紗或者賓客名單這些事呢？」

字句如此流洩出來時，凱特才意識到這的確是她的真心話。先不提自己對奧立維的感覺到底如何吧，如今母親就要死了，她絕不可能還把心思放在結婚禮服上頭。

母親就要死了。這句話的真實性如同利爪般刺入凱特的胃。母女一場，但從來沒有親近過，而現在……凱特的腦際猛然閃過一幕景象：羅莉發現凱特被同學欺負不斷哭泣，說是有幾個壞女生嘲笑她是孤兒。其實之前就有同學找她麻煩，而她鼓起勇氣跟珠兒傾訴時，珠兒都說那是因為她長得漂亮，壞女生當然會嫉妒，而且那些笨蛋其實根本呆到連孤兒的意思都搞不清楚，所以凱特大可不必理會，不過還是要跟學校輔導員報告才行。這席話讓凱特覺得好過一點。不過這類事情她向來都是找父親談的：同學的霸凌和冷嘲熱諷，以及用功準備但還是難看的分數，而父親也總是知道該怎麼安撫她。羅莉就不行了，她會要她振作起來，然後又補一句「看在老天份上」，等於在傷口灑鹽。總之，父親過世以後，凱特也沒有改而尋求母親的安慰。事實上，每回羅莉問起她有什麼心事，凱特都會咕噥說著「沒啦」，然後跑掉。偶爾她是會跟珠兒談談，因為她年長三歲人又聰明。不過大半時候，凱特還是黏著奧立維。她從來沒有想過，多年來她一直都把母親推開。父親走後，她好像一直沒給母親機會接近自己。

羅莉連坐起身來都得耗盡力氣，凱特看著不覺臉色發白。「凱特啊，你知道做化療時，靜脈注射針打在我手臂上時，我在想什麼嗎？想著你哪。留下你孤孤單單一個人。還記得在《媽媽咪呀》裡頭，那個女兒好擔心媽媽一人太孤單吧？我們的情況剛好相反。是我在擔心撇下你一個怎麼辦。」

「媽，我——」

「凱特，我知道你跟兩個表姊愈來愈親了，可是伊莎貝有可能會回到康乃狄克，而珠兒說不定也會回波特蘭。只要想到你沒人陪，我就害怕。我知道你是百分之百有能力獨力經營客棧，而且自己一人也可以過得很好，可是我沒辦法丟下你一個人不管，凱特。如果能看著你嫁給奧立維，我會很開心。這樣我才能確保你可以平平安安過一生。你懂我意思的。」

淚水刺痛了凱特的眼。母親總算撤下心防，總算有這麼一次對她講出心底話了，凱特真希望自己可以坦言自己有多困惑，多茫然。然而她沒辦法，沒辦法做到羅莉的要求。

「我近來常在想奧立維有多愛你。他好得沒話說，向來如此，」羅莉繼續說：「你還記得你爸走了以後，你們兩個老坐在我們兩家屋子中間的那些長青樹下吧？奧立維會陪你坐上好幾個小時，你冷得縮在雪衣雪褲裡，還戴毛手套呢，然後他就會跑回他家，捧著保溫瓶裝的熱湯還有熱巧克力奶給你喝。有好長一段時間，你哪兒都不想去，一定要坐在那片小樹林底下，而他哪，也冒著大雪和風寒，一直陪在你身邊。那年他才十歲。跟你一樣。」

「這我記得。」凱特說。

「我永遠都不會離開你，」奧立維當時這麼說。「我保證。我們來立血誓好嗎？」他們確切這麼做了，而且還做了好幾次。

有那麼一會兒，羅莉好像陷入了深思。「記得是五、六年前吧，我們倆都得了咽頭炎，剛巧珍珠也病了，結果奧立維不只幫忙照管了客棧，三餐都還捧著托盤端給我們呢，外加巧香屋供應的神奇美味湯。」

「還有海灣燈塔咖啡館的熱巧克力牛奶，搭配胖嘟嘟的軟棉糖。」凱特說。她想起奧立維為她們更換床單，還帶鮮花和《時人》雜誌給她們打發時間。

「他十歲的時候就好會照顧人，」羅莉說：「現在也是。你好幸運哪，凱特。小小年紀就找到真命天子，一輩子都有人這麼愛你。」

我有奧立維相伴真是幸運，這點她清楚，她想著他俊美的臉孔以及樂於助人的天性。她真是有夠白癡。她很幸運是無庸置疑的。誰說結了婚就不能四處旅行呢？很多人度蜜月不都到巴黎嗎？婚後也可以擇期到羅馬以及雪梨和莫斯科度假啊。

至於她迷戀馬太歐・羅蘭大夫，這也沒什麼啊，畢竟她也只是個熱情洋溢、對異國男子充滿幻想的美國女人。但這並不表示她不愛奧立維。

「接下來幾個禮拜如果可以策畫你的婚禮，」羅莉說：「還有翻閱各種婚禮雜誌，擬定賓客名單的話，我就不會整天擔心病情擔心你了。說起來啊，光是想到要幫你挑選什麼樣的結婚禮服，還有接待會要準備什麼餐點，我這把老骨頭好像都振奮起來了呢。你對禮服的要求是什麼呢？要白色花稍很蓬的那種嗎？還是樣式簡單點的？」

凱特想不起這輩子有哪一次像現在這樣，與母親如此親密。她很願意迎合母親的需求，一切都交由她來辦。凱特和奧立維是天生一對；這好像已經是公認的真理，無從反駁了。她得對大家有點信心。

「我比較喜歡簡單點的款式，」她聽到自己在說：「不要太多縐紗或者蕾絲。」

羅莉整張臉都興奮得發亮了。「婚禮和接待會都在後院舉行如何？一定棒透了！」

「好主意，媽。」

這就是所謂的天意吧，凱特想著。命運由別人決定，這是第二次了。也許她需要的就是有人為她作主，告訴她說：**聽好了，奧立維是全世界最棒的男人，你再也碰不到更好的了，嫁給他吧。**

「讓我瞧瞧那只定情的戒指吧。」

凱特從口袋裡掏出鑽戒，戴到手上。這只傳家戒指是奧立維的曾祖母留下來的，細緻的黃金戒圈搭配上閃亮的圓鑽，兩側則各鑲上一顆小長鑽。

「這就叫圓滿的結局哪！」羅莉讚許地看著戒指說道。

然而凱特為什麼覺得自己像是局外人呢？

到了禮拜五，訂婚戒指已經在她的手指上發了兩天的光，也就是整整兩天不斷的恭喜與道賀——來自客棧的每個人，還有奧立維家族以及兩家共同朋友的電話與電子郵件。原本凱特是希望能和家人安靜地度過電影夜，四個人溫馨地窩在一起觀賞電影，討論電影——暫時擱下訂婚以及結婚的相關事宜，也不要談論她和他的將來。或者逼問凱特千百種問題，問她小倆口將來打算住哪裡，他們可知道兩條街外有一棟維多利亞古屋要賣，凱特一定會愛死了。麗琪聽到喜訊簡直是樂瘋了，她送來至少三十本新娘雜誌，並用各種顏色的便利貼標出了她最喜愛的禮服、頭紗、鞋子、內衣、首飾配件，以及髮型。凱特這位密友還列出一張舉行婚禮的各種可能地點以及一長串外燴師傅的名單，並建議可分送賓客什麼禮物，蜜月旅行可往何處去等等。麗琪和她的未婚夫打算到夏威夷度蜜月。凱特只覺得頭痛欲裂。這一切已遠遠超過她的忍受範圍了。

她站在大廳裡，翻看一片片的DVD。母親說了，今晚的梅莉史翠普電影由她決定，不過得是喜劇。大家會在羅莉的臥室觀影，因為這幾天她體力很差，有可能電影看不到一半就會睡著了。電影是按照主題以及字母順序排列的。在梅莉史翠普專區裡頭，片名旁邊都標出了合演主角的名字。克林伊斯威特。莎莉麥克琳。湯米李瓊斯。妮可基嫚。勞勃狄尼洛。雪兒。傑克尼克遜。烏瑪舒曼。勞勃瑞福。艾伯特布魯克斯（Albert Brooks）。

《陰陽界生死戀》。就是這部吧。凱特抽出片子，大略看看背後的劇情介紹。艾伯特布魯克斯在他生日當天，開著他酷炫的車出了死亡車禍，之後他被遣送到審判城的法庭裡成為被告，他必須解釋自己何以沒有活出真我，尤其是在人間時因各種恐懼讓他劃地自限的種種時刻——若是辯解有理，他便可與新近尋得的真愛一起升天。他的新愛是梅莉史翠普，一生完美無瑕無可挑剔。「笑果十足，溫馨感人。」一則影評這麼說。

恐懼時刻。這種時刻凱特經歷了很多。她將影片擱在放影機上頭，然後走向廚房。她要為電影夜烘烤一個迷你結婚蛋糕——算是測試自己的感覺吧。凱特置身廚房時，總是無有恐懼。**我這就來瞧瞧，烘烤自己的結婚蛋糕時我是如何的無有恐懼吧。**

「上回看《陰陽界生死戀》是好久以前的事囉，」羅莉躺在床上說，遙控器就放在她懷裡。「還記得我從頭到尾笑個不停，不過主題還滿嚴肅的，會讓人反省過往的人生出過什麼有待跟天庭辯解的問題。通常都很難辯解。」

供著迷你結婚蛋糕的托盤放在特製病床上，就在凱特和她母親的中間；剛捧出來時，羅莉、伊莎貝和珠兒接連哇了好幾聲，不住地訝嘆。凱特深深吸了口氣，吃下一小片。其實她還滿享受焙烤自己的迷你結婚蛋糕，上頭裝飾著小巧的山雀和玫瑰；不過當時她並沒有想到自己和奧立維或者兩人的婚禮，只是單純地想著蛋糕，立意要做到完美。

然而當她咬下第一口時，口感確實完美，但甜蜜的蛋糕卻在她的舌間化成苦澀的滋味。她的確需要外力幫助她辯解自己目前的感受：她想嫁但卻又不想嫁給奧立維；她深受馬太歐．羅蘭的吸引，原因不明；她想永遠留在家鄉，又想遠走他方。

伊莎貝和珠兒坐在病床右邊的兩張皮墊摺椅上，珠兒的腿上擱著一大碗爆米花。珍珠去參加某個週年慶派對，所以今晚只有她們四個觀眾。凱特很慶幸觀影時不會有個意見多多的人信口開河說個沒完。

「光是看到艾伯特布魯克斯的臉，我就想笑，」羅莉說，影片一開頭便是艾伯特布魯克斯在他上班的公司發表搞笑的演說。「我是說他的表情，還有他講話的腔調——這人活脫是個活寶。」

凱特看著艾伯特布魯克斯。他扮演的是個很愛搞笑的廣告人加萬人迷，他於生日當天為自己買了台BMW敞篷車，但卻在搜找一張掉落車椅底下的CD時，不小心撞上迎面開來的大巴士（還好現在已經沒人會用CD了）。他死後被遣送到長得有點像賭城的審判城，意思是要他在配備了辯護律師以及檢察官的法庭裡為自己的凡間生命辯解。如果辯論成功，他便可以和梅莉史翠普一起升天——梅莉於凡間時做盡善事，比方說收養小孩，以及從火窟裡救出好幾隻貓咪。如果辯解失敗，他便得重返人間繼續下一輪的學習。

珠兒又起她那片結婚蛋糕，咬了一口。「噢，天哪，各位可以想像你生命的每分每秒真的都給錄影存證，而且會用來決定你是否可以上天堂的依據嗎？果真如此，我鐵定每次都要被遣返地球。」

我也是。因為奧立維跟我求婚時，我怕到不行。我什麼都怕——包括很怕跟他說不。還有那次跟奧立維上床時，我滿腦子想的都是馬太歐的臉孔和身體……

「光是中學那幾年，就足夠把我永遠打在天堂之外了。」伊莎貝搖搖頭說。

「哈，地球人通常都只用到他們百分之三的腦容量，」凱特重述艾伯特布魯克斯的律師講的話：「所以他們才會不斷地踩到狗屎。這話還滿有道理的。」

電影拍得很討喜，的確跟DVD上頭宣稱的一樣，溫馨逗趣。觀影過程中，凱特覺得自己慢慢放鬆了，也開始享受起口中蛋糕的滋味。然而突然卻冒出了一句台詞觸動到她內省的細胞——發人深省，羅莉說得沒錯。

「這話你們同意嗎？」凱特問。「恐懼如同煙霧，阻擋人類得到真正的快樂？」

「或許吧，」珠兒說：「我曾經好幾次都因為擔心後果，不敢付諸行動；或者只是因為毫沒來由的恐懼心理而停滯不前。這是人的天性，沒辦法。」

伊莎貝點點頭。「我由於害怕聽到答案，所以有過好幾次都欲言又止，不敢跟愛德華討論我們的問題。」

凱特調整了一下枕頭，想坐得更舒服些，然後才領悟到不舒服的感覺其實是來自她裡面。恐懼是她的細綁，不敢說不敢做。也許她其實曉得自己想要什麼，只是不敢爭取。

「艾伯特布魯克斯得為他生命中的九天表現提出合理辯解啊？」珠兒說：「我哪，我得為自己辯解的應該遠多於九天吧。」

「我也是。」羅莉靜靜說道。

凱特瞥一眼母親，然而羅莉已經伸手去拿她的冰茶了——這是她阻止提問的招牌手勢。凱特就是敗在不敢越界，所以她便按捺著沒有一探究竟。

我也一樣，凱特心想。

「哈，梅莉出現了，」伊莎貝說：「導演滿有巧思的，他們是在一家表演超爛笑話俱樂部相識的。」

凱特很高興梅莉史翠普終於現身了；她的臉孔、她如同絲緞的金髮、她的表情以及開懷的笑容，都是如此熟悉的影像。凱特發現自己只要看到她，便能得到安慰。

「嗯，這個問題確實一針見血，」伊莎貝說，此時艾伯特布魯克斯的審判已經開始，他童年的某個事件閃現在法庭的電影銀幕上。「檢察官質問他恐懼和自制的分際在哪裡——有時候這兩者的差別真是很難區分。」

羅莉點頭時又打了個呵欠，這是電影開演後她打的第三個呵欠了。「自制力太強的話，很可能無法活出真我。不過有時候，其實是需要克制欲望。問題是，我們不是每回都能判定該如何取捨。」

珠兒把淨空的點心碟放上床頭櫃。「哈，這幕也挺棒的，咱們可以看到他曾經如何誤判情勢——都是恐懼加蠢笨惹的禍。這兩種錯誤我不知犯過多少。」

「我也一樣，」伊莎貝說：「不過最近沒有，羅莉阿姨。真的。」

羅莉笑出聲來，凱特這才放下心裡的石頭，因為母親剛才有些沉默，表情也逐漸嚴肅起來，好像陷入沉思之中。凱特納悶著到底電影引動了她什麼思緒。

「艾伯特布魯克斯全身都是戲劇細胞，」伊莎貝說：「他好搞笑又愛自嘲，可是他的表情卻又那麼誠摯，不管是他看著她的眼神，還是講話的語氣。怪不得梅莉會愛上他。」

珠兒點點頭。「完全同意。另外他說老是被人評斷實在好煩，我也很能體會。不過你們知道有多好笑嗎，因為近來我發現我對自己下的評斷其實最嚴苛。」

「我們應該都是這樣吧。」伊莎貝說。

接下來的發展凱特看得目不轉睛：艾伯特布魯克斯告訴梅莉史翠普他不想去她的房間和她做愛，因為他很擔心會因此破壞兩人之間美好的感情。他想永遠保留完美的想像空間。他這個決定其實差矣；不過她可以理解。百分之兩百。

「唉呀，他得重返地球哪，」珠兒說：「重新學習。」

凱特嘆口氣。「人生的關鍵其實就在這裡，對吧？一如他的辯護律師所說的，艾伯特布魯克斯回到地球以後，一定要改變慣性，懂得隨時把握機會。這會兒他不能上天堂，就是因為他退縮不前。」

嫁給奧立維吧。不嫁。嫁給奧立維。不嫁。我願意。我不願意。她到底該怎麼辦？她理當抓住的機會到底是什麼？而且問題是，她怎麼連這都搞不清楚？

凱特緊盯著接下來的劇情。艾伯特布魯克斯和一群人搭乘電車重返地球，而另一頭則是梅莉史翠普和另一群人搭乘電車通往天堂。梅莉情急之下，大聲呼喊他的名字，於是他便跳下車子衝到她那裡。他終於懂得把握機會了。面對愛情無有恐懼，於是他便得以與她一同升天了。

「好棒的電影。」片尾打出字幕時，珠兒說道。

凱特撚亮床頭櫃上的檯燈。「媽？」她仔細看著羅莉的臉：「你在哭嗎？」

羅莉揉揉眼睛下方。「這部電影總是讓我想起——」羅莉開口道，表情哀戚。「如果真有審判的話，真不知道我的下場會怎樣。」她轉開頭，透著暗黑的窗戶看出去。

「媽，你當然沒問題，」凱特說，心底卻在納悶母親到底腦子是轉到哪裡了。「你別想太多了。」

「羅莉阿姨，麻煩先按暫停好嗎？」伊莎貝說：「你義不容辭收養了兩個外甥女，這就夠你拿到升天的通行證了。」

凱特的母親朝伊莎貝苦笑一下，但她並沒有按暫停鍵，還是專注於銀幕上的影像與片尾字幕。凱特可以輕易在母親的眼裡及唇間看出閉鎖的神色，她知道羅莉不會再發一語。凱特常會思想起母親的私密生活；羅莉．威勒在她守寡的十五年間，從來沒有跟人約會過。凱特曾經問她有沒有想過要跟人交往（羅莉不喜歡男友這個詞），母親的回答卻是：「別開玩笑了！」她說她已經完全切斷那種可能。

切斷愛的可能嗎？母親大半時間都是難解的謎。所幸她有間客棧可以忙，還參加好幾個俱樂部，又有摯愛的朋友珍珠陪伴；珍珠就像羅莉的軍師兼聰慧的姑媽一樣。凱特覺得母親從來沒有特別開心過，也許某些人就是沒辦法吧。

當然，每回凱特的思緒轉到這裡時，她都會暗罵自己很白癡。無法享樂應該是心靈出事的徵兆吧。

凱特收拾著骯髒的碗盤和玻璃杯時，突然想到母親或許只是假寐而已，然而觀影過程中羅莉確實打過好幾次呵欠，所以她也許真是睡著了；但話說回來，剛才的話題母親向來是避之唯恐不及。凱特實在很納悶羅莉到底在想些什麼。「媽？」她耳語道。

沒有搭腔。

「咱們移師到大廳去吧，」伊莎貝耳語道。「或者上樓去。」

「上樓好了，」凱特說，她把殘剩的迷你結婚蛋糕連同飲料一起放上托盤。「比較隱密。」

她們迅速清掉四散在地板上的爆米花，把房間整理乾淨，然後便熄了燈，輕手輕腳地關上了羅莉的房門。她們朝後屋的樓梯走去，躡著腳走經查理的房間。珠兒把頭探進去，壓不住一臉笑意。「他睡覺的時候最可愛了。」

凱特和伊莎貝也探進頭去。「好可愛喔！」伊莎貝說。哈皮照例蜷睡在查理身邊的老「窩」，而查理的手臂則是橫跨在狗狗的腳掌上。

回到她們的臥室後，凱特把托盤放上書桌。她發現珠兒的床上四散著一團團揉皺了的紙。「在寫什麼報告嗎？」

珠兒嘟起嘴把臉側的一綹頭髮吹開來，她一屁股坐上床，揉皺的紙團彈跳起來。「是寫給約翰父母的信。我在他們的答錄機上留言已經三天了，可是到現在都還沒接到回電。我三不五時就跑來查留言，他們絕對還沒打來。」

沒錯，三天前她們還熬夜到很晚，討論說如果約翰的父親或母親接電話的話，珠兒該怎麼開場，而如果聽到的是答錄機的聲音，她又該怎麼措辭。珠兒在凱特和伊莎貝面前演練了至少十遍，務必清除掉聲音裡所有的不安與慌亂；她是希望他的父母聽到她理性沉穩的聲音後，會很樂意告知他們兒子的電話號碼；或者至少會跟她保證，他們會將她的號碼轉告給他。

「他也許已經結婚了，」珠兒垮著臉說：「他們不會隨便就把他的號碼給個打電話找上門的女人。所以我就想說，也許該寫封信解釋說，我是七年前在紐約認識他的，目前有很重要的訊息要告訴他。不必多說別的。不過重點是要怎麼說，才不會讓他們覺得這個女人是瘋子。」

「就你剛才的措辭啊，簡短得體，」伊莎貝說，她盤腿坐在床上，半片蛋糕還沒吃完。「看到『重要的訊息』這五個字，他們應該至少會把信拿給他，順便提到你曾去電啊。」

珠兒往後靠坐在牆上，兩臂環住豎起的兩膝。「我老想著，如果當初約在中央公園的噴水池邊，而他沒爽約的話，後續發展會是怎樣。他會待在紐約等我畢業嗎？他會說服我休學一年，跟他一起環遊全美嗎？我們現在還會在一起嗎？」

「答案無從知曉，」伊莎貝說：「看《陰陽界生死戀》的時候，我一直在想著過去一些讓我追悔的決定，有的完全是因為出於恐懼。然後我就開始想起，如果當初在傷痛兒分會時我碰到的不是愛德華呢？如果我的帶領人不是他的話，我現在會是什麼樣的人？」

凱特翻身趴著，兩手支在下巴下。「你果真覺得自己其實有另外一面嗎？我是說，你的心底果真還藏著一個真正的自己嗎？在你的最裡頭？」

「我小時候很野很瘋，不是嗎？」伊莎貝說。

珠兒笑起來。「這點我可以作證。」

「是啊，這我也還記得，」凱特說：「不過原因應該是近墨者黑吧。是那幾個野女孩把你拉進漩渦裡的吧？就像車禍以後你被拉向了愛德華一樣。做決定的應該是**你**，就看當時你想被拉往哪個方向。」

伊莎貝凝神靜想了好一會兒。「也許吧。希望我真是如你所說曾經對自己有過更多的掌控權——是我針對環境做出反應，而不是由環境完全掌控我。」

凱特點點頭。她現在擔心的正是這點：環境在掌控她。兩種狀況之間當然有個分際，只是中間的界線太過模糊，而她則是兩腳各踩一邊，並且找不到分隔線在哪兒。

「你們知道我的疑問是什麼嗎？」凱特說：「我在想如果我爸沒走，如果阿姨和姨丈也都還在，如果我媽的世界沒有因為警方的一通電話整個翻轉過來的話，我也許會去上大學吧。甚至也許會去上烹飪學校，或者到法國住一年吧。這樣的話，我還會嫁給奧立維嗎？」

「命定論會說結果還是一樣，」珠兒道：「如果你相信那一套的話。」

「是啊，我也在想搞不好我終究還是會碰到愛德華，」伊莎貝說：「就算不是在傷痛兒布絲灣分會，應該也會在別處吧。」

三個人一時無語。

「我覺得偶爾倒真是應該思考一下自己有無活出真我，」伊莎貝說：「思考自己為什麼曾經做出某些決定。倒也不是為了進天堂啦，不過我覺得這部電影的主題的確引人深思。如果我們是因為恐懼而無法活得淋漓盡致的話，就要找出原因，然後放膽走出一條活路。總之就是要做出自己真正想要的決定。」

凱特翻過身來，眼睛直直瞪著天花板上的電扇。「但如果你擔心做出錯誤的決定呢？比方說，我只是打比方喔，如果嫁給奧立維其實不是我要的呢？也許我命中是該走上不同的路呢？」

「我覺得你心裡應該清楚才對，」珠兒說：「你是知道的，對吧？凱特。」

凱特坐直了身，兩膝豎在胸前。她點點頭，然而其實她卻是茫然的。

「你跟奧立維青梅竹馬，相識了一輩子，」伊莎貝說：「我好羨慕你們在認識了這麼久以後，決定白頭偕老。情況跟我和愛德華之間剛好完全相反。我是十六歲時遇見了他，二十一歲時嫁給他。你很清楚自己在幹什麼——你認識自己。」

「是嗎？」凱特問道，然後才驚覺到這兩個字自己是大聲講出來的。「我是說，我對奧立維是有相當的認識，算是人際之間相互了解的極致了吧。但你說什麼我『認識自己』，只怕是個誤會呢。」

「哦？」珠兒若有所思地看著凱特。「我老覺得你好幸運，因為你要走的路早就定好了，會是非常平順的人生。烘焙。奧立維。客棧。完全不缺安全感。」

「有時候我還真想不顧一切跑到巴黎，隨性四處遊逛，到每個區品嘗不同的蛋糕，跟每個我碰到的帥哥玩親親，順便選幾個上床做愛呢。我瘋了，對吧？」

「你找錯對象問啦，」珠兒說：「我是說，我跟伊莎貝根本上不著天下不著地，日子過得好生不安穩。所以像你這種送上門來的光明又安定的人生路，我們還真是求之不得。」

「你是對結婚起了疑慮嗎？」伊莎貝問。「果真這樣，那就先別結吧，凱特。」

可是我媽最大的夢想就是要看我成婚哪。她想親眼看著老爸在我五歲時就幫我選定的理想對象跟我完成終身大事。我哪有可能活生生地把這個禮物從她手裡搶走啊？何況我猶疑不決的個性也只有靠這件事來搞定。

「我沒起疑慮啊！」凱特說，不過她們倆都張大眼睛瞪著她。

「凱特，」珠兒說道，眼睛則是看著伊莎貝。「假設，我這只是假設喔：伊莎貝跟我明天下午在客棧這兒幫你辦個小型的訂婚派對，告訴大家是要給你來個驚喜，你說如何呢？我們可以邀請奧立維的父母和他弟弟，還有你一些城裡的朋友。這你可以接受嗎？」

凱特真想跳起來叫一聲：**不要，千萬不要，婚禮也取消算了**。因為如果要辦訂婚派對的話，就沒有反悔餘地了。

不過她只是看看自己的戒指，想著病床上的母親，然後說：「我當然可以接受，謝謝你了。」沒想到伊莎貝卻是瞪著眼看她，所以凱特只好轉移話題。「你覺得我媽還好嗎？她會不會是在擔心自己就要……」凱特連那個字眼都說不出口。

「我想應該是吧，」珠兒說：「大夥兒談起天堂、審判以及為自己做過的決定辯護等等，大概是讓她回想起自己的一生吧。」

「也讓我開始反省起我自己這一路是如何走來。」凱特說。

禮拜六下午凱特和奧立維一起走進三船長客棧的後院，大夥兒轟聲說訂婚快樂時，她裝出了一臉驚訝狀。奧立維的父母是專程從坎頓過來的，他的弟弟和女友也陪著一起來，另有幾個是她兒時的玩伴，大夥啜飲著香檳柳丁汁、品嘗各色點心，一邊愉快地聊天。凱特笑看野餐桌旁的麗琪逗得母親好高興。麗琪把新娘雜誌一本本翻開來攤在桌上，正跟羅莉解釋著她以不同顏色的便利貼將禮服分類的方式。

凱特和她從幼稚園開始便認識的老友三人組閒話家常，一邊看著奧立維的弟弟（年輕版的奧立維）和他的漂亮女友先後抱著奧立維跟他賀喜，奧立維的父母弗瑞德和芙瑞亞則是站在樹下和努特理夫婦講著什麼（努氏夫婦多年前便買下他們隔壁的房子成了鄰居）。**他們就要成為我的家人了**，凱特啜飲著香檳柳丁汁，一邊想著。她和這對年長的夫婦已經相識一輩子了，而且芙瑞亞．泰特多年來也曾多次對她伸出關愛的手。不過她只要想到得和泰特夫婦共度許多假期以及生日派對和三不五時便要冒出來的特殊場合時，便覺得渾身不對勁，她頻頻盯著羅莉和伊莎貝以及珠兒，尋求奧援。其實她們從來都不像她的家人，然而此刻她卻迫切想要和她們一起奔逃到大廳裡，共同觀賞《絲克伍事件》或者《法國中尉的女人》。

「我想到了個很妙的點子呢，」奧立維正在對羅莉說：「我們可以把婚禮定在感恩節舉行，地點就在這裡。我知道感恩節是你最愛的節日，羅莉。」

而且距離今天只有兩個月，凱特霎時想到，緊跟著胃部便是一陣抽痛。奧立維的出發點很好，非常貼心，因為他希望確保羅莉可以親眼看著自己的女兒走上結婚禮堂。這幾天來，他傳的簡訊內容不外是：巴黎＝蜜月。嘗遍所有糕餅店，然而沒有一家能與凱特店相比。

難道他忘了她仍然舉棋不定嗎？忘了她也許是因母親罹癌，一時心軟才點頭答應的？

然而話說回來，他也很清楚她最大的夢想便是前往巴黎，吃遍當地所有的糕餅店，並追隨大師級的師傅學藝。難道他是想再度利用她的弱點達成目的？或者只是寄望能夠藉此點醒愚鈍、無可救藥的她？死後如果真的給送到審判城去，她鐵定得為這個難題提出辯解。她心知肚明。

巴黎如同仙境，她回了這則簡訊。這話不假。然而這是唯一一句她說得出口的話。比方說，她就不敢提及自己對蜜月抱持何種看法。

恍惚間，凱特好像聽到奧立維弟弟的女友在跟她詳盡解說她打算訂做哪種款式的結婚禮服——假如迪克蘭·泰特跟她求婚的話，她要套上凱特·蜜多頓（Kate Middleton）嫁給威廉王子時所穿的婚紗禮服的無袖版，講著講著，凱特的手機響了起來。是馬太歐。凱特擔心他可能是要講述她母親新近一輪檢查的結果，便告了聲退急急往屋裡走去。她躲進了一樓的化妝間尋求隱私。

「馬太歐，請你告訴我一切都沒問題好嗎？」

「一切都好，」他迅即答道。「抱歉嚇到你了，凱特。她的檢驗報告還沒出來，要到禮拜一才會知道，不過應該沒問題。請你別擔心。我打電話只是想知道羅莉目前的狀況如何，因為上回看到她時，她好像不太舒服。她現在好些了嗎?」

凱特原本緇聳的肩膀這才鬆軟下來。「謝謝你這麼體貼，馬太歐。她現在好多了。」他開始講起第二輪化療有可能帶來什麼結果，對她的身體會有什麼影響以及羅莉可能會有什麼反應等等，凱特聽著聽著，突然好想衝到他的身邊，吸吮他所有智慧的知識與話語，讓自己全身都浸潤在那裡頭。

「我得回去巡房了，凱特。不過如果你有問題要問，或者有任何相關的事需要幫忙，隨時叩我都行。噢對，我差點忘了呢。前些時我跟我父親提到你，他說他想教你做他最拿手的夾心奶油捲，條件是你要教他你最拿手的鬆餅。鬆餅不是他的專長，不過他有心要學。他說他在海灣燈塔咖啡店吃過你的鬆餅，貼在舌間都要化了的感覺好美妙。」

凱特的微笑從她的腳趾頭開始綻放，一路往上蔓延。「能夠傳授天下無雙的亞龍佐．羅蘭我做鬆餅的技巧，是我至高無上的榮幸；而如果可以跟他學做夾心奶油捲的話，我會覺得像是真的跑到義大利跟大師學藝了呢。」

「義大利是你夢中的國度嗎?」

「義大利、法國都是。還有西班牙、英國、俄國和瑞典。我以前常夢想著可以環遊世界，在每個國家學做當地不同的糕點。不過因為老是走不開身，只好無限期延後了。」

「行，那就花幾個小時跟我父親學烘焙吧，你一定會沾上滿身貨真價實的義大利風土和風味。」他們約好了要在下禮拜進行交換課程，然後凱特才想起自己最好趕緊離開洗手間，以免外頭有人等著。「如果我媽的檢驗報告出來的話，你會打電話給我吧?」說著，她便打開門走出去，沒想到一抬眼就看見伊莎貝站在門外，手裡捧著一杯香檳柳丁汁。「那好，謝謝了。」

「你剛是在跟羅蘭醫生通話嗎?」凱特把手機塞回皮包時，伊莎貝問道。

羅蘭醫生。對凱特而言，他是馬太歐。「他打電話來問我媽的狀況，想知道她好點沒。」

「真貼心呢，這人。」

「他父親打算教我做夾心奶油捲，」凱特補充道，眼睛盯著自己的涼鞋以及粉亮的腳趾甲。「他父親就是義大利烘焙坊的老闆亞龍佐，我原先都不知道呢。」

「你一直都想學做奶油捲嗎？」伊莎貝問道，她銳利的棕眼緊緊盯著凱特。表姊這會兒成了好奇寶寶，凱特想著。

「倒也還好，不過他一轉達了他父親邀請的意思，我就有了學的欲望，」凱特低聲回道。「而且是迫切想學。這樣會很怪嗎？」

「不會啊，」伊莎貝緊緊捏著凱特的手好一會兒。「我完全了解你的感受。」

凱特當下真想把伊莎貝拖到樓上盤問說，自己如果真的愛奧立維的話，怎麼還會深受別的男人吸引？還是說，這就表示她根本不愛奧立維，所以不該嫁他？又或許這其實是正常表現，因為女人本來就很容易被各種男人吸引，所以不用想太多？又或者，這種表現事關重大，因為她對羅蘭的感情屬於心靈層面，超越了肉體吸引，這就比性愛關係更為親密？

在她還沒想出答案以前，她最好還是閉口不言。

13 伊莎貝

禮拜一早上，伊莎貝開始了她在海洋綜合醫院新生兒加護病房頭一天的義工職務。她被分配到兩名罹患黃疸的小嬰兒——他們至少得連著六天照射膽紅素還原光。她的工作就是坐在他們的保育箱中間當看護，而且如果哪一個醒來的話，她就得把手伸進箱子的兩個洞裡，輕輕撫摸嬰兒的身體。到了餵養時間，她便要在一名護士的監看之下，拿奶瓶餵奶，並且為他們更換尿片。先前她已上過一堂解說課以及三堂訓練課程，內容包羅萬象，比方說：在踏入醫院加護病房之前必須遵照正確程序洗淨雙手，而登堂入室之後如何進行照護也有定規；當然，另外她也學到摟抱新生兒的正確方式。伊莎貝之所以決定抽點時間擔任義工，是因為勞動節假期已經結束，這就表示夏天的旺季也過了，應該不會妨礙到客棧的經營。好巧不巧的是，當義工的第一天雖然離勞動節已有一個禮拜，然而三間客房卻有兩間都有人預定入宿，還好凱特同意臨時代班，否則她就要開天窗了。

此刻她手裡抱著六磅兩盎司重的克蘿依．瑪朵，這個小貝比才三天大，戴著棉布小帽的美麗頭顱輕輕壓在伊莎貝的手臂上。她手持小巧的瓶子（裡頭承裝著孩子母親的母奶），餵她吃奶，心裡漲滿了幸福，覺得自己彷彿要飛上天了。**這是我的天職**，伊莎貝想著。**不管我照護的是自己或者別人的孩子**。

她想著，當初如果愛德華同意要有小孩的話，她的生命會有什麼轉變。他們會擁有一名新生兒，學步兒，學齡前兒童——然後某天她回到家時，會收到一封匿名信，或者親眼看到他偷偷溜出後院。感謝上帝，還好當初她無法說動愛德華改變主意。

一對夫婦走進育嬰房裡，靜靜地和護士對話。他們是一對兩個月大的早產雙胞胎的父母，雙胞胎之一的狀況不太好。伊莎貝看到那名父親眼裡的淚水；他抬手猛力擦掉淚水，然後夫婦倆便緊緊抱在一起。伊莎貝可以聽到那位母親的哭聲。

你們必須經歷這種苦難，我真的好難過，她無言地對著他們說，並朝著雙胞胎的方向默禱——他們是勇敢的小鬥士。護士在上解說課時，跟伊莎貝解釋過，病兒的狀況有可能瞬息萬變，從不怎麼樣到不太好，從不太好到惡化，或從不太好到有進步，然後又沒事了。這些伊莎貝都很清楚。

葛里芬昨晚在電話上告訴她，愛咪．狄恩當初就是早產了六個禮拜。自從上禮拜一他們一家退宿之後，他每天晚上都打電話給她，有時候只是想說聲晚安，有時候是跟她聊天。她是慢熟的人，必須先慢慢對他有些了解，才有可能進一步考慮到親吻或者手牽手沿著水岸散步——這個需要他懂得尊重，她實在心懷感激。打從十六歲以後她就沒和別的男人交往過，所以就算現在她深受葛里芬的吸引，她還是無法習慣不是丈夫的男人伸手碰觸自己的身體。不過她倒是天天都在期待他晚上的那通電話：手機響起時，她連大氣都不敢出。她告訴過他，今天是她在新生兒病房當義工的頭一天，他說她真有愛心，並提起愛咪也曾在該處住了兩個多禮拜，等到身體夠壯了才帶回家去。當時他每天都到醫院看她三次，早上、中午以及晚上；而每天中午，那位負責照護她的義工恩娜蓓爾（慈祥如同外婆）都是抱著愛咪輕輕地搖著。愛咪的中間名就是因為這位天使才會叫做蓓爾的。

他跟伊莎貝講述這個故事的時候，她才恍然悟到，不管自己準備好了沒有，她的心其實已經屬於他了，而且絕對沒有回頭路可走。當天近傍晚時，他會來客棧訓練哈皮。「說好了喲，我今天就要再去看你了。」他補充道。一股暖流竄過她的身體。

克蘿依喝完奶後，伊莎貝往肩膀搭上一方打嗝布，照著護士先前指導的方式輕輕拍著她讓她打嗝。然後她便摟著小嬰兒輕輕地搖啊搖，木製的搖椅發出微微的咿呀聲。伊莎貝哼起一首她曾聽過珠兒唱給查理聽的兒歌，不過歌詞她記不全了。克蘿依小小的眼睛閉上了，然後又打開一瞇瞇，然後又閉上了。

「你好美喔，小小女超人。」伊莎貝輕聲道，然後便把孩子放回保育箱裡。

伊莎貝等著四天大的伊娃．陸蕾菊醒來時，一邊先幫她調整尿片的位置，然後護士便過來告訴她說，有一名新生兒的父母要到三點才能過來，所以得請她先過去照看。伊莎貝立刻起身，穿過加護病房走向身上纏著管線的羅根．保羅——果真有身形如此細小的早產兒嗎？護士將他從搖籃抱起，小心翼翼地把他放進伊莎貝的懷裡。她坐上搖椅，晃啊晃的，輕聲哼著搖籃歌，心裡的平靜是這輩子從來沒有體會過的。

都快四點了呢，葛里芬隨時可能會到。客棧該打點的都已就緒。伊莎貝已經上網更新了三船長的網站，並和兩名當地的旅行社職員聯絡介紹一下自己，此外她還上了「家得寶」網站為藍鳥房在線上買了一只新的門把。帳簿全都處理好了，記事本登錄了新近要入宿及退宿的日期，而客棧裡四處散落的各色盆栽也都澆好水了。**掌控自己的生命真是快樂無比**，伊莎貝想著。過去她從來不曾有過什麼生命可以掌控，而現在這種目的感，這種方向感，真是讓她振奮不已。

哈皮此刻躺在一方陽光底下，口裡啣著牠最鍾愛的玩具——一只長相搞笑且會吱吱叫的橡皮老鼠。葛里芬在這裡度假的一個禮拜裡點石成金，把搗蛋狗調教成一隻雖然有點頑皮，但不失懂得禮數的寵物狗。就連羅莉都喜歡上哈皮了，而且晚上點燈閱讀時，也挺喜歡讓牠窩在身邊。伊莎貝每天都帶哈皮出門散步，而且也會盡量撥出時間抱抱牠，跟牠玩在一起；然而她可愛的姪子卻是一心一意要把狗狗訓練成自己的小跟班，這點伊莎貝倒是無所謂。牠是屬於大家的。

伊莎貝抬眼一看到葛里芬和他兩個女兒走上門前的小徑時，興奮的感覺從趾間擴散開來，往上衝進她的胃裡頭，彷彿有許多樂暈了的蝴蝶在飛舞。她深受他的吸引，連自己都很難置信。當然，她以前也嘗過深受吸引的滋味：注意到某個俊美的男人，為一兩個男明星神魂顛倒等等，然而她卻從沒體會過現在這種愛戀的感覺。**她好想吻他，想吻是因為打從十六歲以來，這是自己頭一次恢復自由之身。**

阿萊莎戴著耳機，永不離身的iPod夾在她白色的短褲上。她沒打招呼，逕自躺上一張長椅，仰臉對著太陽，隨著音樂的節奏微微擺動著肢體。愛咪一如往常抬眼瞪著伊莎貝，只是這回有隻手藏在後頭。

「這要給你。」愛咪說著便伸手送上了一朵粉紅色小花。

伊莎貝笑開了臉。她蹲坐在小女生的面前。「好美的花，謝謝。你說我把它插在耳朵上好嗎？」伊莎貝撥開頭髮，把花插上去。「好看嗎，愛咪？」

女孩的臉發出光來。「好美。」

愛咪奔向哈皮，開始摩搓起牠的肚子。

牠頗具喜感的臉孔興高采烈地左右擺晃，逗得愛咪呵呵大笑。

「你看來好美，」葛里芬湊向她的耳朵低語道，她聽得全身輕飄飄，脊椎泛起一波波興奮的漣漪。他穿著軍服綠的休閒褲，搭配著黑色T恤，看來好帥。「好啦，女孩兒們，我這就要跟伊莎貝和哈皮一起上課了。莎莎，這會兒愛咪就交給你全權負責了。」

沉默。

他走向大女兒，拉下一只耳機頭。「我訓練哈皮的時候，你要看好愛咪。耳機不許戴。」

「那我會很無聊耶。」

「你可以好好享受陽光。跟妹妹玩。或者翻閱雜誌。」他指著柳條籃裡的一疊雜誌。「要不就到沙坑裡跟愛咪一起蓋城堡。」他補充道，因為此時愛咪已經跳進籬笆旁邊的沙坑，往一個橘色水桶裡頭填沙子。

「我今天穿白色短褲很怕髒耶，怎麼可能玩沙？」

葛里芬忍著不滾動眼睛的表情很搞笑，伊莎貝暗自想著。「那你就坐在這裡，享受太陽，順便盯好她。聽懂了吧？」

「懂，懂，聽懂了。」

伊莎貝領著葛里芬走到籬笆的另一頭，開始訓練課程。「記得我十四歲的時候，跟阿萊莎真是像透了。像到我光是想著都會覺得好可怕。」

「其實偶爾，只是偶爾，她還是會露出叫人疼的一面，就跟她小時候一樣討人愛。目前我看我也只有靠著專心想著這點，才能撐過她難纏的青春期——陰鬱、愛嘲諷、愛耍個性。你知道嗎？現在每個週末她們跟我一起過時，她都會很貼心地照顧妹妹。送她上床，幫她蓋好被子，念故事給她聽，還幫她把打結的頭髮梳順了，吻吻她的前額，然後說聲晚安把燈關上。每次都這樣，像個小媽媽。」

「哇，」伊莎貝呼道，瞥了一眼正在看雜誌的阿萊莎，她戴的大墨鏡幾乎蓋住了她整張臉。「她真的好疼妹妹，愛咪能在她的呵護下長大實在很棒。我跟我妹從小就水火不容。」

「真的嗎？我還以為你跟你妹妹和表妹的感情濃得化不開呢。那天看完電影以後，你們三個不是聊得很過癮嗎？全都敞開心來沒有保留，感覺上你們彼此都很關心對方。」

哈，沒錯。電影討論會上她們的確是肝膽相照，什麼都敢直言無諱。打從討論頭一部電影《麥迪遜之橋》時，她們就是如此；尤其驚人的是，伊莎貝衝口說出愛德華背叛了她，說她當場逮到他只穿了件襯衫走出外遇對象的臥室。這幾個禮拜來，她們三個（如果把羅莉算進來便是四個），確實是於不知不覺間培養出深切的感情了。大夥兒同吃同住同睡，又一起工作一起分享看電影的心得；此外，三人對羅莉病情的關心更是彼此感情的黏著劑。

哈皮開始挖起土來，葛里芬大喝一聲「臭小子」，然後便開始了訓練課程。葛里芬目前只專注於基礎訓練，他教伊莎貝要如何處理調皮的行為，比方挖土就是一例。還有，牠聽命時該如何獎勵牠。另外也得教牠亦步亦趨跟著主人走——行經布絲灣海港熱鬧的市中心時，這點更顯重要。葛里芬的手機響起時，他正在講解獎勵的方法。

「這是我設定的緊急鈴聲，」他說，一邊按下對講鍵。他簡單說了幾句，便把手機塞回口袋。「我得趕到附近一個人家去——一隻我很疼愛的老牧羊犬出事了。我得先把女孩們送回去。如果時間夠的話，我會再回來上完哈皮的課。」他舉步朝外走去。

「我可以幫你看著女孩們，你儘管去照護那隻牧羊犬，這裡有我就好。」

他瞥一眼伊莎貝。「確定嗎？我不想增添你的——」

「沒事，一點也不麻煩。」她很珍惜這個單獨跟狄恩姊妹相處的機會，因為可以藉此更進一步了解她們，充當一個鐘頭的代理母親。

他捏捏她的手。「感激不盡。」他走向阿萊莎，把她的墨鏡推到她的頭頂上，然後告訴她自己約莫四十五分鐘到一個鐘頭內會回來，並說這裡就交由伊莎貝負責，她會照看她們倆。她看著阿萊莎朝自己飄來一眼，然後把墨鏡拉下。葛里芬讓愛咪知道他很快就會回來，並說伊莎貝會看著她和阿萊莎。他吻吻她的頭頂，然後便衝上小徑出門了。

「我端一壺新鮮檸檬汁跟一些餅乾過來好吧？」伊莎貝的笑容稍嫌明燦了——至少對十四歲的少女來說。

愛咪拍起手來。「好啊！」

「我還有個更好的主意喲，」伊莎貝說：「我只端壺冷開水，還有一桶冰塊，另外擺上糖還有檸檬，那你們就可以親手調製檸檬水啦。乾脆就在這兒擺個冷飲攤，免費提供房客自由取用如何？」

「好棒！」愛咪呼道。

「你最愛哪種口味的餅乾呢，阿萊莎？我的表妹凱特是烘焙達人，今天她烤了好多種餅乾呢。」

阿萊莎逡眼看她。「她有花生奶油巧克力片餅乾嗎？」

伊莎貝微笑起來。「當然有囉，那是她的最愛。我三分鐘內就可以把東西全部端出來。愛咪麻煩你看好囉？」

阿萊莎點點頭，眼睛又回到雜誌上。伊莎貝好高興可以跟狄恩姊妹相處一段時間，可以……照顧她們。她急急走進屋裡，順手抓了一只厚實的大托盤放在桌上。她往玻璃壺裡倒了水，丟了好些冰塊到冰桶，再拿了糖罐和一碗檸檬片，外加一盤內含花生奶油巧克力片餅乾的三款點心，然後便端起沉重的盤子往外走去。阿萊莎不在長椅子上了。伊莎貝朝沙坑看去。不見愛咪。

啊，你逗我啊，阿萊莎。想玩捉迷藏來嚇她吧。「阿萊莎！」她叫道。

沒有回答。

她環顧後院，透過矮樹枝望過去，還跑去察看院子角落那顆大石頭的後面。沒有兩個女孩的蹤跡。

「阿萊莎，愛咪，」她大聲呼道：「拜託出來吧。我已經把檸檬攤需用的東西都拿出來囉。」

沒有回答。

她的心開始噗噗猛跳。伊莎貝在院子四處跑了一圈，察看每棵樹的後頭，連同客棧兩側，然後便趕著腳奔回屋裡。她察看浴室——是空的。她察看避靜室以及客棧的所有公共空間，還有每個角落以及所有罅隙。每查過一個地方，恐慌的感覺就更嚴重。她跑到屋前張望，但是只瞧見珍珠在幫玫瑰澆水。

「珍珠，你剛看到阿萊莎和愛咪沒？你知道，葛里芬的兩個女兒？一個十幾歲，一個三歲？」

「幾分鐘前我是看到大的那個。這孩子三步併作兩步往海港的方向跑。我看她是一邊講著手機一邊還笑著哪。」

伊莎貝猛吸一口氣。那可好了。「三歲大的小女孩呢？」

「阿萊莎是一個人，沒帶著娃兒。」

那愛咪會在哪兒呢？

伊莎貝急急跟珍珠說了事發經過，然後便衝回後院，再檢查一次，一邊呼喊著愛咪的名字。一喊再喊。沒有回應。

阿萊莎的手機。伊莎貝不知道她的號碼。她得打給葛里芬問才行。得跟他報告，阿萊莎和愛咪趁她不注意時溜走了。而且愛咪目前下落不明。

噢，老天。

她鍵入葛里芬的緊急手機號碼時，一邊不斷呼喊著愛咪。愛咪沒有回應，不過葛里芬倒是馬上接了電話。「伊莎貝嗎？怎麼了？」

她解釋了事情經過，聲音拔高到歇斯底里的地步。她獨自站在後院，心亂如麻四處張望，奔到樹後，又衝到前院察看能否找到愛咪。也許她是追著一隻松鼠跑去玩了。伊莎貝細細查遍了每一吋土地。什麼也沒有。空蕩蕩的。**愛咪，你在哪兒呢？**

「珍珠確定愛咪沒跟著阿萊莎走嗎？」

「她很肯定，她說阿萊莎是自己一個人跑過她身邊的，還一邊對著手機談笑。我沒她的號碼。噢，老天啊老天。葛里芬，我真的好抱歉。」

「真是見鬼了，見鬼了。也許珍珠只是沒注意到愛咪跑在阿萊莎前頭。」伊莎貝可以聽到他聲音裡的濃重焦慮。「我先打給阿萊莎，然後再打給你。繼續找愛咪吧，所有能躲的小地方都得看看。如果我待會打給你時，還沒找到她的話，我就得報警了。」

伊莎貝胃裡一陣緊縮，她閉上了眼。她把手機塞回口袋，又開始在客棧的裡裡外外及前後院四處奔找，一邊呼喊愛咪的名字，檢查所有她可能藏身的地方。沒有收穫。沒有。沒有。

五分鐘後，她的手機響起來。是葛里芬。「我找到阿萊莎了。她把愛咪丟在院子裡自己偷溜走了。

阿萊莎現在跟我一起坐在車裡，我們一分鐘以後會到。」

伊莎貝可以聽到阿萊莎的哭聲，她一邊還說著：「對不起，老爸。我還以為伊莎貝馬上就會回來，所以才先跑掉的。」

我的確是馬上就回去了，伊莎貝麻痺地想著。**前後只有幾分鐘**。

只有幾分鐘。片刻之間天地都有可能翻轉。

片刻之間天地都有可能翻轉。

「愛咪！」伊莎貝扯著喉嚨大吼。「愛咪！」

她豎起耳朵仔細聽。然而卻什麼都聽不到——只除了夏天慣有的聲響。還有伊莎貝狂亂的心跳聲。

愛咪，你在哪兒？

先前珍珠在慌亂間打了電話給珠兒，此時珠兒是和警察一起現身的，緊跟著伊莎貝便聽到哈皮在吠，聲音很不尋常。伊莎貝尾隨著葛里芬走到隔壁人家的院子，兩家之間隔著圍籬還有好幾棵長青樹，其實是不太好穿越的。哈皮跑到華許家的狗屋前頭直打滾，狗屋前則躺著他家飼養的黃色老拉布拉多犬愛維斯，牠半闔著眼要睡不睡的樣子。

「哈皮，」葛里芬說著便衝上前去。「要幫我們找到愛咪喔。」他把愛咪的小毛衣放在哈皮的鼻頭上，然後哈皮就開始發瘋樣地猛吠起來。「哈皮，幫忙找愛咪啊，快。」

可是哈皮卻不為所動，還是在原地吠叫，然後便開始在狗屋前方繞起圈子來。愛維斯不動聲色，只是半睜著懶洋洋的眼睛看著哈皮。

「葛里芬，我很抱歉，」伊莎貝開口道。「我——」

得了吧，伊莎貝，你還以為你真有多大母愛嗎？愛德華曾經不只一次這樣說過她。

「我很抱歉！」她重複道，聲音沙啞。

阿萊莎只是瞪著自己的兩腳看，她的腳趾甲閃著金屬藍和綠的亮光。她不肯抬眼看伊莎貝。

葛里芬跪坐在地，覷眼看進狗屋裡。「她在裡頭呢！睡得好沉。愛維斯，你快走開，讓到一邊好吧，我要抱女兒出來哪。」可是狗狗不肯動。艾瑞克．華許趕緊拿了片狗餅乾把大狗引到一邊去，然後葛里芬便探手入內拉了拉愛咪的手臂。

「爸爸？」小小的聲音傳出來。

葛里芬一把拉了她出來，將她摟在懷裡。他朝伊莎貝瞥了一眼，深色的眼睛裡閃現著憤怒、挫敗以及解脫的神色。但看來大半是憤怒，她想著。「回家去了！」他對阿萊莎說。

他手裡抱著愛咪，阿萊莎臭著臉跟在後頭。葛里芬沿著客棧側邊的空地走向他停著車子的車道。他沒跟伊莎貝說半個字，連回頭看一眼都懶得。

14 珠兒

禮拜二一大早，海鷗的叫聲把珠兒吵醒了，不過她一點也不介意，因為只有早起才能看到海灣上方粉紅色的日出。她移身到陽台上，吸進帶著鹹味的海風，以及清新的花朵和青草味；這所有味道的總和總是讓她想起亨利。雖然這一個禮拜來，她一直渴想著和他長談，然而這陣子她體內燃燒著的欲望卻是圍繞著另一個男人在轉，所以她只好刻意避開亨利。亨利永遠是體貼的亨利，他並不以為意。

她瞇著眼望向海港，風帆點點，漁夫都出海了。**也許今天會有回音吧**，她想著。打從她打電話到史密斯家後，已經過了一個禮拜；她的留言簡單明瞭，只說了自己是約翰的老友，希望能和他取得聯絡。那之後每天早上她醒來，都會獨自坐在陽台，默禱著當天能夠得到回音。

今天會有回音嗎？如果他們打算回電的話，應該早就打來了吧。不過她倒是每天都會接到瑪里的電話，問她史密斯夫婦有否回電，讓她備感窩心。她喜歡有人關心的感覺。瑪里自從看過查理以後，就進入「媽咪」模式，開始擬定「迎接新生兒」的購物清單，四處打聽哪裡有最好的托育中心，並仔細重讀《懷孕知識百科：好孕大作戰》。珠兒無意間和瑪里成了患難之交，她覺得這是生命賜給她的一大禮物，由此可證什麼**都有可能**發生，比如接到史密斯夫婦的來電、找到約翰、組成一個家庭。

她走向查理的房間，為的是要看看他可愛的臉，看著他沉睡時起伏的胸部。她的眼睛停駐在他在床頭上方牆壁黏貼的一張家族樹海報——仍有許多空白等待填補。

她回到自己的臥室後，才注意到伊莎貝已經不在床上。她是在珠兒溜身出去的幾分鐘內起床的，還是早在珠兒起床前就不見了呢？凱特睡得好沉，而且身體挨著床沿，美麗的金髮都垂到床側了。珠兒很想把她往裡挪一點。以前她只要看到查理好生驚險地懸在床側，一定會推他一把。畢竟，她曾多次在夜半時分聽到砰撞地板的聲音。不過凱特已經是成年人了，珠兒很確定她無須擔心成人於睡夢中摔落地板。

她瞥瞥伊莎貝空蕩蕩的床鋪。印有浮標圖案的淡藍色床單皺巴巴的，可以想見她的姊姊整晚都輾轉難眠。伊莎貝前一天晚上幾乎是一語不發。她為全家人做了豐盛的特色披薩大餐，彷彿是需要剁切大量蔬菜，需要落落長的食譜讓她可以跟著其中的繁複指示一步步往前走。她拒絕任何人幫她做菜，而且不管大家怎麼說怎麼勸，她還是愁眉深鎖。她們再三告訴她，下午的意外跟她沒關係，而且那種事葛里芬多年來應該已經領教過很多次了：阿萊莎答應要看著小妹，但卻食言而肥。愛咪一溜身就不見了。然而伊莎貝還是愁容滿面表情僵硬，她說她只是需要一點獨處的時間。她把大家都叫來吃晚餐，可是自己卻空著肚子逕自回到臥房。珠兒和凱特端了晚餐上去給她時，她卻面對著牆假裝睡著了。珠兒很確定姊姊整晚都是翻來覆去。

她走到前窗往外看，因為伊莎貝也許是帶著哈皮散步去了，然而伊莎貝並未置身於遛狗人與慢跑者當中。珠兒移步到面對後院的小窗子，這才瞧見了伊莎貝。她坐在孩子們最愛爬上去玩的那塊扁平頂的大石頭上，兩手環住聳在前胸的膝蓋，身旁擱著一杯咖啡。哈皮趴在石頭邊，專心地在啃一只生皮骨頭，然後又跳起來去追一隻白色大蝴蝶。

珠兒沒有費事更衣，直接就穿著T恤和瑜珈褲下樓。她先走進廚房為自己倒了一杯伊莎貝泡好的咖啡，然後又從罐子裡抓了兩個鬆餅——凱特在罐子上標了大字：**好吃的鬆餅，自由享用！**

「嗨！」珠兒說，她先把咖啡杯和鬆餅擺上石頭，然後才爬上去，坐在伊莎貝旁邊。

伊莎貝紅著眼圈看她一眼，然後又瞪向前方的樹。「嗨。」

「昨天發生的事和你根本沒關係，希望你別死心眼。」

「當然跟我有關係了。愛德華有一回告訴我——好吧，是我們吵架的時候；他說我完全沒有母性，他說我天生就沒有母性的保護本能。這話沒錯。我當母親根本不及格。」

「愛德華撂出那種話，只證明了他是頭號驢蛋，伊兒。他是大錯特錯。你在這兒待的短短幾個禮拜就已經證明了你很有母性本能。我可以舉上二十五個例子都不只呢。你會是個超棒的母親。」

「舉兩個例子吧。」伊莎貝說，聲音陰沉。

「首先，光看你對查理的態度就很清楚啦。還記得來這兒的頭一天，大夥兒一起用餐時，他提起空白的家族樹，你馬上貼心地告訴他餐桌旁所有的人都是他的家人。第二，那天晚上他流鼻血的時候，你馬上翻找出另一套睡衣給他，然後又幫他換了床單和枕頭套。第三，你對葛里芬的十四歲女兒真是仁至義盡好到不行，換成我們，早就不知跟她飆罵多少次了。第四，你好體貼珍珠，她最需要的就是覺得自己還派得上用場。第五，你對羅莉和整個客棧付出好多心血。我還可以講很多。」

伊莎貝兩手摀著臉開始哭起來。「放掉愛德華，我本以為自己應付得還好，雖然過去十五年來，我除了婚姻什麼也沒有。如今我每天醒來後只需要面對自己，我覺得我已經展開了新生活：幫忙羅莉，幫忙打理客棧的大小事務。對另一個男人產生感情，一個有小孩的人。然而剎那間我卻搞丟了愛咪，於是我便想起愛德華曾經給我的評語——」伊莎貝深深嘆了一口氣。「愛咪的事其實有可能還要嚴重許多，珠兒。她有可能跑到街上，被車撞倒。愛維斯有可能受到刺激，狠狠咬她一口。她有可能被生人搶走——」

「事情永遠都有嚴重許多的可能，但你不能活在那種想像裡，伊兒。想要好好活著的話，你需要……信心，我想。相信自己，相信別人。相信事情總會好轉，因為你在意自己的生活品質，因為你試圖扭轉現況。我們頂多也只有這樣面對生活。否則我們就只能放棄一切，讓憂慮主導我們的生活。那就是跟自己作對了。」

「可是我們要如何停止憂慮呢？」

「就是要相信自己吧。」

伊莎貝深深吸進一口氣，然後拿起一塊鬆餅，肉桂口味，攙有白巧克力。珠兒當下馬上知道她聽進了自己的話，就算只有一點點。

當天晚上，珠兒、伊莎貝、凱特和羅莉一起聚在羅莉的房間，打算來個即興電影夜。眼看大家的心情都很低落，羅莉吩咐珠兒要挑部哀傷但溫馨感人的梅莉史翠普電影來撫慰眾人。珠兒逡眼掃過客廳的DVD收藏櫃，希望羅莉蒐羅了她心目中理想的那部。啊哈，果真有呢。《克拉瑪對克拉瑪》。

這部電影是珠兒好久以前看的，而之後有一次她臥病家中時，又在第四台看了一遍。梅莉史翠普飾演的妻子拋夫棄子（五歲的兒子，也許是六歲吧），因為她的丈夫達斯汀霍夫曼是個自私自利的工作狂，她忍無可忍。於是達斯汀只得獨力扛下照顧兒子的責任。慢慢地，他於養育過程中領悟到身為人父的真諦。然而就在他體認到這點，領會到「身為自己兒子的父親」對他的意義遠大於其他，包括他自己以及他的工作之際，梅莉史翠普卻重返家門，想把兒子帶走。達斯汀當然不肯放手。他不惜一切和梅莉史翠普對抗，說什麼也要爭得兒子的監護權。然而最後他還是輸了。不過在這拉鋸的過程中，連梅莉都看出了達斯汀已經成為新人，看出兒子有多依賴他，看出他有多愛父親又是多麼需要他。最終她決定還是放手，讓父子倆團圓。

也許這部電影可以幫助伊莎貝進一步體會到葛里芬的心情，了解他為什麼一直沒有回電。他沒聯絡其實關鍵不在她，而是因為他心懷太大恐懼。而且伊莎貝或許也可以藉由影片看出自己會是個好母

親——她敏銳的直覺，她愛人的能力，還有她的個性，在在都證明了這點

伊莎貝捧著裝了好幾碗爆米花的托盤走進來。「人都到齊了吧？」

今晚只有她們四個觀眾。珍珠的丈夫得了感冒，所以她得留在家裡照顧他。羅莉因為身體不太舒服，她希望電影夜能在她房裡進行，只要家人相陪就好。

凱特和母親一起躺在病床上，一襲喀什米爾大圍巾（友人送她的訂婚禮物）蓋住了大半身體。伊莎貝眉間仍是憂愁，她遞了一大碗爆米花給凱特，讓她和羅莉共享；然後她便熄了燈，坐上珠兒旁邊的皮墊木椅。她伸出兩腳擱在珠兒旁邊那張矮椅子上。

「還是沒有葛里芬的消息嗎？」珠兒低語道，順手從伊莎貝腿上的碗裡抓了把爆米花。

伊莎貝搖搖頭。「他應該不會跟我聯絡了。我昨晚打了兩通電話給他，今早一通。」

「他一定會回電的，」珠兒說：「他只是嚇過頭了。跟你一點關係也沒有。」

「如果我沒進屋裡的話，就不會虛驚一場了。就算離開兩分鐘，也是不可原諒。」

「阿萊莎都十四歲了，伊莎貝，」凱特說：「不是我多嘴，好吧就算我多管閒事好了。其實任誰都可以理解不是你的錯，你只不過是要一個十四歲大的孩子幫你看一下她妹妹，頂多幾分鐘而已，因為你得進屋裡拿檸檬、冰塊什麼的給她們。葛里芬也該清楚，錯不在你。」

「那我怎麼會難過成這樣呢？葛里芬又為什麼不肯回電？」

珠兒當然了解原因，不過她只給他一天的時間克服心理障礙。這事把伊莎貝搞成這等慘狀，讓珠兒還真有點疑慮——昨天其實就可以看出來她有多難受了。

羅莉稍稍挺直了身。「珠兒說得沒錯，愛咪突然不見了他當然會嚇得半死。不過我看他最氣的應該是他自己，伊莎貝。只要他搞定了他的心理問題，應該就會來電的。」

伊莎貝抓了一把爆米花——這是好兆頭。「但願如此。」

羅莉按下遙控器上的播放鍵。「珠兒今晚真是幫我們挑了部超棒的影片。」

「瞧，梅莉好年輕啊，」珠兒道，銀幕上的梅莉史翠普正在告訴達斯汀霍夫曼說，她打算離開他們父子倆。「這是哪一年的電影啊？七〇年代嗎？」

羅莉捻開床頭几上的燈，看了看DVD盒上的文字。「一九七九年的片子。」

「她好像因為這片子得了奧斯卡最佳女主角獎對吧？」珠兒問道。

羅莉點點頭。「這部片子，還有《蘇菲的選擇》和《鐵娘子》。」

「嗯，梅莉忍無可忍，我完全可以理解。」珠兒說。

「可是怎麼會連小孩都不要呢？這點我還真是搞不懂。」

凱特伸手往擺在她和羅莉中間的大碗抓了把爆米花。「不過梅莉史翠普硬是可以贏得觀眾同情，我還真是服了她。這女人渾身都是戲劇細胞，所以才有辦法做到這點。」

「說得好，」羅莉回道。「所以她的每部電影我都百看不厭。她拍這部片子的時候，還好年輕呢。」

她們慢慢靜了下來吃著零食喝著飲料，看著達斯汀霍夫曼從自私的工作狂既快且慢地變成了成熟的父親，他開始平等對待自己的兒子，了解兒子對他有許多的期待與需要。

「達斯汀霍夫曼也是一等一的演員，」珠兒說：「他把主角微妙的心理轉折詮釋得絲絲入扣，到最後他領悟到兒子比自己的工作還要重要。」

羅莉又抓了把爆米花。「觀眾也絕對會恨死殺人不見血的廣告界，總之就是電影裡描述的那個啦。而且他的老闆硬要炒他魷魚，也證明了在那個業界裡，根本沒有人情可言。」

「哇，梅莉史翠普是十五個月以後才重返家門嗎？」伊莎貝兩眼瞪得好大。「都過了十五個月，然後她才突然思子心切？」

珠兒搖搖頭。「換作是我，一天都不能沒看到查理。我每天都得抱抱他，告訴他我有多愛他。」

「這場監護權之戰打得還真莫名其妙，」凱特說：「依我看，律師和法官大人們根本都不在事發現場，他們哪知道發生啥事，啥事又是如何發生的呢？兒子在遊樂場出的那場意外就是個好例子。」

「不過梅莉應該清楚，」伊莎貝說：「因為她太了解達斯汀霍夫曼了，也了解她兒子。」

珠兒點點頭。「噢，老天，我雖然早就知道結局，不過親眼看到還是很震驚：監護權竟然判給了梅莉。他是那麼愛他兒子。他才剛發現自己對孩子有那麼深的感情，發現父子之間的連結如此強大，可是現在孩子卻要給帶走了。」

房間裡所有的眼睛都是濕的。

羅莉拿起面紙按按眼睛下方。「這段拍得真好：梅莉過來接她兒子，然後又說她終於明白比利其實是屬於爸爸的。」

「至少現在我流的是快樂的眼淚，」伊莎貝抹著眼睛說：「天哪，好久沒這麼感動了。」

「再打通電話給葛里芬吧，」凱特說：「留話在他的語音信箱好了。告訴他你完全了解他不回電的理由，就說你只是想讓他知道你能體會。」

伊莎貝搖搖頭。「我已經打過三通了，他根本不理我。這一個禮拜來，我們原本每天晚上都有通話的。」

「他硬是不回電，對你真的很不公平，」珠兒說：「他不高興我是可以了解，可是搞得你如此悽慘就不對了。至少他可以來電說一聲，他目前需要一點獨處的時間吧。」

「要不就丟一封電子郵件給他好了，」凱特說：「告訴他電影夜我們看了《克拉瑪對克拉瑪》，對你很有啟發，讓你更加了解一個單親爸爸面對親子關係時的各種情緒轉折。另外不妨提一下，達斯汀霍夫曼的兒子在遊樂場受傷時，他有多恐慌，而你也因此更能體會昨天他面臨意外事件時深沉的恐懼。」

「搞不好他覺得我把真實人生跟電影相比很白痴呢？」伊莎貝問道。

「電影打進了你心裡，讓你能從一個單親爸爸的角度看事情，」羅莉說：「我覺得你不妨提一下。總之，該把你的感受告訴他。」羅莉又開了別個話頭，但緊跟著卻打了個呵欠，眼睛好像就要闔上了。

「我們也該讓你好好休息了。」凱特說，她吻了吻羅莉的前額。

伊莎貝和珠兒也跟著親了親她。然後伊莎貝便上樓去發信給葛里芬，凱特則說她想去找奧立維，只剩下珠兒一個人坐在安靜的客棧樓下，突然覺得自己好孤單。之後藍鳥房的住客進來說他們想喝咖啡，不知會不會打擾到她。她說不會。她走進廚房為他們煮了一壺咖啡，並將剩下的巧克力碎片餅乾放上盤子送過去。電話響起來時，她趕緊衝上前去接。搞不好是史密斯夫婦來電呢。

是亨利。

「嗨，珠兒。我有事得跟你談談，重要的事。你能過來嗎？」

他是打算請她走路嗎？不可能，哪來的胡思亂想啊？他當然不會開除她。他是想找她談談勞動節那天在他船上發生的事，這點珠兒很肯定。他想讓她知道他了解她非找到兒子的爸不可，什麼阻礙也擋不了她。另外他也想說，他們之間千萬不能有心結——顯然目前是有，但得化解。禮拜二、三是珠兒的休假日，所以勞動節之後她沒機會看到他——他是在節日當天向她表明愛意的。禮拜四、五他都沒露面，然後到了週末他又騎著摩托車出遊去了。唯一一次她得跟他請示如何處理訂單錯誤時，她敲了他辦公室的門，但卻沒有回應。當時她跑到後窗往外看，瞧見了他在船上工作，然而他卻又停下了動作，呆呆望著水面，望著碼頭。想來他是有點茫然吧。不知如何面對她，不知如何面對兩人的關係。

其實她也有話要告訴他。由於他跟她表明了心意，她覺得還是先別告訴他她已找到了約翰的父母，得知他們的電話號碼及地址。然而跟老友其實是該無話不說的。至少要讓他知道她已經更接近目標了，知道她的苦心畢竟沒有白費。

當然，她也有可能永遠不會收到回音，不過她還是抱著希望；只要在寫給他們的信裡拿捏好分寸，不要讓他們誤以為她是他多年前露水姻緣留下來的恐怖情人就好。她不可能直接說明她想找他的原因。這點她得先告訴約翰才行，然後由他負責轉告。今晚她會構思信函措辭，如果明天中午以前他們還沒回電的話，她就要把信寄出去。

「我現在就可以過去，」她告訴亨利，一邊把咖啡倒進兩只馬克杯裡，並將糖與奶油罐放在銀色托盤上餅乾的旁邊。「我得先去請伊莎貝幫我注意一下查理。給我二十分鐘左右。」

「我會在我的船塢等你。」他說。在他掛斷以前，她很肯定她聽到他的心臟急速跳動的聲音。

珠兒打開前門要赴亨利的約時，只見瑪里和齊普站在門廊上，正打算摁鈴。齊普和珠兒印象中的他一樣高大英俊，他穿著棒球教練服：灰色運動褲搭配長袖的灰色T恤。老天，他們生下的寶寶一定會迷死人。

瑪里看來整個人都變了。她大大的澄藍眼睛發出光芒閃耀著，而且臉上還漾出一抹微笑。「珠兒，我們突然上門希望沒打擾到你，」瑪里說：「時間不對吧？你有事要出門？」

我們？珠兒想著，她的眼睛從瑪里轉向齊普。難道他的態度改變了嗎？齊普人站在那兒，一臉凝肅，珠兒無法確定他的意向。

「我是要到書店跟亨利碰面，」她說，同時注意到瑪里和齊普並不是開車來的。「跟我一起走到港邊如何？」

三人舉步前行時，齊普一手攬上瑪里的肩頭。珠兒兩眼瞪大，瞥瞥瑪里。瑪里瞇眼在笑。她的臉在發光。

「我要先謝謝你對瑪里的付出，珠兒，」齊普說：「她告訴我，你是她最大的精神支柱，這是我當初得知她懷孕時做不到的。感激不盡。目前我還在努力適應新的狀況。不過重點是我知道我愛瑪里，而這，應該就夠了。」

珠兒笑起來。她喜歡單純的愛。

「昨晚他來敲我門的時候，我嚇了一跳，」瑪里說：「我們長談許久，甚至還開了一張男孩、女孩的名單呢。」齊普和瑪里含情對看了一眼。「怎麼謝你都不夠的，珠兒。你一直在想著你二十一歲時的狀況。真希望當時你也有過精神支柱，一如我現在有你。」

「我是有過沒錯。」她說，亨利的影像立刻浮現在她腦中。當初得知懷孕後，他堅持不讓她搬運重物。她因害喜躲在小小的布克兄弟書店的洗手間整整兩個小時的那次，他為她買來了五盒鹽脆薄餅乾。她即將分娩時人在書店，他是頭一個知道的人，所以打電話通知羅莉的就是他。等在產房外頭的是他，如同緊張不已的父親來回踱著步。頭一個告訴她「查理完美到不行，就跟你一樣」的人當然還是他。眼淚泛滿她的眼眶，她把淚水眨掉。他跟她說了他愛她，而她的回應卻是她要追尋一個她無法放手的夢想。

因為就在此時，成真的夢想就雙雙站在她面前。一對快樂的準爸媽。

約翰的父母會來電告訴我如何聯絡到他的，然後我就有機會重生，她告訴自己，一邊看著瑪里和齊普含情對望。

來到港邊時，珠兒摟了摟瑪里和齊普，和他們說再見，並提醒瑪里她們下禮拜約好了要去挑選嬰兒車。她看著他們手牽手走遠了。**築夢成真**是珠兒的座右銘，而現在她就看到了具體的明證。她沿著布克兄弟書店側旁的小巷子走向船塢時，愉悅的寧靜在心中凝聚成形。如果瑪里和齊普可以終成眷屬，她和約翰也不無可能。

緬因的九月夜晚最是迷人，清柔的空氣包籠著你的身體，並帶來花兒的香氣以及秋天的訊息，而且涼風送爽，你會很高興自己出門前抓了一條輕柔的毛衣套在背心上頭。亨利如他所言，正站在他船前的碼頭等著。他兩手插在牛仔褲口袋裡，默默看著水面。

「嗨，」她走上前去打個招呼。「真高興你打來電話，我也有件事想告訴你呢。」

他轉過身，看著她好一會兒。他的表情透出難以解讀的訊息，這是她從來沒見過的。

他打算開除她嗎？他無法忍受和她一起工作了？

「亨利？」

「我們先進去吧，坐下來說。」他伸出手來扶著她走上船。「你說你也有事告訴我。你先好了。」

她踏著三步台階走進客廳，然後轉身面對他。「我找到他了。」

他瞪眼看她，然後才開口道：「找到了查理的父親？」

她坐上高高的導演椅。「我找到他參加學校樂團時拍的照片，然後根據其中一名團員的資料找到新資料。感謝老天這人的名字很特別。這人的中間名剛好跟約翰童年住的那條街名一樣，所以他有印象。我循線找到了他的父母——我是說，他們的地址和電話。」

他再次瞪眼看她，彷彿是在等她說個他預期的什麼。

「我打電話過去，留了口信，只說了我是他們兒子的朋友，是七年前他在紐約旅遊時認識的，我說我想跟他取得聯絡。他們還沒回電，不過我已經在擬稿寫信了。我總不能大剌剌地把真相——」

她停了口，看著亨利。他凝看著她好一會兒，然後又闔上眼睛，猛吸一口氣。

「珠兒。」

她站起來。「怎麼了，亨利？」

他轉過身，伸手拿起他書桌上一張折起來的紙。他就這麼拿著，沒有打開來，也沒遞給她。「我突然想到應該確定一下，只是要確定，只是想看看，然後，噢老天，珠兒，希望不要嚇到你。」

他把紙攤開，交給她。是《班格爾日報》一則訃聞的影印。日期是七年前十一月她和約翰約好要在中央公園貝思達噴泉廣場的水天使雕像碰面的日子。

世居緬因州班格爾鎮的約翰．史密斯，於十一月十號因白血病死於紐約，享年二十一歲。約翰因染患重病，決定利用僅剩的幾個月餘生實現他的夢想，環遊美國，走遍大城小鎮。他的父母班格爾鎮的愛蓮諾和史蒂芬．史密斯，以及他的外公、外婆……

上面登了張照片。是他沒錯，是七年來她深藏在記憶深處的俊美臉孔，他的五官線條和一顰一笑她每天都可以在自己兒子的臉上看到。

是約翰．史密斯微笑的影像，絕對錯不了。珠兒大喘一口氣，倒退兩步。她兩腿發軟，趕緊抓著一把椅子的邊沿坐上去。「當初我好恨他利用了我，跑遍了紐約瘋狂找他，沒想到他卻是躺在一公里以外的醫院上了黃泉路。」她淚如雨下。

「很遺憾，珠兒。他沒有棄你而去，」亨利輕語道：「他是被帶走了。」

珠兒眼淚直流，陣陣抽泣從她身體的深層不斷湧出，而當亨利跪在她的椅子前面拉起她的手時，她卻猛抽開身。

「你沒事幹嘛去看訃聞啊？」她朝他大吼。「你要的就是這個嗎？要他死？」這話很不公平，一出口她就知道自己失言了，然而所有的理性剎那間都不見了。約翰．史密斯死了。多年來他其實已不在人世。

「並不是，珠兒，」亨利說，他的聲音輕柔，幾近沙啞。「我看訃聞是因為我覺得男人會離開你，這是唯一的理由。」

她的心都碎了。她轉身奔逃而去。

她回到客棧後，立刻衝上樓，眼淚流個不停。此時伊莎貝正輕手輕腳地走出查理的房間。

「睡得真——」伊莎貝開口道，然後猛地煞住。「怎麼了？珠兒，出了什麼事？」

她無法開口，只是哭，所以伊莎貝便輕輕關上查理的房門，然後牽著她的手走進兩人的臥室。門一在身後闔上，珠兒便背抵著門往下滑坐在地板上，不斷抽泣。

伊莎貝跪坐在她面前，撥開了黏在珠兒潮濕臉龐上的頭髮。「怎麼了？」

珠兒的手上仍然抓著那份訃聞。她連訃聞還在手裡都不知道。她將影本丟給伊莎貝，伊莎貝掃讀一遍，大吃一驚。

「啊，怎麼會，怎麼會！」伊莎貝一把抱住珠兒，也跟著哭起來。

珠兒緊緊摟著姊姊，哭聲震響，她都擔心起查理會給吵醒了。

15 凱特

義大利烘焙坊的外觀和香氣共同編織出奇幻空間的感覺，人在裡頭就像是到了千里外羅馬的一家糕餅鋪。這家店的招牌是義大利糕點和麵包：各種口味的夾心捲，包括ricotta乳酪，以及原味和巧克力奶油，還綴上巧克力脆片；撒上糖粉的小派餅以及泡芙、奶油龍蝦尾酥皮甜點和拿破崙派也都很受歡迎；此外還有帕瑪森蘇打麵包、佛卡夏麵包、長條的義大利香料麵包、薄餅、拖鞋麵包，以及一罐罐自製的橄欖油。凱特覺得自己可以一整天站在店門口，呼吸著各樣香味都不走。

她瞧見馬太歐時更是高興得不知如何是好。他穿著暗綠色T恤和牛仔褲坐在一張圓形咖啡桌旁，面前擺了杯濃縮咖啡和幾片餅乾。她打開門時，上頭的小鈴鐺叮噹響起，馬太歐朝她微笑，站起身來。他的父親亞龍佐立在櫃檯後面。他跟他的兒子一樣，身形高大，不過偏向壯實，稀疏的暗色頭髮露出點點的灰。「原來這就是我可愛的敵手，」亞龍佐走出櫃檯，溫暖的臉龐漾出笑容，他緊緊抓著她的兩手。「很高興能跟你碰面，跟你學習。」

他真客氣。「你覺得我的鬆餅可口我很榮幸，羅蘭先生。我們全家人都好愛你做的夾心捲。他們通常只吃我做的糕點——只有你的夾心捲和提拉米蘇是例外。我的小外甥拿他遛狗賺的錢來買你的夾心捲都會覺得背叛了我呢。他每回都吃得讚不絕口。」

提到查理，凱特便擔心起珠兒來——她今早一直沒有起床。昨晚凱特從奧立維的住處回到客棧時，發現珠兒和伊莎貝坐在珠兒床上，珠兒的眼睛因為哭泣而泛紅。伊莎貝拿了訃聞給凱特看。今天早上，凱特聽到珠兒的哭聲，不過她卻是躺在床上面對著牆，不肯翻過身來。當凱特聽到查理打開自己房門，依慣例叫一聲「媽媽、阿姨，早安」時，她趕緊跟珠兒說了她會送查理上學，也會告訴他媽媽頭痛，不過只要休息幾個鐘頭就會好。伊莎貝打電話給布克兄弟書店說珠兒人不舒服，當天無法上班。後來凱特送查理上學後回到家，發現珠兒還是面對著牆躺在床上。

於是凱特便躺到她身邊，為她按摩背部，還說要去拿她當天一大早做的珠兒最喜歡的肉桂片白巧克力司康過來，然而珠兒卻連搖個頭的力氣都沒有。

「我只是需要獨處一下。」珠兒說，所以凱特便下了床跟伊莎貝報告現況。伊莎貝當早已經進出臥室查看了好幾趟，她說珠兒就由她接管吧，凱特也該去義大利烘焙坊赴約了。

「抱歉我太太不在。馬太歐他娘今天得照顧我們生病的小姪女，不過你們應該很快就有機會碰面的。」亞龍佐轉向馬太歐吩咐道：「你幫小姑娘拿杯濃縮咖啡吧，我先到廚房看看是不是東西都準備好了。」

不過馬太歐並沒有馬上行動。他正瞪著她的戒指看。「看來是該說聲恭喜了。」

她瞥瞥手上的戒指，僅只以微笑回應——美麗的鑽石嵌在古樸雅致的鑲座上閃現著耀眼光芒。「我真等不及要進廚房了。整個店香氣四溢，迷死人了。好感謝你父親願意花時間傳授祕方給我……」她發現自己的嘴巴在跑火車了。

她覺得馬太歐正在看她，等著她說個什麼，然而關於戒指的事她能說什麼呢？告訴他**我點頭答應婚事，但卻是滿心的不確定嗎？我搞不清自己為什麼搞不清嗎？母親倒是很有把握，也讓我更有信念。然而當我看著你，看著這個奇幻空間的一切，這是我的夢，於是我開始猶疑……**

「濃縮咖啡？」他說，暗色的眼睛仍然牢牢定在她臉上。她不知道他在想什麼，她對他認識不深，無從解讀他表情的訊息。「不用了，謝謝。」她說，他於是頷首道：「那就廚房裡請吧。」

偌大的廚房裡，亞龍佐站在老木頭做的農夫桌後頭，桌上是一球用塑膠袋包起來的麵團，還有碗盤以及所有必需用品。馬太歐站在門口，斜倚著牆，啜著濃縮咖啡望著她。

「告訴我你怎麼會決定要當烘焙師傅，自己開家糕餅店好嗎？」凱特說。她站在亞龍佐旁邊，將面前所有的食材盡收眼底。各種尺寸的碗裡，收納的是麵粉、糖，還有ricotta乳酪等等。今天她會跟他學習，而下禮拜亞龍佐和法藍契斯卡則會到客棧跟她學做她特製的鬆餅。

「決定？」亞龍佐說，看著她在一面方形的木頭大菜板上灑下麵粉。「是職業選擇了我們，不是嗎？你給吸引到廚房，吸向烤箱。我從小就愛烘焙各種糕點麵包，拿到村裡去賣。而現在，我和我太太出國旅遊度假的時候，我們都會刻意尋訪會讓我們……怎麼說呢？讓我們驚豔的麵包或糕點。然後便是學習了。」

她的心因此飛揚起來。「聽來好棒。我也好想環遊世界，嘗遍所有糕點，直到找著一個烘焙高人，可以拜在他的門下學習烘焙的最高境界。」

「說得好。你還年輕，跟著夢想走準沒錯。也許度蜜月時就可以帶著你的新婚丈夫尋訪大師呢。」他說，朝她的戒指撇撇頭。

她再次瞥瞥戒指，瞥瞥馬太歐。他還是默默地斜倚著牆，然後便舉步回到前屋去了。他很失望吧，她這才想到。也許他原本打算等烹飪課上完後，要邀她出去吧？這一想，她的背脊彷彿竄起了一串串酥麻的泡泡。她試圖想像和馬太歐約會會是什麼景況。他從小跟著移民父母長大，一定有許多關於他的家庭和親人的故事可講吧，之後他去紐約完成讀醫的學業，並回到家鄉當住院醫師，為的就是要陪伴母親以及正在經歷化療的父親，而且他曾遊歷過至少十五個國家——他會在她的耳邊以義大利文輕聲訴說著講不完的浪漫故事吧。

然而這些都是表面，是虛浮的事物，她提醒自己。**我把他浪漫化了，因為我其實根本還不認識他呢。**她頭一個算是戀人的男友是十六歲時認識的，當時她覺得他好聰明又好酷，而且彷彿經歷過許多滄桑，然而到後來她才發現他其實在許多方面都非常褊狹，凱特覺得真是不可思議，不過她也因此慢慢體會到真正的情投意合與愛情其實和一長串的成就完全不相干。她還有個男友老愛跟大家稱兄道弟，他跟著U2樂團的巡迴演唱遊遍全國，後來則是變成生意人，夏天經營除草機事業，冬天則做剷雪機，他對政治和歷史無所不知，遠勝過她認識的其他所有人。人是難以測度的。所以她可不能讓自己被一個美麗的義大利名字和一襲醫生服給哄去了感情，當然他結實的腹肌和帶著異國風味的俊美臉孔也是誘因。如今她雖然已經陷入感情的泥淖，不過她會懂得自制，畢竟奧立維對她是那麼的好。

「麵團得發酵一個鐘頭，這會兒時間差不多了，」亞龍佐說：「因為我不確定你能在這兒待多久，所以我就預先準備好了，免得要花太多時間等。」他遞來他為她手寫的食譜，並口頭解釋他是如何揉出有Q勁的麵團。然後他便一步步教她該怎麼使用模具，怎麼把夾心捲皮在幾分鐘內就油炸成金棕色，又要如何在炸麵皮裡頭包進混合了奶油、ricotta乳酪以及糖粉的內餡。他們做出好幾種不同的內餡，再將夾心捲的一端沾上融化的巧克力，並加了一些巧克力碎片。

她玩得很開心，戒指帶來的不快都忘了。馬太歐也已被她忘到九霄雲外——直到他回到廚房來品嘗她的作品。亞龍佐跟她道了聲歉，說是得去招呼客人。偌大的廚房突然變得好小，因為馬太歐就站在她的身邊。她可以聞到他身上的肥皂香味。她看著他一口咬下夾心捲——性感的唇。

「Perfetto，」他說：「太完美了。」

她笑一笑，也咬了自己手中的夾心捲。還不錯。雖然還不到亞龍佐．羅蘭的等級，不過已經夠好了。

「你的嘴上有一點奶油和糖粉呢，」他輕聲道，眼睛盯著她的唇，表情……在說話：「我很想幫你抹掉，可是你手上的戒指告訴我不要。」

她裡頭有個什麼突地落下，是禁不住考驗的薄弱意志力——雖然她已再三告誡自己他只是個穿著醫生服的性感男人，而他的父親又剛巧可以教她做道地的義式夾心捲。他尊重那只戒指代表的意義，她覺得很窩心。然而她也因為自己無法克制背叛奧立維的念頭而感到羞慚。

他又咬了口甜點。「好佩服你專心上課毫無雜念。看得出你對烘焙有多認真，多熱情。相信將來你一定會開一家屬於自己的烘焙店。」

「這是我的夢想，」她說，環目四顧。「那個大烤箱，這些銀碗，還有灑了麵粉的揉麵板以及這樣的空間。真希望有一天……」她放下夾心捲。「然而這一切如今卻是這麼的……沒有真實感。」

「除了那個。」他說，眼睛盯著戒指。

「就連這個也一樣，」她說，聲音低得她都不確定自己說出了口。

「噢？」他問道，表情嚴肅。

她瞪眼看著灑在揉麵板上的麵粉。「目前我的生活是一片混亂。我母親——她……你也知道她怎麼了。我無法思考。我無法——無法肯定自己的感覺。我覺得好……」

「你覺得怎麼樣？」他問，伸手覆上她的手。他的手強壯、溫暖。

「我覺得自己好像走在單行道上。」她抽開了手，避免觸碰到他皮膚的感覺。

「通往哪裡的單行道呢？你是說，通往你已經在過的這種生活嗎？」

她轉頭向他。「是的，完全正確。通往我目前的生活，永遠不變的生活。一切都維持原樣。我會嫁給五歲時就認識的男孩。我會為客棧烘烤第一千萬個司康和鬆餅。每年我會度一次假，到巴黎或者羅馬或哪個我一直想去的地方。然後我會回到家，回到已經為我設定好的生活，直到永遠。」

「為你設定好？是誰設定的？」

她停住了原來踱著的腳步，轉身面對他。「誰——」噢。是誰設定的呢？「是……環境。我曾考慮過要念大學，不過我早就想好了要自己開家烘焙店，所以我覺得還不如留在客棧做糕點來磨練廚藝比較實際些。多年來我就這麼一路走下來。再加上，我母親一直都是獨居，我待下來幫忙感覺上也是理所當然的事。」

「這麼說來，這個你開始覺得不太對勁的生活就是你自己設定的。你也曉得，人是可以改變自己的生活吧？你是自己生命的掌舵人，俗話不都這麼說嗎？」

「可是現在我母親就要走了，馬太歐，而她最大的願望就是要看著我生活安穩快樂，希望我能嫁給和我爸爸情同父子的男孩。何況，其實我也不確定我真的不想嫁給奧立維。他是千金難找的人，一如我的朋友麗琪所說。他真的是萬中挑一，我只是不確定自己想要現在就定下來。我想到巴黎看看。我想到西班牙吃海鮮飯，我想去看看伊塞克．丹妮笙[5]在非洲開設農場的那塊土地。我想吃遍巴黎所有的糕點並跟那裡的大廚學藝，就像跟你父親上課一樣。不過講這些真的太不切實際了。」

「誰說不切實際？你已經二十五歲了，凱特，如果現在還不環遊世界認識新朋友，實現你旅遊冒險的夢想的話，你打算等到什麼時候呢？現在就是時候。」

「可是我母親就要走了，而奧立維跟我求婚我也答應了。看著我在三船長客棧的後院跟他舉行婚禮會讓我母親無比平安。」

他若有所思地看著她。「我覺得應該是你快樂會讓她無比平安。總之，不管你的生命會把你帶向哪裡讓你變成怎樣，我都一樣感謝我碰到了你。」

她眼看著就要流下眼淚，只好趕緊轉過身，努力止住悲傷。

「想來你們應該已經挑好日子了吧？」

她扭頭向他。沒想到他話鋒一轉竟然就兜上這個話題，不過這就表示他能體諒她的難處。

「我們已經定好要在十一月舉行婚禮，感恩節前後吧。這是我母親最愛的節日。她這陣子都在忙著計畫細節，趁她身體還可以的時候。這樣子對她來說會不會太過操勞呢，得四處探訪婚紗店，還要找不同的外燴師傅試吃牛排、龍蝦等等？」

「只有她才清楚到底該如何拿捏自己的活動量。如果她覺得體虛，就需要休息。不過如果她想為你策畫婚禮的話，也許會有強心針的效果，讓她有目的感，得以面對生命的美麗循環，迎接新的開始。然而重點是你得做出正確的選擇。」

正確的選擇。正確與否已成了她目前面對的最大難題，她實在搞不清對錯之間的分際了。而新的開始又是怎麼回事？嫁給奧立維，在布絲灣海港住到老死，經營客棧甚至在市中心開一家自己的烘焙店——為什麼這一切感覺剛好相反？她的胃又開始翻攪了。

「我得回客棧去了。」她需要新鮮空氣。「謝謝你幫忙安排這次上課，馬太歐。是個豐收的早晨。我永遠忘不了。」她動手開始收拾碗缽要拿到水槽，但馬太歐要她不必麻煩；他暗色的眼睛凝肅地看著她。「你是我們的客人。」

「謝謝。謝謝你做的一切。」

他笑一笑。她快速走過他朝著門行進，她得離開那張臉，那副身軀，以及那個魅惑她的聲音。她花了幾分鐘跟他的父親道謝後，立刻被他強壯的手臂一把摟住，還得了盒糕餅當禮物，說是送全家人，裡頭還有個專為羅莉製作的甜點。

她既想留下，又想離開。

下午，凱特帶母親到醫院檢查血球數。伊莎貝則是留下來照顧珠兒——她為了查理已經起床了，然而精神還是很不穩定，講話都有困難。凱特表示她可以到校車站去接查理，但珠兒說她想去，因為打從前晚她就沒看到兒子那張可愛的臉了。凱特於是陪她同行，短短的腳程一路無語，因為她知道珠兒需要

5 伊塞克・丹妮笙（Isak Dinesen）是電影《遠離非洲》裡描述的丹麥女作家。

安靜，所以她沒問問題，也沒發表意見。等她們回到客棧後，珠兒又溜回房裡。凱特接替了羅莉的工作，看著她慢慢爬上樓梯走向閣樓的房間。羅莉花了至少半小時和珠兒談心，然後凱特才透過廚房的小窗子看到珠兒攙著羅莉走下後院樓梯。珠兒看來好些了，凱特想著。羅莉不管說了什麼，顯然對她是有助益。

一名護士進出羅莉的病房幫她測量血壓及心肺功能，羅莉就斜靠在皮墊椅上，緩緩地翻閱著一本新娘雜誌；然而就連翻閱對她來說好像都有點吃力。「噢，凱特，你瞧瞧這。」

凱特把椅子拉近母親，看著那張照片。是個穿著美麗且樣式簡單的結婚禮服的新娘——的確是凱特會在婚紗店前駐足凝看的那種設計。無袖的白絲緞及踝長禮服，而且帶著內斂的五〇年代風情，高腰上綁束了一條淡灰藍的緞帶。這種禮服很適合在緬因的戶外婚禮穿著。她對它一見鍾情。

「好完美，老媽。你一向都了解我對穿著的偏好。」

「很容易猜啊。你喜歡簡單的款式，不要什麼花邊荷葉邊的。」

然而她卻把自己的生活搞得如此複雜。

羅莉的眼睛朦朧起來，她一手搭到嘴巴上，打個手勢要凱特去拿「吐盆」——這是她給它的封號。化療照說是要幫助她的，結果卻搞得她如此衰弱，凱特想著就氣。如果第一輪的化療就讓她如此狼狽的話，下禮拜的第二輪她要如何承受呢？

羅莉吐完後，便躺回病床上，臉上的汗珠晶亮。凱特衝到走廊對面的浴室拿了條冷手巾擦拭母親的前額和兩頰，並探手順順她辮子上綹綹散亂汗濕的頭髮。一團灰金色的頭髮落在凱特的手裡，她忍不住流下淚來。

「沒事的，凱特，」羅莉說：「很正常啊，本來就知道會這樣的嘛。我痛恨的是意外。」

凱特瞪著手中的頭髮。「我愛你，媽。」凱特說，自己都很驚訝。顯然母親也給驚到了。羅莉拉起凱特的手，緊緊握住。

凱特快要憋不住了。她得出去，找個隱密的空間好好哭一場，把所有的恐懼與不安都沖掉。她可不能跑到浴室去哭，母親聽了會難過。

羅莉從她的大提袋裡挖出了一大包纖麥薄餅乾。這是她對抗嘔吐的最佳良方。「凱特，麻煩你幫我拿杯冰茶來好嗎？加兩片檸檬，還有一塊方糖。」

「我馬上來。」凱特說，真高興得了個機會可以暫時逃離。她可以先到走廊邊的洗手間哭個夠，然後再衝到自助餐廳。

不過正當她奔下走廊時，她瞧見馬太歐站在一間病房外面，看著手中的記事板。凱特停腳站在他前面，無法止住撲簌流下的眼淚。

「凱特？你母親還好嗎？」

「她虛弱蒼白想吐，還脫落了好大一團頭髮。」凱特這才發現自己還握著頭髮，便將手掌攤開來。「我好恨，好恨。」她哭起來，於是他便拉著她的手，把她領到牆邊的一組椅子去。**現在她正在幫我挑選禮服、鞋子，擬定宴客的菜單，而且這是唯一可以讓她苦中作樂的方法。**

他示意要她坐下，然後也跟著坐到她身邊，握著的手一直沒鬆開。「你一定要記得化療的後遺症只是暫時的，而且目前你的母親也只能用這個方法醫治。」

「我原先根本不知道會是這樣。我以為化療會讓她好些，而不是惡化。根本就是反效果。我好恨。」

他湊向她，從她手裡拿起那團頭髮，然後掏出口袋裡的面紙把它包起來。「這是副作用。」他站起來，把面紙丟到那一長排椅子尾端的垃圾桶。「不過化療畢竟還是可以延長她的生命。」

「然而活的品質卻好差。」

他的暗色眼睛滿是憐惜與同情，凱特真想撲進他懷裡，讓他緊緊摟著自己。「我能體會你的感受，凱特。我還記得當初陪著我父親度過的那段抗癌歲月。眼睜睜看著你愛的人受苦的確不好過，而且又徬徨無依，只有靠著家人和朋友的扶持才過得去。」

「我靠你扶持，這樣好嗎？」

「很好啊。」他的手機震動起來，他看了一眼。「凱特，今天我們會討論你母親下禮拜化療需要的藥物配方，應該會大有幫助。」手機又震動起來。「我得走了，凱特。不過你隨時都可以叩我，知道嗎？」

「知道。」她說，很訝異自己竟然真的覺得堅強許多。她可以去幫母親拿那杯冰茶，也能勇敢照顧她了——而不是潰不成堤，反而造成母親的困擾。

她看著馬太歐的背影漸行漸遠，消失在轉角。

「原來你和你母親的醫生感情好成這樣啊。」

凱特抬眼一看，奧立維就杵在她面前，一臉的憤怒與不解。她倏地站起，兩頰通紅。

他直勾勾地看著她，藍色的眼裡滿是指責與受挫感。「我來這兒是因為昨晚你說你很擔心今天的檢驗結果，你說你需要為你母親堅強起來；尤其現在珠兒也出了事，讓你的心情更低落。我來是要幫助你，不過看來你已經找到更適合的人了。」

天哪，拜託。「奧立維，我是幾個禮拜前才認識馬太歐——羅蘭醫生的。剛才我走出我媽的病房，忍不住哭起來，所以他才會把我帶到這兒好好坐下談。他握著我的手是因為——」她停了口，意識到她打算講的話並不是謊言。完全不是。

「是因為？」

「因為他已經成了好友。」

「拜託，凱特，我在那頭看著你的『好友』馬太歐帶著你走過來——還牽著手。我瞧見了你看著他的眼神，還有他看著你的眼神，所以請你不要睜眼說瞎話。」

「奧立維，我並沒有——」

「你跟他上床了嗎？」

「奧立維！」

「你跟他上床了嗎？」他重複道。很慢，很生氣。

「沒有。」

「凱特，請你馬上說清楚。戒指你打算還我嗎？你有這個意思嗎？」

她的頭垂到膝蓋一會兒，衷心希望她的腦袋，她的心，能告訴自己該有什麼感覺。

她的回應是一聲「不」。她告訴自己這是真心話，雖然她目前遭受到多重考驗，她相信自己的內心深處還是想嫁給奧立維．泰特。我只是心神不穩而已，她想著。

她看到他臉上掠過一絲解脫的表情。「你目前的問題已經夠多夠煩了，我不想增添你的困擾。我很清楚，我得給你足夠的空間幫你度過難關。不過如果你有話要說的話，我是聽得進去的。請你不要隱瞞，好嗎？所謂的愛與信任就是這麼回事。」

她點點頭。「我得去幫我媽拿冰茶。今晚我會去找你，好嗎？我們得再談談。」

他點點頭，輕輕摟她一下。她一路衝下走廊往電梯去時，可以感覺到他的眼睛還是緊咬著她沒放。

隔早，凱特和羅莉一起到市中心一家優雅的婚紗小店「美麗佳人」，她們和店老闆克蕾兒．薇諾有約。昨天她們從醫院回到家後，羅莉馬上打電話跟克蕾兒提起她在《海濱新娘雜誌》看到的那張照片；克蕾兒也訂了這份雜誌，雖然她的店沒有照片中的禮服，不過倒是有兩件風格近似的。

裝扮。做戲。童話——凱特走進這家婚紗店時，腦子裡盡是這些字眼。有一面牆上掛的都是真實生活中的新娘穿著「美麗佳人」的禮服所拍的婚紗照。店裡散放著蒙著面紗身著禮服的塑膠模特兒。克蕾兒起身歡迎她們，並大聲恭喜凱特，嗚嗚啊啊不斷讚嘆著她的戒指，然後便領著她們走到一間配備有一張鴛鴦椅的更衣室。更衣室的門上，掛了兩件禮服。

「羅莉，你就坐這兒吧，」克蕾兒說，她示意羅莉坐上面對著門的那張杏色豪華鴛鴦椅。「凱特，你先到裡間試穿這件給你媽瞧瞧，裡頭已經擺了雙合你尺寸的絲緞軟鞋。」

羅莉笑著坐下。「我真等不及要看你穿上結婚禮服呢。」

凱特回應母親的微笑，然而她的心卻開始驚惶。她站在那裡，撫觸著第一件禮服上的護套時，心知肚明她完全沒有意願試穿這件。也不想試第二件。或者任何一件。這絕對不是頭一回到婚紗店的待嫁新娘該有的感覺。幾個月前麗琪剛訂婚時，她硬逼著凱特連看了兩集《婚紗大作戰》——是紐約一家很有名氣的婚紗店的真實生活電視秀。照說，她是應該和劇中所有的新娘一樣興奮才對：歡欣雀躍，衷心企盼能夠找到最恰當的禮服。照說，這應該是她生命中的魔幻時刻。

昨晚她依約去了奧立維的住處。他並沒有逼問她心裡的感覺，問她怎麼會跟她母親醫療團隊的住院醫師手握著手；他展現出了他最經典的特色：寬大為懷。他並沒有要求她多做解釋，他只是為她開了門，把她攬入懷裡緊緊擁抱——正合她當時的需要：來自交情最久、最深的好友的擁抱。他們一起走到鬧區買了兩杯冰淇淋，你舔我的我舔你的，然後便攜手蹓步，回到他的住處。之後他一如往常，熱情地與她做愛。

今早羅莉告訴她，她已經跟婚紗店約好試穿禮服時，她的藍眼亮閃閃的，兩頰也比昨天更顯紅潤光澤，於是凱特對自己的婚約便覺得安心許多。其實之前她就已經體會過婚約發揮的神奇功效了。這的確是對治羅莉癌症的最好方法；化療對羅莉造成傷害，凱特的婚約則帶給她力量。

然而此刻，當她站在這一大片白當中，站在象徵著永恆、未來與山盟海誓的所有禮服當中，她突然覺得自己似乎不宜在此刻對禮服的長度有所決定——遑論就此決定她餘生要走的方向。

假裝偏頭痛好了，她想著。**突然一陣暈眩，做出趕緊扶著門免得跌倒的姿態。總之就是要逃出這家店。**

然而她於心何忍：看著母親坐在那張杏色鴛鴦椅上，比八月中時要瘦二十磅。羅莉．威勒並不是個浪漫的人，然而此刻她蒼白憔悴的臉上，卻是洋溢著滿載的幸福。

羅莉大聲喘了口氣，凱特猛地旋過身，一手抓住門把。「噢，凱特，快來瞧瞧這片面紗，」母親說，一邊緩緩起身，小心謹慎地邁步走向一張古董桌上的半身雕像。面紗不長，頭蓋部分是小巧的白色海星和玫瑰花蕾的可愛組合。「完美的化身，凱特。你瞧見這些海星沒？」

父親在世時最愛收集海星。各色各樣什麼都蒐羅。從銀色的紙鎮到凱特念小學時每逢父親節時所做的紙雕。「好美，」凱特讚嘆著，她想起父親買給她的金絲線海星耳環，說是「給你以後穿了耳洞戴的」，凱特當天就要求母親帶她去穿耳洞，羅莉拗不過只有點頭答應。那副耳環從此不離凱特，直到現在。

你是要告訴我什麼嗎，在天上的神？凱特把問題拋上空中。

克蕾兒朝她母親點點頭，於是羅莉便將面紗從胸像的頭上摘下，走向凱特。凱特微俯著臉，讓羅莉為她戴上頭紗。感覺還滿舒服，不會太緊或者刺癢。

羅莉一手遮著嘴。「噢，凱特，你看看自己。」她站在凱特身後，兩人朝著桌子後方牆上的那面鏡子看去。

好美。而且確實讓凱特覺得自己很有新嫁娘的味道。

羅莉捏捏凱特的肩膀。「頭紗別拿下，快去試穿禮服吧。」

「需要幫忙的話，喊一聲就行，」克蕾兒說：「兩件都很容易穿上，或者脫下。」

凱特溜身走進優雅的試衣間，空間大得幾乎跟客棧裡的藍鳥房一樣。她把兩件禮服掛上高處的吊勾，將脫下的頭紗放上皮墊長凳，然後便褪下身上的襯衫和裙子。她踏腳踩入第一件白色絲緞禮服，伸手勾到背後拉上拉鍊。凱特將面紗戴回頭上，審視三面鏡中的自己。她覺得自己打扮得過火了，是在做戲。她沒有真的要成為新人的感覺。

「凱特，需要幫忙嗎？」

她踏出更衣室，面對母親。

「挺漂亮的。」羅莉說。

「很美，」克蕾兒附議道。「不過你自己是什麼感覺呢？」

「滿喜歡的，」她說，在角落的三面鏡前頭挪移著身體。「不過我不太確定就是這套。」

「試試另一套吧。別忘了，這是你來店裡的第一天，而且還是頭五分鐘哪。也許你得試上十套，或者二十套禮服才能找到命中注定的那一件。等穿上身了，你的直覺自然會告訴你答案。」

十套或者二十套？凱特覺得兩套都嫌多了。

回到更衣室後，凱特脫下一號禮服掛起來，然後踩腳踏入第二號。她抬眼往鏡中一看，心頭馬上一震。就是這件了。

這是她這陣子以來唯一確定的事情。禮服美麗奪目魅人。她的皮膚彷彿發出光來。她將頭紗戴上，看著鏡中的自己，瞠目結舌。

這只是一套漂亮的禮服而已，她提醒自己。完全不代表任何意義。宇宙並沒有藉此昭示任何訊息。**這只是一套湊巧看來是你命中注定要穿的結婚禮服——非你莫屬。**

「凱特，好了嗎？」

她猛吸一口氣。她知道母親只要一看到她戴著面紗穿著這套禮服踏步出去，便會驚叫起來。母親不是濫情的人，然而如果這套禮服讓凱特驚豔，讓她心神震懾的話，母親的感受會是兩倍的強度。

她把門打開。自己的猜測果然沒錯。

羅莉站起來，一手捧著心，兩手猛地覆住了臉，眼淚撲簌流下。凱特在這一剎那，才深刻體會到母親確實愛她。

「就是這件了。」凱特說。

「幾乎不需要改呢，」克蕾兒說：「腰部縮小一點點，裙襬再放長半吋左右就行了。簡直就像是為你量身訂製的呢。」

「是天意嗎？」凱特問。

「你的夢中禮服啊，不管是哪一件，也不管花費多少，已經有位匿名的先生說要幫你付。」克蕾兒說，兩眼跳出閃光。「跟你說喲，我們很少碰到這種情況。」

是奧立維。凱特心知肚明。

羅莉笑開了臉。「好，如果你確定了，我們就要這件囉，凱特。」

凱特再次看著鏡中的自己。奧立維安排好要支付她夢中禮服的費用，免得母親得擔心荷包問題。免得凱特得擔心母親因為擔心而導致病情惡化。

羅莉站在她身邊，開心地欣賞女兒的鏡中反影。「要是我能看著你穿著這套禮服走在三船長客棧後院鋪的紅地毯走向奧立維的話，我死也瞑目。」

凱特瞪視著母親。**死也瞑目**。

「不過如果你不確定的話，凱特，」羅莉說：「咱們可以繼續找下去。我看到起碼有三套假人模特兒身上罩的禮服跟你很速配。」

如果你不確定的話，如果你不確定的話，如果你不確定的話。簡單的幾個字在凱特的腦裡震盪迴響，逼得她非得逃離鏡子不可。現在她唯有一件事可以確定：要讓母親度過不管還剩多久的餘生。

「我很確定。」凱特說。

16 伊莎貝

「還記得這個嗎？」珠兒問道，揚了揚手中的相本。

伊莎貝把相簿擱在盤起的腿上，一邊瀏覽著。伊莎貝、珠兒，還有她們的父母身處迪士尼樂園，一起站在唐老鴨旁邊合照，當時伊莎貝七歲，珠兒只有四歲。父親戴著米老鼠帽子，連耳朵都配備齊全；母親穿著白色棉布洋裝看來好美，她戴著頂草帽，上臂黏了張灰姑娘的貼紙，那是珠兒的傑作。

伊莎貝和珠兒拾級而下來到三船長的地下室，打算好好翻尋老舊的行李箱，找出母親的日記。她們已經合力翻過每只箱子，都不見日記蹤影，不過倒是在兩只箱子裡發現了十二本相簿，便各自挑了幾本坐下，入迷地看了半個鐘頭。多年來，羅莉曾多次提醒伊莎貝，她母親留下好些相本，不過伊莎貝只在父母過世後幾個禮拜挑出幾張鍾愛的照片便算了事，因為她實在很怕面對其餘的影像會透露的訊息，而時間過得愈久，她的恐懼便又更深。懼怕回憶、悲傷，以及痛悔。

一個鐘頭前，伊莎貝因某位房客想借一件毛衣而上到閣樓的臥室翻尋，當時她看到珠兒坐在陽台上，瞪眼望著港灣。她的表情哀戚，看得伊莎貝鼻酸。打從珠兒得知查理的父親早在他倆約在中央公園碰面的那天便已離世之後，她雖然還是起床四處走動，並為了查理強顏歡笑，但她的心底卻是苦悶不堪。伊莎貝於是提議珠兒幫她一起找日記，只是不確定此舉到底是有助於珠兒，或者會讓她更加失落神傷，不過珠兒倒是點頭說了好，並跟她一起來到地下室。

面對父母的遺物，母親最鍾愛的洋裝，還有父親老舊的約翰·藍儂式金邊眼鏡，珠兒好像懷舊起來——似乎有點療效。她擎起眼鏡縱聲大笑，應該是想起某段沒跟人分享過的舊時回憶，然後又把臉埋在父親過世那天所繫的圍巾，忍不住哭了起來——那是母親為父親編織的深藍色羊毛圍巾。伊莎貝拉了她緊緊抱住，珠兒哭得更凶了，一邊痛苦地重複著「大家都死了，大家都死了」，聽得伊莎貝心都碎了。

正當伊莎貝擔心珠兒也許會乾脆跑掉時，她發現了一捆書信，是母親寫於生命的最後一年，也就是她十四歲時和十一歲的珠兒去參加夏令營的那一年。能夠離家在外過夜，伊莎貝享受著每分每秒的自由，雖然輔導員和主任都威脅說，如果她再繼續違反規定，便會要她立刻打包回家。然而珠兒倒是無可救藥的想家。伊莎貝抽出最上面的那封信，開始大聲朗讀，珠兒也奔來她身邊要看個清楚。

親愛的珠寶寶，

媽媽聽說你在夏令營過得有點不順遂，一直嚷著要回家。媽媽知道，你目前正在經歷許多新的事物，很可能會有挫折感。不過珠寶寶是個聰明強韌的女孩，心胸又寬大，對很多事情都好奇得很，所以媽媽曉得，如果你願意再給夏令營一次機會，一定會覺得事事順心，朋友多多，根本就不想回家了。所以囉，珠兒，再多待一個禮拜吧。如果到時候你還是恨得不得了，爸爸跟媽媽就會過去接你。不過一定要跟夏令營的同學老師秀出你的本色喔——有趣、聰慧、敏感，有高度的創造力和想像力，一流的舞者，最棒的朋友，而且身心都好強健。你是無所不能的，珠兒。

愛你的媽媽

「她真的好愛我們。」珠兒說，緊抓著信貼在胸口。她把信紙摺起來，放到褲子的口袋。

她真的好愛我們——連我都愛，伊莎貝想著。回到阿姨的客棧對我們兩個來說，都是人生一個新的、好的開始。

珠兒對著迪士尼照片微笑，然後繼續翻閱相簿，這會兒她嘰咕笑了起來——好美的聲音，因為是來自原本好悲傷的妹妹。伊莎貝瞥眼看去，原來是爸爸想把還在學步的珠兒放上雪人的肩膀，而五、六歲的伊莎貝則站在一旁想把紅蘿蔔插上雪人的臉上當鼻子呢。她們一起把其他的相片看完，然後珠兒便將相簿放下，拉出下一封信來。「這封是給你的，伊兒。」她說，然後便開始朗讀起來。

親愛的伊莎貝，

爸爸和我真的好想你，我們的伊兒寶。家裡少了你，真是太安靜了，你去夏令營以前的幾個禮拜，我們一直都處不好，可是我知道只要一回到家，我們就會和好，而且可以一起做好多事。我會陪你去看我有點怕怕的《驚聲尖叫》。我聽你的輔導員說，小兔子彎彎死掉了，你非常傷心。我知道牠已經陪你們過了三年的夏令營時光，而且一直活得很好很快樂，因為有那麼多愛牠的小朋友寵著，大家都喜歡摸牠好長好軟的耳朵跟細細的絨毛。你的輔導員說有個女孩很想家，不過等她給派定了早上得餵彎彎吃胡蘿蔔以後，光是看到彎彎和牠扭來扭去的粉紅色鼻子，她就好快樂，已經全忘了原本想回家了。彎彎是隻特別的兔子，所以如果我們失去了哪個特別的人，我們就一定要記得所有美好的時光，只存留美好的回憶。我就是用這個方法處理失落的感覺。比如爺爺走的時候——這你還記得嗎？當時你才五歲，也許已經沒印象了，總之我難過極了，然後才想到要記得爺爺曾經對我多好，他是很棒的爸爸，一直讓我覺得自己好特別，我很感恩生命裡曾經有他。我聚焦在這一點上，讓我原本破碎悲痛的心得到了醫治。

希望這段話對你有幫助，伊莎貝，我勇敢的女兒。

愛你的媽媽

淚水流下伊莎貝的臉頰，她瞪看珠兒，滿臉的不信。

「你來念一次給我聽。」珠兒說。

伊莎貝讀著信。她已經完全忘了彎彎，也絲毫不記得爺爺，不記得他的死。不記得這封信。

「她說得沒錯，」珠兒說，她從伊莎貝手裡拿了信掃讀一遍。「我要牢牢記住，約翰曾經讓我覺得自己好特別。的確，認識他是我的福氣，雖然只維持了短短兩天。」她遊目四顧，看著父母的遺物，然後仰頭望著天花板。「媽媽，謝謝你。」

伊莎貝湊過來，捏捏珠兒的手。「這信你留著。」這幾天到地下室尋舊，對伊莎貝的好處實在是說不盡。她已經不再苦苦期盼葛里芬回電給她了。三天前小孩走失的事件把他趕跑了，倒也不一定是逼得他不再找她，而是讓他斷了約會的念頭——一如凱特昨晚所說的。伊莎貝其實原本就沒打算跟人約會，所以也許還是讓葛里芬繼續留在幻想裡就好。在想像的世界中，所有美妙的事情都有可能發生，比如溫存的吻，比如他的手撫遍她的全身，比如片片斷斷簡單溫馨的對話，所有讓她能夠感覺到在婚姻中早就接收不到的來自異性的愛。自覺性感、有趣。被對方強烈需要。

在她的幻想世界裡，壞事不會發生。小孩不會躲進狗屋裡搞失蹤。少女不會蹙眉怒眼瞪她。而她才剛開始請進心房的男子也不會突然抽身逃離，逼得她必須再次縮回自己的殼裡頭。

然而，就是這套思維方式讓《陰陽界生死戀》裡的艾伯特布魯克斯無法提升自己。

兩人持續挖寶看信時，伊莎貝又找到一整疊羅莉寫的信的拷貝，是她多年前陸陸續續寄給伊莎貝、珠兒，以及凱特的老師和校長的。

親愛的派特森老師，

謝謝你提醒我注意，伊莎貝上英文課時拒絕加入討論，也不願意交出指定的閱讀報告。如你所知，她是不到一個月前失去父母的，目前她還處在調適期，她需要時間找回正常的生活步調。希望你能體諒她的困境與痛苦，因為這篇報告處理的是一個超級美滿的家庭。謝謝您。

羅莉．威勒太太

伊莎貝猛抽口氣。「我都不曉得當初她盯我那麼緊呢。她總是擺出一副權威姿態。『該做的事就好好去做，萬事自然ＯＫ。』還記得她老愛丟出這句話吧，聽得我好氣。」

「我也是——正因為大半時候確實是給她說中了。好笑的是，她現在雖然比較肯講心裡話了，但這點還是沒變，而且戒心仍然很重，不過我已經愈來愈能接受她的本來面貌了。因為她不會裹糖衣，對吧？」珠兒又掃讀了另一封羅莉的信。「你聽聽這封。親愛的辛基特校長：我的女兒凱特跟我提過，她班上有兩名女生好幾次大聲嘲弄她是孤兒，還拿她的衣服猛開玩笑。這種狀況我已經兩次以書信嚴正告知她的老師以及校長您。如果我再次聽到類似狀況發生，下次我可是會帶著第八頻道新聞台的大批人馬前往貴校興師問罪——為什麼這所學校無法保護我的小孩不受霸凌欺負！謝謝您了。羅莉．威勒太太」

「哇，」伊莎貝說：「這封信一定得拿給凱特看。羅莉老擺出一副她很忙，拜託我們三個盡量不要煩她的模樣，原來她是背著我們跟辛基特校長大動干戈呢。」

客棧一樓的電話響起，凱特叫了一聲：「伊莎貝，有人找你。」

伊莎貝衝上樓到辦公室，拿起凱特擱在桌上的話筒。凱特另外也把客棧收到的來函放在桌上，包括一張少女筆跡寫就寄給她的小卡片。伊莎貝把卡片翻面，但沒看到回郵地址。「哈囉，我是伊莎貝。」

「我想預約鷺鷥房，禮拜六晚上。一名大人，兩名小孩。」

「葛里芬嗎？」她問道，話筒另一頭那個低沉有力的聲音無庸置疑就是他。這是禮拜一過後他們頭一次通話。

「抱歉我一直沒回電。我……總之，我們這個週末再談——我是說，如果房間空得出來的話。」

「我們昨天才接到客人取消鷺鷥房的預約呢。」

「那女孩兒們和我禮拜六就可以見到你囉。噢，對了，伊莎貝，也許週六晚我們可以一起去散個步，等我把愛咪哄上床以後。」

她的心飛揚起來。「好啊。」

她有好多問題想要問他。不過他和兩個女兒很快就會過來了，這就表示情況有了改變。

她將卡片拆了封。是阿萊莎．狄恩寫的。

給伊莎貝，

禮拜一發生的事很抱歉。你要進屋裡時，我不該說我會看著愛咪，然後卻又跑掉——不是故意的。總之我錯了，給你惹來好多麻煩，再說一聲對不起。

阿萊莎

伊莎貝揚起一道眉毛，笑起來。她可以想像阿萊莎戴著耳機，一臉的火氣，而葛里芬則站在她後頭，堅持要她寫封信道歉，因為卡片裡的不情不願實在好明顯。

她真等不及要看到他們了，包括阿萊莎在內。

週五電影夜又到了，伊莎貝把爆米花拿進羅莉的房間供大家享用。羅莉正在翻閱珠兒捧給她看的相本，裡頭都是羅莉和她姊姊愛麗小時候的照片。

「我最愛看這些老照片了。」羅莉說，笑看一張伊莎貝母親不到十歲時的調皮樣，她扮著鬼臉，在羅莉的腦袋後頭豎起兩根手指頭。

伊莎貝笑起來。看到寡言歡笑的羅莉阿姨八歲時伸出舌頭的調皮相，她真是忍俊不住。「珠兒和我也翻看了好多相本呢。那些老行李箱藏著好多驚喜。舊時的信，意想不到的一些小東西，竟然可以喚起那麼多美麗的回憶，真的。不過我還是找不到日記本。也許是搞丟了？」

「也許。」羅莉毫不猶疑地接口道，一邊翻到下一頁。

伊莎貝覷眼看著阿姨。她覺得自己好像給耍了一道。

「羅莉．威勒，果真有你說的日記本嗎？」她嘴角掛著微笑問道。

「原本我是確定有的，不過或許是我搞錯了？」羅莉打個呵欠，意思是要伊莎貝別再逼問下去了。

伊莎貝坐在羅莉的床沿，拿起阿姨的手。「謝謝你給我一個理由到地下室尋舊。我找到許多意料外的寶藏。」**你跟我原先所想的完全不一樣。**

「我就知道會有這效果。」

「那些行李箱也幫了珠兒好大的忙呢，」伊莎貝細聲說著。「我們找到了小時候去夏令營時，媽媽寫給我們的信。還有你寄給老師和校長的信函拷貝。謝謝你。」

羅莉臉上漾著微笑，輕輕捏了捏伊莎貝的手。

就在這時候，珠兒拿著今晚的ＤＶＤ走進來——《來自邊緣的明信片》。這片子除了羅莉以外，大家都沒看過，而羅莉雖看了兩次，也是久遠前的事了。珠兒後頭跟著凱特，手捧四個灑了白色糖霜的巧克力杯子蛋糕。奇怪的是，打從頭一個電影夜開始到現在，竟然還沒有人增添二十五磅的肥肉。而羅莉則是掉了不知多少磅。

「噢，我差點忘了，」羅莉說：「珍珠和我去了我們找到凱特禮服的婚紗店，我拍了些照片存檔。」

她伸手到床頭櫃裡的抽屜取出相機，按了幾個鈕後，便將相機交給伊莎貝。

「好美！」伊莎貝讚嘆道，然後把相機遞給珠兒。

「很漂亮。」珠兒同意道。

凱特並沒有衝過去，對著自己的結婚禮服做出驚喜歡欣的大動作，完全沒有待嫁新娘該有的喜悅和興奮。她沒有對著精巧的珠編圖案叫好，也沒有誇讚那迷人的領口弧線。她一句話也沒吭，只是淡淡笑著表示謝意。伊莎貝把相機擺回抽屜。

「都準備好了嗎？」凱特說，一手擱在電燈開關上。她顯然是想改變話題。她還不太確定自己是否想嫁吧？伊莎貝想著。難不成跟奧立維出了問題？還是對羅蘭醫生有興趣？擔心母親的病情？也許今晚看完電影以後，她和珠兒得找凱特談談。她們其實不是沒試過，但凱特老是左閃右躲，要不就是堅稱一切沒問題。

羅莉按了播放鍵。「我保證你們都會愛死這部電影。演技沒話說。梅莉和莎莉麥克琳。丹尼斯奎德也軋了一角，而且哇老天，他可真是迷死人。」

梅莉扮演一名女演員，她是紅極一時的過氣女星莎莉麥克琳的女兒，只可惜染上了毒癮。影片開頭時她剛出了戒毒所，開拍新片的投保公司堅持拍片期間，梅莉一定全程都要有人督導監控，否則他們不可能讓她入保。這就表示她得跟她不可理喻的母親同住了，然而母女兩人卻是一向都水火不容。

「莎莉麥克琳真是超過人類能夠忍受的極限了——我是說她演的角色啦，」凱特說：「她的女兒才剛出了戒毒所，而且努力想要重新做人，可是莎莉麥克琳硬是處處耍母威，讓她下不了台。」

「噢，老天，她才剛說了她有可能活不久嗎，因為醫生診斷出她得了纖維瘤？」珠兒問道，掛著微笑搖著頭。「就算觀眾恨透了她戲劇化的個性，不過還是忍不住要喜歡她。」

羅莉看著看著大笑起來，不過凱特可笑不出來。尤其莎莉又跟梅莉諄諄告誡，她希望梅莉對她的死亡要有心理準備。

「難不成整部電影都是這個調調？」凱特說：「我覺得我好像看不下去了。我知道這片子是走喜劇路線，不過——」

羅莉剝開她那份杯子蛋糕邊沿的黏紙。「凱特啊，這部電影吸引我的一點就是梅莉和莎莉開頭時距離好遙遠，兩人處處格格不入，不過最終她們還是找到通往彼此內心的路。總之，會漸入佳境的。絕對值得一看，我敢掛保證。」

凱特瞪著羅莉瞧。「好吧，我這就閉上嘴巴看下去。」她朝母親溫暖一笑，然後咬一口自己的杯子蛋糕。

這會兒伊莎貝大笑起來，因為在片子裡性感迷人到不行的丹尼斯奎德，才剛跟梅莉發表他的愛情宣言：「我覺得我愛你。」梅莉的回應是：「請問閣下何時才能確定呢？」

「我的天，她該不會被他這句台詞騙了吧，」凱特說：「丹尼斯奎德跟她說她是『他在影像世界裡碰到最最真實的人』，還說她是他的夢幻情人，而且他打算把夢幻變成真實。真有人這樣嗎？跟建立在夢幻基礎上的人展開男女關係？」

「剛開始的時候也許還可以，」羅莉說：「不過夢幻很快就會破滅，終究還是得面對當頭砸過來的現實。」

伊莎貝突然想到，葛里芬．狄恩其實是夢幻與現實的綜合體。

「哇，這女人是安妮特班寧對吧？」珠兒問：「渾身上下都發光，怪不得後來會變成大明星。哪，凱特，這就回答了你的夢幻問題囉，因為丹尼斯奎德到處劈腿，連她都敢騙。」

影片接近尾聲時，凱特抽了一張面紙，按了按眼睛下方。「你說得沒錯，媽。梅莉和莎莉終究還是發現到母女關係重於一切，她們需要擁有彼此，互相撐持。她們還有一段很長的路得走，不過至少是有個新的開始了。」

「真希望母親在世時我和她可以——當初實在不該老愛搞反抗，」伊莎貝說。「她說什麼我都當廢話，覺得她一心一意只是想要掌控我。真希望我能聽話些。」

「不過媽媽看透了你的心，伊兒。我們在地下室找到的信不就說明了一切嗎？」

「沒錯，」伊莎貝說：「了解這點，對我來說意義重大。她看穿了我的愚蠢和張牙舞爪。不過如果我能平心靜氣聽進她的話，也許就不會簽下那個白癡盟約了。我可能會比較堅強，也會更有自尊和自信走出自己的一條路。」

「什麼盟約啊？」珠兒問。

伊莎貝環顧周圍一張張臉。她從沒跟人提過盟約的事。往常如果有人問及她和愛德華有沒有考慮到生幾個小孩展開家庭生活時，她總是聳聳肩敷衍過去。「當年我十六歲。跟愛德華。我們訂了盟約發誓今生絕對不生小孩，免得他們有可能和我們一樣得忍受失親的痛苦。」

「噢，伊莎貝。」羅莉說。

「愛德華說過，反正我應該不會是個好母親。當年的我對他心服口服，雖然心裡頭覺得自己應該是有能力當個好媽媽。以前我什麼都順著他，是因為爸媽過世以後，他給了我很大的安慰。我老想著，他什麼事都懂。然而其實我錯了。後來我改變主意想要小孩的時候，他簡直氣瘋了。」

「混蛋。爛人一個，」珠兒說：「是他卡住了長不大，伊莎貝。他卡住了沒法前進，所以他就把你框起來，限制你的行動，直到你受不了。」

凱特搖搖頭。「只花了你十五年的時間省悟倒是奇蹟一樁。我的天，怪不得愛咪不見人影，你會那樣子過度反應。你覺得那又再次證明了愛德華的論點。」

伊莎貝往後靠坐。她可以感覺到涼風拂上了臉，恍惚間又回到了多年前她和愛德華坐在後院一起立下盟約的時刻。她很清楚自己為什麼願意配合他，為什麼自己會深深愛上愛德華。在他開始以言語輕賤她、辱罵她，而且還不時來個小背叛之後，她逐漸明瞭自己不再是當初那個嫁給他的二十一歲小女子，內心充滿恐懼——然而她還是久久無法離開他。那個年輕女子雖然有個妹妹、表妹與姨媽，卻覺得好孤單，所以她才會任由愛德華擺布多年沒反抗。不過如今她已經省悟。從今以後，只有她才是自己生命的主宰，只有她才能決定自己的能力與能耐。

「真希望當時我找你談過，羅莉阿姨。」伊莎貝說，不過她轉眼看去，發現羅莉已經睡著了，一手還放在遙控器上。

「晚安，媽。」凱特耳語道，一邊移開遙控器並將被子拉上羅莉的胸口。她熄了燈，伊莎貝和珠兒則在一旁收拾散落的爆米花碗和杯子。

她們一起走向廚房，珠兒燒壺開水打算泡茶。

「青春期的感覺真的不該定義我們的一生，」凱特說，她將剩下的杯子蛋糕收存起來。「有時候我……會想著，我跟奧立維走到今天這步，也許只是青春期後遺症，再加上大家又都抱了期待。」

珠兒往茶壺的濾網放進幾片伯爵茶葉。「結婚的事你有二心嗎？」

「也許吧，」凱特說，啪地落坐到一張椅子上。「是的。不是。我不知道。我根本搞不清楚。你們就別管我了吧。」

「怎麼可能啊，」伊莎貝說，她將手擱在凱特的肩膀輕按一下，然後將熱水淋上了茶葉。「希望你能順應自己的心，而不是順應眾人的意思。懂嗎？」

凱特笑起來。「懂。」

「我學到了的一件事就是，」珠兒說：「舉棋不定的時候，只有兩種方法解決。退後一步或者保持不動——總之就是不能前進。然後澄明的心自然會給你答案。某天早上醒來時，你會領悟到前一天完全無法理解的事情。」

凱特在三個杯子裡倒入芳香的茶。「但願如此。我會誠心等待那個早晨的到來。還好，至少伊莎貝知道自己的感覺。」凱特咧嘴一笑。「明晚你跟葛里芬有約，對吧？」

「不算約會，只是再去散個步而已。也許他想跟我和解吧，然後講明我們之間其實還沒開始就已經結束了。」

珠兒往她的茶裡丟進一塊方糖。「我覺得他花一百五十塊美金訂下鷺鷥房，應該是另有打算吧。」

伊莎貝淺淺一笑。

禮拜六下午，伊莎貝進進出出好幾次探看狄恩一家人來了沒。他們抵達客棧時，阿萊莎幾乎看都沒看伊莎貝一眼，而愛咪則問說她能否去探望愛維斯小乖，那隻上回她入住客棧時溜去拜訪的大狗。這話引來阿萊莎一張幾近好笑的誇張鬼臉，意思是「有無搞錯啊」？葛里芬穿門而入時朝伊莎貝投來的眼神深情無比，她兩隻手臂頓時麻了起來，此刻的她只想抓了他躲進辦公室裡把門關上，抱住他久久吻著不放。然而愛咪卻已張口說要吃冰棒了，而且電話也響起來，阿萊莎則是一馬當先衝上樓梯，所以想接吻就只有等到當晚散步時再計議了。

其實能不能接吻還很難說。伊莎貝昨晚根本無法成眠，腦裡想的盡是約會的事。想著散步時的情景，也許手牽著手吧，和葛里芬一起走向港灣，沿著月光下的碼頭閒散地踱步而行。他有可能會輕輕抬起她的下巴，進行她夢想中的熱情長吻。

瞥見狄恩全家人外出時，伊莎貝正在辦公室裡查核帳簿；幾小時以後，她在大廳撢灰塵時，他們一行人回來了，愛咪手持一支龍蝦形狀的巧克力棒棒糖，阿萊莎則插著耳機，手捧一杯藍色冰沙。葛里芬朝她一笑，問說八點半散步是否可行。

七點一到，伊莎貝立刻衝上閣樓的臥房沖澡，一邊想像著那個吻，想像著葛里芬的手在她身上遊移——在淋浴間裡她滿是泡沫的身體上，在床上她沒有泡沫的身體上。只要想到葛里芬，她的心思就變成了X光，她對自己高漲的情欲感到無比興奮。就像卡莉・賽門在電影《心火》裡唱的主題曲一樣，她很高興自己又回到先前迷戀葛里芬的狀態。

她套上她最愛的休閒洋裝，這是幾個禮拜前她到市區添購的新衣。棉布高腰洋裝，是最淺的那種黃，肩帶和高腰都繡上了美麗的小花。穿上了它，她會覺得自己好美，好悠閒。她噴了幾滴她最愛的香奈兒Coco，抹上睫毛膏，搽了點紫紅亮唇膏，再撥弄一下頭髮，然後便朝樓下走去。到了二樓的樓梯口，她聽到有人在哭。她停了腳，仔細分辨是從哪個方向傳來的。避靜室。難道是珠兒嗎？她輕輕敲門，然後便是啪地什麼東西摔上門的聲音。應該是本書吧。

阿萊莎。

「阿萊莎，是我，伊莎貝。讓我進去吧。」

「不要。」

伊莎貝站在門前。「我想跟你好好談談。」

「有什麼好談的？你恨我，可現在你成了我爸爸的女友。我的前途一片看好，不是嗎？」

爸爸的女友？他們勉強算是一起散過一次步罷了。不過對一個父親離了婚的少女來說，那就構成了「女友」的要件吧。「我沒恨你啊，阿萊莎。一點也不恨。而且我也沒生你的氣。」

靜默了一會兒，然後便是哭聲。「我才不信呢。不過隨便啦。你不是約會快遲到了嗎？」

喔。她可沒有立場去跟阿萊莎討論她父親的愛情生活。倒也不是說她和葛里芬之間有什麼愛情生活可言，還沒有。也許永遠不會有。

伊莎貝轉起門把，想跟阿萊莎面對面好好談。門把轉動了，但門根本推不開。阿萊莎推了個什麼重物堵住了。「你爸爸和我是要去散步，帶哈皮同行。」

「你們是要約會。就像我媽跟她老闆約會，然後毀掉我們家一樣。這會兒我爸也要約會了。我好恨我媽。我恨她，我恨她，**我恨她**，」阿萊莎嘶吼起來。「如果沒她攪局的話，根本什麼事都不會有。我恨她，而且我很高興我當了她的面直說了。」

我的天，事態顯然頗為嚴重。伊莎貝不太確定是否該找葛里芬來處理，或者該照自己的直覺走。她湊向門邊。「我真的很想跟你談，阿萊莎。有些關於我的事或許可以幫到你。」

「我才不想知道你的事哩。」

伊莎貝碰碰頸上的項鍊，這是母親留給她的細緻金鍊子，上頭掛了個小小的心形墜。「有件事我真的希望你曉得。」她吸進一口氣，這個故事她已經很久沒有和人分享了，上次打開心門跟愛德華吐露心事時，她才十六歲。「我在母親生前對她說的最後一句話是，我希望她死掉。我們先前狠狠吵了一架，等我第二天早上醒來時，才發現她真的死了。她是在除夕夜車禍喪生。連同我爸，還有姨丈——凱特．威勒的父親。」

靜默。

伊莎貝深吸一口氣。「那只是氣話。我愛她，真的好愛她，雖然有時候連我自己都不曉得。我對她大發脾氣是因為她規定我除夕夜十二點半要到家，而且她老愛囚我，常常罰我不許出門，還跟我說我成了野人，說我會犯下事後追悔的大錯。如你所知，還真給她說對了。我從來沒有機會告訴她，當初我只是氣話。永遠來不及說抱歉了。」

伊莎貝聽到哭聲，然後是幾本書給推上地板的聲音。

「至少她沒有背叛你爸搞外遇，」阿萊莎大聲吼道：「她沒有破壞你們家庭，毀了你的一生。」

「是沒有，不過她走了，孩子。一去不回頭。我永遠沒有辦法彌補過錯，她也永遠沒有機會和我重修舊好。阿萊莎，我們永遠不知道生命會給我們什麼意外。壞事隨時隨地都可能發生。如果老是對周圍的人事物不滿，生命的品質只會愈來愈糟。和你的母親和解，會改變你的一生。」

「意思是我得原諒她囉？是喔。」

老天，阿萊莎可真難纏。「何不試試看你做不做得到呢？就算生她的氣，還是可以愛她的。也可以容許她愛你。留個餘地讓她可以嘗試跟你回復到目前你倆之間有可能達到的最好關係吧，畢竟她是你的母親啊，阿萊莎。我母親是在我十六歲時走的。她永遠回不來了。」

寂靜蔓延開來。然後，伊莎貝聽到門後頭有什麼東西給推開來，之後門閂滑開來。她等了一會兒，但門沒開。伊莎貝緩緩轉動門把，只見鴛鴦椅橫在小房間的正中央，阿萊莎就坐在上頭，眼線和睫毛膏流下臉龐。

「我跟我媽講的那一堆全是氣話，」阿萊莎淌了一臉淚水。「可我的氣還是沒消。」

伊莎貝坐在女孩旁邊。「我母親已經不在人世了，她無法跟我聊天，也無法聽我告訴她，當初我吼她時有一大半都不是真心話——尤其最後那句。比起我來你幸運多了，母親就住在兩個城以外的地方，開車十五分鐘就到。」

「可是我好恨她，雖然其實不是真的恨。」阿萊莎說著又哭起來。

伊莎貝太了解女孩了，她可以深切感受到阿萊莎的悲傷與無奈。她真希望自己可以立刻說出打動女孩的話。然而這是需要時間的，需要信賴。而且阿萊莎還得再成熟一些。

所以伊莎貝只是伸出手臂緊緊攬住阿萊莎——她全身馬上僵住。伊莎貝提起她和珠兒前幾天找到的那封信，她說起那隻死掉的兔子，還有那封信字裡行間隱藏的許多含意，說起母親的話語如何在這麼多年之後，以不同的方式撫慰了她們的心。伊莎貝講著講著，完全沒有想到阿萊莎竟然在很短的時間裡就在她的懷裡如同果凍般軟化下來。

伊莎貝是到了九點以後才告訴阿萊莎，她得去告訴葛里芬她為什麼沒去赴他們八點半的約，並說她會馬上回來。

「你不用回來嘛，」阿萊莎說，她的聲音低啞顫抖。「你應該去散步的。跟我爸還有哈皮。」

伊莎貝笑著看她。「我先跟你爸講了再說。」

到了樓下，伊莎貝在走廊碰到珠兒。

「他在大廳等你呢，」珠兒說：「約莫二十分鐘前，我跟他說我會上樓瞧瞧你是給什麼耽擱了，然後跟他回報說，你跟阿萊莎正在深談。他朝樓上看了看，好像是在想著該不該上樓打斷，結果他只是嘆了口氣，拿著我給他的啤酒走進大廳。」

伊莎貝捏捏妹妹的手。「謝了，珠兒。」

她走進大廳，看到葛里芬正瞪眼看著正前方的那張三船長油畫，兩肘搭在大腿上。啤酒還是滿的，擱在茶几上。

他看到她走進來時，馬上起身。

「你們之間怎麼了？或者我根本不該問？」

「阿萊莎跟我敞開心了。花了我一點時間，不過她總算願意講出心事了。能幫她稍稍走出陰霾，不那麼埋怨別人，埋怨自己，我真的好高興。」

葛里芬一臉驚詫，逗得她笑起來。「想來是你說的話打破了她的心防吧。謝謝你，伊莎貝。」

「我想如果你現在上樓去找她談的話，她一定會無話不說。我們可以等她入睡以後，再照原先的約定去散步。要不就改天好了。去找你的女兒吧。」

生命中有兒女的話便是這種景況，伊莎貝很清楚。枝枝節節，小小的干擾，以及戲劇化的情節。有得也有失。而每次小小的犧牲，小小的心痛，總是能帶來魔幻的美妙時刻。

伊莎貝站在門口，看著葛里芬爬上樓梯。

珠兒從辦公室走出來，湊向伊莎貝。「瞧你原先還擔心自己無法扮演好母親的角色呢。」

17 珠兒

珠兒站在客棧地下室一面蒙了許多灰塵的老舊木框穿衣鏡前頭。她穿上了豔紅的羊毛長外套，領子還聞得到母親淡淡的香水味——但或許這只是珠兒一廂情願的幻覺罷了。她在一長排老舊外套當中挖到這襲包覆在護罩下的外套，另外還有母親的 L.L. Bean 橘色鴨毛連帽外套，和父親的棕色飛行員皮夾克，以及幾件珠兒毫無印象的毛外套。也許是羅莉阿姨的吧。

珠兒身高五呎四吋，母親要比她高四吋，所以外套稍嫌大了些；也許高䠷的伊莎貝穿了正好。然而珠兒好愛這件外套，喜歡它的觸感。外套有撫慰的功效，讓她想起母親。原本以為如此豔紅的外套和她紅褐色頭髮應該是不搭的，沒想到卻是增添了好氣色，也為她褐綠色的眼睛帶來神采。但話說回來，這也許又是她一廂情願的幻覺。不過，外套帶來的快樂是不容置疑的。再過兩個月就是十一月的寒涼天氣，到時候她要天天穿著它趴趴走。

她脫下外套掛回原處，並將它推向左邊，貼向她囤積起來且日益茁壯的寶藏堆。珠兒從寶藏堆拉出一本相簿——裡頭貼的盡是米勒姊妹的老照片，是珠兒的母親和羅莉小時候的身影，她們是在布絲灣海港附近一個美麗的小城薇卡榭長大的。珠兒盤腿坐在老舊的圓形編織地毯上，翻閱相簿。不知不覺間珠兒的眼光都聚焦在阿姨羅莉身上。她定睛看著一張少女羅莉的照片；她穿著丁香色的長禮服，胸前別著胸花，站在黃色鱈魚角風格的家門前，身旁是一名俊朗的男子。

是哈洛森嗎？珠兒自問道，她想起自己發現約翰．史密斯過世的隔天，阿姨提到了一名神祕男子。

那天羅莉特意爬上了閣樓的臥室，當時珠兒面對著牆壁，全身弓成胚胎狀，眼淚沾滿了兩頰。珠兒一直無法停止啼泣。她滿腦子都是約翰．史密斯，滿腦子都是過早破碎的美夢。深濃的失落感揮之不去。失落是人間唯一的定數。然而羅莉撐著病體一路爬到三樓，她委實過意不去，只好趕緊下床，喃喃地跟羅莉道歉，說自己不該讓阿姨擔心。

「為了你們三個女孩，我做牛做馬都願意，」羅莉坐上珠兒的床沿。「你的心如果碎了，我的心也會跟著碎，只是你不曉得而已。」她瞥眼看了珠兒一會兒，然後別開眼去。「我完全可以體會你的感受，雖然我當初的經驗和你並不一樣。」

「泰德姨丈。」

羅莉搖搖頭。「不，不是他。是哈洛森，我曾經愛過的男人。是在婚後。」

羅莉開始大口喘氣，珠兒靜靜等著下文。她實在無法相信羅莉．威勒有過外遇。

「你還記得在《麥迪遜之橋》裡頭，梅莉史翠普和克林伊斯威特之間的關係嗎？我有過類似經驗，就是那樣的愛情。然而那是沒有結果的愛情，只能快刀斬亂麻。我因此哀傷了好長一段時間，而且偶爾想起他時，我的心就會像最後一次跟他道別時一樣，痛如刀割。你知道我的救贖是什麼嗎？」

珠兒有好多問題想問阿姨，不過這些都得等。「是什麼？」

「聽來也許有點老掉牙。一個我覺得好特別、好仰慕的男人，竟然發狂似的**愛著我**。這就是我的救贖。他的愛給了我活下去的力量。我把那個愛藏進我的心裡我的靈魂，所以才能勇敢地走下去。」

亨利那天表明了他對珠兒的愛時，珠兒便是這種感覺。此刻她已憋不住滿肚子的問題了。「羅莉阿姨——」

「我身體好虛，恐怕得回房休息去了。」羅莉打岔的聲音珠兒再熟悉不過了。那個聲音在說：**不要回嘴，不要問問題。只要照我說的做就好**。珠兒尊重阿姨對隱私的要求，所以便停了嘴。

羅莉那席話對她的幫助極大，因為珠兒從來沒有想過約翰關愛自己，她從來沒有以這種角度看待自己對約翰的感情，或者他對自己的感情；那個她曾經覺得好特別、好仰慕的美麗男人曾經對她有過強烈的愛情——這是一種恩賜。

之後的好幾天，在早餐桌上，在晚餐桌上，還有當她端著茶或者凱特的烘焙傑作走進羅莉房間探看時，珠兒都很想問她關於那個男人——那位哈洛森的事；她的確開口問了一次，然而羅莉還是打了岔，把話題移轉到凱特婚禮接待會上該供應什麼餐點。珠兒明白羅莉應該是想保護凱特，她不願意讓女兒對愛情與婚姻產生質疑，尤其這又事關凱特過世的父親。所以珠兒便默默地把羅莉和她分享過的寶物藏在心裡，不再追問。

羅莉敘述的故事，以及母親多年前寫給伊莎貝的信，都給了珠兒莫大的力量，讓她可以再次提筆完成她在看了訃聞之後，幾次開了頭又停筆沒寫的信。現在她終於找到恰當的措辭完工了，寄信對象是愛蓮諾和史蒂芬．史密斯。她三天前寄了信，裡頭還附上查理嬰兒期以及現在的照片各一張。每回珠兒的電話一響，她就會猛地跳起來。

她的電話並不常響。瑪里曾貼心地來電告知齊普的最新狀況，說他信守承諾沒變心，而且正親手在做一個雪橇形的搖籃給寶寶。亨利打來一次，就在她哭著逃離他那艘船的當天晚上。他留了口信讓她知道，如果她暫時（或者永遠）不想回去上班的話，他可以理解；他說她可以慢慢決定，但如果最後還是想回去上班的話，工作隨時都會等著她。她一直沒有回電，也沒到店裡去。

她真的得為自己這種舉措向他道歉，因為她一整個禮拜都沒去上班，把他的好心當成理所當然。這些她都應當講出來。她還有更多事情要說，她可以感覺到有許多話語在她裡頭洶湧著要流洩出來，然而她卻還不很清楚，自己到底想講什麼。她只知道自己心底有一股壓力正在形成，而且來源應該是跟亨利有關。

她從後褲袋裡掏出手機，正要撥亨利的號碼跟他說個什麼的時候，電話卻響起來：二〇七五五五二五〇一。

約翰的父母。

珠兒愣開嘴巴，瞪著話機。有那麼一會兒她完全無法動彈，然後她才想到得在轉到語音信箱以前接電話才行。

「珠兒嗎？我是愛蓮諾．史密斯。約翰的母親。」

珠兒覺得兩腿軟如棉花，心想還好自己現在是坐著。

「我們嚇了一大跳，」愛蓮諾說：「約翰的父親和我。我們大半個暑假都是在外地過的，昨天才回到家。你的電話留言和那封信很震撼，尤其你信裡又提到有個孩子，我們的孫子，所以我們整整花了一天才有辦法回復情緒。希望你不介意我們拖了這麼久。」

珠兒喉嚨哽著硬塊，好難開口。愛蓮諾．史密斯聽起來好溫暖好親切。「當然不介意。」

「我們一看到你附上的孩子的照片，馬上就知道一定是約翰的兒子。他們看來像透了——」愛蓮諾哽咽起來。

「我知道，」珠兒說：「同樣美麗的綠色眼睛還有暗色頭髮。」

「還有表情裡的不知什麼。」

沒錯。珠兒想著。**表情裡的不知什麼**。

「你知道嗎？」愛蓮諾說：「你幫我們解開了一個小謎團。有個護士告訴我們說，約翰過世前斷斷續續有過幾次清醒的時刻，不過他只說了兩個字：『珠兒。』我們搞不懂他的意思，因為當時是十一月[6]。」

珠兒猛吸一口氣。她哭了起來。

愛蓮諾給了她需要調適心情的空間。「很高興你寫信過來。我們好慶幸你終於追查到我們的住處。」

「我也是。」珠兒輕聲道。

兩人都同意，有太多事情需要碰面討論，而且老夫婦也想要看到孫子，所以她們便約好隔天碰頭。愈快愈好，珠兒想著，也免得自己緊張個沒完沒了。

禮拜五早上珠兒開車上了通往班格爾的九十五號州際公路，她從後視鏡裡瞄瞄後座的查理，看到他又在欣賞他小心翼翼攤在大腿上的家族樹海報。昨天她和查理在客棧後院談了許久，談到她才剛發現他的父親早已過世，還有爺爺奶奶邀了他們去作客，查理聽了馬上蹦地跳起來說他得趕緊更新家族樹，然後便衝進客棧。沒兩分鐘，他已經拿著海報和他的幸運綠鉛筆跑出來，接著就開始在他父親名字旁邊的空格填上「天堂」兩個字，並再加添兩個新名字——祖父母：愛蓮諾和史蒂芬．史密斯。

這會兒他們已經上路要去跟查理的祖父母碰面了。歷經七年的搜尋，尤其當初發現懷孕時以及過去這幾個禮拜如火如荼的追查，現在將要如此輕鬆地開上約翰．史密斯父母家的車道，珠兒覺得自己好像在做夢。眼前的新英格蘭式鱗板白屋前方種了好幾排五顏六色的花朵，幾個窗台上也盛放著繽紛盆栽，看來親切溫馨，撫平了她抽緊的神經。

珠兒和查理踏出車門時，前門馬上打開，一對夫婦走上門廊朝他們揮手。她和查理拾級走上門廊時，史密斯夫婦倆的反應完全一樣——瞪大眼睛，兩手捧著嘴，然後相擁而泣。

「你們不喜歡我嗎？」查理問。

愛蓮諾．史密斯蹲坐在查理面前。「噢，我們喜歡你。我們非常喜歡你，查理。」她張眼看著他，看著他的每一吋肌膚，她喝下了孫子的一顰一笑，他走路的姿態，這是她兒子生命的延續。「你看起來

6 珠兒原文為June，意思是六月。

好像你爸爸，查理。我真等不及要拿他七歲時的照片給你看呢。等著瞧吧。」她站起來，而滿眼淚水的史蒂芬．史密斯則一把摟住了查理，一邊搖著頭喃喃說著：「簡直就是他的翻版。他的翻版。」

她也可以在他們的臉容上看到約翰。愛蓮諾的綠眼白膚，還有史蒂芬．史密斯堅定的下顎線條和暗色頭髮。查理蹲在草坪上愛撫著他們的橘色貓，而貓兒則是朝著他的腿一直磨蹭，珠兒看到兩老的臉上變化出許許多多的情緒。是歡欣。是讚嘆。

「查理，想不想來幾片剛烤好的巧克力片餅乾跟牛奶啊？」愛蓮諾問道。

「太好了！」查理說：「噢，等等，我們也帶了一盒凱特阿姨做的餅乾喔。她是烘焙達人呢。」他跑向車子，拿出一個凱特包裝好的盒子走向愛蓮諾。她的眼淚直流。查理打開盒子，掏出餅乾。「凱特每次都說，餅乾不可能一邊哭一邊吃的，所以你最好來吃一片吧。」

這話逗得愛蓮諾笑起來，她蹲下身，摟住查理。「我沒在傷心哪，查理。只是看到了你，我高興得不知怎麼辦。你來到這兒，我們真是樂瘋了。」

「那你能告訴我關於爸爸的事囉？」查理問道，他伸手拿了片餅乾要給貓咪，但牠聞了一下，便走開了。

史蒂芬．史密斯伸手攬住查理的肩頭。「咱們進去看照片吧。看到你跟你爸爸長得多像，一定會把你嚇一跳。」

珠兒一踩進史密斯家的客廳時，便看到一幅掛在木質鋼琴上方的油畫，那是約翰，跟她記憶中的他完全一樣。畫中的他坐在門廊，兩腳覆蓋在繽紛的秋葉中：生動的黃、發亮的橘，還有明豔的紅。

她駐足不動，查理順著她的眼神看去。

「那就是他嗎？他就是爸爸？」

珠兒牽起查理的手。「那就是他。」

「我跟他好像！」查理說。

「真的好像，」珠兒細語道，她說不出別的話來。她仍然無法相信自己已經到了這裡。

他們坐在沙發上，史密斯夫婦把她和查理夾在中間，一本相簿攤在珠兒的大腿上。愛蓮諾和史蒂芬翻閱著一張張照片：約翰嬰兒期的模樣，他在學步，他騎著兩輪腳踏車以及踩著滑板，他在學校舞會裡，他在各種各樣的船隻裡。在這麼多相簿裡展現出來的生命中，她只擷取了他的兩天。兩天。她想到《陰陽界生死戀》裡頭，艾伯特布魯克斯的律師告訴他，活在人世時要盡可能把握上蒼賜予的機會。珠兒當初把握住了約翰．史密斯所象徵的機會，而她也因此得到了難忘的回憶以及一個美麗的孩子。

查理和貓咪麥爾斯嬉鬧著玩的時候，愛蓮諾告訴珠兒，約翰十九歲時，也就是他死前的一年半，被診斷得了白血病。他想在離開人世之前環遊全美，看盡所有奇物奇景，比如說他想去瞧瞧俄亥俄州克利夫蘭的搖滾名人堂中展示的大衛．鮑伊的奇格．星塵連身緊身衣和恨天高[7]，還有薩林傑於新漢普夏的隱密住所[8]。他去了紐約中央公園的草莓園[9]，也到格林威治村朝聖，並到海濱書店買了一本書當紀念。他和父母約好了每天晚餐時間都會打通電話報平安。就這樣，在他旅行的三個禮拜裡，他天天都打電話回家，有時候他會留言，有時候他會講講當天碰到的趣事。

「十一月十號那天，到了晚餐時間他還沒來電，我心裡就有數了。」愛蓮諾說，手指撫觸著約翰穿

7　奇格．星塵（Ziggy Stardust）是搖滾歌手大衛．鮑伊於一九七二年時為他出的唱片所創造的角色。

8　沙林傑寫了《麥田捕手》後聲名大噪，但因不喜名氣帶來的曝光率，選擇隱居。

9　草莓園是紐約市政府於八〇年代初期在中央公園規畫出來的二公頃園區，用以紀念披頭四的老大約翰．藍儂。取名草莓園是因為他有一首名歌叫做〈永遠的草莓園〉。

過的長跑T恤。「我還記得五點十五分我把烤牛肉端出烤箱，突然想到他還沒打電話，他通常都是在四、五點來電，因為我們都是準時在五點半開飯。我還記得自己緊盯著時鐘，等鐘敲六下以後，我就明白了。我打到他投宿的青年旅館，經理告訴我說，女僕是在近一點時發現他昏倒在地板上，就在門邊，好像是正打算外出或者剛進門的樣子。」

一點。她和約翰就是約了一點要在中央公園碰面的。

「通知我們的過程出了岔，」史蒂芬說：「救護人員告訴旅館經理說，醫院會通知父母，可是醫院那邊又以為經理已經告知我們，而且我們已經上路了。如果我們沒在六點打到旅館，真不曉得什麼時候才會接到通知。總之，他是在被發現倒在房裡的一個小時之內往生的。」

「前一天他都還好好的。好得很，」愛蓮諾說，聲音嘶啞。「當時他已經在紐澤西待了幾天，說是想去看搖滾巨星布魯斯．史普林斯汀成名前表演過的那個有名的小酒館。他很好，說是他在紐約待了兩天，語氣快樂聲音好有元氣。不過癌症就是這樣。前一分鐘還好好站著，可下一分鐘就有某個連你都搞不清的感染侵襲而來——」她兩手捧著臉，她的丈夫輕輕為她按摩背部。

珠兒當初根本不知道他得了病。毫無概念。原來他是得了絕症，隨時都會死去。她也因此更加擔心起羅莉來。她閉上眼睛，不知如何消化這個資訊。

「總之我們現在總算知道『六月』的意思了，」愛蓮諾補充道：「他嚥下最後一口氣時都還在想著你。對他來說，你一定非常特別。」

珠兒握住愛蓮諾的手，他的母親朝她和煦笑著。其後一個鐘頭裡，查理和他的爺爺在外頭打羽毛球，珠兒則告訴愛蓮諾她的兒子在人世的最後兩天是怎麼過的：他們一見鍾情，徹夜長談無法入眠。史蒂芬和查理回來時，兩個女人都在流淚，珠兒又得再次跟查理說明，她們流下的是快樂的眼淚。

「你猜怎麼著？」查理對著珠兒說：「家族樹又有新的名字可以加上去了。我有個叔叔哪！他住在加州，等他回緬因過聖誕的時候我就可以看到他了。另外還有叔公、嬸婆，跟很多堂哥、堂姐呢。史蒂芬爺爺說會幫我把所有的名字都填上。」

史蒂芬爺爺。珠兒的心漲滿了快樂。查理以前從來沒有過可以稱作爺爺的人。

史密斯夫婦邀請他們留下來吃午餐，於是他們便又在餐廳的桌子度過一小時，珠兒和查理跟老夫婦分享了他們住在客棧發生的大小事情，也講到其他家人。等到四點珠兒和查理離座上車時，四個人之間已經形成了美妙的連結。珠兒踩了油門開車離開時，查理一直在揮手道別。此時的她覺得自己好幸運，好幸福。

晚餐時間，查理告訴大家他和爺爺奶奶碰面的經過，他講到貓咪麥爾斯以及所有他會加到家族樹上的新的親人。查理的盤子裡擺著他最愛的烤雞和玉蜀黍，不過他太興奮了，幾乎碰都沒碰。他問羅莉，爺爺奶奶可以過來拜訪嗎，羅莉說她真等不及要見他們了，到時候一定會空出客棧裡最棒的房間給他們。手舞足蹈的小男生立刻衝上去給羅莉姨婆一個熱烈的擁抱。

這會兒眾人都等不及看今天週五電影夜要放的輕鬆喜劇片《愛，找麻煩》——這片子當初院線放映時只有羅莉去看了。伊莎貝說這又是一部「外遇電影」，不過倒是有一點點不一樣，因為婚外情是發生在一對已經離婚的夫婦之間：亞歷鮑德溫背著他性感的年輕妻子和前妻梅莉史翠普搞起婚外情。

「這回我好像又是似懂非懂，」凱特看著DVD匣子背後的文字說明。「奇怪哩，就因為性感漂亮的女人從梅莉手裡搶走了亞歷，所以觀眾就可以容忍之後他跟梅莉聯手背叛她嗎？好複雜的情愛關係啊。」

「所以這部電影才會取名叫《愛，找麻煩》啊，親愛的，」溫柔的珍珠說道。「倒也不是說我可以容忍外遇，當然，不過編劇設計的這種狀況還真挺有意思的。」

凱特好脾氣地聳聳肩，然後將她擱置在大腿餐巾上的鬆餅的包裝紙剝開。巧克力鬆餅搭配的是巧克力糖霜。

今晚大家都聚在大廳，因為羅莉感覺好些了——伊莎貝說她一整天都好有元氣。珠兒實在很高興看到她又坐到沙發上珍珠旁邊的老位置，嘴裡嚼著爆米花，讚嘆著亞歷鮑德溫好英俊。

「我很高興愛德華和我沒小孩，」伊莎貝說。銀幕上，梅莉史翠普和亞歷鮑德溫因為要參加小兒子的大學畢業典禮，恰巧投宿在紐約同一家旅館，他們一起喝酒並共享晚餐，然後又醉醺醺地在舞池裡大跳恰恰。「沒小孩我們就永遠不用再碰面了。不用一起參加芭蕾舞公演或者家長會或者畢業典禮和婚禮。」

珠兒舉起裝了冰茶的杯子，和伊莎貝「鏘」一聲乾杯。「對離婚夫婦來說，得出現在同一個場合感覺一定好怪，而且他們的新任配偶也會很不自在吧。梅莉和亞歷雖然都很親切友善，不過感覺還是好詭異。」

「看來外遇會起頭，都是因為酒，」伊莎貝說：「如果愛德華在近旁的話，各位一定要提醒我別喝。」

「噢，老天，梅莉和亞歷是搭著湯姆．佩帝的歌〈情郎情狼〉在跳舞哪，」凱特說：「這就是給你的警告哪，梅莉。請別自投羅網！」

珠兒笑起來。「太遲啦！」因為此時梅莉和亞歷已經裸身上床了。梅莉看來很驚訝，亞歷倒是一副志得意滿的樣子。

伊莎貝啜啜冰茶。「等等，梅莉才剛跟亞歷說，他離開她後，她花了好幾年才恢復正常嗎？好幾年？我可不想等好幾年才恢復正常！」

「你能想像十年以後，你和愛德華共進晚餐美酒，談笑風生嗎？」珠兒問。

「門兒都沒有，」伊莎貝說：「離婚文件幾天前才給轉寄到這裡，就算離婚的事我完全不以為意，我也無法想像自己跟他一起笑成那樣。」

「說來梅莉是對拋棄過她的前夫投懷送抱囉？」凱特說：「好吧。她說兩人之間還是有情愫在，而且，嗯，這回她是很小心沒錯，不過我還是搞不懂她幹嘛飛蛾撲火。他對她不忠，毀了原來幸福的家，把她的生活整個打亂，而且她說她是花了好多年才重新站穩腳跟，可這會兒她卻又跟他一起上床，也就是他對自己新婚的妻子不忠？走到這步，他就不算爛人了嗎？這我不懂。」

「還好你不懂，」伊莎貝說：「這就表示你是理想主義型的人。眼看你就要結婚了，抱持理想主義是好的。」

「理想主義的意思是天真無知嗎？」凱特問。

「不對，意思就是理想主義啊，」珠兒說：「有理想是好的。」

「啊，史提夫馬丁上場了，」珍珠說：「我真的好愛他，英俊又逗趣。希望梅莉最後是選擇他，而不是花心的亞歷鮑德溫。」

「編劇這個點子還真不錯：史提夫馬丁飾演的建築師，為她的理想住屋重新設計裝潢，」珠兒說：「很貼切的隱喻對吧？」一邊說著，她的腦際閃現出亨利的身影。善解人意的亨利為她照顧查理——因為珠兒承受不了壓力躲在浴室裡飲泣。亨利傳授三歲的查理釣魚的技巧。亨利帶著查理四處遊逛，七年來送了他不知多少禮物，包括風箏、書籍，以及各種各樣搞怪的萬聖節化妝道具。

亨利告訴她他愛她，一直都在愛她。珠兒趕忙逃開是因為心中有股莫名的恐懼。

「亞歷鮑德溫魅力無法擋，實在好討厭，」伊莎貝說：「我百分之百了解梅莉為什麼會掉進他的羅網。」

凱特伸手再抓一把爆米花。「梅莉史翠普在這部電影裡真是風情萬種好迷人。電影剛上院線時她應該是六十左右了吧，已經是兩三年前的事了，我想。」

羅莉看看DVD匣子背後的說明。「《愛，找麻煩》是二〇〇九年的電影，梅莉出生於一九四九年，所以你說得沒錯，當年她是六十歲。她的骨架長得好，臉蛋又標緻。這女人就算老了還是發光發亮。」

「我正是希望影片能夠這樣收尾。」珠兒說，此時梅莉已經體悟到她真正要的是什麼。她好愛這部電影，真想馬上再看一遍呢。

「你知道我覺得哪句台詞最震撼嗎？」伊莎貝說：「你們還記得亞歷鮑德溫想說服梅莉再給兩人一次機會，而她則解釋了行不通的原因吧，她說『我倆都已經照自己的意願長大了』。這句話我好愛。長大之後，絕對就沒有回頭路可走。」

「應該是吧！」羅莉靜靜說道，聲音嘶啞。

珠兒覷眼看著阿姨。她是想到了哈洛森嗎？她先前跟珠兒提過的男人。不過才沒一會兒，羅莉便又戴上笑臉，說道：「我很喜歡梅莉的一個朋友麗塔威爾森還是瑪麗凱佩萊斯告訴她的那句話：『不要陷入想要拯救他的情結裡。』我覺得這也許是整部電影最重要的台詞呢。」她朝窗外望著，臉上的笑容淡去。羅莉和這個男人之間到底發生了什麼事？

「我同意。」珍珠點頭道。如果珍珠知道羅莉和哈洛森之間的隱情，她的表情以及她看著羅莉的眼神可都沒露餡。

「你們曉得我印象最深的是什麼嗎？」凱特說：「梅莉告訴史提夫馬丁她二十出頭時去巴黎上過六天的烘焙課，最後還決定要長居一年，當糕餅師傅的小助理呢。我真想學她。」她注意到母親的眼神，於是馬上停嘴。

「也許你度蜜月的時候，可以找個課來上，」珠兒說：「不過感覺會很怪，因為你是在度蜜月啊。」

凱特戳戳杯子蛋糕的包裝紙。「我會跟奧立維討論一下可行不可行。」

外頭響起短短一聲喇叭——是珍珠的丈夫開了他白色的速霸陸來接她。珍珠站起身。「我好喜歡梅莉在她開的糕餅店裡跟史提夫馬丁一起做巧克力可頌的畫面。你跟奧立維有過這種經驗嗎，凱特？」她問道，一邊將她的針織毛衣繫上頸子，朝門口走去。

凱特笑起來。「呃，沒有哪，不過上禮拜我跟馬太歐還有他父親倒是有過很棒的經驗。他父親亞佐開了家一等一的義大利烘焙坊，他教了我做正宗的義大利夾心捲。」她微微一笑，沉浸在回憶裡。「不過我沒像梅莉一樣，把可頌的剪紙掛在牆上當裝飾。老天，我還真是喜歡她。那場戲看來好像完全沒經過排練，百分之百的真情流露，大夥兒一起玩得好開心。」

羅莉瞪著凱特看。「凱特，你和羅蘭醫生之間是怎麼了嗎？」

「沒有，」凱特說，整張臉都紅起來了。「當然沒有。」不過她卻一直看著自己的兩腳，接著又突然收拾起玻璃杯和骯髒的碗盤。

「這部電影有幕戲我還真是心有戚戚焉：梅莉跟亞歷鮑德溫解釋說，她知道離婚其實並不完全是他的錯，」伊莎貝連珠砲似的說著，彷彿是意識到凱特需要有人幫她轉移焦點，而且就是現在。「她覺得當初她自己也是放棄了婚姻。我原以為自己是很努力想要挽回愛德華跟我的關係呢。不過其實在這裡頭，」她碰碰自己的心，「我早就放棄了，因為他拒絕給我的，我卻迫切想要。複雜且麻煩的關係，我知道。」

珠兒點點頭。「人活著真是複雜又麻煩。這部電影把箇中三昧拍得淋漓盡致，我好佩服。亞歷鮑德溫結果又是讓她大失所望——原因複雜。不過我最喜歡這部電影的原因是，他們一家人感情好親。碰面的時候都會『嘿』一聲然後又摟又叫的。他們只要聚在一起，就高興到不行。」

「其實我們現在就有這種味道啊，」凱特說：「每回我看到你們兩個，我就有那種『嘿』的感覺。而且我可是常常看到你倆喔。」

伊莎貝和珠兒都笑起來。

「敬我們一家人。」羅莉說，她舉起她那杯冰茶，然而她的眼光卻停駐在女兒身上。珠兒注意到凱特特意把眼光調開。凱特難道和羅蘭醫生在約會不成？大夥兒全舉起杯子，乾了。

凱特看來好悽慘，一副想逃離現場的樣子，所以珠兒便起身開始撿拾散落在她腳邊的爆米花。「我怎地每次一吃爆米花，就搞得襯衫地板到處都是啊？」

「我覺得我的胸罩裡就有一顆呢！」伊莎貝說著便從那裡頭掏出了一粒。

羅莉笑起來。「亞歷鮑德溫跟梅莉和他們的小孩一起過夜的那一幕真是溫馨，他說大夥兒要跟以前一樣來個電影夜，還說他會負責爆米花。」

然後大夥兒便開始回溯起她們到底一起看了幾部電影，珠兒肯定是七部，不過凱特覺得應該有八部，說著她便數了起來——她一臉感激樣，因為焦點已經完全轉移。《麥迪遜之橋》、《穿著*Prada*的惡魔》、《媽媽咪呀》、《心火》、《陰陽界生死戀》、《克拉瑪對克拉瑪》、《來自邊緣的明信片》。還有現在這部，《愛，找麻煩》。

「幾個禮拜之內就看了梅莉史翠普八部電影，」伊莎貝說：「她的臉跟她過人的演技我是永遠看不膩的。這人的表演範圍還真廣，從最嚴肅的戲劇到輕鬆無比的喜劇她都可以一手包辦。」

珠兒點點頭。「而且那些喜劇又都發人深省，也許是因為她演得太好了吧。《愛，找麻煩》最吸引我的一點，就是梅莉有機會可以知道生命若是有了轉折，結果會是怎樣。她所有的『如果曾經怎樣，結果會是怎樣』全都得到了解答。」珠兒就永遠得不著這種機會。她多年來抱持的夢想（也隱藏得很好），只怕已經破滅了。

「其實有時候根本不該問這種問題的。」凱特說，她的聲調嚴肅，眼睛定在戒指上。

「沒錯。」羅莉道，聲音低啞。

「你的意思是——？」凱特說。

「這種問題是會把你逼死的，」羅莉說：「我知道是因為……我——」她看著凱特，然後又看向別處。「我曾經有過外遇。而最近，也許是因為癌症的關係，這個問題又不斷在我腦子裡打旋。」她深深吸了口氣，然後重重地坐下，眼睛盯著地板。

「外遇？」凱特重複道，滿臉的不信。「你是說跟爸結婚以後？」

羅莉沒抬眼。她點點頭。

凱特瞥了一眼伊莎貝和珠兒，然後便坐在羅莉旁邊。「到底是怎麼回事？」

「原本只是柏拉圖戀愛，」羅莉說：「精神上的連結。當年他單獨來客棧投宿，因為剛結束了一段關係，他需要調養，我們很談得來，然後……」

「他有什麼特出的地方嗎？」凱特問，她的聲音有點情緒化，但並不是生氣。

羅莉好像在記憶中迷失了自己。「在他身邊，我覺得自己彷彿變了個人，變成我理想中的自己，比較聰明風趣，也更美麗更性感了。我不很確定他是怎麼把我的那一面引出來的，也許是因為他很專心聽我講話吧，還有他看我的眼神——是那麼專注那麼深情。他退房後，每個週末還是會來到我們鎮上，但都在別家客棧投宿。在那個浪漫的夏季裡，我們的愛情滋長得很快，我甚至還跟他討論到要離開你的父親，凱特。那年秋天，以及之後那漫長寒冷的十二月，我一直都在考慮要跟他遠走高飛。」

「你差一點就離開爸爸，」凱特喃喃地說：「我實在不敢相信。」

「然後就發生了那起意外，」羅莉說：「都是我的錯。」

凱特猛抽一口氣。珠兒和伊莎貝對看了一眼。

「你的錯？」凱特問道：「怎麼可能會是你的錯？」

「那天晚上，也就是除夕夜，愛麗打電話要我們去接她和蓋布爾的時候，我把你爸叫醒，要他去接。」羅莉的聲音嘶啞起來，她發出了彷彿是從體內深處翻攪而出的聲響。「我要他去，是因為希望爭取到和哈洛森共處十五分鐘的除夕夜——在電話上。」她的手撲向了臉，啜泣起來。

珠兒握住了伊莎貝的手。凱特滿臉驚詫，瞪著母親。

「我有過婚外情，也想過要離開。就因為起過這種念頭，我失去了丈夫，我孩子的父親，也失去了我的姊姊和她的丈夫。我兩個小姪女因此成了孤兒。」羅莉深吸一口氣，沉默了好一會兒，然後看著凱特。「我要你的父親出門，為的就是和我的愛人私下談心。如果去的是我，我也許會換一條路開，我也許會立刻轉個彎，事情的發展很可能會不一樣。」

「羅莉阿姨，請你不要這樣折磨自己了，」珠兒說：「我們永遠無法知道，改變過去的某個變數，結果會是怎樣。阿姨，那是一場可怕的意外。是**意外**。」

「你愛過爸爸嗎？」凱特輕聲問。

「比我原先想的還要愛他，」羅莉說：「他走了以後，我六神無主。那時我才省悟到自己有多愛他。我老是不讓他離開我的視線，就是因為我好怕好怕失去他。可是到頭來我還是沒能留住他。」

「噢，羅莉阿姨！」伊莎貝說。

珠兒坐在原處，一臉驚愕，淚水不斷流下臉頰。她也是以相同的方式把亨利推開的。

「很像我對待奧立維的方式。」凱特說。

羅莉緊盯著凱特的眼睛。「我只知道，說出真相對大家都好。雖然有可能造成傷害。」

珠兒知道羅莉的意思。真相就算會傷別人的心，但還是得攤在陽光下。而且就算傷的是女兒也一樣，因為到頭來，真相也許可以為女兒帶來真正的幸福。

「當初收養你們兩個，我好擔心自己沒法扮演好母親的角色，」羅莉對著珠兒和伊莎貝說：「而對凱特，我則是抱愧到無以復加。」她終於正視著自己的女兒。「你和你爸是那麼親，我真是羞愧到無地自容，所以就跟哈洛森分手了。」羅莉凝神看著地板。「我跟他說，我永遠都不想再看到他。說到，我也做到了。他一直是個很有氣度的人。車禍之前，我覺得他就是我夢中情人的化身。」

「那你現在覺得呢？」凱特問。

「我覺得那天晚上我做的事天理不容。」

凱特面色蒼白，兩手不停地打抖。「你知道嗎，媽？」她說。珠兒的心開始狂跳，好擔心她會口出惡語傷到姨媽。「我覺得如果換成是我處在類似狀況，如果除夕夜是奧立維在我身邊，而馬太歐和我在通話的話，我或許也會跟你有一樣的反應。因為人是有限的，我們無法預知未來。我們只能去做當時認為該做的事情。或者想做的事。」

羅莉抓住凱特緊緊摟著，兩人就這麼站著，眼淚不斷地流。「我真的很愛你父親，愛得很深。我一直要等到他永遠回不來時，才省悟到我有多愛他。不過認識哈洛森是我的福氣。我曾經愛過他，也一直沒有忘記他，然而我老想著，如果當初沒有迷途……」她放眼看著大家。「帶著追悔的心活著實在好痛苦。要把這種人生體會告訴你們，唯一的辦法就是坦然說出這段往事。」

「你這輩子真是經歷了好多曲折，羅莉阿姨，」珠兒說，她為阿姨感到椎心之痛。阿姨不到二十歲時父母就因車禍喪生，接著是先生以及姊姊碰上了酒醉駕駛而喪生；然後是被迫割捨至愛的男人。而現在則是癌症。「那麼多的悲傷。」

羅莉的眼睛滿是淚水。「我早先就想講了，可是一想到愛德華的外遇傷了伊莎貝，我又怎麼忍心談論自己的婚外情呢？」

伊莎貝移步到羅莉身邊，握住她的手。「凱特說得沒錯，羅莉。我們只能去做自己當時認為該做的事，就算世俗的眼光或許不容。我就是以這種心情來理解愛德華的外遇的。」

「可是愛德華明明就犯了大錯啊，」羅莉說：「——我也一樣。」

「放棄你愛戀的男人也是大錯啊，」伊莎貝說：「前陣子我們一起看《麥迪遜之橋》的時候，我是老古板心態：我覺得梅莉史翠普放棄克林伊斯威特是正確的決定，雖然她因此不再快樂。我現在還是這麼覺得，因為對她那種個性的人來說，也沒有別的選擇了。可是羅莉阿姨你的情況又不一樣，因為你其實已經沒有羈絆，可是你卻選擇了懲罰自己。」

「我覺得人類真的很習慣拿『做正確的事』當藉口來懲罰自己，或許是下意識的決定吧。」凱特說：「有時候不對的事其實也許是對的。我這樣講說得通嗎？」

羅莉看著女兒，點點頭。「說得通。不過……知道我這段過去，你無所謂嗎，凱特？你不會因此恨我？」

珠兒在羅莉眼裡，甚至從她整張臉孔慣有的戒慎表情後頭，看到她抱著的希望。

「我永遠不可能恨你的，媽媽。不可能。我只希望你快樂。」

羅莉和凱特再次擁抱起來，然後羅莉便將《愛，找麻煩》的DVD放回盒匣裡。她一手搭在電視上頭，彷彿需要撐持，然後又將手搭上前額。她晃了一下，整個人都貼到電視上。

「媽？你還好嗎？」凱特問。

「我覺得怪怪的，」羅莉說：「我的頭，還有——」

羅莉歪了身，然後便倒在地板上。

18 凱特

凱特想著，馬太歐剛巧選在自己需要他的時候打電話來，或許是因為海灣上的星星或者海灣邊閃爍的燈火帶來了心電感應吧。羅莉禮拜五晚上因為感染而昏倒之後，就住進了醫院，當時凱特滿腦子都是母親，擔心了好幾天，如今隨著羅莉漸漸復原，凱特也慢慢平靜下來了。她現在是迫切需要馬太歐，需要他廣博的醫學知識，需要聽他述說他陪伴父親度過治癌療程的經驗。他的聲音雖然不像他父親那樣帶著義大利口音，但凱特還是深深著迷，彷彿那聲音可以把她帶到遙遠的國度——就算只是短短幾分鐘她也心滿意足。

羅莉住院那幾天，他到病房探望過幾次，有一回奧立維也在，氣氛立刻緊繃起來，連羅莉都感覺到了。而且馬太歐每天也都會打電話跟凱特問好，告訴她羅莉對抗感染的成效不錯，所以無須掛心——進行化療的病人免疫系統受損，感染其實是常見的現象。凱特便是靠著他的來電保持著昂揚的鬥志。

禮拜一羅莉辦好手續出院回到客棧後，伊莎貝、珠兒和凱特扶著羅莉進房躺在醫護病床上，而她們雇請的日間護士則在一旁守候。之後三人便移往廚房，大夥兒泡了壺濃郁的咖啡，並擬定好輪流照護羅莉的時間表，確保一天二十四小時都有人陪著她。護士看護的時間是禮拜一到五的九點到五點，所以凱特和兩個表姊便排定了夜間以及大清早的輪班表。

凱特回到羅莉的房間察看狀況時，護士正在朗讀柴契爾夫人的傳記給她聽。鐵娘子。凱特以前老覺得母親就是鐵打的女人，全身上下沒有一根軟骨頭。凱特想錯了，當然。四平八穩、看似漠然的母親曾經深深愛戀過一個名叫哈洛森的男子——然而最終她還是放棄了愛情。

母親吐露的往事讓凱特深陷迷惑。母親竟然曾經有過婚外情，她陷入了熱戀，但最後又決定放棄愛人——是因為罪惡感或者羞恥心作祟吧。她自責太深了。但也許是母親到後來發現自己的真愛還是丈夫，所以才會鐵了心和哈洛森分手吧。凱特能從這段故事得到什麼啟示嗎？她對馬太歐如此迷戀，是否表示她不該嫁給奧立維呢？或者她是否該給馬太歐和自己一個機會？母親告訴她這段陳年舊事，目的便是在此嗎？凱特覺得應該是；然而母親幾天來都在跟病毒對抗，身體虛弱疲累，凱特根本不敢提起過去。或者現在。或者未來。今天早上，她終於鼓起勇氣詢問母親有關哈洛森的事，但羅莉只是擺個手說聲：「我好累，凱特。」意思是別談這個話題。是因為太痛苦嗎？還是她擔心凱特會想太多？羅莉怎地不實話實說一吐為快呢？而凱特又為什麼要壓抑自己噤口不再提起呢？

她的手機響起來。是馬太歐傳來的簡訊。今天一起吃中飯？

她退出房間，打電話給他。兩人講了幾分鐘，談到羅莉以及新請來的護士。羅莉的心情。談到下一次的化療，以及再次感染的可能性。

是啊，「今天一起吃中飯」應該是凱特目前迫切需要的處方。尤其又是在他家，他們可以暢所欲言，而且他也可以沒有顧忌地安慰她——如果有必要的話。而在他家，在隱密的空間裡，她應該會……稍微放大膽子檢視自己對他的感覺。

往他家的路上走去時，凱特不斷想著伊莎貝看了《愛，找麻煩》後的觀影感言，她說人在生命中的某些時刻，免不了會將別人評斷的眼光拋諸腦後，只聽自己內心的指引。這當中有對有錯，其實對與錯的分際很難判定。

然而，吸引她的人是馬太歐並沒有減少她的罪惡感。奧立維無法討論白血球的數量或者嗜中性白血球減少症，錯不在他。而只要一看到奧立維她就會想起婚禮，想起那套等著她再次試穿的禮服，錯也不在他。看到他，她會想起羅莉拿著查理的孩童用塑膠剪（因為一般剪刀對她的手指來說嫌重了）從婚紗雜誌剪下高跟鞋圖片。凱特想要逃離一切，錯不在奧立維。馬太歐讓她聯想到自己快快樂樂地跑進義大利烘焙坊烤出一個個香噴噴的夾心捲，錯也不在奧立維。

她和奧立維這一個禮拜來，其實並沒有多少共處的時間。兩個晚上前羅莉還住院的時候，凱特疲憊至極腦袋昏沉，他在電話上跟她講了幾個輕鬆有趣的故事，讓她開心了一下。他提到一名客戶，是個擁有千萬美金地產的大亨，他想雇請一名景觀設計師為他的後院設計出一個童話花園，裡頭要有修剪成形的綠樹，比如說著名的童書角色小熊維尼以及夢遊仙境的愛麗絲等等。他也和她提起他弟弟的女友，說她老愛轉寄一些奢華的後院婚禮以及婚紗網站連結給他參考，他當然是看也不看立刻刪除，因為他早已告訴過她，凱特已經挑好了禮服，而且他們是打算辦個簡單的戶外婚禮就好。婚禮的話題一來，凱特只有找個藉口逃離了電話。

快要走到馬太歐的住處時，她對自己許了個諾：無論如何，她都不能背叛奧立維。這不是對與錯如何拿捏的問題。這根本就是錯的。如果她需要仔細考慮奧立維和自己的關係，考慮兩人的未來，她就得老老實實往自己的內心深處去索求答案。她可不想讓情欲跑進來攪和，毀掉了自己心中該有的一把尺。

她抵達馬太歐的住家時，看到一名少年正在小小的草坪上除草。她踏上短短的石子路，然後敲敲門。他現身了，門口框著他健美的橄欖色皮膚以及深邃的黑眼睛，還有那抹燦爛的笑容，散發出無限的可能……他好獨特。然後她才猛然發現自己正盯著他的雙唇看，只得趕緊扭頭朝他身後的客廳瞥一眼。

馬太歐租的房子和奧立維大不相同。奧立維的小木屋很有緬因的味道，淺藍色的沙發配上洗白的家具；而馬太歐的房子則是高科技加上皮革，不過他倒是掛了幅老舊獨木舟的油畫。

「我租的時候已經有家具了，」他關上了門。「不過我還滿喜歡的。」

「我突然覺得我根本不該過來。我們之間好像有個什麼……」她的聲音逐漸微弱下來，她覺得自己好笨。其實他對她也許根本沒有男女之間的情愫，甚至連性吸引力都沒有吧。

他坐在黑色的皮沙發上，打個手勢請她坐在他旁邊。玻璃咖啡桌上是兩瓶碼頭啤酒、兩個培根萵苣番茄三明治、一碗生菜沙拉，以及一盤綜合切片水果。馬太歐拿了幾顆藍莓丟進嘴裡——她再次感到一陣昏眩。「也許這就表示你應該過來吧，凱特。我覺得人活著就是要誠實——對別人，更重要的是對自己。如果你因為對我有了感覺而不是很想結婚的話，也許就應該誠實面對這個感覺，而不是選擇逃避。」

「我的問題其實是出在我搞不清自己的感覺。我整個人都亂掉了。」她呆呆瞪著桌上的三明治以及長葉萵苣和紅色的番茄片切邊。

「所以你是搞不清自己想不想結婚嗎？或者你是真心想要出嫁，而我卻像頑童一樣丟了根棍子卡住原本轉得很順的滾輪？」

「其實在遇到你以前，我就已經遲疑不決了。然後我們相遇，你在醫院裡握住我的手……」

「我把你搞得更糊塗了。」

她點點頭，拿起一顆草莓。他為她盛了盤食物遞給她。她咬一口三明治，但卻毫無食欲。「我打從五歲就認識奧立維了。」她把盤子放在咖啡桌上。「曾經，我愛他愛到只要兩人一靠近，我就無法呼吸。」

「現在呢？」

「現在我只知道我愛他。我很清楚他愛我，我知道和奧立維結婚我會很幸福，而且他會是個很棒的父親。這就是我搞不懂的地方了。我怎麼可能愛他，但又不確定自己是否想要嫁給他呢？」

「也許你還沒準備好要結婚吧，凱特。你才二十五歲。」

「也許吧。也許我該先去一趟法國，或者澳洲，或者日本。這或許是逃避吧。或許我其實應該還是待在這裡，幫忙經營客棧。」她兩手往空中一拋，無奈地往後靠在皮墊上。

「也許你該搬到紐約，找一家頂級的餐廳或者烘焙店當糕餅師，」他說：「順便和我一起探討我們之間的關係。」

她扭頭看著他。「你要搬到紐約去？」

「我已經接下了西奈山醫院的職缺。你知道我老在想什麼嗎？想著無法天天看到你。無法在城裡或者人行橋上，或者醫院某個轉角遇到你。我不希望抱撼。我不希望抱撼終生。」

抱撼。她想起母親。眼淚落下羅莉的臉龐，當她講述起今生最大的缺憾時。

「凱特，我只能說我希望能有機會對你了解更多。」

「你什麼時候走？」

「十一月中旬。我十四號就可以搬進上西城的新公寓了。其實是套房，而且好小，不過是在二十三層的高樓上，可以看到中央公園的一小角。」

她的婚禮定在十五號。她得在十四號跟馬太歐道別，眼睜睜看著他開車前往紐約，然後於隔天嫁給奧立維。

她覺得自己可能兩樣都辦不到。

他伸出手來，輕輕將她的一綹頭髮從臉上撥開。他的手在她的臉頰上摩搓，還有她的下巴。然後他便湊近了要吻她，但凱特馬上伸手擋住。

「我沒辦法。」

「現在是沒辦法。但也許不久以後就可以了……但也許不行。」

「你剛是在測試我嗎？」

他搖搖頭。「是因為衝動。我其實好久以前就想吻你了，凱特。剛才實在是忍不住。」

「我跟你一樣，但真的不行，」她站起身來。「謝謝你的午餐。不過我得走了，馬太歐。」

幾秒後她已經走出門外，往前直奔，直到她喘不過氣來。

凱特回到客棧後，先是走進廚房，為母親烤個正宗的蘋果派，還有那種大片的巧克力片餅乾，查理的最愛。只要烘烤幾個小時，照著食譜一步步穩妥地走下去，第一步是這樣，第二步是那樣，她應該就可以平靜下來，腦筋也會清楚些。然而她卻往麵糊裡加了太多糖，然後又忘了自己到底有沒有擺香草。有個什麼在干擾她的心神，不肯放過他。不是奧立維。也不是馬太歐。

哈洛森。一個叫做哈洛森的男人十五年前被迫與戀人分手，而且是為了錯誤的理由。

凱特脫下圍裙，沖洗了黏答答的手，想趁著自己還沒改變主意以前，趕到母親的臥房。此刻，她完全不想思考。她輕輕打開母親的房門，瞧了瞧裡頭。羅莉正在睡覺。太好了。日間護士正在看《時人》雜誌，她朝凱特微微一笑；凱特笑著點個頭，並指指床頭櫃上的相本，然後便輕悄悄地走進去拿。

凱特手捧相本回到廚房。她坐在小桌子前，心中默禱她能找到想找的照片。這相本是母親的珍愛，裡面收藏了她多年來最愛的家庭照。羅莉喜歡在照片的背面寫下標題。**一九九三年愛麗和伊莎貝：伊兒穿耳洞。一九九五年爸爸和凱特：凱特騎兩輪腳踏車。**

凱特看了每張照片的背面，終於在最後一頁找到了目標物：藏在一張羅莉的照片底下，照片裡的她穿著海軍藍的鴨絨外套站在一棵樹前面，飄雪落在她的髮間（**一九九六年十二月的我：初雪**），她的表情滿載著驚詫、喜悅與祕密。

一九九七年九月哈洛森．費理：十號碼頭。

哈洛森．費理。

你得跟著你的心走，唯有相信自己，才能活得自在。凱特走進二樓的臥室，打開筆記型電腦，上了Google鍵入他的名字。她輕易便找到了哈洛森．費理的相關資訊。他是布倫威克市波德因大學知名的天文學教授，開車只要四十五分鐘就能找到他。接著，她在大學的網站裡查出他的電子郵件地址，便寫了封信給他。她在主旨欄裡鍵入「羅莉．威勒」。

親愛的費理先生：

十五年前您認識了我的母親羅莉．威勒。她現在已是癌末病患。最近她告訴我說，她曾經愛過一個男人，但卻失去了他。她很遺憾自己因為某些複雜的情緒，放棄了那段愛情。我不知道她還能再活多久，但我很確定有些事情其實沒有那麼複雜。我覺得如果我的母親能夠再見您一面，握著您的手看著您的眼睛，告訴您她有多麼悔恨的話，她一定會平靜許多。您們若能重逢，對她會是意義重大。

請原諒我的冒昧，費理先生。如果您無法回信的話，我也完全可以理解。

祝安好

凱特．威勒

凱特含著眼淚，按下寄送鍵。她實在不知道對方會不會回信，卻是百分之百的確定，把這個需求講出來絕對錯不了。

有時候，我們唯一能做的也就只有講出需求了。

「凱特，我這就要把你的手機丟到窗外了。」奧立維怒眼看著她說。

此刻她站在他的廚房裡，伸手要拿芥末醬夾放在三明治裡頭，但她卻還是iPhone不離手——四天來都是如此。現在是禮拜五晚上，但大夥兒因為羅莉身體太虛，決定電影夜得無限延期。一切都要等她好起來再說了。

凱特日日夜夜都在期盼哈洛森．費理的回信，三不五時便要檢查電子信箱，已經到了茶飯不思的地步。

「也許他過世了也不一定，」凱特昨晚提到他還沒回音時，珠兒這麼說：「很不幸，死亡現在好像很流行。」

「其實也不是現在才開始流行的。」伊莎貝輕聲補充道。

凱特熄燈後，大家拉上棉被細聲談了一會兒才入睡，這段談話讓凱特心情沉重了起來。如果他已經過世了，網路應該會出現相關資訊，但她並沒有看到。

「我只是在等某個人的回音。」凱特說。她把iPhone塞回口袋，伸手去拿芥末醬。

他兩手叉在胸前。「誰的回信？馬太歐嗎？」

「奧立維。」

「怎麼？」

「不是，不是他。我——」

她不想告訴他實情。這件事她還沒跟他提過半句。羅莉的外遇告白，以及之後的分手。她其實也搞不懂自己為什麼不能一吐為快，也許是因為他會因此聯想到她的心事，關於馬太歐的心事。

「你無時無刻都在檢查信箱呢，凱特。」

「奧立維，我們先吃再說吧，要不醃燻牛肉會冷掉。」

「冷了也好吃啊。我想現在就談。」

她的胃口全消。「拜託，我不想談。別逼我了。」

「不行，凱特。我想知道你在等誰的回音。」

「跟羅莉有關，目前我只能講到這裡。」

「羅莉的什麼事？」

「我才說了我不想談。」

「搞半天，我們之間已經開始有不能談的祕密了嗎，凱特？」

「奧立維，拜託。你實在……」

「實在怎樣？可笑？逼人太甚？」

「沒錯。」

「你在等誰的回音？」

放我一馬好嗎？她很想對著他尖叫，然後才猛然省悟到，他要的其實不是一個名字，而是她對他的全然信任。他需要知道她愛他甚於一切。沒有閃避沒有祕密。他想要做她的唯一。然而近來她卻是漸行漸遠。

她的唯一是兩個表姊。伊莎貝和珠兒成了她瀕臨崩潰時傾訴的對象。她跟她們無所不談。她們對她就如同空氣，不可或缺。

奧立維，抱歉，但我真的不想跟你講。

然而她總得給他一點什麼，好安然度過晚餐。「我寄電子郵件給羅莉的一個老朋友。是她在車禍前認識的人。我告訴他說，她……病得很重。我覺得如果他能過來一趟，她一定會很高興。」

他瞪眼看她。「這種事你會沒辦法跟我說？」他踏步走來，手臂環過她的頸子。

她聳聳肩。「因為近來我給搞得七葷八素。這是我唯一的答案。」

他們坐下來享用醃燻牛肉酸黃瓜三明治，原本凱特以為美食可以讓自己心情好些，然而黃瓜卻酸在她的喉嚨裡久久不散。她不能讓自己為這件事廢寢忘食。她不能因為這人一直沒有回音，就過著彷彿天要塌下來的生活——何況這個人她其實並不一定想見。

然而她卻身不由己。因為羅莉的心懸掛在這人身上。

19 伊莎貝

伊莎貝到街尾的小花店買了許多塑膠花盆裝的牡丹，粉紅、白色和紅色的都有。她把花堆滿了手推車，一路推回客棧。她想像著白色的門廊綻放著一長排繽紛的光采。

羅莉好愛牡丹，她喜歡一大早就捧著熱茶走到門廊，坐在鞦韆椅上，欣賞著環繞身邊的花朵。她倆曾有好多個早晨就那麼坐在門廊上，手攬著手，伊莎貝告訴阿姨當天客棧發生的大小事情，房客啦、預約狀況，以及眾人在早餐房交換的趣聞與笑話。羅莉從醫院回來以後的這幾天，她幾乎都沒踏出大門，不過今早她又跟伊莎貝一起閒坐在外頭聊天，她說伊莎貝把客棧經營得有聲有色，她覺得彷彿是神意把伊莎貝領回了客棧當代理老闆呢。伊莎貝說她也有同感時，阿姨的眼睛泛起淚水，兩人相擁著又哭又笑，心頭浮起了從未有過的親密感。然後羅莉便開始講起牡丹，說她愛死了牡丹，不知道伊莎貝能不能種一些看看，她的語氣滿是懷舊的依戀——是想起了什麼舊事嗎？伊莎貝一回屋裡，馬上打電話到花店訂花。讓阿姨快樂是眼前的第一大事。

伊莎貝沿著人行道推著推車，將飄散在臉頰的頭髮重新綁成馬尾，然後深深吸進一口令人陶醉的清新空氣。空氣裡混雜著青草剛割的清香和微風捎來的花香，還有海灣的味道。她閒步朝三船長客棧走去時，看到門廊的鞦韆椅上坐了個戴著太陽眼鏡的男人。難道是她忘了今天有人要入住嗎？今早是由凱特處理入宿的房客，但現在還不到登記入住的時間，也許她——

他站起來，走向台階。老天，是愛德華。

「哇，」他拿下了太陽眼鏡。「你真美。曬出了一身古銅色的皮膚，一派悠閒的模樣。好高興看到你。」他凝神研究著她，她看著他盯著自己的馬尾，以及她抓著的推車。她繡花的棉衫以及褪了色的牛仔褲，還有紅色的平底娃娃鞋。她的打扮和他認識的伊莎貝完全不一樣。

愛德華。她的腦中突然閃現了許多舊時回憶。十六歲的時光。當年她可以盯著他的臉，有時候甚至一句話都不講，只是深深看著他黑如巧克力的眼珠子，好幾個鐘頭都還捨不得移開視線。他們習慣待在門廊上，手拉著手坐在鞦韆椅上，或者趴在白色的木欄杆上，那種心連心的合一感覺讓她覺得好安全好幸福。曾經，她很怕想起那個女孩，很不願意揪出心裡的那個小小孩；不過，現在的伊莎貝對多年前的自己只有疼惜與不捨。

「你來這兒有什麼事嗎？」她發現自己的聲音裡沒有絲毫怒意。

「你怎麼完全沒跟我提到羅莉的狀況呢？我都不知道她病得這麼重。」

她踩著台階走上門廊，坐到鞦韆椅上。他背倚著欄杆，後腦杓湊上了一盆吊掛著的非洲堇，看來彷彿耳朵裡長出了一片紫色的花瓣。「你怎麼知道的？」

「這個世界並不大，伊兒。我弟弟聽人說了以後，馬上打電話告訴我。我好難過，伊兒。」

「你大老遠開那麼久的車過來，就是要告訴我你很難過？」鞦韆椅旁的柳條桌上散放著好幾份布絲灣海港的簡介，伊莎貝湊上前去攏齊了。她沒辦法正眼看他——這個她愛戀過多年的男人。他改變了她的人生，而且不只一次。

「沒錯，當然。羅莉對我意義重大，這你也曉得。」

「這陣子她很虛弱，愛德華，我覺得她承擔不起見你的壓力，不過我會告訴她你來過。」

他點點頭，轉身看著遠方的海港。「我打算跟凱洛琳結婚，我希望你能了解……我跟她之間，並不只是純屬肉欲的婚外情。」

「你說這話是要——」算了，已經不再重要了。她跟他沒什麼好爭論的，他們的關係早已徹徹底底結束了。

「另外，我也想讓你知道我可以了解你的感覺，因為我愛上了一個有孩子的女人。我的心理醫生告訴我，對你而言，感覺會像是雙重背叛。不過其實我愛她跟她有個女兒一點關係也沒有。完全是兩碼子事。」

伊莎貝搖搖頭，不過她壓住了自己那抹「這毫無道理」的微笑。「噢，想來凱洛琳知道你根本不打算當繼父，所以她就決定分手了。她絕對不會放棄自己的女兒的。」**這對凱洛琳來說是正確的決定**。「我說對了嗎？」怪不得他會突然有興致開六個鐘頭的車過來；他的生活快要崩盤了。

他點點頭，呆眼看著地板。

「愛德華，我覺得這是你了解自己內心的好方法——確定你是不是真心愛她。如果是真愛的話，你應該不會輕言放棄。」

就像你放棄我一樣。

沒說出口的話在他們之間的空氣中飄盪。她認識這個男人多年，看得出他聽到了她心裡的話。

「另外，我也想告訴你，我知道我對不起你，伊兒。多年來，你一直是我最好的朋友，而最近……沒有你的日子我很難適應——雖然目前我有了別人。這話聽起來也許很可笑吧。」

「我懂你的意思。一開始的時候，我的日子也很難過。跟你分居，兩人不再一起生活，是需要時間調適的。不過我已經學到了關於我自己的最大功課，幫助好大。我喜歡目前在這裡的生活，很適合我。」

「那就好。你能……總之，你懂我意思啦。很高興你現在過得好。」

我是過得很好，她這才想到。一陣輕柔的微風吹過她的髮間，有那麼一秒鐘，她揚起了下巴，探入風中。

他在她身邊坐下，兩手放在大腿上。他的手和她的一樣是空的，沒戴結婚戒指。「我知道你簽了我律師寄來的離婚文件。再過幾個月，離婚便要生效。」他逡眼看她。「十五年了。拿到贍養費以後，你就可以搭蓋一個玻璃隔間的後門廊完成羅莉的心願了，而且還有許多餘錢。」

「如果手裡有杯酒的話，我一定會跟你乾一杯，敬我們的未來，愛德華。」哈，一個多月以前的她應該是會舉起酒杯砸向他的頭。

他瞥瞥她。「住在這裡對你確實好處很大。真沒想到會看見一個有禪味的伊莎貝。」

她很想告訴他，本人的現況無須你的加持。不過她只是禮貌地笑一笑。

他站起來，走向欄杆，再次瞭望著海港。「好懷念這裡的景觀，我都忘了這地方對我的身心靈曾經有過好大的療效呢。」他轉過身，兩手插進口袋裡。「房子我會找仲介賣掉。你的份當然會給你。」

「下禮拜珠兒休假那天，我會和她一起開車過去。房子裡有些家具我想擺在客棧裡。你不想留下的家和擺飾就都賣了吧。」

他點點頭。「我一直滿喜歡客棧的，只是有很長一陣子你好恨這裡。」他走下門廊的台階，走向他的車，然後轉身面對著她，抬眼看著客棧，看著二樓美麗的露台以及鐫刻著三名討海人圖像的三船長客棧的招牌。「真高興你回到了這裡。」

我也是。「希望你一切順利，愛德華。」這是她的真心話。

他把太陽眼鏡戴回臉上，然後坐到黑色賓士的方向盤後面。她看著他的車漸行漸遠，這才猛然想到，自己一直不曉得當初投遞匿名信給她的人是誰。

是一個應該稱作朋友的人。

她的過去以「即將成為前夫」的形貌到此一遊又離去的兩天之後，伊莎貝在客棧廚房變身為阿萊莎．狄恩的烹飪老師，教她如何做蛋捲。阿萊莎在她念的高中上選修的家事課時，和一名女同學大打出手。事發經過很簡單：這位同學告訴阿萊莎說，她做的法式土司長得「跟你一樣恐怖」，於是阿萊莎便抓了一把糖朝對方丟去。然後便是一堆乾的和濕的食材在空中飛舞，於是兩個女孩都被罰了一整天不許上課，外加得為全班同學製作法式土司、鬆餅或者蛋捲，並服侍眾人享用。另外，阿萊莎還被罰了放學後要上六堂三十分鐘的心理輔導課，跟著老師學習如何掌控情緒，處理憤怒。由於阿萊莎覺得自己做的法式土司「異常可怕」，她便請求伊莎貝教她烘烤上回他們一家人入住客棧時她做出來的美味蛋捲。

凱特把伊莎貝調教得很好：今天早上有兩組房客點了兩輪伊莎貝做的蛋捲，一組客人是要奶油和草莓醬口味，另一組點了巧克力口味。他們說希望她不嫌麻煩。一點也不麻煩啊。伊莎貝很愛烹製客人預約的美食或者家常餐點，也很享受為大家準備一壺壺的茶和咖啡的感覺。伊莎貝喜歡寵大人寵小孩。有誰想得到呢？

「你猜我今天做了什麼？」阿萊莎說，一邊拿了個銀碗攪拌起麵粉、蛋和牛奶。她們站在廚房正中央的餐桌旁邊，收音機放著諾拉．瓊絲的音樂，哈皮則在後院追著查理丟出去的木棍飛跑。伊莎貝好喜歡看到阿萊莎站在她的廚房裡——穿著牛仔褲和三層長袖T恤的少女，長長的項鍊繞了幾圈掛在脖子上，棕色發亮的頭髮（和她父親的髮色很接近）垂在後背。

「考試拿了高分吧？」伊莎貝說。

「呃，我寫的《布魯克林有棵樹》的小說報告拿到了B＋。」阿萊莎指指銀碗。「攪拌夠了嗎？」

伊莎貝瞥進碗裡。「完美極了。還有，B＋是挺棒的分數哪。」她們照著食譜一步步把剩下的食材料理完畢，然後便將煎鍋放上爐子做準備。「我很喜歡那本書。」

阿萊莎舀了些蛋糊倒進煎鍋。「還記得我跟你說過我加入了學生自救會嗎？我們的成員都給分派了不同的輔導工作。有這麼個女孩叫蜜琪琳，好酷的名字吧！她的爸媽啊，昨天突然告訴她說他們打算離婚，要先分居一陣子。我才剛上完『怒氣管理』的課，所以輔導老師就問我說，願不願意當蜜琪琳的小老師。好酷對吧？我們今天一起吃午餐，坐在校園一個隱密的角落談了將近一個鐘頭呢。我覺得我對她還滿有點幫助。」

伊莎貝告訴阿萊莎如何翻動蛋捲皮，免得蛋捲皮給烤焦了，然後一把攬住了她。「好棒啊你，蜜琪琳一定是開心了一整天，而且搞不好整個人生都會因此有了改變。」

阿萊莎咧嘴一笑。幾分鐘不到，她們已經準備好一打蛋捲皮，等著包進內餡淋上醬汁。阿萊莎指著伊莎貝的圍裙說：「天哪，我把好多有的沒的都攪到你身上哩，這會兒你連髮尾都沾了蛋糊。」

「烹飪本來就是這麼回事啊，總是一團亂。」

阿萊莎燦笑起來——好美啊。也許還要花點時間吧，不過伊莎貝覺得女孩終將進入佳境。

「你說得真是沒錯呢，把自己慘痛經驗學來的教訓現學現賣，輔導也在經歷同樣折磨的人，感覺好棒。除了助人的快樂以外，還有很大的成就感呢，覺得自己滿厲害的。你懂我的意思嗎？」阿萊莎說。

「完全了解。」

雖然她和愛德華的關係沒有善終，然而不可否認的是，他曾在她無路可走，而且沒有家人可以依靠的時候拉她一把。為此，她會永遠心存感激。而且她也很高興，她永遠都有許多美好的回憶來對抗他們之間的齟齬。

在接下來的一個鐘頭裡，伊莎貝和阿萊莎無所不談，從《布魯克林有棵樹》聊到了男生為什麼老愛拉女生的胸罩肩帶玩鬧。她們共享草莓、巧克力還有杏仁口味的蛋捲，喝著冰茶說說笑笑；伊莎貝覺得自己可以再花一個小時跟阿萊莎處在一起，然後她便聽到凱特在說：「請走那邊。」接著她便看到一個女人穿過推門踏進了廚房。

「嗨，媽，」阿萊莎說：「我先去跟哈皮說再見喔。馬上回來。」

阿萊莎穿過後門跑向哈皮的時候，查理遞給她一根可以丟給狗狗撿的小棍子。伊莎貝和阿萊莎的母親看著哈皮追著棍子跑，阿萊莎的笑聲隨著清風透過窗戶傳了來。

「好高興終於看到你了。」伊莎貝說。她跟阿萊莎的母親自我介紹，然後握握她的手。她是個極具魅力的黑髮女子，名叫范樂麗。

葛里芬的前妻。

「感激不盡，」范樂麗說：「阿萊莎跟我講了好多關於你的事，還有你們聊到的各種話題。你對她幫助真的好大。」

伊莎貝微微一笑。「我小時候跟她很像，她不會有事的。」

「總之，謝謝了。非常感謝。」

阿萊莎衝回了廚房，撈起她做的一大盒蛋捲。伊莎貝看著她們離開，她的心和她的胃一樣，滿載著幸福。

禮拜三晚上，伊莎貝和葛里芬獨享了他的屋子。她好喜歡他的家，這是棟石砌的平房，有許多溫馨的凹室和窗台，另外有塊銅匾鐫著這屋子是一八三〇年代的建築。她好喜歡裡頭方方正正的厚實隔間，以及客廳那座占了一整面牆的石砌壁爐。她好喜歡愛咪整潔的臥室，裡頭擺著她收集的許多絨毛小動物，她床邊那張粉紅紫的圓形編織地毯上擺著一盒粉蠟筆以及一本童話上色書。她連阿萊莎亂糟糟的房間都好愛，她的床上攤著一堆毛衣，美麗的白色鐵製梳妝台上胡亂擺了一堆化妝品，圓形大鏡子的木框裡塞了一張葛里芬和阿萊莎以及愛咪的合照。

伊莎貝喜歡身置其間的感覺——在這個房子裡，跟這個男人獨處。才不過幾個月前，她還覺得自己孤苦無依呢。而現在，她有了三船長客棧，那是她溫馨的家。她有了家人，她們給了她安定的家的感覺。而她和葛里芬之間則是爆出了神奇的火花。

他們一起做晚餐，是義大利千層麵，擺了青豆和培根捲並淋上粉紅色的奶油醬，另外葛里芬還從義大利烘焙坊買來了一條美味無比的麵包。兩人共飲一瓶陳年紅酒，一邊聊著天。無所不聊。

更重要的是，空氣中瀰漫著浪漫的火花。

晚餐過後，他們坐在屋外的石砌台階上，看著遠方的海灣。置身於海港的這一頭，她隱約可以看見山丘上的三船長客棧。

「有時候我會自己一個人坐在這裡，尋找遠方的風向雞。」葛里芬說，他的大腿抵著她的大腿。「看到了它，彷彿就是跟你有了連結。」

她快樂得說不出話來，只是默默笑著，握住他的手放在自己的大腿上。

他於是吻了她，甜美熱情的吻。她情不自禁抱緊了他，用盡全身的力氣回吻過去。他拉起她的手，領著她穿過客廳走下甬道。

到了他的臥室。她還記得在客棧裡整理他的房間時，她拉下他的床單，聞著他的枕頭套，想像著躺在他底下的感覺。或者趴在他身上。

幾分鐘後，她體驗到了。這是她曾夢想過的一切。

隔天，伊莎貝坐在海岸綜合醫院兒童區的遊戲間小桌子旁，跟一個四歲大的小病人玩著西洋棋，因為他疲憊的母親得到自助餐廳買杯咖啡來醒腦。伊莎貝滿腦子想著的都是將來有一天她一定要有個自己的孩子。不管是親生、認養或者繼子繼女都可以。她需要有個自己的孩子去愛，去疼。

而且她會是個好母親。這點她有全然的把握。不過這可不是因為她的志工頂頭上司護理師在兩個禮拜之內便如此說了不止一次，也不是因為葛里芬在她那晚突破阿萊莎的心防之後，兩人終於開始攜手散步時這麼說過。

她有把握是因為她**懂得愛人**。因為羅莉某天晚上得了致命的感染給送進醫院後，她在阿姨的病房裡整夜不眠殷勤照料。因為她緊緊抱著驚懼的凱特不放手，她為她摯愛的表妹感到萬分不捨。而且她也撫慰了自己的妹妹，擁抱了珍珠。她愛她們。**她懂得愛**。伊莎貝了然於心，要當個好母親，最最重要的就是懂得愛。你必須愛人。其他所有的都是來自這個源頭。

輪班結束後，她走出阿姨的病房，在嬰兒房的窗戶前停腳凝看，驚詫於那些裹在白帽子與條紋毯子底下的小小臉孔。才不過兩個月前，她還噙著淚水站在這裡，惶惶然不知道自己是誰。

她朝小女嬰帕特微微笑著。**你可以決定自己是誰**，她對著安睡著的可愛臉蛋默默說著。**永遠不要讓別人決定你的將來**。

當晚，伊莎貝跑去探看羅莉，雖然還不到七點半，但她已經沉沉睡去。嚴重感染再加上第二輪的化療（這她總算驚險度過），羅莉被整得疲累不堪，力氣自然是一天天遞減了。她有個助行器，喜歡坐在臥室的觀景窗前看著後院的動靜。她喜歡看著查理和哈皮嬉鬧著玩撿棍子的遊戲。有一回，棍子飛到了凱特才掃成一堆的落葉，於是落葉飛揚，跳動成紅的黃的橘的彩色旋風，哈皮猛吠，查理兩手揚起高興得直轉圈圈，葉子如雨般灑在他的身上。

幾個禮拜前大家決定要二十四小時守候羅莉，便合力將躺椅搬到她的床邊，白天由護士照顧，晚上則是伊莎貝、凱特和珠兒輪班上陣。凱特此刻坐在躺椅上，手持鉛筆腿上擺著記事本。她正在勾勒一個結婚蛋糕。是她自己的婚禮要用的嗎？凱特這陣子已經不太願意談起奧立維或者馬太歐了；所有的問題她都一概以「要不要來個肉桂口味的司康？」敷衍過去。所以伊莎貝和珠兒便知趣地讓凱特躲進她私人的世界裡不再打擾。不管凱特最終的選擇是什麼，伊莎貝知道她的決定一定會是立基於正確的理由。而這，才是最重要的。

珍珠探頭進來，說她打算陪羅莉坐一個鐘頭，於是伊莎貝和凱特便抱了抱她，然後轉頭走向大廳。珠兒正跪在地上，撿拾某個房客用餐時掉了一地的乳酪和麵包屑。伊莎貝和凱特幫她清乾淨地板，然後三人便坐在各自喜愛的電影夜老位子上。她們已經好幾個禮拜沒看電影了。

伊莎貝看著擺了好幾個櫥櫃的DVD影片，光是人氣第一播放頻率超高的梅莉史翠普收藏便占了一整個牆面。「羅莉今早說她這禮拜五想看《遠離非洲》呢。」她起身抽出片子，放在一旁，然後又坐上了她的鴛鴦椅。

凱特開始哭起來。「她就要死了，我知道。這部梅莉史翠普是她的最愛，對她來說就跟《蘇菲的選擇》一樣得供在聖殿。《遠離非洲》她只看過一次，她說影片摸著了她的靈魂深處，她絕對無法忍受再看一次。所以如果她說了要看，一定就表示她知道……」

伊莎貝和珠兒都站了起來，坐到凱特那張懶骨頭旁邊的地板上。「她只是面臨到嚴酷的考驗。你知道蘇珊娜吧，離我們只有兩戶人家遠。她母親罹患乳癌，遭到跟羅莉一樣的感染，但還是撐過來了。之後她又接受了三次化療呢。」

「可是我媽媽就要死了，」凱特輕聲喃喃道：「也許不是下禮拜或者下個月，可是她的醫生說我得接受或許她最多只剩三個月了。」

伊莎貝闔上眼睛。「天哪，這叫我們怎麼承受呢？」

「只能盡力禱告了。」珠兒說，眼睛泛滿了淚水。

伊莎貝捏捏妹妹的手。「我無法想像每天早上在客棧裡醒來，卻看不到羅莉穿行在走廊、廚房或者前後院裡頭。**她就是客棧啊**。」

凱特瞪眼看著伊莎貝。「你會每天早上都在這裡醒來嗎？」

「會的，如果你肯接納我的話。我好喜歡住在三船長客棧，幫忙料理各種大小事情。我愛死了這裡，這裡的一切。不可思議對吧？記得十八歲的時候，我一心只想逃開，每年兩次假期回來時我都是心不甘情不願，可是現在客棧卻成了我的避難所。我喜歡和房客打交道，喜歡準備餐點，也喜歡跟旅館協會聯繫各種事宜。連清潔打掃我都愛呢。」

「這就解決了我的難題，太棒了，」凱特說：「這就表示我可以放下包袱遠遊他方，也不用雇請外人幫忙經營了——羅莉一定不會答應找個陌生人接手的。而且我們也絕不可能賣掉客棧，對吧？」

「這當然是由你全權決定了，」珠兒說：「以我的角度，當然不希望你賣掉。我知道我使不上多少力，可是我也好愛這個地方，只要沒在書店當班的時候，我都會全力幫忙。」

「賣掉與否會是**我們**共同的決定，」凱特說：「就算羅莉只把客棧留給我，這點其實我存疑，但我也不會不徵求你們的同意就擅作決定。客棧是我們三個人的。」

我們三個人的。伊莎貝覺得這幾個字好悅耳。

20 珠兒

「我的姨婆也許很快就要上天堂了喔，」禮拜一下午查理領著愛蓮諾和史蒂芬．史密斯去看哈皮的狗屋時，一邊嘰嘰喳喳地說著。「所以現在大人才會讓哈皮睡在客棧裡啊。有時候牠喜歡跟我睡，可是有時候牠會跑去羅莉房裡。可是她根本連狗點心都不餵牠呢。」

「這麼說來，牠一定是很愛你的姨婆羅莉囉。」愛蓮諾說道，她暗綠的眼裡是滿滿的感情。

「你們想不想看哈皮玩把戲啊？」查理問道：「伊莎貝阿姨有個朋友是獸醫，他教了牠好幾百種玩法喔。哈皮，快把你的爪子伸過來。」

哈皮乖乖照辦，查理的爺爺奶奶都呵呵笑著鼓起掌來了。狗兒耍過幾樣花招以後，大夥兒便開步走進客棧的大廳吃點心，喝咖啡，還有檸檬汁和凱特特地為客人烘焙的蛋糕。羅莉招待史密斯夫婦免費住在青鳥房，他們得到的是貴賓的禮遇。伊莎貝精心準備的愛爾蘭風早餐——他們很驚喜地在菜單上看到；還有凱特的司康。查理快樂的童音和傾洩不完的熱情。幾本珠兒從布克兄弟書店買來的緬因旅遊指南。另外便是羅莉大剌剌的擁抱了，她坐著輪椅由凱特推到院子裡。珠兒、查理以及史密斯夫婦一整天都在鎮裡遊逛，午餐則是坐在遊艇裡繞著海灣觀景時慢慢享用。餐後，他們悠閒地在美麗的植物園裡閒逛。到了七點鐘，天空昏黃了，大家喝過咖啡、相互擁抱、依依不捨說著再見，並約好了幾個禮拜後他們還要再來。

寧靜的夜晚裡，伊莎貝和查理在大廳玩著「四棋定江山」。珠兒步下甬道往羅莉的臥房走去。她輕敲幾下門，把頭探進門裡看了看。羅莉躺床上，正看著一本攤在她懷裡的相簿，哈皮窩在床尾，一隻爪子擱在羅莉的腿上。珍珠坐在羅莉身邊的棉墊椅上織毛衣。每回珠兒看到羅莉躺在醫用床上時都不勝欷歔，因為阿姨的身形看來是如此單薄；打從診斷罹癌之後，她已經瘦了至少三十磅。而且羅莉還大量落髮，所以她已經開始在頭上紮起五彩繽紛的頭巾了。珠兒每每看到癱在床上的羅莉艱苦萬分只是為了挪一下身體，她就感到心痛。阿姨這陣子元氣好弱，所以上禮拜五的電影夜又取消了。也許這個禮拜五會有機會吧。珠兒真希望電影夜能夠永遠持續下去，她們四個——連珍珠就是五個了——團團圍坐在電視前面，看著梅莉史翠普把她們帶到另一個時空，讓她們笑，讓她們哭，讓她們開始思考，以及交流。珠兒想要跟家人交流到地老天荒。

她順了順起皺的棉被，淡黃被面襯上褪了色的橘紅海星——這是她母親的遺物。「我只是想跟你道謝，羅莉阿姨，謝謝你熱情款待史密斯夫婦。」

「看得出他們是很好的人。」羅莉說。

珍珠點點頭。「很有人緣。」

「真有你的，珠兒，」羅莉說：「千辛萬苦為查理找到了他們。你的意志力超強，不過你做對了。有失便有得——你得到了很珍貴的補償。」

「就好像我失去了爸爸媽媽，但得到了你，」珠兒細聲說。羅莉的眼睛泛滿淚水，珠兒把頭偎上了羅莉的肩膀。「我愛你，羅莉。」

「我也愛你。」羅莉低聲道，眼睛慢慢闔上了。

珠兒吻吻阿姨的臉頰，朝珍珠送個飛吻，她悄聲出去關上房門後，忍不住淚水直流。但她馬上便收拾好心情。

阿姨就要走了。

她可以聽到大廳傳來查理興奮的聲音。珠兒按按眼睛下方，深深吸了口氣，然後踏入廳裡。

「你又贏了耶！」查理指指並排成一列的四只紅色棋子時，伊莎貝只有宣告投降。「我怎麼也贏不了你。」

「明天晚上可以再試一次嘛。」他燦笑著說。

「準備好上床了嗎，小乖乖？」珠兒問道。

查理抗議著，「拜託，再讓我多玩至少半個鐘頭嘛！」但他心裡知道行不通，只好摟摟伊莎貝，然後便跑到廚房找著凱特來個晚安吻——她正和奧立維在進行一場嚴肅的對話。之後則是跟羅莉親親，而珍珠呢，是個大大的擁抱。最後是猛摟哈皮一把，狗狗的鼻子磨蹭著查理的臉。

「我真的，真的，好喜歡爺爺跟奶奶喔，」查理跟著珠兒上樓到房裡時，他興奮地說。這會兒已經差不多七點半了，得快快說個故事，然後便要熄燈請這位玩樂一整天的小男孩乖乖休息了。

查理換上睡衣刷好牙後，便溜身上床蓋好被子。珠兒坐在他身邊，伸手拿了《夏綠蒂的網》，這本書她已經接連念了好幾個晚上。昨晚是史密斯夫婦念給他聽的，兩人輪流，一人念一個章節。珠兒在一旁看著，兩位老人家一人一張椅子坐在他的床邊，表情滿是喜樂，彷彿得到了天賜最好的禮物。有那麼一下子，她激動到得趕緊跑到房外，穩住自己的情緒。

「媽咪，你可不可以跟我講別的故事啊？我想聽你跟爸爸當初是怎麼碰面的，又為什麼會在一起。」

「這是我最最愛講的故事哪！」她說，俯身往他絲絨般柔軟的暗色頭髮輕輕一吻。

有失便有得——你得到了很珍貴的補償。

珠兒躡手躡腳走出查理的房間輕輕關上門時，羅莉先前的那句話悄悄上了她的心頭。

她曾得過許多珍貴的補償。她失去了父母，但是得到羅莉。她失去了摯愛的男人，但是得到了查理。她失去了工作與家，但是得到了客棧──連同她親愛的家人。她失去了她的夢中情人，但是得到了查理的爺爺奶奶。

她失去了七年來珍藏於心的綺夢，但是得到了亨利・布克真實的愛。

該是跟他面對面開誠布公的時候了。現在她很肯定自己身心都已自由沒有任何羈絆了。目前雖然她還不知道該怎麼措辭，但是只要看到了他，她會知道該如何告白的。

前幾天珠兒碰到了布克兄弟書店的店員賓妮，聽她說亨利已經接下珠兒的工作，這一個禮拜來都還是營業到晚上八點才打烊。所以她想著，應該可以在店裡或者近在咫尺的船屋上找到他吧──店裡有事的話賓妮隨時可以在船屋找到他。晚餐過後人潮多，店裡的生意總是比較好。雖然幾個禮拜前勞動節假期結束後，海港的遊客量大減，不過書店的營業量並沒有跟著下降。

她一路走向布克兄弟書店時，突然意識到自己有多麼想念書店。多年來，書店給了她迫切需要的安全感以及許多溫暖。而現在，當她拉著小小獨木舟的門把打開店門時，心裡湧出的是純然的滿足與喜悅。

她頭頂上的鈴鐺叮噹響著。書店就要打烊了，但客人還是很多。

賓妮朝珠兒笑笑，往後頭指了指。「你剛好趕上了慶祝大會。」

「慶祝什麼啊？」她問，不過有個女人走向了收銀台，搶走賓妮的注意力。

亨利不在辦公室裡。單是想著即將看見他，即將走向他吻著他，她的心便雀躍不已。如果他正在慶祝一整天的豐收，那更好。她穿過後門以及通往碼頭的門，然後便看到亨利了。只是他的身邊已經有了人。

他正抱著凡妮莎。她的手臂環住他，手上閃著一只鑽戒。

珠兒全身一僵。不會吧，不，不，不。她來得太晚，這會兒他已經和凡妮莎定下婚約了。

她的胃猛一沉，兩腿如同橡膠一般軟趴趴。她舉腳開始後退，不過穿著露背黑色禮服以及閃綠馬汀大夫皮靴的凡妮莎卻朝她走了來。

「他是你的人啦！」凡妮莎冷冷一笑，然後便頂了她肩膀一下走掉了。

什麼？

珠兒看著亨利。他正出神地看著她。她站著無法動彈，於是他便走向她。「所以你跟凡妮莎並沒有訂婚囉？」

他聽了忍不住哈哈一笑。「沒有。不過她倒是跟她的水電技師訂婚了。她剛跟我說：『碰到對的人，心裡自然剔透明白。』」

珠兒頓時輕鬆起來。亨利並沒有跟凡妮莎求婚。她還來得及。「這話我再同意不過了。」

他瞧著她。「你還好嗎，珠兒？」

她踏步往前，拉起他的手臂放在自己的肩膀上，想看看他會怎麼反應。他兩手環住她的脖子。「我不只是好而已。我還打算回來上班呢——如果你肯要我的話。」

「我當然要你囉。」他說。他的笑容和他的表情都洋溢著滿滿的感情，珠兒把頭緊緊貼上了他的胸膛。

我跟亨利．布克上床了，就在白花花的日頭底下，珠兒想著，壓不住嘴角泛出的笑意。

「你笑這麼高興幹嘛啊？」他問道。他俯身向她，沿著她的鎖骨一路吻下去。

她看著他深棕色的寬闊肩膀和胸膛，他稍稍偏長的頭髮，還有那如同克林伊斯威特深邃棕眼周邊起皺的紋路。他好美，好性感，他是她夢中情人的完美化身。而現在他就躺在她的身邊，真實不虛。「我真的不敢相信美夢可以成真，我們竟然會同床共枕。跟你在一起感覺好合好完美，而且我又是那麼自在……但怎麼又覺得好像跑進了魔幻世界裡呢？」

「我完全了解你的意思。」

昨晚他們原本是手牽著手站在碼頭上，然後不知怎地便已置身於他的客廳瘋狂接吻，之後他便拉著她的手進了臥房，兩人裸裎相見，以肢體向對方訴說自己的愛慕以及壓抑了多年的激情。他於破曉前陪著她散步回家，也好讓她能夠趕在查理醒來之前回到客棧。當早五點她躡手躡腳走進臥室的時候，伊莎貝和凱特興奮地盤問了她許多問題，讓她覺得自己好像變成了青春期的小女生。是的，和亨利在一起，是她所有少女期幻夢的實現。而且還遠遠不只如此。

隔早她到書店上班，整個人輕飄飄地在店裡東遊西走，賓妮忍不住發表感言：「看得出你喜事臨門囉。」珠兒只是以淺笑回應。這話說得真是沒錯。她和亨利的關係感覺上像是嶄新生活的開始，充滿了初戀情人躍躍欲試的甜蜜心情；同時，他們也如同老夫老妻一般的自在，彷彿她已與他同床多年。當早她為展示櫃排列必讀書籍，設計出一套「你愛這本書，就會愛這一整個書架」的方案，並著手寫下童書俱樂部的策畫書，但在這同時，她的腦子卻是一直想著他，想著他們今晚的約會。她好想跑到碼頭去找他，但她必須等。他們約好了四點碰面，希望最終兩人又會回到他船屋的床上，在滿天的星星底下做愛。

時間一到，她和亨利便一起離開書店，前往布絲灣中學校友會的年度聚餐——這是珠兒第一次出席。伊莎貝和凱特（她每一回都是和奧立維同行）都要參加，瑪里和齊普也是，所以珠兒才答應下來，何況又有個帥哥陪行。其實現在的她已經完全不在乎同學怎麼看她了，她會昂首闊步自信滿滿地走入聚餐會場。她對自己畢業後的表現非常滿意。

當然，珠兒和英俊的亨利攜手走進會場時，首先看到的便是寶琳．奧特曼和環繞在她周邊的一群馬屁精。

「瞧哪，是珠兒・納許耶，」寶琳高聲叫道：「當年那個代表畢業生致詞的高材生這會兒終於在校友會露臉啦。」

這些年來她還真的曾經那麼在意過這個白癡人物的所言所語嗎？不可思議。珠兒朝寶琳翻了幾個白眼，然後便朝著舞池裡臉貼著臉的瑪里和齊普揮手微笑。之後她走到吧台，加入姊姊和表妹的行列。伊莎貝穿著淡黃色的緊身洋裝，一看即知是來自凱特的衣櫃。凱特無意識地撥弄著她酒杯裡的小雨傘，正在發呆呢。或者是陷入深思吧。很難判斷。珠兒可以看到奧立維和一桌子的男人在飲酒聊天。

亨利去點酒時，伊莎貝低語說：「我喜歡看你們成雙成對。」

凱特撥撥小雨傘。「好個校友會，是吧？咱們三個湊在一起，還有你和亨利・布克。多虧命運女神的眷顧了——只除了我母親的健康不盡如人意。」**還有我跟奧立維的關係也不妙**，珠兒幾幾乎可以聽到凱特的腦子在講話。此時凱特的眼光遊移到笑得開懷的奧立維身上，然而她看著自己未婚夫的表情卻沒有滿滿的愛意也無興奮或者快樂在裡頭。

噢，凱特啊，珠兒想著。**你一定會找到出路，做出正確決定的**。

亨利此時已經端來了她們點的酒。珠兒拿起杯子，向姊姊以及表妹敬酒。「敬我們的家。」她說，伊莎貝和凱特也回敬了她。

「還有敬我們的愛。」珠兒鏘一聲碰著亨利的酒杯說道。

隔天下午，查理和哈皮在院子裡賽跑，珠兒、羅莉、伊莎貝和凱特圍坐在野餐桌旁共進稍嫌晚了的午餐。大廚是伊莎貝，她今天已經為兩組房客辦好入住手續，還為家人烹調了好幾盤她最拿手的馬鈴薯起司薄餅。查理一如往常匆匆吃了四口，便救火似的趕去餵哈皮了。之後他便坐在毯子上，身旁擺著一大疊色紙還有好幾盒蠟筆跟奇異筆。

羅莉坐在輪椅上精神昂揚，氣色不錯。她沾了酸奶油以及蘋果醬連吃了兩個馬鈴薯薄餅——胃口不錯，挺好的徵兆。珠兒則是大口吃掉好幾個薄餅，因為實在太美味了。大夥兒聊著笑著，只見查理突然拿了一大張黃色色紙衝過來。「你們瞧，」他說，高高揚起紙來讓大家看清楚。「我總算找到一張夠大的紙囉，因為家族樹上又多了好幾個名字得填呢。」

除了他父親和爺爺奶奶以及叔叔的名字，查理又在伊莎貝的名字旁邊加上了「葛里分，狗狗伊生」（畢竟是孩子，寫錯了兩個字），珠兒的名字旁邊則是添上了「亨利·布克」。

「我有很棒的家人喔。」查理笑開了臉。

「沒錯，的確是。」珠兒說，桌旁的每個人都一本正經地猛點頭。

21 凱特

「凱特！他寄電子郵件來了！」伊莎貝尖聲嘶吼。

伊莎貝以前從來沒有嘶吼過。

還躺在暗暝臥房裡的凱特半睜了一隻眼瞥瞥床頭櫃上的鬧鐘。不到五點半，太陽都還沒露臉呢。她拉了枕頭蓋住臉。

伊莎貝猛地掀開枕頭說：「他寄電子郵件來了！」

「嗄？誰？」

伊莎貝笑得好開心。「我剛坐到你的書桌看今天的氣象報告，剛好瞧見你的電子信箱裡頭有一封哈洛森．費理的信還沒打開看呢！」

凱特甩開被子，猛衝到書桌前面。她連坐下都懶得。她和伊莎貝彎著身俯頭讀起信來。

親愛的凱特，

很抱歉拖到現在才回信。這個學期我休假出國寫書，雖然還是定期接收學校帳號的電子郵件，不過你的來信好像是給攔截到垃圾桶裡了。總之，知道你的母親健康情況不佳，我很難過。這些年來我還是一直惦記著羅莉，非常掛心。如果你覺得可以的話，我希望能盡快和她見面。我目前住在離你們不遠的布倫威克市，所以只要接到邀請，我立刻就可以趕到。

很高興你聯絡到我。

哈洛森·費理

凱特猛抓著伊莎貝抱一下，兩人對看一眼，又摟了起來。「這些年來我還是一直惦記著羅莉，非常掛心。」凱特重複信裡的話。她覺得自己快飛上天了。

「是個善良的男人，」伊莎貝說：「和阿姨相知相惜。」

凱特坐下來，著手寫下回信。只要他方便，隨時都歡迎。今天，明天？

二十分鐘後他的信來了。他今晚會到。

凱特端著早餐托盤到母親的房間。炒蛋和裸麥土司都是羅莉所愛，另有一盤莓果和一杯洋甘菊茶。珠兒才輪了大夜班守護羅莉，這會兒已經醒來，凱特一個小時前探頭進來時，她正坐在長椅上專心看小說。由於羅莉仍然氣弱體虛，無法坐上輪椅和大夥兒在廚房裡閒話家常，所以伊莎貝便將她的份裝上托盤由凱特送進來。

「哇，聞起來好香，我也要吃，」珠兒朝門口走前，親了羅莉臉頰一下。「希望有培根。」

「如果查理還沒全掃光的話，」羅莉笑說：「最好用跑的。」

珠兒和凱特擦身而過時，凱特輕聲說：「伊莎貝有個天大的消息要跟你講。」於是珠兒便風一樣出了房門。

凱特將托盤擱到架在羅莉胸前的小圓几上。**跟她說吧，不用轟轟烈烈地來段前奏，**一如羅莉慣常所說的。**直接說出來就好。**

「聞起來真的好香。」羅莉咬了口裸麥土司說道。

「媽，今晚你會有個很特別的訪客喔。」凱特脫口而出，眼睛閉了起來。她張開眼睛時，看到羅莉正在草莓和藍莓之間搖擺不定。

「誰啊？」

「哈洛森・費理。」

母親放下了草莓。「你說什麼？」

「我發了封電子郵件給他，他說今晚就要過來。」

「你發了封電子郵件給他，他說今晚就要過來？」羅莉重複道。「哈洛森就要過來？」

凱特點點頭，心裡有點惶惑。

「他知道癌症的事？」

「知道，媽媽。」

「哈洛森就要來看我嗎？」羅莉澄藍的眼睛盈滿淚水。她一手摀著嘴，別開了臉望向窗外。珠兒離去前拉開了窗簾，外頭是下著毛毛雨的灰暗天氣。

凱特屏住呼吸，不太確定母親是否會因為自己背著她聯絡而大發脾氣。羅莉也許會恨她多管閒事，後悔自己不該講出多年前的祕密。

「你可以幫我打扮得好看些嗎？」

凱特猛地呼出一口氣。「你一直都很好看的，媽媽。不過我可以幫你打扮得更加光鮮亮麗。」

羅莉的笑容彷彿是來自內心的極深處，於是凱特知道自己做了正確的決定。

凱特心想，皮爾斯布洛斯南若是有個當教授的兄長的話，長得應該就像哈洛森・費理吧。他約莫五十七、八歲，瘦高身材，英俊的臉，暗色頭髮夾雜著些許的灰。他看來氣質出眾，帶著船長的威嚴。他手裡捧著一束紫色的鳶尾花要送羅莉。凱特並沒有浪費多少心思，想著母親和這個男人十五年前曾經相愛並於凱特的父親帶著她出遊時暗通款曲——一如梅莉史翠普在《麥迪遜之橋》裡於她先生和小孩遠遊時的所作所為。母親愛過這個男人——其他的其實都不重要了。

羅莉先前交代過凱特，他人一到，就要把他帶到她的房裡，好讓兩人有點私密相處的時間。這幾個小時以來，伊莎貝、珠兒和凱特全圍在羅莉身旁弄這弄那忙得很，她們拿了好幾條繽紛的頭巾讓她挑選，又往她臉上細心上了淡妝：在臉頰抹些陽光古銅色的粉妝，並塗了些許棕色睫毛膏，過淡的眉毛稍稍補了點顏色，最後再噴上些微她最愛的香奈兒十九號。至於羅莉的房間則不需要太多妝點，因為過去幾個禮拜來她們已經費心為羅莉營造出最舒適的休憩空間，每天都有鮮花，而鋪上美麗的亮藍色床褥則是要讓羅莉想起她最喜愛的大西洋，另外牆上還掛了賞心悅目的油畫，其中也包括鑲框的原作——畫家是查理．納許，現年七歲。

凱特先前在大廳接待哈洛森，她端了杯沛綠雅請他解解渴，然後便告了聲退來到羅莉的房間。「他到了，媽。」

羅莉猛吸一口氣。「我準備好了。」

凱特點點頭，又回到大廳。「我母親在臥室等你，」她告訴哈洛森。「這陣子她身體太虛，無法走動。」他手裡捧著一束鮮花，跟著凱特走下甬道。到了羅莉房門口時，她先行離去，躲在一旁聽著他輕輕敲門，止不住猛跳的心臟。

她聽到母親猛吸一口氣，輕輕喚著「哈洛森」，然後便是一陣抽泣。毫無疑問，哈洛森現在已經坐在母親床邊，將她攬入懷裡緊緊摟著。

接下來的幾天，哈洛森都在傍晚時分來到客棧，他為羅莉帶來書本、鮮花、巧克力以及一副特製望遠鏡，讓她可以從床上遠眺各種不同的星座。他打算週末要在客棧小住，好好陪伴羅莉。凱特原本擔心哈洛森可能已經有了婚姻和孩子——倒也不是她心存不善，希望他沒有自己的家。結果發現他其實已經離婚了。他是和羅莉確定分手之後一年結婚的，不過那段婚姻沒能持久。他人在客棧，母親雀躍如同孩子。羅莉的臉上常常現出跟珠兒和伊莎貝一樣傻呼呼的表情。

傻呼呼的快樂是好的。

凱特於十二點半接班，讓日間看護午休。她端來兩份法式洋蔥湯以及烤起司番茄三明治，和母親共進午餐。

羅莉探手從床頭櫃的抽屜拿出一封信來。「凱特，我有樣東西要給你。是送你的禮物。」

「媽，你不用給我什麼禮物啦，我需要的你全都給了我。」

「打開信封瞧瞧吧。」

裡頭是一張飛往巴黎的單程機票。上頭寫的是凱特的名字，日期未定。

凱特張大了眼睛。**單程機票**。

「我一直都在觀察你，凱特，而且也仔細傾聽。我知道我們從來沒有很親，不過我很了解你。我了解你，也很愛你，我只希望你能快樂一輩子。永遠幸福。」

凱特低下身子，輕輕攬著母親，無法止住不斷滴落臉頰的淚水。「媽。」

「你對將來有什麼規畫，怎麼抉擇，我完全沒有意見，凱特。我唯一關心的是你到底快不快樂。如果快樂是要單獨到巴黎一年——甚至永遠，又或者快樂是要和奧立維相守一生，或者快樂是要跟羅蘭先生有更進一步的了解與相處……選擇權完全在你。下一步怎麼走，什麼時間走，要完全配合你心裡的需要。你不用配合任何人，尤其是，不用配合我。」

謝謝你，謝謝，謝謝。「我愛你，媽媽。」凱特俯了頭吻著羅莉，心裡漲滿了幸福的感覺。

「不過要答應我一件事，凱特。」

「什麼事我都答應。」

「答應我不要有任何遺憾。人活到最後，最怕的就是留下遺憾。」

凱特對母親的感激與愛漲滿了心，一時無法言語。她只是握住羅莉的手。「我答應你，媽，」她終於開了口。「不要有任何遺憾，不管遇到什麼阻礙。」

「爸爸一定會很以你為榮。」

凱特躺在母親身邊，緊緊抓著她的手，心裡感覺到多年來一直沒有體驗過的平靜。

凱特一向睡得死沉，就算黎明時刻響起割草機的聲音，她也可以不為所動。就算後院坐著早起的房客，啜著茶熱切討論著當天的各種行程，也吵不醒她。蟋蟀聲大作以及蓮蓬頭嘩啦啦沖澡，她還是睡。伊莎貝打呼，珠兒猛按滑鼠尋找查理父親的下落，她也是睡。

然而近來她常會在夜深人靜時醒來，但不是因為做噩夢嚇出冷汗。她也搞不清楚醒來的原因。然後她便會想起奧立維，在腦子裡不斷重播他那句「你願意嫁給我嗎」，接著她會看到馬太歐性感的臉孔，聽到他邀請她搬到紐約，看看兩人的關係會如何發展。

現在是凌晨一點，凱特翻來覆去被自己搞得很不耐煩，便輕輕爬下床來以免吵到兩個表姊，然後躡手躡腳下樓到了大廳。她從架上拿了本小說，還有一本《真實簡單》雜誌，不過搞了半天她還是坐上懶骨頭開了電視亂轉台。全是爛節目。她在羅莉的DVD收藏裡東翻西看，竟然在蘇珊莎蘭登的影片裡找到歸錯檔的《美味關係》。

《美味關係》。凱特翻到匣子的背面閱讀影片解說。幾年前電影剛上演時，她怎麼會錯過呢？梅莉史翠普飾演的茱莉雅．柴爾德年輕時在巴黎的藍帶烹飪學校學藝；而另外則是年輕已婚但感情失落的茱莉．鮑爾在紐約尋求**人生的目標**。她決定要將茱莉雅．柴爾德的《掌握法式烹飪藝術》中的五百多道菜色在自家廚房一一演練出來。這部影片是綜合兩則真實的故事拍成的。凱特的心雀躍起來。這是最適合這個不眠夜觀賞的電影。她走進廚房泡了一壺茶，並從料理台上標明了「吃我」的罐子裡頭拿出一個檸檬杯子蛋糕，然後便舒舒服服地坐上懶骨頭。

沒一會兒她已和茱莉雅．柴爾德一起置身於一九四〇年代末和一九五〇年代的巴黎，沒有任何烹飪訓練的她才剛在一家烹飪名校註了冊，而且不久之後便掌握了法式料理的訣竅，她說她的手藝是要「打開人的心與靈魂。」梅莉史翠普再一次把她飾演的角色精準地詮釋出來，凱特沉浸其中，完全忘了她是在看一部電影，是在看梅莉史翠普大飆演技。她跟著茱莉雅置身於花都巴黎，一個象徵著光明與夢想的城市。巴黎就是凱特的夢，巴黎對她來說遠遠重過生命裡的其他。

重於結婚。重於在布絲灣海港定居下來直到老年或是可預見的未來。她誠心相信不管自己是遠走他鄉實現長久來的夢想，或是嫁給青梅竹馬的好友，母親都會給予她最大的祝福。母親只是希望她能做出最適合自己的決定。凱特現在很確定了。

影片中，茱莉．鮑爾的丈夫鼓勵她實現這個生命中的大計畫，他說她一定可以在一年之內，把茱莉雅的法式烹飪寶典中的五百二十四道名菜全部演練完畢，因為她跟其他所有人一樣都得找個切入點起步，因為「茱莉雅．柴爾德並非一開始就是很紅的茱莉雅．柴爾德」。奧立維應該也會說出類似的話吧。

所以說，奧立維會滿心祝福她追尋自己的夢想，祝她鵬程萬里囉？或者她其實還是應該邀請他與她同行？

總之，她覺得影片裡最棒的台詞是出自梅莉史翠普口中：茱莉雅．柴爾德開始學藝後沒多久，便告訴她的丈夫說，他真該瞧瞧她班上那些男人冷眼看著她一再出錯的表情——因為他們還不知道她一無所懼。

一無所懼。這正是凱特為自己設定的目標。凱特並沒有因為母親承認她於父親過世那天與情人談心而灰心喪志。凱特雖然毫無哈洛森．費理身家背景的任何線索，也不知道寄電子郵件給他會招致什麼後果，但她還是發出信函了。這是重新出發的一個很好的起點——跟著自己內心的需求前行，一無所懼。

兩點四十五分凱特上樓就寢時，她的思緒漫漫，想像著自己在一家聞名國際的法國烘焙學校翻烤著一張張香噴噴的蛋捲皮。

時序進入十月，陽光明燦，氣溫是完美的華氏六十六度（約攝氏十九度）。白天的海港如同風景明信片一般美得如同夢境，就算是帶著羅莉踏入醫院接受各種檢測，凱特的心情依然昂揚。母親給了她那張日期未定的巴黎單程機票已經兩天了，凱特雖然還沒有下定決心，但至少她已不再焦慮徬徨。兩天來她甚至是沉沉睡到七點才起床。很重要的一個原因是，母親已經與疾病和諧共處，帶著平靜寧謐的心接受命運安排；而凱特呢，則是因為有那張她祕密收納在床墊底下的單程機票加持，感覺到久遠以來沒有體會過的自由與安然。

護士推著母親去做重要的檢驗時，凱特告了聲退，到小吃部去為兩人拿熱茶。馬太歐和一群醫生才剛從甬道旁的一間病房走出來，他一看到凱特便微笑著揮手致意。而凱特和他眼神接觸的那一剎那，胃裡又是和往常一樣翻動抽攪。

「我要去拿熱茶給我媽，」她說：「有時間陪我走一下嗎？」

她已經好一陣子沒看到他了。他是常打電話，而上禮拜他倆也曾在醫院裡快速共進了一次午餐，當時她告訴他說，她得等母親身體稍微有進步時，才能教他父親做鬆餅的訣竅。除此以外，凱特和馬太歐跟奧立維都是保持距離。奧立維無法理解，他發了好幾通憤怒的簡訊，比方說「近來完全搞不懂你」之類的，而馬太歐則是發了語音留言談到白血球的數量，語氣比較專業，少了點溫度。或許他也是有意遠離吧。

但其實她猜錯了。「最近我常想到你，凱特，」她將擺著伯爵茶包的水杯放在飲水機的熱水出口時，他開口道。「我很努力在保持距離，是因為我知道你正面臨抉擇的關頭——結婚與否，」他終於擠出話來。「可是我覺得我們之間的確有個什麼。」

其實沒有，她現在體悟到了。她裡頭是有什麼被他攪動到了，然而她現在已經了悟，這個所謂的「什麼」其實就是在告訴她，目前她不能結婚，也千萬不要跟人跑到紐約去。馬太歐——他的口音裡帶著來自歐洲的呼喚，喚醒了她最深層的欲望；她必須排除恐懼將內心的想望付諸實行。離開布絲灣海港。到巴黎、羅馬以及巴塞隆納品嘗各種異國美食，追隨某個烘焙大師學藝。為自己找到真正的自己。為自己決定她該愛誰。

她看著馬太歐的嘴一掀一合在講話，那是她常常盯著直看、無法移開視線的嘴唇，她想吻上去，然而現在她才發現他其實就像《麥迪遜之橋》裡的克林伊斯威特一樣，他要求她跟他遠走高飛，但並未真切了解她割捨的到底是什麼——也不關心。當然，她並沒有丈夫小孩，而且她也知道母親在世的時日已經不多。然而換一個男人並不是解決問題的答案。

她需要伸展自己的翅膀遠行他鄉走一回，然後，或許她便可以回到故鄉嫁給奧立維，如果他還願意娶她的話。或者也許她會飛到紐約，熱情吻著馬太歐性感的義大利嘴唇。

然而目前，她是她自己的人。

凱特坐在奧立維的客廳沙發上，張了嘴要告訴他，她還沒有結婚的心理準備，不管對象是他或者別人；然而話卻硬是擠不出來。畢竟，內心掙扎彷徨，把自己搞成焦頭爛額的大白癡是一回事；但如果傷到她從小到大的至交好友奧立維，那又是另一回事了。絕對不可。

「我有樣東西要給你。」他說，一邊起身走向窗口前的書桌。他遞來了一張紙。

「這是什麼啊？」

「你自己看吧。」

她瞄一眼，愣開了嘴巴；這是一張收據，奧立維已經幫她在巴黎一家聞名的烹飪學校辦好了六個禮拜的烘焙課程的註冊手續。開課日期是一月四號。

「俗話說姻緣天注定，我想還是有道理的，」他說：「也許最終我們會結為連理，但也許不會。也許你永遠不會從巴黎回到這裡，或者也許你會帶個浪漫無比的法國老公回到家鄉定居。又或者你也許會獨自返鄉，準備好要定下來，而我則還是等在這裡，但也許我會另外碰到意中人。答案我不知道，凱特。我只知道你注定要去巴黎，在某家知名的烘焙店當實習助理。我知道你還沒有結婚的準備。而且我也知道我深愛著你，我需要讓你自由遠行。」

他是在祝她一帆風順。她對他的判斷果真沒錯。「老天，奧立維，你果真跟我十歲時我爸所說的一樣，是死忠的朋友。」

他抓了她的手，緊緊握住。「因為我是你最好的朋友啊，凱特。也許我們的關係頂多也只能止於此，但我卻給了你壓力，因為你對我的愛其實一直只是出自友情。我是選在你最脆弱的時候求婚，這點我很清楚。」

「奧立維，我——」

他搖搖頭。「去巴黎吧。不管將來怎麼樣，凱特，我永遠愛你，」他一手覆住了他的心，說道：「我的愛永遠不變。」

「我也是。」她輕聲低語，緊緊摟著他。

禮拜五晚上，滿月低掛在天空，凱特可以透過廚房的窗戶清楚看見澄黃的圓月。她拿著擠花袋在巧克力多層蛋糕的邊沿擠上了六個名字的起首字母——L是羅莉，I是伊莎貝，J是珠兒，C是查理，K是凱特，P則是珍珠。凱特端著蛋糕走進羅莉的臥室時，眾人已經齊聚一堂，等著電影夜的好戲上場。

「這個P是代表我嗎？」珍珠問道。她坐在羅莉床邊的一張椅子上。

「當然，」凱特說。並沿著白色的P字切下一片蛋糕放上盤子遞給她。「你也是我們的家人，對吧？」

珍珠微笑起來。

「你的愛人也要加入嗎，羅莉阿姨？」伊莎貝問道，她將那片I字蛋糕放上大腿。

羅莉臉一紅。「沒有。他打算晚點再來，十點左右吧。就要看到他了，我好興奮。老天，生命走到這裡能再看到他，我真是滿心歡喜。」

凱特瞟瞟兩位表姊，三個人會心笑了起來。

羅莉把遙控器朝向電視，然後摁了播放鍵。「再看一次《遠離非洲》我好興奮。這部影片是我心目中的第一名，裡頭有好多台詞在我第一次看的時候都打到我的心坎裡，本以為再也不會有勇氣重看呢。不過這會兒我已經準備好了重溫舊夢。」

「我也好愛呢，」珍珠說：「而且我看天底下真的再也找不到比《遠離非洲》裡的勞勃瑞福更英俊的男人了。簡直是天神下凡。」

影片一開頭便是梅莉史翠普肅謐的聲音在回憶她遙遠的過去：「我在非洲曾有個農莊……」眾人彷彿被催眠了似的安靜下來專注地盯著銀幕。梅莉飾演的丹麥女作家凱倫．布麗森是個富有的女人，她的貴族丈夫挪用了她大筆的錢在非洲買下一座咖啡農場，還背叛她勾搭上別的女人。梅莉最終反倒愛上了農場，耗費許多心力經營它，還愛上了一個比她還要獨立不羈的男人。然而她對勞勃瑞福的要求卻遠遠超過了他願意付出的；為了忠於自己的感覺，她只好切斷自己對他的感情。到了最後，她幾乎是失去了所有，包括她的農場。她畢生的最愛。不過她永遠永遠都沒有失去她的自重與自愛。

影片進行到四分之三時，羅莉按下暫停鍵。她按按眼下的淚水。「這句台詞多年來一直留在我心底。梅莉失去了所有，忍受了所有苦難，她說就在她覺得自己已經無法再承受任何苦痛、無法再處理下一秒鐘的難題時，她會想起舊日曾有過的美好，然後她便又有了力量去迎接再一秒鐘的重擔，於是她便知道自己其實是有能力承受任何苦難的。」羅莉的微笑彷彿來自遙遠的地方。「這話是真的。」她再次按下播放鍵。

「瞧我坐在這兒哭成淚人兒了呢。」珠兒說，她拿了面紙按按眼睛下方。

伊莎貝笑起來。「我也是。」她從珠兒遞給她的盒子裡抽出一張面紙。

凱特握住母親的手。她發現自己並不是唯一一個屏住呼吸幾乎無法動彈的人，鏡頭裡梅莉史翠普正在告訴勞勃瑞福，他能提供給她的遠遠不足她的所需——而他一如珍珠所說是個英俊的男人。

「噢，老天，請按暫停好嗎？」伊莎貝坐直了身子。「『我已經學到了，生命中某些事物確實很珍貴，然而卻要付出好大的代價才能取得。我希望我是你視為珍寶的人。』」她逐字重複著梅莉史翠普的話。「我要把這段台詞寫下來，珍藏在我的皮夾裡隨身攜帶。」

凱特就是在這一刻清楚知道，她這一向猶疑不定，並不是因為無法確知自己想不想結婚或者想不想留在布絲灣海港。她無法確知的其實是自己的心，她一直無法肯定自己的價值。

此刻她有了母親給她的機票。她有了奧立維給她的烹飪學校的收據。她有了自己的家。而且她有了個可以努力的目標：成為她自己。

三天之後，羅莉於睡夢中逝去。凱特於清晨四點鐘在躺椅上醒來，涼風吹得薄紗窗簾揚了起來。她起身關上窗戶，然後走到床前探看母親的狀況。其實她也不確定自己怎麼知道羅莉已經走了，知道她不只是在睡夢中，總之她就是知道。安靜的氛圍吧，絕然的安靜。

她跪在羅莉床邊為她禱告，然後便一路抽泣著爬上樓梯到了閣樓的臥房叫醒兩個表妹。

葬禮上，珍珠發表了一篇美麗的悼詞，然後便用她甜美的女高音嗓子慢慢唱著ＡＢＢＡ合唱團的經典曲目〈愛的呼救〉——這是梅莉史翠普在《媽媽咪呀》唱的一首歌。歌詞撼動人心，凱特不知不覺也跟著哼唱起來。珠兒和伊莎貝夾坐在她的兩旁，不約而同都握住了她的手，和她一起吟唱著。

許久之後，幾乎所有的人都已陸續回家，凱特、伊莎貝和珠兒一起來到大廳，為羅莉點上一根蠟燭。《時時刻刻》、《夜戀》、《美味關係》以及《鐵娘子》都給抽出來排列在電視機上方，當作當晚電影夜的可能選項。雖然她們其實都不確定，沒有羅莉陪同觀影，她們是否有能耐撐過任何一部梅莉史翠普的影片。目前，應該是沒有辦法吧。

牆上，就在電視機的右方，凱特掛上了羅莉走前兩天送給她和兩個表妹的禮物。這是一幅她們三人的油畫，找了畫家根據羅莉九月間替她們三人拍下的照片所畫的，背景是客棧的前廊台階。三名新上任的船長，重返老家。

Hit 暢／小說

梅莉史翠普電影俱樂部

039

●原著書名：The Meryl Streep movie club ●作者：米雅．馬區 Mia March ●譯者：艾明瑄 ●特約編輯：曾淑芳 ●封面設計：莊謹銘 ●責任編輯：巫維珍 ●副總編輯：陳瀅如 ●編輯總監：劉麗真 ●總經理：陳逸瑛 ●發行人：凃玉雲 ●出版社：麥田出版／10483台北市中山區民生東路二段141號5樓／電話：(02)25007696／傳真：(02)25001966 ●發行：英屬蓋曼群島商家庭傳媒股份有限公司城邦分公司／10483台北市中山區民生東路二段141號11樓／書虫客戶服務專線：(02)25007718；25007719／24小時傳真服務：(02)25001990；25001991／讀者服務信箱 E-mail：service@readingclub.com.tw／劃撥帳號：19863813／戶名：書虫股份有限公司 ●香港發行所：城邦（香港）出版集團有限公司／香港灣仔駱克道東超商業中心1樓／電話：(852)25086231／傳真：(852)25789337／E-mail：hkcite@biznetvigator.com ●馬新發行所：城邦（馬新）出版集團【Cite (M) Sdn Bhd】／41, Jalan Radin Anum, Bandar Baru Sri Petaling, 57000 Kuala Lumpur, Malaysia.／電話：(603)90578822／傳真：(603)90576622／E-mail：cite@cite.com.my ●麥田部落格：http://ryefield.pixnet.net ●印刷：前進彩藝有限公司 ●2013年4月初版 ●定價NT$320

國家圖書館出版品預行編目資料

梅莉史翠普電影俱樂部／Mia March著；艾明瑄譯. -- 初版. -- 臺北市：麥田出版：家庭傳媒城邦分公司發行, 2013.04
面；　公分. --（Hit暢小說；RQ7039）
譯自：The Meryl Streep movie club
ISBN 978-986-173-893-2（平裝）

874.57　　102003271

城邦讀書花園
www.cite.com.tw